Birdie Lee, Kassiererin und alleinerziehende Mutter, fällt eines Morgens beim Putzen in Ohnmacht. Als sie wieder aufwacht, ist sie im Besitz übernatürlicher Kräfte. Ihr rechter Zeigefinger sondert eine blaue Flüssigkeit ab und beseitigt Schmutz blitzartig – mit der Kraft von 10 000 Schrubbern. Sie kann Gedanken lesen, böse Jungs mit ihrem Gnadenlosen-Blick in die Knie zwingen und spürt, wenn ein Kind in Gefahr ist. Ihre neu gewonnenen Fähigkeiten nutzt sie, um in ihrer geliebten Heimatstadt Astro Park das Verbrechen zu bekämpfen. Nebenbei muss die Superheldin sich allerdings auch als ganz normale Mutter behaupten und zusehen, wie sie mit ihrem Job, der Krise mit ihrer besten Freundin, ihrem miesen Exmann, dem Haushalt und den pubertären Problemen ihrer beiden Teenies klarkommt. Doch aus großer Kraft folgt eben große Verantwortung. Im Alltag der Bewohner von Astro Park gibt es bedrohliche Veränderungen. Etwas ist faul im Staate Kansas, und Super Mom alias Birdie Lee findet es heraus – mit Hilfe ihres comicbegeisterten Sohnes und eines ebenfalls alleinerziehenden Vaters.

Melanie Lynne Hauser, ehemalige Elternbeirätin, ist eine prototypische Super Mom. Sie lebt mit ihrem Ehemann und ihren zwei Söhnen im Teenageralter außerhalb von Chicago, Illinois. ›Super Mom‹ ist ihr erster Roman. *www.melanielynnehauser.com*

Unsere Adresse im Internet: www.fischerverlage.de

Melanie
Lynne
Hauser

Super Mom

Ein Heldinnenroman

Aus dem Amerikanischen
von Birgit Schmitz

Fischer Taschenbuch Verlag

Deutsche Erstausgabe
Veröffentlicht im Fischer Taschenbuch Verlag,
einem Unternehmen der S. Fischer Verlag GmbH,
Frankfurt am Main, Mai 2006

Die amerikanische Originalausgabe erschien unter dem Titel
›Confessions of Super Mom‹ bei Dutton, New York

This edition is published by arrangement with Dutton,
a member of Penguin Group (USA) Inc.

Satz: Pinkuin Satz und Datentechnik, Berlin
Druck: Nørhaven Paperback A/S, Viborg
Printed in Denmark
ISBN-13: 978-3-596-17082-1
ISBN-10: 3-596-17082-6

Für Dennis, Alec und Ben,
die mir das Fliegen beigebracht haben.

1

Jeder Superheld hat seine Entstehungsgeschichte.

Sagt zumindest Martin – und weil er dreizehn, für sein Alter zu klein und ein ziemlicher Bücherwurm ist, bin ich versucht, ihm zu glauben.

Okay, also los – zum ersten Mal lüfte ich nun den Schleier des Geheimnisses um …

Die Geburt von Super Mom. (Das bin ich.)

Um ehrlich zu sein, ist diese Geschichte ein bisschen peinlich. Ich wurde nicht in eine Rakete gesteckt und von meinen Eltern genau in dem Augenblick zur Erde geschickt, als mein Heimatplanet explodierte. Mir haben keine Aliens auf Besuch einen Spezialring geschenkt. Und ich wurde nicht von einer radioaktiven Spinne gebissen.

Nein, es war nicht mal annähernd so glamourös; meine Anfänge sind recht bescheiden. Ich war lediglich das unschuldige Opfer eines *Schrecklichen Swiffer-Schocks.*

Alles begann an einem hellen, sonnigen Dienstagmorgen. Woran man sofort erkennt, dass meine Entstehung nicht zu der anderer Superhelden passt, sagt Martin. Die meisten dieser Geschichten ereignen sich nachts, gewöhnlich in einem Labor oder einem dunklen Hinterhof. Und fast ausnahmslos sind sie von richtig dramatischen Gewittern begleitet.

Aber nein. Meine Geschichte, meine Entstehung begann an einem gewöhnlichen Wochentag morgens in einer Werbepause des TV-Morgenmagazins. Auf dem Fußboden. Meines Badezimmers.

Es war ein ganz normaler Schultag. Kelly und Martin schlurften wie Zombies durch die Küche, während ich sie zur Eile anhielt, ihnen Brote mit Erdnussbutter schmierte, Umlaufzettel an die Eltern unterschrieb und sie gerade noch rechtzeitig aus der Tür schubste, bevor der Bus kam. Dann ließ ich mich aufs Sofa fallen und erhaschte bei meiner zweiten Tasse Kaffee gerade noch ein paar Minuten vom Morgenmagazin.

Das ist meine liebste Zeit des Tages. Nur dann bin ich mal ein paar Minuten für mich, nur dann kann ich einfach die Seele baumeln und mich von der Phantasie an Orte tragen lassen, die sonst niemand mehr mit mir aufsuchen will. Manchmal gestatte ich mir einen kurzen Blick in die Zukunft. Aber jetzt, wo meine Kinder groß und größer werden, ertappe ich mich immer häufiger dabei, wie ich in der Vergangenheit schwelge – als die Kinder noch klein und weich und vollkommen waren und ich hinuntergreifen musste, wenn ich ihnen übers Haar streichen wollte, und nicht hinauf.

An jenem Morgen, an dem ich zur Superheldin wurde, machte ich es mir also auf dem Sofa bequem, nippte an meinem Kaffee und schaltete das Morgenmagazin ein. Die Moderatorin führte wegen irgendeines albernen neuen Batman-Films gerade ein Interview mit Adam West, unserem TV-Batman der 60er Jahre. Bei sämtlichen Ausschnitten aus dem alten Film musste ich kichern – so richtig gut hat Adam West in seinem hautengen Kostüm nie ausgesehen, selbst in den Sechzigern nicht. Schon damals hatte er für einen Mann einen ziemlichen Busen – ein klarer Fall von Körbchengröße B.

Aber ehe ich mich versah, hastete ich in meiner Erinnerung über einen Gehweg voller Risse und Schlaglöcher – den Bürgersteig vor unserem alten Haus. Ich rannte hinter Martin her, der hinter Kelly herrannte. Und er trug sein Batman-»Kostüm« – ein Cape, das ich aus einem alten Kopfkissenbezug gemacht hatte. Damit lief er ständig rum; und wäre ich nicht der festen Überzeugung gewesen, dass er sich mit dem Ding erdrosselt, hätte er sogar darin geschlafen. Er sah so süß aus mit diesem Cape, ganz mutig und ernst.

Ich jagte also in Gedanken auf diesem Bürgersteig hinter Kelly und Martin her. Aber wohin rannten wir alle? Zum Eisverkäufer? Vor einem schrecklichen Monster davon? Waren wir zu spät dran? Zu früh? Oder war das einfach nur ein Spiel? Selbst während ich ihnen in meiner Erinnerung nachlief und sie so dicht vor mir waren, dass ich das verblasste Karomuster auf dem Kissenbezug sehen und den frischen Asphalt auf der Straße riechen konnte, wünschte ich mir, ich könnte mich erinnern. Gelegentlich macht es mich ein bisschen wehmütig, dass ich vieles aus der frühen Kindheit von Kelly und Martin vergessen habe. Heute schaue ich sie mir manchmal an – wie sie so groß und störrisch vor mir stehen und sich hinter der linkischen Maske der Pubertät verbergen – und kann mich nicht mehr daran erinnern, wie sie aussahen, als sie noch meine Babys waren.

Aber ich schüttelte diese Gedanken ab, nahm noch einen Schluck Kaffee und konzentrierte mich aufs Fernsehen. Ich musste lachen, als ein sehr alter, sehr dickbäuchiger Adam West versuchte, sich ins Batmobil zu zwängen. Ich glaube, er ist darin stecken geblieben, denn sie schnitten von da sofort auf eine Werbepause. Unser Telefon klingelte. Eine Telefonverkäuferin war dran. Ich erlaubte mir einen Spaß mit ihr und schluchzte ihr was vor, von wegen mein Mann sei gestorben und ich machte mich gerade für die Beerdigung fertig und folglich sei das nicht der optimale Zeitpunkt, um über die Senkung von Zinssätzen zu reden. Und plötzlich war sie abgelaufen, meine liebste Zeit des Tages. Ebenso kostbar, ebenso schnell verflogen wie die Kindheit selbst.

Also, auf zur Arbeit. Ich stellte meine Tasse in die Spülmaschine, wischte noch ein letztes Mal über die Arbeitsflächen und ging nach oben ins Bad. Wo ich mit einem *Fleck ungewöhnlichen Ursprungs* konfrontiert wurde.

Er befand sich in der Mitte des Fußbodens, halb auf, halb neben der Badematte. Er war rötlich braun. Er war widerlich.

Ich fiel auf alle viere, senkte die Nase gen Boden und schnüffelte wie ein Hühnerhund.

»Hmmm«, machte ich, schmeckte dem Geruch nach und schmatzte – Profi, der ich war – mit den Lippen. »Kein Ammoniak. Oder Salz. Vielleicht kohlenstoffhaltig – mit einer Spur roter Farbe, Kupferton? Hämorrhoidensalbe definitiv nicht.«

Was eine Vielzahl von Möglichkeiten offen ließ. Denn dies ist das einzige Badezimmer im Haus, und wir müssen es uns alle teilen. Ich hakte die üblichen Verdächtigen ab: Lipgloss, Vaseline, Haarfärbemittel, Nagellack, Mundwasser, Limo, Kakao, Make-up, Eyeliner, Modellbaufarbe, geschmolzene Wachsmalstifte, explodierter Füller, versteinerter Schokoriegel, Blut. Schließlich nahm ich einen Schwamm und versuchte, den Fleck mit schlichtem, einfachem Wasser wegzuwischen. Ganz schön blauäugig, ich weiß. Aber versuchen kann man's ja mal.

Nichts. Also brachte ich die Badematte nach unten und stopfte sie in die Waschmaschine, dann schnappte ich mir meinen guten alten Swiffer und wandte mich wieder dem Linoleum zu.

Ich betrachte Swiffer als die großartigste Erfindung in der Geschichte des modernen Hausputzes, direkt neben schmutzanziehenden Staubtüchern und Toilettenputztüchern, die man gleich mit runterspülen kann. Alle meine bevorzugten Utensilien bewahre ich in einem speziellen Schrank auf, und darin nimmt der Swiffer – gleich neben meiner extraleichten Klapp-Trittleiter – einen Ehrenplatz ein.

Ich beäugte den Fleck von allen Seiten, brachte meinen altgedienten Swiffer in Position, zog am Hebel, und ein kräftiger Strahl Reinigungsflüssigkeit schoss heraus. Er traf genau in die Mitte des Flecks. Danach fuhr ich sanft, aber energisch mit dem

Wischtuch darüber und trat einen Schritt zurück, um mein Werk zu begutachten.

Der Fleck war noch da.

Ich runzelte die Stirn. Ich versprühte drei fette Strahlen Reinigungsfluid, fuhr weniger sanft und noch energischer darüber und schaute wieder nach.

Der Fleck war noch da. Nicht einmal blasser war er geworden. Eher sogar dunkler und größer.

Ich ließ mich erneut auf die Knie fallen, beschnüffelte und untersuchte ihn. Definitiv weder Make-up noch Limo oder Wachsmalstift. Farbe wäre verblasst. Blut … ich fand nicht, dass es wie Blut aussah. Aber nur für den Fall …

Schnell holte ich eine Flasche Bleichmittel herbei und trug es mit einem Schwamm auf. Nicht der kleinste Fortschritt.

Jetzt packte mich der Ehrgeiz. Mir hatte noch kein Fleck widerstanden. Und auch diesen würde ich keineswegs davonkommen lassen.

Ich ging zum Schrank und nahm alle Putzmittel heraus, die ich besaß: Desinfektionsmittel, das extrastarke Windex, den neuen Orangen-Reiniger, den es vor kurzem in einer Dauerwerbesendung zu kaufen gab, den guten alten Badreiniger, Chlorox und sogar die flüssige Gallseife. Ich sprühte und spritzte und schrubbte und wischte – der Fleck gab nicht nach. Bald war klar, dass er stärker war als jedes einzelne dieser Reinigungsmittel. Und es war ebenfalls klar, dass ich zu spät zur Arbeit kommen würde, wenn ich mich nicht ranhielt.

Nicht klar war, jedenfalls nicht mir, dass ich vergessen hatte, die Belüftung einzuschalten.

Mir blieb noch eine letzte Chance, diesen gemeinen, heimtückischen Fleck auszuradieren. Ich war wütend, mir war heiß und schwindlig, und ich war spät dran. Deshalb tat ich etwas, das ich noch nie zuvor getan hatte. Etwas, worüber ich allenfalls Leute beim Elternabend oder in entlegenen Gängen des Supermarktes hatte tuscheln hören – eine dieser modernen Vorstadtlegenden.

Wie hätte ich ahnen können, dass ich im Begriff stand, selbst zu einem Stoff für Legenden zu werden? Denn als Nächstes geschah *Es*. Das, woraus ich hervorging. Die Entstehung einer Superheldin.

Ich kippte alles – das gesamte Bleichmittel, das Desinfektionsmittel, den ganzen Bad- und Orangenreiniger, Windex, Chlorox und selbst die Gallseife – in den Putzmittelbehälter meines Swiffers. Dann zielte ich, drückte ab und feuerte eine unbekannte Anzahl von Schüssen auf den Fleck ab. Ich schoss immer weiter, und mein Finger wurde schon taub, als der Fleck schließlich ermattete und nach Luft rang, sich aber weiterhin ans Leben klammerte. Ich wischte und wischte, bis meine Arme ein Eigenleben zu entwickeln schienen, bis sich in meinem Kopf alles drehte, der Raum vor meinen Augen verschwamm und die Blumen auf der Tapete plötzlich zum Leben erwachten. Sie sprangen von der Wand, fassten sich an den Blütenblättern und begannen mich – eine Art »Ringel, Ringel, Reihe« singend – zu umkreisen. Ich schrie auf, ließ meinen Swiffer fallen und atmete die schnell vorbeiziehenden scharfen Dämpfe der stärksten Reinigungsformel ein, die die Menschheit bis dahin kannte …

Dann verlor ich das Bewusstsein.

Ich weiß nicht, wie lange ich dort lag. Aber ich erinnere mich noch gedacht zu haben, ich sollte die Unterseite der Toilette mal mit der Zahnbürste putzen, da sie aus meiner Perspektive ein wenig schmuddelig aussah.

Doch ich konnte mich nicht bewegen, konnte meinen Körper nicht dazu bringen, ordnungsgemäß zu funktionieren. Einen oder zwei Augenblicke lang versuchte ich es. Ich sandte scharfe Befehle an meine Beine, Arme und an meinen Kopf, mit denen ich sie aufforderte, sich zu rühren. Aber sie weigerten sich. Unsichtbare Ketten hielten sie am Boden fest.

Ich halluzinierte weiter und fiel in einen tiefen Brunnen voller Bilder und Gedanken: Die Gänseblümchen von der Tapete waren da und tanzten und sangen; Adam West und seine B-Körbchen röhrten im Batmobil vorbei – er lachte, hielt kurz an und zwinkerte mir wissend zu; selbst der Fleck, der jetzt wie eine riesige Qualle aussah und im Himmel umhertrieb, tanzte und wackelte mit den Hüften. Die Luft war derart mit Chemie erfüllt – mit Kiefern- und Orangenduft, Bleichmittel und Ammoniak – dass ich keuchte und schnaufte, bis ich schließlich aufgab und die Dämpfe in meine Lunge eindringen ließ.

Dann änderten die Blumen ihr Lied und begannen mit zwergenhafter Stimme »*Hoch durch die Luft*« zu singen – das Lied, das ich Martin und Kelly immer vorgesungen hatte, als sie noch klein waren. »*Hoch durch die Luft fliegt der junge Artist, so leicht wie ein Duft, schaut, wie tollkühn er ist …*« und ich flog – flog hinter Martins Cape und Kellys wehenden Zöpfen her, über einen vertrauten Bürgersteig. Der Bürgersteig war endlos und wurde immer breiter, als wir so dahinrannten. Die Kinder kicherten vor sich hin, während ich rief, sie sollten aufpassen: Guckt nach links und rechts, bevor ihr die Straße überquert! Haltet euch an den Händen, wenn ihr zum Park geht! Muss denn keiner auf die Toilette? Und sie lachten und rannten die ganze Zeit, während ich in ständiger Bereitschaft sie aufzufangen, wenn sie hinfielen, mit ausgestreckten Armen hinter ihnen herjagte. Dann wurden sie größer und größer und hörten auf zu lachen; sie liefen nur weiter vor mir weg. Bis Martins Cape sich löste, mir direkt ins Gesicht flog und ich sie nicht mehr sehen konnte. Ich konnte nicht sehen, ob es ihnen gut ging. Ich konnte nicht sehen, wohin sie gingen, und ich fiel, fiel – fiel vom Trapez. Der tollkühne Artist streckte seine Hände nach mir aus. Ich versuchte, sie zu fassen zu kriegen, aber dann verwandelte er sich in Martin und Kelly. Wir streckten uns alle unsere Hände entgegen … und …

»Mom?«

Ich landete hart auf dem Badezimmerfußboden. Ich versuchte mich aufzusetzen, stieß jedoch mit dem Kopf gegen die Kloschlüssel und fiel wieder hin.

»O Gott! Mom? Wie geht es dir, Mom?«

Ich schlug die Augen auf und blinzelte. Kellys Gesicht hing dicht über mir und war so blass, dass die winzigen Sommersprossen kupferrot auf ihrer Nase hervorstachen. Sie hatte ihre Augen enorm weit aufgerissen und sah aus, als würde sie jeden Moment anfangen zu weinen.

»Schätzchen? Kelly – oh, ohhhh ...« Ich versuchte erneut mich aufzusetzen, aber in meinem Kopf hämmerte es.

»Martin! Sie kommt zu sich! Martin!«, schrie Kelly in mein Ohr.

»Schhhh...«, flüsterte ich und rang mir ein tapferes Lächeln ab. »Hilf mir einfach auf, ja?«

Sie schob mir ihren Arm unter und half mir so behutsam auf die Beine, dass ich kurz innehalten und sie anstarren musste, weil ich mich fragte, wer sie war und was sie mit meiner fünfzehnjährigen Tochter gemacht hatte.

»Mom?« Martin kam angerannt. Er rieb sich mit seinem Ärmel die Augen und sah so klein und verängstigt aus, dass ich ihn gern in den Arm genommen hätte. Aber ich konnte nicht. Mein Körper schmerzte und pochte und fühlte sich ganz fremdartig an. Und einen Moment lang war ich nicht sicher, ob mir wieder einfallen würde, wie man seine Beine bewegt.

»Wie spät ist es denn, Spatz? Warum seid ihr schon so früh zurück? Wieso seid ihr nicht in der Schule?«

»Es ist halb fünf«, erwiderte Kelly.

»Was?« Meine Beine strampelten unter mir. »Halb fünf? Ach, du heilige ...! Aber dann hab ich die Arbeit verpasst! Ich hab den ganzen Tag verpasst! Was ist denn passiert?«

»Als wir aus der Schule kamen, lagst du ohnmächtig da.«

»Ja. Und auf dir drauf alle möglichen Handtücher und leeren

Flaschen und so Zeugs. Was war denn los, Mom? Kleine Putzorgie gefeiert, oder was?« Martin versuchte zu lachen, aber in seinen Augen stand Angst.

»Keine Ahnung … ich hab bloß … wartet mal … der Fleck! Ist der Fleck noch da?« Ich versuchte mich umzudrehen, aber Kelly und Martin schoben mich weiter in Richtung meines Schlafzimmers.

»Du musst dich hinlegen, Mom«, beharrte Kelly. »Sollen wir einen Arzt rufen?«

»Ich brauche mich nicht hinzulegen. Ich hab doch wohl den ganzen Tag gelegen. O mein Gott! Ich muss bei der Arbeit anrufen. Die bringen mich um … Gebt mir das Telefon.«

»Jetzt warte doch mal einen Moment. Du warst da drinnen ziemlich starken Dämpfen ausgesetzt. Bist du sicher, dass es dir gut geht?«

»Ja, diese Chemikalien können deine Gehirnströme verändern. Bist du auf 'n Trip gekommen?« Martin sah mir ein bisschen zu interessiert aus.

»Ob ich wohin gekommen bin?«

»Na, auf 'n Trip. Du weißt schon. Du hast schließlich tonnenweise Chemikalien eingeatmet. Also, was hast du gesehen? Sprechende Schweine? Regenbogen? Spinnen?«

»Tanzende Blumen«, antwortete ich und ließ mich ins Bett sinken.

»Tanzende Blumen? Cool! Und was noch?«

»Adam West in seinem Batmobil. Dich mit diesem alten Cape, das du als Kind hattest. Weißt du noch? Und Kelly trug Zöpfe. Oh, und eine große Qualle.«

»Wow! Das ist ja super! Batman? Echt? Hat die Qualle was gesagt?«

»Martin« – Kelly verschränkte ihre Arme vor der Brust und schüttelte den Kopf –, »Martin – sie hat offensichtlich einen schweren Gehirnschaden erlitten. Ich gehe jetzt und rufe Dad an.«

»Nein!« Ich fiel fast aus dem Bett. »Nein. Kelly? Ich glaube nicht, dass wir deinen Vater anzurufen brauchen. Mir geht's gut, wirklich. Mir ist bloß ein bisschen schwindlig geworden von all den Dämpfen, und da muss ich in Ohnmacht gefallen sein. Aber jetzt geht's mir wieder gut. Wirklich. Mir geht's gut.« Ich setzte schnell ein beruhigendes großes Mom-Lächeln auf und nickte. Aber es ging mir gar nicht gut. Meine Glieder und Gelenke fühlten sich steif und schwer an, mein Kopf dröhnte, meine Trommelfelle taten mir weh. Und mir war unter der Haut so heiß, dass ich den Eindruck hatte, mir kochte das Blut in den Adern.

Aber das Letzte, was ich jetzt brauchte, war ein Besuch von meinem Ex, Doktor Dan. Eine Halluzination, in der mir Adam West in einem schlecht sitzenden Anzug aus Elasthan begegnet, ziehe ich dem jederzeit vor.

»Wir kommen schon zurecht, Schätzchen. Aber würdest du mir wohl einen Tee kochen? Und vielleicht einen Toast bringen?«

Meine Tochter stand zögernd in der Tür. Sie war noch immer blass um die Nase und wirkte so jung. Einen kurzen Moment lang sah ich sie wieder vor mir, wie sie als kleines Mädchen ausgesehen hatte; immerzu nachdenklich, die Miene ernst und gequält, die grauen Augen argwöhnisch weit aufgerissen.

»Mir geht's prima. Wirklich. Ein kleines Teechen und eine Scheibe Toast, und ich bin wieder ganz die Alte. Keine Sorge.«

»In Ordnung«, meinte sie schließlich und wandte sich zum Gehen um. »Lass sie in Frieden, Martin.«

»Zicke.« Martin kratzte sich an der Nase.

»Sie macht sich bloß Sorgen. Du weißt doch, wie sie ist, wenn sie Angst hat.«

»Ja. Gemein und rechthaberisch. Genauso wie sie ist, wenn sie keine Angst hat. Möchtest du noch ein Kissen?« Er schob mir ein zusätzliches Kissen in den Rücken und kippte mich dabei so zur Seite, dass meine Wirbelsäule völlig verdreht wurde – nicht gerade die beste Medizin gegen meine Kopfschmerzen. Aber wissen Sie was? Es war mir vollkommen egal.

Es ist so göttlich, umhegt und gepflegt zu werden. Und wenn man Mutter ist – alleinerziehende Mutter – kommt das nicht gerade häufig vor. Ich wollte mich einfach nur fallen lassen und der Fürsorge meiner Kinder hingeben, auf dass sie mich mit ihrer Liebenswürdigkeit erdrückten. Und zwar buchstäblich – Martin schob mir noch ein Kissen in den Rücken und schlug dabei meinen Schädel gegen das Kopfende des Bettes.

»Uff! Danke, du bist ein Schatz. Ach, könntest du mir Aspirin und ein Glas Wasser holen?« Ich schloss die Augen und stellte mir vor, wie ich den ganzen Abend im Bett herumlümmeln, mir das Essen auf dem Silbertablett servieren und von den Kindern mit einer Stoffserviette die Lippen abtupfen lassen würde.

»Okay, Mom!« Martin sprang vom Bett, wobei er die Kissen auseinander riss und mein Kreuz abermals verdrehte. Aber ich lächelte trotzdem, da ich wusste, dass meine Kinder wenigstens in diesem Moment an mich dachten. Und mich liebten.

Ich kuschelte mich unter die Decke und wartete auf meinen Tee, meinen Toast und mein Aspirin. Ich wartete und wartete und wartete ... Geräusche aus der Küche. Das Radio plärrte, die Mikrowelle piepte, Teller und Töpfe klapperten. Jetzt klingelte das Telefon, meine Kinder schrien sich an.

»Klugscheißerin! Ich weiß sehr wohl, wie man Brownies in der Mikrowelle macht!«

»Ja, aber du musst den Teig auch vorher in eine Schüssel tun, du Hohlkopf.«

»Mann, ey!«

»Super Wortschatz, Einstein!«

Ich seufzte. Dann schlug ich meine Decke zurück, stolperte durch den Flur und blieb oben an der Treppe stehen. »Bin gleich unten«, krächzte ich. »Esst was Vernünftiges!« Aber niemand antwortete mir.

»Macht euch wegen mir keine Gedanken«, sagte ich mit einem kurzen Schniefen, während ich zum Badezimmer schlurfte. »Die ich hier oben so ganz allein bin und von giftigen Dämpfen geschwächt. Ich könnte zwar hinfallen, mir den Kopf stoßen und eine Hirnblutung bekommen, aber das ist schon okay. Bringt meine Leiche einfach zusammen mit dem Müll raus, wenn ich nicht mehr bis morgen früh durchhalte ...« Ich öffnete die Hausapotheke und nahm das Aspirin heraus, dann starrte ich in den Spiegel. Meine Augen waren blutunterlaufen, ich war bleich im Gesicht, und unter meinen Augen prangten tiefe, purpurrote Ringe. »O Gott.« Entsetzt wandte ich mich von diesem Gespenst dort im Spiegel ab. Eine einundvierzigjährige Frau sieht eben nicht taufrisch aus, wenn sie den ganzen Tag niedergestreckt auf ihrem Badezimmerfußboden verbracht hat.

Plötzlich stolperte ich über eine leere Flasche: diesen neuen Orangen-Reiniger aus dem Fernsehen. Ich beugte mich hinunter, hob ihn auf und las, was auf dem Etikett stand: ACHTUNG! STARK KONZENTRIERT. VOR DER ANWENDUNG MIT WASSER VERDÜNNEN. NICHT MIT ANDEREN REINIGUNGSMITTELN MISCHEN, INSBESONDERE NICHT MIT BLEICHMITTELN.

»Zu spät«, murmelte ich. Dann fiel mir etwas anderes ins Auge.

Der Fleck. Der gemeine, hinterhältige Fleck. Er war immer noch da. Und grinste mich an. Verhöhnte mich!

Ich konnte nicht an mich halten; ich sank auf die Knie und streckte die Hand nach dem leeren Badreiniger aus.

Aber bevor ich ihn zu fassen bekam, fing meine rechte Hand an zu brennen. Sie wurde ganz steif und zeigte direkt auf den Fleck. Irgendetwas Nasses, Heißes, Grobkörniges schoss aus meinen Fingerspitzen, und dann war meine Rechte plötzlich auf ihm, mit der Handfläche nach unten, und schrubbte und schrubbte, so schnell, dass ich sie nur noch ganz verschwommen sah. Ich versuchte sie anzuhalten, indem ich den Arm mit meiner linken

Hand festhielt, aber sie schrubbte immer weiter und weiter, während in einem gleichmäßigen Strahl Flüssigkeit herausschoss. Ich dachte, ich blutete, und versuchte zu schreien, aber es kam kein Ton heraus –

Dann war es urplötzlich vorbei, und mein rechter Arm hing schlaff herab. Ich schüttelte ihn. Ihm fehlte nichts. Dann krümmte ich die Finger, aber da war kein Blut.

Doch es gab noch etwas anderes, das ich nicht sah. Den Fleck. Er war weg. Und der gesamte Fußboden erstrahlte in einem solchen Glanz, dass mir die Augen wehtaten.

Ich zog mich irgendwie hoch. Ich schaute auf den Boden. Ich schaute auf meine Hand. Ich führte meine Fingerspitzen zur Nase und schnüffelte daran. Sie waren leicht feucht und rochen nach Orange und Bleichmittel und Ammoniak … und Swiffer-Reinigungsfluid.

Ich schüttelte meine Hand noch einmal, und ein Tröpfchen einer durchsichtigen blauen Flüssigkeit glitzerte auf meiner Fingerspitze. Als ich es an meinem T-Shirt abwischte, wurde der Stoff heller und dicker, so als wäre er plötzlich wie neu.

»Kinder?«, brachte ich flüsternd hervor. Meine Lippen waren spröde und rissig. »Hallo, ist da wer?«

Keine Antwort. Einzig der Badezimmerfußboden schien mir zuzuhören. Er erhob sein strahlendes Antlitz und lächelte mir zu.

Ich stolperte, zu verängstigt, um mich noch einmal umzusehen, in den Flur, schleppte mich zum Bett und zog mir die Decke über den Kopf. Stunden später, als es Martin und Kelly endlich einfiel, mal nach mir zu sehen, schnarchte ich und tat so, als schliefe ich. Aber ich schlief nicht. Ich untersuchte meine Handflächen. Sie waren rau und trugen winzige kleine Höcker und Spalten – schmirgelartig und doch zart.

Genau wie die Unterseite meines Swiffers.

»Du hast dir den Kopf an der Kloschüssel gestoßen? Erzähl nochmal von vorn. Wie bist du denn überhaupt auf dem Fußboden gelandet?« Carrie beugte sich über ihre Kasse.

»Ich hatte die Belüftung nicht eingeschaltet, also bin ich schätzungsweise wegen der Dämpfe ohnmächtig geworden.« Ich schmierte noch mehr Feuchtigkeitscreme auf meine Handflächen.

»Was ist denn los mit dir? Seit du hier bist, hast du schon eine halbe Flasche von diesem Zeug verbraucht, Birdie!«

(Okay, das ist jetzt die Stelle, an der ich meine Geheimidentität enthüllen muss. Im echten Leben kennt man mich als Birdie Lee, sanftmütige Kassiererin im Marvel-Markt. Birdie ist eine Kurzform von Lady Bird. Meine Mutter konnte – ganz im Gegensatz zu allen anderen jungen Frauen in den frühen 1960er Jahren – Jackie Kennedy nicht ausstehen. »Die ist ja so versnobt«, pflegte sie naserümpfend zu sagen. »Und so eingebildet mit ihren Designerkleidern. Aber diese Lady Bird Johnson. Das ist ein Mensch wie du und ich. Eine, die man gut mal zu Kaffee und Kuchen einladen könnte.« Also wurde ich – ganz im Gegensatz zum Rest der 1962 geborenen weiblichen Bevölkerung – nach der unscheinbaren, pummeligen Lady Bird, Gattin von Präsident Johnson, benannt und nicht nach der großen, glamourösen Jacqueline. Was sich in deprimierender Weise als prophetisch erweisen sollte.)

»Keine Ahnung« – ich betrachtete stirnrunzelnd meine geriffelten Handflächen –, »ich glaube, ich habe einen Ausschlag oder so. Vielleicht von den Chemikalien.«

»Du hättest sofort zum Arzt gehen sollen.« Carrie drehte sich wieder weg, um eine Kundin zu begrüßen. »Diese Chemikalien können echt dein Gehirn schädigen.« Sie fing an, die Lebensmittel über den Scanner zu ziehen; ich ging zum Eintüten an ihre Kasse hinüber.

»Ja, ich weiß. Hat mein Sohn mir auch schon gesagt.« Davon,

wie mein Arm sich in eine Schrubb-Maschine verwandelt hatte, erzählte ich ihr nichts. Ich beschloss, dass ich das geträumt haben musste. Es musste ein Teil von diesem ganzen »Trip« gewesen sein.

Carrie scannte die Ware ein, ich verpackte sie in Tüten. Wir sind gut aufeinander eingespielt und bilden ein prima Team. (Obwohl wir uns weigern, uns von Monty, unserem Chef, zu diesen albernen Eintüt-Wettbewerben anmelden zu lassen, über die immer in der Lokalpresse berichtet wird. Wir haben schließlich unseren Stolz.)

»Oje. Noch mehr Patriot Pops.« Ich griff in eine Kiste.

»Vergessen Sie Ihr Gratis-Spielzeug nicht. Möchten Sie den Roosevelt-Rider oder den George-Washington-Fighter?«

»Haben Sie keine Lincolnators mehr?« Mrs. Banks, die Kundin – eine gepflegte, korpulente Frau, die immer auf Papiertüten statt Plastik bestand –, reckte ihren Kopf über das Laufband. »Das ist nämlich die Lieblingsfigur von meinem Sohn.«

Ich schüttelte den Kopf. »Das ist die Lieblingsfigur von allen. Der ist uns schon letzte Woche ausgegangen.«

»Na, dann …« Mrs. Banks inspizierte die Kiste, die voll war mit Plüschfiguren aus dem neuesten Videospiel, das Astro Park überschwemmte: »American Justice«. »Er spielt ohne Ende dieses Spiel. Und er liebt einfach diese rotweißblauen Süßigkeiten.«

»Hundert Prozent Industriezucker in Form von Mini-Sternenbannern. Gott segne Amerika.« Carrie seufzte. »Chrissie ist auch total scharf auf das Zeug.«

»Aber sie werden von New Cosmos hergestellt«, betonte Mrs. Banks. Wir schauten alle drei zugleich aus dem Fenster. Dort, auf der anderen Straßenseite, stand das größte Juwel in der Krone der Unternehmen von Astro Park, Kansas: New Cosmos Industries. Was einmal der Standort einer kleinen Zuckerraffinerie gewesen war, hatte sich über Nacht in ein glänzendes Symbol amerikanischer Macherqualitäten verwandelt. In ein riesiges

Gelände mit glitzernden Gebäuden und akribisch gestalteter Landschaftsarchitektur, durch welche sich Spazierpfade für die Legionen glücklicher Astro-Park-Bewohner wanden, die für die Herstellung von patriotischem Junk Food neu eingestellt worden waren. Freiheits-Fruchtlollis, Demokratie-Drops, Schoko oder Vanille, Gerechtigkeits-Gums, Happy-Helden-Mix, nur um ein paar davon zu nennen. Und die allgegenwärtigen Patriot Pops, die gerade mit diesem Videospiel in einer gemeinsamen Kampagne beworben wurden.

»Ich bin so stolz darauf, ein örtliches Unternehmen zu unterstützen.« Mrs. Banks strahlte. »Und mein Frank ist so glücklich, zur Bruderschaft zu gehören.«

»Bruderschaft?« Carrie zog eine Augenbraue hoch.

»Ach, das weißt du doch. So nennen sie jetzt ihre Belegschaft«, sagte ich zu ihr.

»Weil ›Belegschaft‹ so kalt und konzernmäßig klingt. Aber New Cosmos ist eine einzige glückliche große Familie!« Mrs. Banks nickte.

Ich schaute zum Hauptgebäude hinüber. Sieben Stockwerke aus funkelndem Glas unter anheimelnd gewölbten Dächern und Giebeln. Bei Tageslicht sah es aus wie eine Buntstiftzeichnung von Aschenputtels Schloss. Aber nachts … Mir lief ein Schauer über den Rücken. Immer wenn ich erst spät von der Arbeit nach Hause fuhr, brannten im siebenten Stock noch zwei Lichter. Sie erinnerten mich an Augen, und ich hätte schwören können, dass sie auf dem gesamten Nachhauseweg auf mich geheftet blieben. Wenn ich nur daran dachte, stellten sich mir schon die Nackenhaare auf. Es überlief mich noch einmal kalt. Dann wickelte ich einige Hamburger in eine Extra-Tüte, bevor ich sie in die große Tüte steckte.

»Äh, Carrie? Du hast die Möhren falsch eingescannt.«

»Was?«

»Der Preis für die Möhren, den der Scanner eingelesen hat,

stimmt nicht. Die sind im Angebot, neunundvierzig Cent das Pfund. Aber der Scanner hat fünfundsiebzig Cent eingelesen.«

»Woher willst du denn wissen, wie sie berechnet wurden? Mein Scanner-Bildschirm funktioniert gar nicht.« Carrie starrte mich an. Und Mrs. Banks ebenso.

»Keine Ahnung. Ich ... na ja, ich wusste es einfach. Der Scanner klang falsch.« Ich hörte mit dem Einpacken auf und schaute stirnrunzelnd auf den Scanner. Er hatte falsch geklungen, nur dass ich's mir selbst nicht mal im Ansatz erklären konnte.

»Der Scanner klang falsch? Wie klingt er denn? Der Scanner gibt doch immer denselben Piepton von sich. Geht es dir auch gut?«

»Ja, mir geht's gut. Vergiss es. Ich weiß nicht, was ich rede.«

»Das ist aber komisch.« Carrie zog die Möhren noch einmal über den Scanner und schaute auf dem Kassenzettel nach. »Du hast Recht gehabt. Es ist der falsche Preis.«

Ich zuckte die Achseln und packte weiter ein. Carrie fuhr mit dem Einscannen fort.

»Die Bananen kosten neunundzwanzig Cent das Stück. Du hast Bio eingegeben, aber die sind gar nicht Bio.« Ich hob einen Beutel mit Katzenstreu in den Wagen.

»Ich hab nicht Bio eingegeben. Und überhaupt: Woher willst du das wissen?«

»Überprüfen Sie es«, bat Mrs. Banks. Carrie schaute wütend zu mir hin, sah aber auf dem Beleg nach.

»O Gott. Tut mir Leid.« Sie fing an, an ihrem Pony zu ziehen, wie immer wenn sie nervös war. »Birdie, woher wusstest du, dass ich es falsch eingegeben habe?«

»Hab ich doch gesagt – es klang einfach falsch.« Ich schüttelte den Kopf, um dieses seltsame, hartnäckige Summen aus meinen Ohren zu vertreiben, das mir vorher gar nicht aufgefallen war. Dann ging ich zu meiner Kasse zurück und schmierte noch mehr Feuchtigkeitscreme auf meine Handflächen, bevor ich die neueste Ausgabe des Käseblättchens *National Enquirer* zur Hand nahm. (Das ich nur hin und wieder lese, weil es direkt an meiner Kasse liegt und ich mich manchmal langweile, okay?)

Carrie sagte gar nichts mehr, während sie bei Mrs. Banks kassierte. Dann knipste sie ihr Kassenlicht aus und kam zu mir rüber.

»Hey, hör dir das mal an!« Ich zeigte auf die Schlagzeile: »FISCHER AUS CAROLINA FINDET ECHTEN MOSESKNABEN. Schau es dir an! Das sieht doch wirklich aus wie ein Baby in einem Korb, findest du nicht?«

»Das ist eine Puppe.«

»Nee, das ist ein echtes Baby – allerdings sieht der Bart irgendwie unecht aus.«

»Also. Was ist mit dir los? Wie konntest du wissen, dass ich falsche Preise eingegeben habe? Bist du sicher, dass mit dir alles in Ordnung ist?«

»Ja, mir geht's prima. Meine Güte! Ich hatte gestern bloß einen kleinen Unfall. Na und? Oh! Sieh mal! Superman existiert wirklich!:

›Er hat die Wohnung über meiner Garage gemietet‹, sagt Edna Mortar aus Gainesville, Florida. ›So ein Perverser! Der mit seinem Röntgenblick‹, zischte die zweifache Großmutter.

»Guck mal Carrie! Sieh dir nur dieses Bild an –«

»Birdie!« Carrie riss mir die Zeitung aus der Hand. »Schluss jetzt! Deine Handflächen sehen aus wie Putzschwämme. Du hast eine Beule von der Größe New Hampshires an der Stirn. Und du hörst komische Sachen im Scanner! Du musst nach Hause. Jetzt sofort. Ich bestehe darauf.«

»Das geht nicht, Carrie. Ich kann es mir nicht leisten, mir zwei Tage freizunehmen.«

»Ist mir egal. Ich sage es dir jetzt …«

»Hallo Sie da?«

Ein kleiner Junge fischte in den Schokoriegeln in meinem Gang herum. Seine Nase lief.

»Was denn?«

»Wo haben Sie denn die extragroßen Schokoriegel?«

»Hast du heute schon zu Mittag gegessen?«

»Hä?« Er blickte hoch und wischte sich die Nase an seinem Ärmel ab.

»Lass das. Nimm ein Taschentuch.«

Er ließ seine Hand sinken.

»Hast du heute schon was zu Mittag gegessen?«

»J-ja …«

»Wirklich?« Von einem kurz aufflackernden Zweifel hinter seinen Augen angezogen, beugte ich mich vor.

»Ja?« Seine Unterlippe begann zu zittern.

»Du. Lügst. Junger Mann«, donnerte ich in einem Ton, der meine Kasse erbeben ließ. »Du hast überhaupt noch nicht zu Mittag gegessen, und deine Mutter hat dir auch nicht erlaubt, einen extragroßen Schokoriegel zu essen. Also, hol dir einen Apfel aus der Obst- und Gemüseabteilung und lauf zu deiner Mutter. Sie ist im Gang mit den Frühstücksflocken und sucht dich schon. Du solltest dich schämen, ihr so einen Schreck einzujagen!«

Er rannte heulend davon.

Carrie zog an ihrem Pony. Dann langte sie herüber und schaltete mein Kassenlicht aus. »Ooo-kay.« Sie berührte mich vorsichtig am Arm, als befürchtete sie, ich könnte zerbrechen. »Du fährst jetzt nach Hause. Ich habe keine Ahnung, was da gerade in dich gefahren ist, aber du hast einen kleinen Jungen zu Tode erschreckt, und wir werden wahrscheinlich vor Gericht gezerrt deswegen. Also musst du jetzt gehen.«

»Aber Carrie … Komm schon, du hast doch auch gewusst,

dass er lügt, oder? Welches Kind braucht morgens um halb elf schon einen extragroßen Schokoriegel?«

»Kann sein, dass er gelogen hat, kann auch nicht sein. Aber du hast ihm eine Heidenangst eingejagt, und die Frau, die da auf uns zumarschiert kommt, ist wahrscheinlich seine Mutter. Also los. Sieh zu, dass du hier rauskommst. Ich kümmere mich um sie.«

»Aber irgendjemand musste ihm doch sagen, dass er sich den Appetit aufs Mittagessen verdirbt …«

»Geh!« Carrie gab mir einen Schubs, und ich wankte auf Beinen davon, die sich ganz steif anfühlten, so als seien sie noch nicht eingelaufen. Alles an mir fühlte sich zart und zerbrechlich an – als probierte ich gerade einen neuen Körper aus. Die Lichter waren zu hell für meine überanstrengten Augen, die Geräusche – Dosen, die gegen metallene Einkaufswagen schepperten, und Absätze, die über den Steinfußboden klackerten – waren zu schrill für meine sensiblen Ohren.

Da passierte es. Ich ging gerade am Saftregal vorbei, als ich es kommen sah: Ein kleines Mädchen reckte sich nach einer Flasche Apfelsaft, die vom Regal kippte, ihr aus der Hand rutschte und gleich auf den Kopf fallen würde. Und dann sah ich mich selbst, wie ich die Kleine in meine Arme riss und ihrer Mutter überreichte, noch bevor die Flasche sie treffen konnte. Aber nicht bevor sie auf dem Fußboden auftraf. Sie zersprang. Saft und Glasscherben verteilten sich auf dem Fußboden und im Regal.

Noch bevor irgendwer sich rühren konnte, bevor irgendwer mit der Wimper zucken konnte, war das Chaos schon wieder verschwunden. Das kleine Mädchen und seine Mutter sahen mich an. Ich betrachtete meine rechte Hand, die noch ganz klebrig war von dem Apfelsaft und diesem streng riechenden Reinigungsfluid vom Vorabend. Die Muskeln in meinem rechten Arm taten weh. Aber der Fußboden blitzte und blinkte wie neu.

»Alles in Ordnung mit ihr?«, fragte ich die Mutter. Sie nickte. Ihr Mund stand offen, und sie blinzelte. »Fein.« Ich bebte förmlich vor lauter Adrenalin und war bereit – geradezu begierig –, noch irgendetwas anderes aufzuwischen. Ich streckte meine Hand nach dem kleinen Mädchen aus und rieb mit zitterndem Zeigefinger einen dunkelroten Fleck – Kirscheis, vermute ich – von ihrem T-Shirt.

Wir musterten uns gegenseitig, die Kleine und ich. Ich starrte in ihre Augen, in ihre Seele und sah – alles. Alles von ihr. Ich sah die Landkarte ihres Lebens – den Tag, an dem sie in der Küche von einem Hocker gefallen war und sich den Milchschneidezahn abgebrochen hatte; die verschlissen aussehende alte Babydecke, unter der sie immer noch schlief und deren Zipfel schon ganz abgegriffen waren, da sie sie jede Nacht umklammert hielt. »Tu das nie wieder«, sagte ich. Ihre großen blauen Augen hielten mich ängstlich im Blick. »Erinnerst du dich noch an das Glas mit den Keksen, das du letzte Woche zerschlagen hast? Du musst aufhören, nach allem zu grabschen. Bitte deine Mutter um Hilfe. Und hör auf, die Legosteine deines Bruders die Toilette runterzuspülen.« Sie nickte, und einen Moment lang war ich zufrieden, denn ich wusste, sie würde tun, was ich ihr gesagt hatte. Einen Moment lang fühlte ich mich, als wäre ich die mächtigste Mutter des Universums und als wäre sie mein Kind. Als wären sie alle meine Kinder.

Aber dann sah ich mich mit den Augen dieser Mutter: als wild gewordene Kassiererin, der irgendetwas aus den Händen troff und die wirres Zeug über Legosteine und Toiletten von sich gab. Ich wich zurück, als die Mutter ihr Kind eng an sich zog. Dann rannte ich los, vorbei an Carrie und Monty und dieser wütenden Mutter mit ihrem weinenden Jungen, der sich zwischen seinen Schluchzern Stücke eines Schokoriegels in den Mund stopfte. Als ich an der Tür ankam, hielt ich an und blickte zurück. Ich konnte nicht anders. Ich fing an zu kichern, ich schäumte geradezu über vor Angst und Begeisterung – und Kraft.

»Ich … Ich … Ach, du lieber Himmel!«

»Was? Birdie, was ist?« Carrie krallte sich an ihren Pony.

»Du wirst es nicht glauben, niemals, aber …« Ich wusste gar nicht mehr, was mit mir los war. Mir traten Tränen in die Augen, Schluchzer mischten sich in mein Kichern, das von Schluckauf unterbrochen wurde. »Ich hab gerade in Gang vier eine Superputzaktion hingelegt!«

Ich drehte mich um und floh, die Konturen meiner weißen Sneakers verschwammen, meine kribbelnden Arme hielt ich ausgestreckt vor mich, als wollte ich eine Luftströmung erwischen, die mich wie einen Geist auf- und davontrüge.

Danach sauste ich in meinem zerbeulten Minivan davon. Und während ich nach Hause fuhr, hätte ich schwören können, dass mich diese Augen von New Cosmos die ganze Zeit verfolgten.

2

Inzwischen habe ich meine berüchtigte Bemerkung natürlich zu »Superputzaktion in Gang vier« verkürzt und sie zu meinem Slogan gemacht. Martin hat mich darauf hingewiesen, dass jeder Superheld so einen Slogan hat – »Shazam!« (Captain Marvel). »Auf, auf, und davon!« (Superman). »Auf, zur Bathöhle!« (Batman). »Heilige Hera!« (Wonder Woman).

Mein Slogan ist also Teil meiner Legende. Das ist das, was nach der Entstehung kommt. Manche nennen es auch »Saga«, glaube ich. Aber da bin ich mir nicht sicher. Ich bin ein bisschen durch den Wind, jetzt, wo ich das Zeug zur … na ja, Legende habe. Gott sei Dank habe ich Martin, der das Dickicht für mich lichtet.

Aber damals dachte ich noch nicht an die Nachwelt und daran, welchen Platz ich einst in der Ruhmeshalle der Superhelden einnehmen würde. Als ich von der Arbeit wegfuhr, wusste ich nur, dass ich nach Hause und den Arzt anrufen musste, weil mit mir irgendetwas ganz und gar nicht stimmte. Und ich hatte es auch wirklich vor – ich meine, ich nahm den Telefonhörer ab und tippte die Nummer ein, aber während ich in der Warteschleife hing, hab ich dann doch gekniffen. Was hätte ich denn sagen sollen? Dass ich Kinder mit einem Blick in Angst und Schrecken versetzen konnte? Dass ich Flüssigkeiten absonderte? Dass ich richtig super putzen konnte?

All das tat ich in der ein oder anderen Form doch schon seit Jahren. Oder nicht? Mit einem Mal wusste ich nicht mehr, was normal war und was nicht. Und ich hatte Angst davor, jemand anderen diese Entscheidung für mich treffen zu lassen.

Also rief ich nicht beim Arzt an, sondern trank stattdessen ein Glas Wein. Dann machte ich ein Nickerchen, und als die Kinder nach Hause kamen, lächelte ich viel, plauderte in einem fröhlichen, gut gelaunten Ton mit ihnen, und sie ignorierten meine Brillanz. Es war, mit anderen Worten, ein ganz normaler Abend. Dann fuhr ich zum Elternabend. Das Leben geht weiter, wie es so schön heißt. Selbst wenn man sich gerade von einem *Schrecklichen Swiffer-Schock* erholt.

»Was machst du denn hier?« Carrie guckte erstaunt durch ihre Brille, als wir uns im Gang der Jerome Siegel High School trafen, in der die Sitzung stattfand.

»Na, was glaubst du wohl?« Ich strich ihr über den Kopf. Ich liebe das, denn Carrie ist der einzige Mensch auf der Welt, der mir – der pummeligen, kleinen Birdie – das Gefühl gibt, groß zu sein. Carrie ist wahrhaft zierlich; sie hat winzige Knochen und Gesichtszüge so zart wie ein Vögelchen. Ich bin einfach nur klein.

»Was ich glaube?« Sie schlug meine Hand weg. »Ich glaube, du solltest zu Hause im Bett liegen.«

»Kann ich aber nicht. Ich bin Schriftführerin, schon vergessen?«

»Na und? Dann schreibt eben mal keiner Protokoll. Wen stört das schon?«

»Unsere Frau Vorsitzende, die stört ...«

»Hallo, die Damen.«

Wir drehten uns um und erblickten unsere unerschrockene Leitwölfin, die immerwährende Vorsitzende des Elternbeirats Patty Osborne. Sie trug einen Hosenanzug, ihr Gesicht war eine perfekte Maske aus mattem Make-up. Und wie immer, wenn ich mit ihrer offensichtlichen Perfektion konfrontiert wurde, zupfte ich an meiner zu weiten Bluse und zerrte am Bund meiner Jeans und spürte, wie meine Nase schweißnass zu glänzen anfing.

»Hallo, Patty«, murmelte ich und scharrte mit meinen Turnschuhen auf dem Boden herum.

»Haben Sie denn Ihren Kassettenrecorder dabei, Birdie? Und Kopien des Protokolls vom letzten Monat?«

»Ja, Patty. Natürlich. Hab ich doch immer.«

»Nun, man wird ja noch fragen dürfen, oder? Besonders in Ihrem Fall, meine Liebe. Außerdem kann man nie gut genug vorbereitet sein!« Plötzlich gesellte sich ihr Ehemann Lex, eine ebenso glanzvolle Erscheinung, zu ihr. Die beiden gaben ein Bild solcher elterlicher Perfektion ab, dass sich mir der Magen umdrehte. Lex legte seinen Arm routiniert um Patty, als posierten sie für eins ihrer zahlreichen PR-Fotos (Gerüchten zufolge hatten sie einen Ausschnittdienst beauftragt, die ganzen Zeitungsartikel zu sammeln): Mr. und Mrs. Elternbeirat unter dem Mistelzweig auf der jährlichen Weihnachtsfeier; Mr. und Mrs. New Cosmos, wie sie an Thanksgiving Truthähne an arme Leute verteilen. Denn irgendwie hatten Lex und Patty ihre Passion für das Backen von Sternenbanner-Plätzchen in ein Multimillionen-Dollar-Unternehmen verwandelt, das gerade in die Liste der 500 größten Firmen aufgenommen worden war. (Was ich nie kapiert habe, denn vorher hat kein Mensch ihre Plätzchen gekauft. Sogar Marge Millers Buchweizen-Curry-Grütze hat sich beim Schulfest besser geschlagen als diese Plätzchen.) Und inzwischen war dieser gescheiterte Bäcker Vorstandsvorsitzender von New Cosmos Industries, ein vornehmer, rechtschaffener Bürger unserer Stadt, Präsident der Handelskammer, engagiertes Mitglied des Fördervereins der Schule – und Vater des neuen Freundes meiner Tochter.

»Ach, hallo, Birdie. Und wie geht es denn Ihrer reizenden Tochter? Es ist schon einen geschlagenen Tag her, dass sie bei uns war, um Harry zu besuchen.« Lex lachte in sich hinein und boxte scherzhaft gegen meine Schulter.

»Ha, ha. Der war gut.« Ich rieb mir die Schulter; so scherzhaft hatte sich dieser Boxhieb gar nicht angefühlt. »Ich hoffe, sie geht Ihnen nicht zu sehr auf die Nerven.«

»Ach, was, nein, natürlich nicht. Wir sind ganz verrückt nach diesem Mädchen. Sie ist ja so höflich und nett und hat so einen guten Einfluss auf unseren Harry.«

»Schon erstaunlich, wie prächtig sie sich unter *diesen* Umständen entwickelt hat, nicht wahr?« Patty lächelte mit fest zusammengepressten Lippen.

»Was soll denn das heißen?«, fuhr Carrie sie an.

»Nichts. Gar nichts. Komm, Liebling, wir müssen die Stühle aufstellen.« Patty nickte Lex zu, und sie verschwanden durch den Flur. Ihre hohen Absätze klackerten über den glänzenden Fußboden.

»Wer kommt denn in Chanel gekleidet zum Elternabend? Also, ich bitte dich. Und wieso lässt du dich von ihr so behandeln, Birdie?«

»Wie denn?«

»Na – so! So wie immer. Jedenfalls seit … du weißt schon.«

»Ja, ich weiß.«

»Birdie, ich hab's dir schon so oft gesagt. Es war nicht deine Schuld, dass die gesamte Klasse deines Sohnes traumatisiert wurde und am nächsten Tag spezielle Therapeuten bestellt werden mussten. Du warst das Opfer. Dein hoch geschätzter Vollidiot von Exmann, Doktor Dan, war schuld.« Carries Beinchen trippelten immer schneller über den Fußboden, je mehr sie sich empörte.

»Na ja, ich weiß das schon«, japste ich, während ich versuchte, mit ihr Schritt zu halten. »Aber anscheinend gibt es immer noch Leute, die mich dafür verantwortlich machen.«

»Weil du sie lässt.« Carrie nickte befriedigt über ihre Diagnose. Sie drückte noch einmal die Schulbank, um einen Abschluss in Psychologie zu machen, obwohl ihr Ehemann Howard permanent mit seinem Auszug drohte – zumindest für so lange, bis sie endlich richtige Patienten hatte. Von dem Bier und den

Tacos, die sie ihn direkt vorm Zubettgehen essen ließ, damit er wilde Träume hatte, die sie analysieren konnte, bekam er schon Magengeschwüre.

»Ich lasse sie überhaupt nicht!«

»Doch, das tust du, Birdie. Du hast ein zu geringes Selbstwertgefühl. Das gepaart ist mit einem ausgeprägten Märtyrer-Komplex. Manche Leute behandeln dich wie einen Fußabtreter, und du lässt es einfach zu.«

»Manche Leute sind eben Idioten«, ließ uns eine warme, sarkastische Männerstimme wissen. Carrie und ich fuhren zusammen.

»Hallo, Carl«, sagte Carrie in diesem Singsang, in den sie immer verfiel, wenn wir zwei zufällig zusammentrafen: Carl Sayers, einsamer Alleinerziehender auf unseren Elternabenden, und Birdie Lee, dito einsame Alleinerziehende.

Carrie schaute erst ihn an und dann mich. Ich sah ein elfenhaftes Lächeln über ihr Gesicht huschen, als sie auf ihre Uhr guckte. »Ach, je«, sagte sie und machte ein Gesicht wie eine aufgeschreckte Frau in einem Cartoon. »Ich muss schnell los. Ich hab noch was zu erledigen. Wir treffen uns drinnen wieder!« Und damit huschte sie durch den Flur davon.

»Warte doch, Carrie …« Ich lief einen Schritt hinter ihr her, blieb dann aber stehen. Ich lächelte Carl an und er lächelte zurück. »Ach, äh … hallo. Schöner Abend, nicht?«

»Ja, schöner Abend. Darf ich Ihnen das abnehmen?« Er zeigte auf meine Tragetasche mit dem aufgedruckten lustigen grünen Riesen aus der Gemüsewerbung.

»Oh, nein danke. Das geht schon.« Ich hängte sie mir über die Schulter und ging in Richtung Cafeteria.

»Was steht denn heute auf der Tagesordnung?« Carl lief neben mir her. Ich versuchte nicht darüber nachzudenken, wie mühelos wir in einen Gleichschritt verfallen waren.

»Ach, das Übliche. Das Wohltätigkeitsbacken; Bibliotheksbücher, die auf die Schwarze Liste kommen sollen; Pattys Top-Ten-Tipps für die Teenager-Erziehung.«

»Na, großartig«, stöhnte Carl. »Sagen Sie mal, glauben Sie, es ist zu spät, sich rauszuschleichen und stattdessen was trinken zu gehen?«

»Ha, ha. Sehr lustig! Sich rausschleichen. Das wär was!« Mein Gesicht glühte, aber mir wurde innerlich ganz kalt und mein Hirn tat mir weh, weil ich angestrengt darüber grübelte, ob da gerade jemand mit mir geflirtet hatte oder nicht.

»Wahrscheinlich haben Sie Recht.« Carl schob seine Hände in die Hosentaschen und fing an zu pfeifen. Ich betrachtete ihn prüfend, doch er hatte seine übliche freundliche Miene aufgesetzt: die Stirn in Falten gelegt und die Mundwinkel zu einem amüsierten Grinsen nach oben gezogen. Er sah immer so aus, als ob er die Pointe eines Witzes zu verstehen versuchte.

»Und, äh, was macht die Arbeit? Im Labor?«, erkundigte ich mich.

»Och, wissen Sie. Das ist immer das Gleiche. Isopropyl, Kalziumkarbonat und Betatests, und ab und zu mal eine Labormaus.«

»Ah ja … Mäuse.«

»Was? Sie interessieren sich nicht für die Auswirkungen ultravioletter Strahlen auf die chemischen Elemente von Farbpigmenten?« Carl blieb stehen und machte ein böses Gesicht, aber seine braunen Augen funkelten nach wie vor.

»Na ja, ich, äh, war noch nie gut in Chemie.«

»Das ist schon okay. Ich auch nicht. Deshalb bin ich ja auch bloß einer von vielen Wissenschaftlern in der Forschungsabteilung einer großen Firma. Ach, übrigens. Haben Sie Martins neuesten schon gesehen?«

»Seinen neuesten?«

»Comic – für die Schülerzeitung. Der ist ganz schön gut; sollten Sie mal lesen.« Carl leitete den Comic-Club, in dem Martin

Mitglied war, zusammen mit Carls Sohn Greg und allerlei anderen zu kurz geratenen, unbeholfenen Jungs. Martin stand total auf die Abenteuer von Rapsta Gangsta, einem Rapper, der gegen das Verbrechen kämpfte und dessen erklärter Feind der Leiter einer gewissen Junior High School war, der nicht erlaubte, dass seine Songs bei Feiern in der Schule gespielt wurden.

»Oh. Nein, den habe ich noch nicht gesehen. Unsereins kriegt so was ja immer als Letzter gezeigt, nicht wahr?« Ich zuckte die Achseln, und ein Träger meiner Tasche rutschte von meiner Schulter.

»Allerdings!« Carl lächelte und streckte die Hand aus, um den Träger wieder hochzuschieben; seine Hand, seine warme, starke und sehr maskuline Hand verweilte nur den Bruchteil einer Sekunde länger als nötig auf meiner Schulter. Oder es erschien mir nur so, während ich reglos dastand. Zu ängstlich, mich zu bewegen, und zu ängstlich, um aufzuschauen oder irgendetwas anderes anzusehen als das Fleckchen Boden vor mir – blauer Linoleumboden mit kleinen goldenen und silbernen Sprenkeln. In diesem Bruchteil einer Sekunde war ich nur dafür empfänglich. Linoleum. Und für die warme, ruhige Präsenz einer Männerhand auf meiner Schulter.

»Hey! Komm zurück! Gib das wieder her!« Zwei Jungs kamen auf uns zugerast. Der Vordere hielt einen Rucksack hoch über seinem Kopf. »Sackgesicht!«, keuchte der Kleinere dahinter. »Den brauch ich! Ich schreib morgen eine Arbeit!«

»So ein Pech aber auch!«, triumphierte der Größere vorne. »Und was willst du jetzt tun? Wieder zum Schulleiter rennen und ihm was vorheulen?«

In mir stieg blanke Wut auf. Ich spürte, wie ich unwillkürlich meine Augen zusammenkniff, meine Nasenflügel zu beben begannen … und meine rechte Hand ganz steif wurde. Plötzlich rutschte der vordere Junge aus, schlitterte ein kleines Stück, warf den Rucksack von sich und knallte hart auf seinen Hintern. »Verdammt!« Ihm traten die Tränen in die Augen, denn er saß in einer Pfütze, einer Pfütze aus …

Putzmittel. Ich starrte meine Hand an. Auf meinen Fingerspitzen glitzerten noch kleine Tröpfchen. Auf dem Fußboden schwamm glitschige, antibakterielle Reinigungsflüssigkeit. Der Geruch von Orange, Chlorreiniger und Swiffer erfüllte die Luft. »Oh! Oh! … Alles in Ordnung mit dir?«, stammelte ich.

Die Jungs gaben mir keine Antwort. Der Kleine las seinen Rucksack vom Boden auf. Ich wich langsam zurück. »Oh, äh, ich muss los!«

»Was?« Carl beugte sich hinunter, um den Jungen vom Boden hochzuziehen.

»Ich … äh … ach, du lieber Himmel!«

»Alles in Ordnung, Birdie?«

»Ja, alles in Ordnung, ich muss bloß … Tut mir Leid … Ich muss … Tschüs!« Carl wollte noch etwas sagen, aber ich konnte nicht mehr warten. Ich drehte mich um und rannte, eine nasse Spur hinter mir herziehend, den Flur entlang. Ich lief durch Flure, in Sackgassen und durch Treppenhäuser und rüttelte an jeder Tür, aber sie waren alle verschlossen. Schließlich entdeckte ich einen Toilettenraum und flitzte hinein – nur um dort auf mehr Schmutz und Dreck und Zigarettenstummel zu stoßen, als ich je gesehen hatte. Mein brennender Arm schoss vor, und ganze Wellen von Reinigungsfluid strömten aus meinen Fingerspitzen. Und es fühlte sich gut an – ach, so gut. Ich schrubbte und wischte und brach dann auf dem Fußboden zusammen. Erschöpft, befriedigt. Und zu Tode erschrocken.

Was zum Teufel passierte da mit mir? Was hatte ich da eben getan? Ich verschloss die Augen vor dem grellen Licht der Leuchtstoffröhren und spürte, wie der Raum sich um mich drehte. Ich schüttelte wieder und wieder meine rechte Hand, so fest, dass sie gut auch hätte abbrechen können, aber in diesem Augenblick wäre mir das nur recht gewesen. Besser nur eine Hand als dieses sonderbare, herumspritzende Ding, das sich an meinen Körper geheftet hatte und nicht mehr abging.

»Weg mit dir! Lass mich in Ruhe!« Ich schüttelte meinen Arm und schlug die Hand auf den Boden; ich hielt sie unter den Wasserhahn und versuchte, sie mit heißem Wasser wegzuwaschen, obwohl ich wusste, dass ich mir dabei die Haut verbrühen würde. Doch nichts dergleichen geschah. Ich stocherte und riss an meiner schwammartigen Hand herum, aber ich konnte sie nicht spüren. Ich spürte gar nichts. Und brach deshalb in Tränen aus.

Nach einer Minute rieb ich mir mit meiner rechten Hand die Augen – und heulte sofort auf, als hätte jemand mit einem glühend heißen Schürhaken in sie hineingestochen. Ich stolperte zum Waschbecken und spritzte mir kaltes Wasser in meine juckenden, triefenden Augen, bis sie sich anfühlten wie Eiswürfel. Schließlich sank ich, zu erschöpft und verängstigt, um mich zu rühren, auf den Boden. Ich hatte ja keine Ahnung, wann meine Hand wieder loslegen würde. Und wenn es noch einmal passierte, würde ich vielleicht einfach sterben.

Plötzlich wollte ich auch sterben. Einfach wegschmelzen und mein Leben aushauchen, ein nutzloser, zitternder Fleck aus streng riechender Flüssigkeit. Denn mir wurde schlagartig übel, als ich begriff, dass ich soeben vor den Augen von Carl Sayers getropft hatte. Ich zog die Knie an die Brust. Ich fühlte mich so nackt und exponiert wie damals, als ich noch stillte und mir in den unpassendsten Momenten die Milch einschoss. Damals tropfte ich auch andauernd los, wild und unkontrollierbar. Genau wie jetzt.

»Na, toll«, sagte ich leise zu mir selbst. »Einfach großartig. Ich bin ein wandelnder Seifenspender. Obwohl diese Rotznase es ja verdient hatte, auf den Hintern zu knallen.« Ich saß lange auf dem Fußboden in dieser Toilette und fragte mich, ob ich wohl die ganze Nacht dort bleiben könnte – meinen Kindern fiele es vielleicht gar nicht auf. Carrie möglicherweise auch nicht. Carl …

Ob es Carl auffallen würde?

»Also hab ich zu ihm gesagt, hören Sie zu, Mister, wenn Sie glauben, damit kämen Sie durch …«, hallte eine Frauenstimme durch den Flur draußen.

Irgendwer kam auf den Toilettenraum zu. Ich raffte mich auf und schaute in den Spiegel. Meine triefenden braunen Augen waren von schwarzem Schmier umrandet, und der Schweiß hatte meinen Pony gelockt und ihn dunkler gefärbt als das übliche Mausgrau. Ich versuchte mich wieder herzurichten, aber während ich an dem Kragen meiner gelbbraunen Cordbluse herumzupfte, wurde mir klar, dass Carl Sayers unter gar keinen Umständen mit mir dickem braunen, moppeligen und tropfenden Etwas geflirtet haben konnte.

Ich rückte seufzend meine Tragetasche zurecht. Auf dem Weg nach draußen streifte ich die beiden Frauen, die gerade hineingingen. »Oh – sieh dir das mal an«, hörte ich die eine von ihnen sagen. »Schau mal, wie unglaublich sauber dieser Toilettenraum ist!«

»Es muss einen neuen Hausmeister geben«, erwiderte die andere. »Riechst du auch Swiffer?«

Ich hielt den Atem an und lief auf Zehenspitzen zur Cafeteria. Carl und die Jungs waren weg. Ich fand einen Platz neben Carrie und schaltete den Kassettenrecorder an. Patty eröffnete gerade per Hammerschlag die Sitzung.

»Birdie?«, flüsterte Carrie.

»Was?«

»Alles in Ordnung mit dir? Du siehst ein bisschen blass aus.«

»Alles in Ordnung.«

»Wie lief's denn?«

»Wie lief was?«

»Na, mit dir und Carl. Du weißt doch, dass er in dich verknallt ist, Birdie. Schon seit Ewigkeiten.«

»Mm. Mag sein. Aber ich bezweifle, dass er es jetzt auch noch ist – wenn er es überhaupt jemals war. Was ich ebenfalls bezweifle.« Ich drehte mich um, um nachzusehen, wo Carl sich hingesetzt hatte; er saß an einem Tisch am anderen Ende des Raums.

»Wie lange ist es jetzt her, Birdie?«

»Was?«

»Seit … na, du weißt schon.«

»Seit diesem Eklat? Seit dem Jahr, in dem die gesamte zweite Klasse zum Therapeuten musste? Seit meiner Scheidung?«

»Ja. Wie lange?«

»Keine Ahnung. Eine ganze Weile. Ein paar Jahre.«

»Vier Jahre«, korrigierte Carrie mich.

»Sechs Jahre, sechs Monate, zwei Wochen und drei Tage«, korrigierte ich sie. »Aber ruhig jetzt. Patty guckt schon zu uns rüber.«

»Verklemmte Zicke.« Carrie verzog das Gesicht. Ich kicherte. Es tat gut, neben meiner Freundin zu sitzen, und es tat gut, über jemand so Albernen wie Patty Osborne lachen zu können. Ich fühlte mich fast schon wieder normal. Aber ich setzte mich trotzdem auf meine unberechenbare rechte Hand, nur zur Sicherheit.

»Also …«, Patty klopfte mit ihrem Hammer auf den Tisch, »wenn wir das Thema Schminkspiegel mit natürlichem Licht in den Toilettenräumen der Mädchen erschöpfend behandelt haben – und ich bedauere sehr, sagen zu müssen, dass sie in diesem Jahr finanziell einfach nicht mehr drin sind –, dann gehen wir jetzt zu einer ganz speziellen anderen Materie über: den Videospielen.«

»Ach, du lieber Himmel«, stöhnte Carrie.

»Der eine oder andere von Ihnen mag vielleicht den Eindruck haben, das gehöre nicht zu den ureigenen Aufgaben des Elternbeirats. Aber dennoch, man muss tun, was man kann. Und angesichts all dieser fürchterlichen, moralisch verkommenen Videospiele, die auf dem Markt sind, muss man einfach handeln, wenn man ein gutes, patriotisches Spiel von aufrechter Gesinnung entdeckt. Deshalb möchte ich gerne mit Ihnen diskutieren, ob wir für das Videospiel ›American Justice‹ nicht eine offizielle Empfehlung der Eltern unserer Schule aussprechen wollen.«

»Wie bitte?« Carrie sprang fast von ihrem Stuhl auf.

»Ich dachte an eine Art Gütesiegel. Wir haben ja bereits über die Verbannung einiger anderer Spiele diskutiert …«

»Was faschistisch und gegen die Verfassung ist«, meldete Carrie sich zu Wort.

»Nun. Ja, bedauerlicherweise«, sagte Patty mit düsterer Miene. »Also warum nicht eine Empfehlung statt eines Verbots? Dieses Spiel ist von hohem erzieherischen Wert.«

»Das soll ja wohl ein Witz sein!« Carrie wand sich auf ihrem Stuhl.

»Die Helden dieses Spiels basieren auf echten historischen Figuren. Sie bekämpfen Terroristen an verschiedenen Wendepunkten der amerikanischen Geschichte und bringen den Kindern auf diese Weise eine Menge über ihr kulturelles Erbe bei. Ganz zu schweigen von den geographischen Kenntnissen. Daher möchte ich den Antrag stellen, von Seiten unserer Schule eine Empfehlung auszusprechen.«

»Außerdem bekommt man zu jedem Spiel einen Gutschein für Patriot Pops«, warf Mary Denton ein, die neben Carl saß. »Ich schließe mich unserer Frau Vorsitzenden an. Wir sollten die Unternehmen unserer Stadt unterstützen. Davon abgesehen spielen es doch ohnehin alle Kinder, oder? Mein Jeffrey spielt es jedenfalls wahnsinnig gern.«

»Jordan auch«, warf Marge Miller ein. »Seitdem er es hat, kann er gar nicht mehr aufhören, es zu spielen.«

»Miranda geht es genauso!«, stimmte Terry Glas mit ein. Alle Eltern im Raum nickten und tuschelten. Außer Carl. Er starrte mit zerfurchter Stirn vor sich hin.

»Wenn Sie meine Broschüre mit dem Titel ›Die Top-Ten-Tipps einer Selfmade-Millionärin zur Teenager-Erziehung‹ gelesen hätten, wüssten Sie, dass Tipp Numero vier die Wichtigkeit hervorhebt, alle Fernsehsendungen und Videospiele einer Prüfung zu unterziehen.« Patty setzte ihr breites, selbstsicheres Lächeln auf, das uns, die wir in den ersten drei Reihen saßen, freie Sicht auf ihre Weisheitszähne gewährte. »Das hier ist ein perfektes Beispiel dafür, wie wir unseren Teenagern die Freiheit einräumen können, solche Spiele zu spielen, und dennoch unseren Einfluss geltend ...«

»*Bulls achtundvierzig, Phoenix sechsunddreißig zur Halbzeit!*«, rief eine erstickte Stimme im Staccato. Ich drehte mich um, um zu sehen, wer da sprach, doch alle hatten ihren Blick auf Patty gerichtet.

»Aber das ist doch schlichtweg falsch«, sagte Carrie. »Haben Sie dieses Spiel schon mal gespielt, Patty ... Ich meine, Frau Vorsitzende? Es ist extrem gewalttätig.«

»Da bin ich anderer Ansicht. Es ist ein schönes Spiel, das patriotischen Werten Ausdruck verleiht – und zwar durch die Verteidigung unseres Heimatlandes, durch die Bekämpfung des Terrorismus. Werte, so möchte ich hinzufügen, die wir alle bei New Cosmos Industries hochhalten – die Mutterliebe, die Vaterliebe, und über allem, die Liebe zum Vaterland.«

»Für Wahrheit, Gerechtigkeit und den American Way«, flüsterte Carrie.

»Das ist aus *Superman*«, flüsterte ich zurück.

»*In Kürze berichten wir ausführlich über die Höhepunkte der Ost-Liga. Aber vorher eine kurze Werbeunterbrechung ...*« Ich drehte mich erneut um. Da war aber niemand, der Radio hörte.

»Hast du das ge...?« Ich stieß Carrie an.

»Pst, das ist wichtig, Birdie.«

»Also, unterstützt jemand meinen Antrag?« Patty wandte ihren Blick Mary zu, deren Ehemann Anwärter auf eine Beförderung zum Familienberater (früher Personalchef genannt) bei New Cosmos war. Mary stimmte dem Antrag sofort zu.

»Danke, Mary. Alle, die dafür sind, dass wir eine offizielle Empfehlung für ›American Justice‹ aussprechen, sagen jetzt: ›Ja‹.«

Alle sagten Ja. Außer Carrie, die laut »Nein« rief. Was mich angeht, so ließ ich den Kassettenrecorder fallen und verschwand während der Abstimmung unterm Tisch, um ihn wieder aufzuheben – eine Technik, die ich über die Jahre perfektioniert hatte.

»Antrag angenommen.« Patty schlug mit dem Hammer auf den Tisch. »Unsere Schule spricht eine offizielle Empfehlung für ›American Justice‹ …«

»Pacers einhunderteins, Milwaukee vierundneunzig. New Jersey achtundneunzig, Orlando achtundachtzig …«

»Was zum Teufel ist das?« Ich stand auf und blickte mich im Raum um. Carrie zog mich wieder nach unten.

»Und nun möchte ich Sie alle daran erinnern, am Samstag zur feierlichen Eröffnung des New Cosmos Patriot Park zu kommen. Ich spreche dem Vorstandsvorsitzenden von New Cosmos meinen Dank dafür aus, dass er es uns gestattet, am Eingang dieses Vergnügungsparks einen Stand zu errichten.« Sie zwinkerte Lex zu, der zurückzwinkerte, und alle lachten außer Carrie, die sich symbolisch den Finger in den Hals steckte. »Und nun lassen Sie uns die Sitzung mit dem Fahneneid beschließen.« Patty hob ihre Hände; alle außer Carrie und mir standen blitzartig von ihren Stühlen auf. Selbst Carl riss sich aus seiner Trance und erhob sich. Er wirkte einigermaßen abwesend.

Die Staccato-Stimme brach abrupt ab. Ich schüttelte den Kopf. »Ich muss Wasser im Ohr haben«, murmelte ich Carrie zu, während ich aufstand und die Hand aufs Herz legte. Carrie verdrehte die Augen und tat es mir nach, obwohl sie nach »Und Freiheit und Gerechtigkeit für alle« einen tiefen Seufzer von sich gab.

»Da sind wir wieder. Und bereiten uns auf den Sprungball von Darren Jameson und LaQuante Jones vor …«

»Carrie!«

»Was denn?«

»Hörst du das nicht?«

»Was soll ich hören?«

»Diese Stimme. Ein Radio oder so was. Ich glaube, das ist ein Basketballspiel.«

»Wovon sprichst du? Wir sind in der Cafeteria, die Turnhalle ist am anderen Ende des Gebäudes, und außerdem findet heute Abend kein Basketballspiel statt.«

»Du ... hörst es also nicht?« Jetzt ging die Stimme zu einem Live-Kommentar des Ballspiels über; die Bulls erzielten gerade drei Punkte durch einen Wurf aus dem Feld.

»Was soll ich denn hören? Hörst du immer noch so merkwürdige Geräusche wie heute Morgen, Birdie?« Carrie drehte sich zu mir hin. Die Sitzung war beendet. Eine Menge Leute scharten sich um Lex und Patty, schüttelten ihnen die Hände und taten ihre Begeisterung über New Cosmos kund. Das Ganze wirkte wie eine religiöse Versammlung.

»Äh, nein, tue ich nicht ...« Aber Carrie fixierte mich mit diesem stechenden, durchdringenden Blick, bei dem man sich immer fragt, wozu um alles in der Welt sie eigentlich eine Brille braucht. »Okay, ich höre merkwürdige Geräusche. Ich hab was gehört ... das wie ein Radio klang.«

»Es war aber gar kein Radio da. Ich war doch die ganze Zeit im Raum. Ich fange wirklich an, mir Sorgen um dich zu machen, Birdie. Willst du nicht doch mal zum Arzt gehen?«

»Ich kann nicht. Ich ... kann einfach nicht. Ich kann's dir nicht erklären.«

»Vielleicht ...«, sie zögerte und zupfte an ihrem Pony. »Ich sage es nur äußerst ungern, aber vielleicht ... Doktor Dan? Könntest du mit ihm darüber sprechen?«

»Carrie.« Ich schob den Kassettenrecorder in meine Tasche und stand empört auf – nicht ohne dabei meinen Stuhl umzuwerfen. »Ich kann nicht fassen, dass du das gerade gesagt hast.«

»Entschuldige. Tut mir Leid, Birdie, wirklich. Es ist nur so … Ich hab dich noch nie so erlebt. Du wirkst so verändert …«

»Inwiefern?« Mein Fluchtimpuls wurde jäh unterbrochen, und ich erstarrte, ein Bein in der Luft wie ein Flamingo. »Inwiefern hab ich mich verändert? Kannst du das sehen? Was ist dir denn aufgefallen? Siehst du …«

»Auf Wiedersehen, Birdie. Carrie.« Carl trat zwischen uns. »Ich hab mich gerade gefragt, ob Sie dieses Jahr beim Herbstball Aufsicht führen, Birdie? Und Sie, sind Sie auch dabei, Carrie?«

»Ich, äh, na ja, ich …«

»Ja, ist sie«, sagte Carrie. »Nicht wahr, Birdie?«

Ich nickte.

»Ich auch. Dann sehen wir uns dort.«

»Okay«, erwiderte ich und schluckte. Carl wandte sich zum Gehen um, und Carrie raffte alle unsere Sachen zusammen und schubste mich hinter ihm her. Wir holten ihn nicht mehr ein, aber wir verbrachten eine angenehme Minute oder länger damit, ihm nachzusehen, während er den Flur hinunterging. Und ich muss zugeben, für einen Mann mittleren Alters hatte er ein knackiges Hinterteil. Nicht so einen flachen Hintern, wie ihn manche Männer kriegen. Seiner war hübsch gerundet und füllte genau die Taschen hinten an seiner Hose aus, aus denen ein kleines Kabel heraushing … ein kleines schwarzes Plastikkabel, das mit einem Ohrknopf verbunden war, welcher wiederum angeschlossen war an ein …

»Radio«, flüsterte ich und ergriff Carries Arm.

»Was?«

»Schau mal!« Ich zeigte auf Carls Po.

»Ja, Birdie, er ist wirklich nicht übel, aber findest du nicht, dass du ein wenig übertreibst?«

»Nein! Schau doch mal da – da ist ein Radio! Mit einem Ohrhörer.«

»So ein Fuchs!«, meinte Carrie lachend. »Das muss man ihm

lassen. Ich wünschte, das wäre mir mal eingefallen. Kein Wunder, dass er nach diesen Sitzungen immer so ruhig und gefasst wirkt. Er kriegt nicht ein Wort davon mit!«

»Nein! Erinnerst du dich nicht, wie ich gesagt habe, ich würde etwas hören?«

»Ja? Und?«

»Ich wette, es war ... ach, vergiss es. Vergiss es, vergiss es, vergiss es!« Ich schlug mir vor den Kopf. »Wie albern von mir. Nein, natürlich nicht. Das geht ja gar nicht. Natürlich nicht.«

»Fahr nach Hause, Birdie. Und leg dich schlafen. Nimm dir morgen frei, wenn nötig.« Carrie hakte sich bei mir unter, und wir gingen zu unseren Autos. »Denn offen gestanden, mache ich mir ein wenig Sorgen um dich. Du zeigst Anzeichen von Paranoia, und das könnte, in Verbindung mit deinem ohnehin schon geringen Selbstwertgefühl, dazu führen, dass ...«

»Carrie.« Ich lächelte meine Freundin an, die wie ein Maulwurf in die Lichter des Parkplatzes blinzelte. »Fahr du auch nach Hause. Füttere Howard mit einem Taco oder zweien, amüsier dich gut bei der Analyse seiner Träume – und hör auf, dir wegen mir Gedanken zu machen.«

»Ich könnte dir ja helfen, wenn du mir bloß ...«

»Gute Nacht, Carrie.« Ich blieb an meinem Minivan stehen.

»Ich würde dir jetzt gern süße Träume wünschen, aber das wäre ja vergebliche Liebesmüh.«

»Tut mir Leid.« Ich zuckte die Achseln. Ich träume nie. Das kann Carrie an mir nicht leiden; sie nimmt es persönlich. Aber ich hab einfach noch nie geträumt, selbst als Kind nicht. Ich kann mich nicht entsinnen, auch nur einen einzigen Traum gehabt zu haben. Nicht mal einen Albtraum. Was gar nicht so schlecht ist, wenn Sie mich fragen.

Ich stand in der offenen Tür meines Wagens und sah zu, wie sie wegfuhr. Ich winkte ein paar anderen Leuten zu, dann schaute ich zu den Sternen hoch und spürte, wie die kühle Nachtluft mir einen Kuss aufs Gesicht hauchte. Es waren zu viele Sterne, als dass man sie hätte zählen können, aber das war schon in Ordnung; der Himmel hatte etwas Wohltuendes und Beruhigendes. Wie eine Decke oder ein Gemälde – etwas, worin ich mich einfach verlieren konnte und worin mich nie jemand finden würde.

Ein gelber Mustang kam mit quietschenden Reifen und offenen Fenstern um die Ecke. Radiogeplärr zerriss die nächtliche Stille. Ich spürte, wie etwas in mir aufgeregt zu zittern begann, es war wie eine Resonanz, ein Vibrieren, ein Warnsignal …

Und bevor ich wusste, was ich tat, war ich schon in meinen zerbeulten Minivan gesprungen und bretterte hinter dem Wagen her. Er hielt an einem Stoppschild. Ich drückte auf die Hupe, sprang heraus und rannte zum offenen Fenster des Fahrers. Drinnen saßen fünf Teenager. Nicht einer von ihnen war angeschnallt.

»Du!« Ich hielt dem Fahrer, einem schlaksigen Jungen mit pinkfarbenen Haaren und einem Nasenring, drohend meinen Zeigefinger vors Gesicht. »Fahr langsamer! Und legt die Sicherheitsgurte an. Und zwar sofort!«

»Was ist das denn?« Er drehte sich lachend zu seinen Freunden um. »Wer ist denn diese wild gewordene Omi auf Droge da?« Er wandte sich wieder mir zu und grinste süffisant. »Mach dich vom Acker!«

»JUNGER MANN!« Das Vibrieren grollte in meiner Brust, polterte an meinen Rippen entlang nach oben und zwängte sich durch meine Kehle. Ich zeigte mit meinem Finger auf seine Nasenspitze. »Ihr schnallt euch jetzt an. SOFORT. Und du fährst langsamer und hältst dich an die Geschwindigkeitsbegrenzung. Sonst …«

»Sonst was?« Das süffisante Grinsen wich aus seinem Gesicht; er wurde blass um die Nase und sah mich ehrlich erschrocken an.

»Sonst nehme ich dir die Autoschlüssel ab und erteile dir eine

Woche Hausarrest. Das gilt für euch alle!« Ich steckte meinen Kopf durch das Autofenster und fixierte jeden einzelnen dieser bibbernden Teenies mit meinem Gnadenlosblick. Dann nickte ich einmal, um meinen Sätzen Nachdruck zu verleihen.

Und es funktionierte. Sie schnallten sich an. Alle gleichzeitig.

»J-ja, Ma'am«, stotterte der Fahrer, ohne mir in die Augen zu sehen.

»So ist es besser.« Ich trat zurück und verschränkte die Arme vor der Brust. »Ihr dürft jetzt fahren.«

»Ja, Ma'am«, wiederholte er. Dann fuhr der Wagen langsam über die Kreuzung und kroch im Schneckentempo die Straße entlang.

Plötzlich fuhr ein Windstoß in die Bäume und schoss durch meinen noch immer vibrierenden Körper. Mein Blick wurde wieder von den Sternen angezogen, die in dem tiefschwarzen Himmel unheimlich glühten. Ich hob meine rechte Hand und erforschte ihre Konturen, die sich schwarz gegen die Sterne abhoben wie die Karte einer geheimnisvollen Insel mit vorspringenden Halbinseln und schmalen Buchten. Ihre strahlende Energie erfüllte mich mit Kraft, und ich spürte, wie ich hier unten auf der Erde strahlte, pulsierend, schimmernd …

Mächtig.

Dann …

»Ich bin dabei, den Verstand zu verlieren«, murmelte ich, als ich wieder auf den Boden der Tatsachen zurückkehrte. Der Wind legte sich, die Sterne wurden blasser, und ein Auto hupte, um mich von der Straße zu vertreiben. »Ich werde komplett wahnsinnig.« Ich schleppte mich zurück in meinen Minivan und machte mich auf den Heimweg. Einmal hielt ich an einer Ampel neben dem gelben Mustang. Der Fahrer sah mich, erbleichte und schaute dann weg. Als die Ampel auf Grün umsprang, wartete er, bis ich angefahren war, und setzte seinen Weg dann fort – mit einer Geschwindigkeit knapp unter dem Tempolimit.

Nachdem ich zu Hause angekommen war, blieb ich noch lange im Auto sitzen und starrte auf mein Haus, von dessen Fensterläden die Farbe abblätterte und dessen einzige Lampe auf der Veranda schief hing. Ich wollte nicht hineingehen. Ich wollte nicht wieder Kellys und Martins Mutter sein und wegen ihrer Hausarbeiten, ihrer unordentlichen Zimmer und ihres verplemperten Taschengeldes mit ihnen schimpfen. Ich wollte die Person bleiben, die aus den Sternen Kraft gezogen hatte und die in den Umrissen ihrer in den leuchtenden Nachthimmel gehaltenen Hand ein geheimnisvolles Zauberland entdeckt hatte. Also öffnete ich das Autofenster, schob meinen Sitz zurück, schloss für einen Moment die Augen und sog die dunstige, muffige Nachtluft ein – einer der Nachbarn musste ein Feuer im Kamin entzündet haben. Es war fast die Jahreszeit dafür.

Ich rutschte auf meinem Sitz herum und kam dabei aus Versehen auf die Play-Taste des Kassettenrecorders. Plötzlich schlug Patty mit ihrem Hammer auf den Tisch, Carrie stieß ihre tiefen Seufzer aus, und wir tuschelten über Carl. Aber da war noch mehr. Viel mehr.

Ich hörte Dinge. Dinge, die mir vorher nie aufgefallen waren: Ticken und rhythmische Geräusche, die sich wie Herzschläge anhörten, Atmen, das Quietschen von Turnschuhen auf einem Linoleumboden. Ich hörte Leute im Hintergrund reden – nicht bloß das übliche Gemurmel, sondern richtige Gespräche. »*Man nimmt ein Päckchen Tiefkühlnudeln*«, sagte Marge, »*und gibt eine Dose grüne Bohnen dazu …*«

»*Aber was ist mit Freitagabend?*«, fragte Terry jemanden. »*Können die das nicht am Freitagabend machen?*«

»*Bulls achtundvierzig, Phoenix sechsunddreißig zur Halbzeit …*« Da! Das war es, was ich gehört hatte – eine Radioansage. Und auf dem Band hörte man Carl Sayers stöhnen und »*Los, Bulls!*« flüstern.

Also hatte ich es wirklich gehört. Ich hatte sein Radio gehört, obwohl ich auf der entgegengesetzten Seite des Raums gesessen hatte, obwohl er Ohrhörer benutzt hatte. Und irgendwie hatte mein Kassettenrecorder es aufgenommen; hatte die Stimmen und Geräusche, Seufzer und Gesprächsfetzen von allem und jedem im Raum aufgenommen. Oder vielleicht …

»*Birdie. Sieht Birdie nicht hübsch aus heute Abend?*« Ich zuckte zusammen, als ich meinen Namen hörte. »*Sie sieht immer so hübsch und gepflegt aus.*« Es war Carls Stimme.

»*Ja, das stimmt*«, erwiderte Mary.

»*Hmmm*«, fuhr Carl fort. Er klang verträumt. Und verwirrt. Und … interessiert.

Ich schaltete den Recorder aus.

Wie lange war es her? Ich saß in meinem Auto und versuchte mich zu erinnern.

Wie lange war es her, seit mir irgendetwas Neues oder Aufregendes widerfahren war? Wie lange war es her, seit ich mich so gefühlt hatte, wie ich mich jetzt fühlte – anders, besser, auf eine grundlegende Art und Weise verändert, die ich nicht verstand? Ich konnte mich nicht erinnern. Hatte ich mich überhaupt schon einmal so gefühlt?

Und wie lange war es her, seit die Stimme eines Mannes eine solche Wirkung auf mich ausgeübt hatte, dass ich darüber nachdachte, wie es sich wohl anfühlen würde, wenn ich mir die Kleider vom Leib reißen und mich in seine Arme werfen würde? Wie lange war es her, seit ich einen Mann berührt, einen Mann geküsst hatte, seit ich von einem Mann gehalten, gestreichelt und geliebt worden war?

Zu lange. So lange, dass ich schon dachte, ich hätte es vergessen. Welches Verlangen die Stimme eines Mannes wecken konnte – Schmetterlinge in meinem Bauch, die mich an jemand anderen denken ließen als an mich selbst. Oder an Kelly. Oder Martin.

Ich spulte die Kassette zurück und spielte sie noch einmal ab.

»*Sieht Birdie nicht hübsch aus heute Abend?*«, fragte Carls Stimme so weich und warm wie eine Sommerbrise, die mich im Nacken kitzelte. »*Sie sieht immer so hübsch und gepflegt aus.*« An der Stelle drückte ich auf die Stopp-Taste; mehr brauchte ich nicht zu hören.

Als ich schließlich schlafen ging an jenem Abend (nicht ohne vorher noch blitzartig die Küche saubergemacht zu haben), setzte ich mich im Schneidersitz auf mein Bett, schleckte ein Orangen-Eis und hörte mir diese Stelle auf der Kassette immer wieder und wieder an. »Sieht Birdie nicht hübsch aus heute Abend? Sie sieht immer so hübsch und gepflegt aus …« Pause, zurückspulen, wieder abspielen. Als ich den letzten klebrigen Tropfen vom Stiel leckte, gestattete ich mir, mich zu fragen, wann wir uns wohl das nächste Mal treffen würden, Carl und ich.

Ich warf den Eisstiel weg und stieg mit klebrigen Fingern und einem Hauch von Orange um den Mund ins Bett. Ich hätte mein Gesicht in Sekundenschnelle sauber waschen können. Aber ich tat es nicht.

Ich wollte mit dem Gefühl von etwas Süßem auf den Lippen einschlafen.

3

So vergingen die ersten Tage nach meinem *Schrecklichen Swiffer-Schock*. Das Leben wurde ein wenig kompliziert; ich tropfte permanent (womit ich eigentlich frühestens ab meinem Fünfundsechzigsten gerechnet hatte). Denn angesichts der Zustände in der modernen Hauswirtschaft konnte ich kein öffentliches Gebäude betreten, ohne gleich anzufangen, mein Fluid zu verspritzen. Weshalb ich dazu überging, einen Brotbeutel aus Plastik über meiner rechten Hand zu tragen. Wenn mich jemand nach dem Grund fragte, erzählte ich, ich hätte einen Ausschlag. Was nicht gelogen war, denn meine Hand war nach wie vor porös und griffig, obwohl ich schon literweise Handlotion verbraucht hatte. Ohrenschützer trug ich ebenfalls. Wann immer mir das konstante Gesumme und Getuschel in meinen Ohren zu viel wurde, setzte ich sie auf (ein altes Paar Tigger-Ohrenschützer, um genau zu sein).

Sie können sich vorstellen, wie meine Kinder auf den Anblick ihrer Mutter mit einer Plastiktüte um den Arm und Tigger-Ohrenschützern auf dem Kopf reagierten. Kelly weigerte sich, mich näher als drei Kilometer an ihre Schule herankommen zu lassen (und zeichnete mir sogar eine Karte, in der sie mit roter Tinte eine Grenzlinie zog); Martin tat so, als würde er mich nicht kennen, selbst wenn wir nur zu zweit zu Hause waren.

Aber auf der anderen, positiven Seite war unser Haus echt sauber. Ich entfernte – schwuppdiwupp – diesen mysteriösen, wie ein Weihnachtsbaum geformten Fleck, der schon seit unserem Einzug oben an der Decke des Wohnzimmers klebte; ich brachte die orangen Flecken auf meiner gesamten alten Tupperware zum Verschwinden; ich bekam die Küchenvorhänge so leuchtend und schneeweiß hin, dass sie wie Engelsflügel aussahen. Bald funkelte unser Haus wie ein nagelneues Spielzeug. Und niemand außer mir bemerkte es.

Hin und wieder befielen mich diese Anspannung und dieses Vibrieren. Es war, als befiele mich Sekundenbruchteile, bevor es dann wirklich geschah, die Vorahnung, dass irgendein Unheil bevorstand. Sie kennen das: Sie sehen, wie Ihr Kind auf einen Stuhl klettert, um an ein Glas über der Spüle ranzukommen, und Sie schauen gebannt zu und denken noch: »Jetzt gleich verliert er das Gleichgewicht, und dann fällt er und knallt mit dem Kinn auf die Arbeitsfläche, und dann müssen wir es nähen lassen.« Und ehe Sie sich versehen, sitzen Sie in der Notaufnahme.

So ein Gefühl überkam mich manchmal, und was wirklich unheimlich war –

Jedes Mal, wenn es mich befiel, schaute ich um mich und sah jemanden, der in Gefahr schwebte. Ein Kleinkind, das aus einem Einkaufswagen zu fallen drohte. Das kleine Mädchen am anderen Ende der Straße, das ohne Helm Fahrrad fuhr. Die Gruppe von Teenagern, die so ins Gespräch vertieft war, dass sie beinahe die Schranken am Bahnübergang bei der Schule ignoriert hätte. Also stellte ich das Kleinkind in dem Einkaufswagen gerade hin, begleitete das kleine Mädchen zurück nach Hause und sorgte dafür, dass es seinen Helm aufsetzte, und rief den Teenies zu, sie sollten stehen bleiben, bevor der Zug angerast kam.

Und in der Welt – oder zumindest in dem kleinen Zipfel von ihr, in dem ich wohnte – war alles in Ordnung. Solange ich in der Nähe war.

Am Morgen des nächsten Samstags stolperte ich dann über einen Gegenstand, der vor meiner Schlafzimmertür lag.

»Wer hat das hier liegen lassen?« Ich hob ein Comicheft auf.

Vorne drauf war Spider-Man abgebildet, der durch die Lüfte schwang. »Martin? Ist das eins von deinen?« Ich legte es vor seine Zimmertür. Dann hörte ich wieder Stimmen. Diesmal aus Kellys Zimmer. Sie klangen leise, monoton und abgehackt. Genau wie die Stimmen, die ich beim Elternabend gehört hatte:

Was'n los?

Nix.

Treffen wir uns gleich?

Jo.

Kuhl. Baby. Hab dich lieb.

Ich dich auch. Dann hörte ich ein fröhliches kleines *Pling*, wie ein winziges Glöckchen.

»Kelly?« Ich klopfte an ihre Tür. Stille. Dann: *Bin gleich wieder da.*

»Was ist, Mom?«

»Mit wem redest du denn da drinnen, Schatz?«

»Mit niemand.«

»Kelly. Ich hab doch jemanden gehört. Wer ist da?«

»Niemand!« Sie öffnete ihre Tür einen Zentimeter weit. Ein graues Auge lugte hinter einem Vorhang aus sandblonden Haaren hervor.

»Ich weiß doch, was ich gehört habe, Kelly.«

»Mom. Du spinnst. Geh und nerv Martin.« Sie schlug die Tür zu.

»Aber … Kelly …«

Was'n los? Das monotone Wispern setzte wieder ein.

Nix. Mom. Du weißt schon.

Tragischer Fall.

»Kelly!« Ich pochte erneut an die Tür.

»Was?« Sie öffnete ihre Tür anderthalb Zentimeter weit. Ich kam in den Genuss *zweier* grauer Augen, die hinter einem Vorhang aus sandblonden Haaren hervorlugten.

»Mit wem sprichst du da drinnen?« Ich stellte meinen Fuß

in die Tür, bevor sie sie schließen konnte. Kelly seufzte tief und vielsagend und ließ mich eintreten.

»Da ist keiner. Siehst du? Mein Gott! Was ist eigentlich dein Problem? Du benimmst dich derart lächerlich in letzter Zeit. Hast du deine Ohrenschützer verloren, oder was?« Kelly sah mich finster an und setzte sich an ihren Schreibtisch. Doch dann hob sie den Kopf, sah mich an und kaute an ihren Fingernägeln herum. Sie wurde ein wenig blass. »Aber es ist doch alles in Ordnung mit dir, oder? Ich meine, seit dem Unfall neulich. Du ... äh, verlierst doch nicht mehr das Gleichgewicht, oder, Mom?«

»Mir geht's gut, Schatz. Wirklich. Ich dachte bloß, ich hätte ... na ja, hast du nicht mit irgendwem oder -was geredet?«

»Nein, ich chatte bloß mit Harry.«

»Oh! Harry! Ach, das ist ja schön!«

»Wie bitte?«

»Ich meine, äh, wie läuft's denn so? In der Schule und ... mit Harry ... wie läuft's denn so?« Habt ihr Sex? Passt ihr auch auf, wenn ihr Sex habt? Ist er gut zu dir? Liebst du ihn? Aber ich konnte diese Fragen nicht stellen; ich hatte zu große Angst vor den Antworten. Ihr eine Haarsträhne hinters Ohr zu streichen, war das Äußerste, was ich zu tun wagte. Sie versteifte sich und wich zurück.

»Alles gut. Ihm geht's gut. Mir geht's gut. Ich muss mich jetzt umziehen.«

»Entschuldige. Ich lass dich schon in Ruhe.« Ich drückte ihr wagemutig einen Kuss oben auf den Kopf, dann schloss ich ganz schnell die Tür hinter mir, damit mir der Anblick ihrer Miene erspart blieb. Aber sobald ich draußen war und die Tür fest verschlossen hatte, hörte ich wieder diese Stimmen:

Schon wieder deine Mom?

Ja.

Gibt's Stress?

Nö. Mom nervt. Ich kann's kaum noch erwarten, nächstes Wochenende bei meinem Dad zu sein!

Dein Dad ist kuhl. Sagt mein *Dad.*

Ja. Stimmt.

Aber deine Mom …

Ja. Ich weiß.

Ich schloss für einen Moment die Augen. Ich wünschte mir, ich könnte zurück in dieses Zimmer gehen und es Kelly erzählen – alles. Alles, was sie nicht über mich und ihren Vater wusste – Dinge, die ein Kind auch gar nicht wissen sollte. Manchmal fiel es mir einfach unglaublich schwer, so weiterzumachen – die Last ihres Glücks auf meinen Buckel zu nehmen, bis ich eines Tages nicht mehr aufrecht stehen könnte. Schließlich ging ich nach unten und schob das, was ich gerade erlebt hatte – die Stimmen und was sie gesagt hatten – ganz weit hinten in mein Gedächtnis, wie ein Eichhörnchen eine Nuss verstaut. In meinem Kopf sammelten sich neuerdings Hinweise an; seit dem *Schrecklichen Swiffer-Schock* waren so viele seltsame Dinge passiert – und passierten noch immer. Aber bislang hatte ich noch nicht die Zeit oder den Mut gehabt, eins und eins zusammenzuzählen.

Die Küche war noch unaufgeräumt vom Frühstück, also brachte ich sie, ohne darüber nachzudenken, blitzschnell in Ordnung. Die erstaunliche Fähigkeit, mit der Kraft von zehntausend Swiffern zu putzen, ging mir allmählich in Fleisch und Blut über. Ich experimentierte sogar mit neuen Techniken. Meine Lieblingstechnik war so ein abgefahrener Wisch mit dem Unterarm, gefolgt von einem zweiten Durchgang mit der linken Hand.

»Mom?«

»Martin?« Ich drehte mich um und versteckte meine tropfende Hand unter meiner Achselhöhle. Gott, war dieses Fluid kalt!

»Mom, hast du gerade …?«

»Ob ich dir gerade einen Snack gemacht habe? Warum? Hast du Hunger? Wie wär's mit einem Sandwich? Erdnussbutter?

Schinken? Mortadella? Erdnussbutter und Mortadella auf Schinken?« Ich lief zur Vorratskammer und holte das Brot heraus.

»Ich hab doch gerade erst gefrühstückt. Mom?«

»Hmmm?« Ich fuhr, nur so zur Show, mit einem Schwamm über die Arbeitsfläche, blickte aber nicht auf.

»Mom … Ach, nichts. Ich schätze, ich …«

»Oh! Rate mal was!« Ich fuhr herum und klatschte in die Hände.

»Was denn?«

»Ich hab mich neulich mit Mr. Sayers unterhalten. Über deine Comics. Er sagte, dein neuester wäre ganz schön gut! Weiter so, mein Junge!«

»Mom!« Martin kniff seine Augen zu und zog die Augenbrauen so zusammen, dass sie eine durchgehende Wellenlinie bildeten. »Wieso hast du mit Mr. Sayers gesprochen?«

»Wieso denn nicht? Wir waren beim Elternabend, und da ist er auf dich zu sprechen gekommen und …«

»Aber warum hast du mit ihm gesprochen? Und dann auch noch über mich? Ich kann es nicht leiden, wenn du das machst. Das geht dich überhaupt nichts an; es ist einfach nur ein blöder Comic, und ich weiß nicht, wieso du mit irgendwem darüber reden musstest. Das machst du andauernd. Andauernd redest du mit meinen Lehrern und fragst sie, was gerade so bei mir los ist … Mom, ich brauche meine Privatsphäre!«

»Ich bin deine Mutter. Ich unterhalte mich einfach gern über dich. Ich weiß gern darüber Bescheid, was bei dir los ist. Weißt du noch, als du in der dritten Klasse warst und ich mit auf diese Exkursion gefahren bin, um …«

»Du willst doch wohl nicht schon wieder damit anfangen, Mom, oder?«

»Womit?«

»Na, mit diesem ganzen ›Weißt du noch damals‹-Gequatsche.«

»Oh.« Ich drehte mich um und betrachtete eingehend die Arbeitsfläche. »Tue ich das? Häufig?«

»Ja, allerdings.« Es klang so, als wäre er mich ganz schön leid. »Außerdem, Mr. Sayers, der ist ganz okay, glaube ich, aber ... ach, keine Ahnung. Es ist einfach komisch, dass du mit ihm geredet hast.«

»Eltern reden nun mal miteinander, weißt du.«

»Ja, ich weiß. Aber es ist trotzdem komisch.«

Eine lange Weile sagte keiner von uns etwas.

»Ich geh dann mal ...«

Ich hörte das Zögern in seiner Stimme, die Entschuldigung.

»In Ordnung. Tschüs, mein Schatz.« Ich drehte mich lächelnd zu ihm um. »Dann bis später, ja? Brauchst du Geld?«

»Nein.« Seine Miene entspannte sich, sodass er wieder zwei getrennte Augenbrauen hatte. »Nein, danke. Ach, und ... äh, Mom? Was ich dich fragen wollte ...«

»Ja?« Meine rechte Hand zitterte, ich schob sie in meine Hosentasche.

»Neulich Abend ... hast du da ... hast du da noch Patriot Pops gekauft? Wir haben keine mehr.«

»Patriot Pops? Ich kaufe heute welche, Spatz. Patriot Pops! Kein Problem!« Das Zittern in meiner Hand ließ gerade noch so rechtzeitig nach, dass ich meinem Sohn zum Abschied winken konnte, als er aus der Küche trottete.

Dann klingelte das Telefon.

»Hallo?«

»Birdie?«

»Ohhh, hallo ...« Ich sank auf einen Küchenstuhl, da ich plötzlich weiche Knie bekam. Kelly kam die Treppe hinuntergerannt und trug dabei eine letzte Schicht Lipgloss auf. Ich hielt sie an ihrer Tasche fest, als sie vorbeilief. Sie fiel fast hin.

»Mom!«

»Danke«, formte ich mit den Lippen und schüttelte den Telefonhörer in der Luft. »Dein Vater.« Ein schuldbewusstes kleines Lächeln umspielte ihre glänzenden Lippen, und sie zuckte die Achseln. Dann schlenderte sie aus der Tür, ohne sich noch einmal umzusehen.

»Birdie, Kelly hat gerade eben angerufen.«

»Gerade eben?«

»Ja. Direkt vor meinem ersten Termin übrigens. Kennt sie denn meine Sprechstundenzeiten nicht?«

»Dan, sie ist fünfzehn und deine Tochter, nicht deine Sekretärin.«

»Nun, egal« – ich hörte die tiefe Enttäuschung in seiner Stimme. Sie lastete schwer auf mir und drückte mich in meinen Stuhl. »Sie sagte, du hättest vor kurzem einen Unfall gehabt?«

»Ja …« Ich hielt die Luft an und wartete, dass er fragte, wie es mir ginge.

»Birdie? Birdie? Bist du noch dran?«

»Nein, es war kein Unfall.« Ich atmete aus. »Ich muss beim Badezimmerputzen ein paar Dämpfe eingeatmet haben, vom Chlorreiniger oder so …«

»Hattest du denn die Lüftung nicht an?«

»Nein, ich hatte die Lüftung nicht an.«

»Und warum nicht?«

»Keine Ahnung. Hab ich vergessen. Ich hatte es eilig und …«

»Kelly sagt, du benimmst dich merkwürdig. Hörst komische Sachen, die gar nicht da sind. Führst dich paranoid auf. Außerdem hat Martin ihr erzählt, er hätte dich neulich Abend irgendwas in der Küche machen sehen …«

»Das … Hat er das gesagt?« Ich schloss die Augen. Hatte Martin denn noch nicht geschlafen, als ich die Küche schwuppdiwupp blitzblank geputzt hatte? Ich war sicher, dass ich nachgesehen hatte. Aber vielleicht auch nicht. Vielleicht war ich in Gedanken zu sehr mit Carl Sayers' Stimme beschäftigt gewesen.

»Ja, obwohl ich sagen muss, dass ich daraus nicht ganz schlau geworden bin. Aber Ohrenschützer, Birdie? Ist das dein Ernst? Ich schicke dir doch den Unterhaltsscheck; regelmäßig. Warum legst du es dann so hartnäckig darauf an, mich in peinliche Situationen zu bringen?«

»Ich bringe dich nicht in peinliche Situationen, Doktor … Dan. Hier geht es gar nicht um dich, sondern um …«

»Es ist schon schlimm genug, dass du als Kassiererin arbeitest. Es reicht, dass du meinen Patienten ihren Kartoffelbrei einpackst. Und jetzt läufst du auch noch rum wie eine Pennerin? Also wirklich, Birdie.«

»Aber ich will doch gar nicht … ich versuche doch gar nicht …«

»Hör zu. Ich muss auflegen, aber ich wollte sichergehen, dass du die Kinder nicht in Gefahr bringst.«

»Ach, verdammt nochmal! Ich die Kinder in Gefahr bringen? Ja, Dan. Ganz genau das tue ich. Ich lege Rasierklingen in ihre Erdnussbutter-Sandwiches. Und spritze Strychnin in ihre Zahnpasta!« Ich sprang vom Stuhl auf und lief in der Küche auf und ab. In mir brach etwas auf, das durch einen ganz ungewohnten Anfall von Wut noch bestärkt wurde. »Ich sage ihnen, sie sollen mitten auf der Straße spielen! Ich nehme sie nur im Auto mit, wenn sie nicht angeschnallt sind! Ich stärke ihre Unterwäsche, jawohl!«

»Kein Grund, sarkastisch zu werden, Birdie. Das passt nicht zu dir. Gib einfach Acht, ja?«

Mir war so, als hätte ich irgendetwas in seiner Stimme gehört – einen weichen Unterton oder eine Frage. Etwas, das ich seit Jahren nicht gehört hatte, und ich bekam weiche Knie. »Acht geben? Du … du möchtest, dass ich Acht gebe? Aber klar, natürlich gebe ich auf mich …«

»Pass einfach auf, dass du keine Dummheiten machst. Sieh zu, dass du mich nicht weiter in peinliche Situationen bringst. Und wenn Kelly mich noch einmal wegen dieser Geschichte anruft, komme ich selbst vorbei. Und zwar vor meinem Besuchswochenende. Hast du verstanden?«

»Ja.« Meine Stimme schrumpfte zu einem Flüstern zusammen, das so leise war, dass es kaum über meine Lippen drang. »Habe verstanden.« Aber er hatte schon aufgelegt. Doktor Dan hatte kein Bedürfnis, sich anzuhören, was ich zu sagen hatte.

Ich saß mit dem Hörer in der Hand da und versuchte mich an einen einzigen Punkt an ihm – an uns – zu erinnern, der gut gewesen war. Das ist ein kleiner Trick, den ich vor langer Zeit gelernt habe. Und der mich davor bewahrt, die Kinder gegen ihn aufzuhetzen. Das werde ich nicht tun. Ich bin eine gute Mutter; das ist das Einzige, was ich sicher weiß. Selbst Doktor Dan hat das früher über mich gesagt, obwohl die Art, *wie* er es sagte – nämlich unglaublich verächtlich – keinen Zweifel daran ließ, dass er es für keine besonders große Leistung hielt.

Ich saß also in der Küche und dachte daran zurück, wie ich zum ersten Mal meinen Namen gehört hatte.

»Birdie«, sagte Dan lächelnd. Wir saßen auf dem Rand eines Brunnens, draußen vor dem Hörsaal des Colleges. Ich hatte auf ihn gewartet; was damals meine Hauptbeschäftigung zu sein schien. Ich wartete lange, aber es machte mir nichts aus. Es gab keinen anderen Ort für mich, keinen anderen Ort, an dem ich lieber hätte sein wollen.

Schließlich kam er die Stufen zum Hörsaal heruntergeschlendert und fand mich geduldig auf einer Bank vor. Wir kannten uns erst seit ein paar Wochen und waren jedes Mal überglücklich, wenn wir uns sahen.

»Birdie«, sagte er, nahm meine Hand und umfasste sie mit seiner großen, fähigen Doktorenhand. »So ein hübscher kleiner Name für so ein hübsches kleines Ding. Birdie. Meine kleine braune Zaunkönigin.«

Ich kicherte, schaute zu Boden und wusste, dass ich meinen Namen bis zu diesem Augenblick noch nie wirklich gehört hatte.

Er war einfach nur eine Äußerlichkeit gewesen, ein Etikett. Bis zu diesem Moment, in dem Dan meine kleine Hand in seine legte wie eine zarte Blume, meinen Namen sagte, ihm auf diese Weise eine Bedeutung verlieh und mich zum Leben erweckte.

»Birdie.« Jetzt sagte ich ihn, während ich allein in meiner strahlend sauberen Küche saß und meine kleine Hand einsam in meinem Schoß lag. Doch dann fiel mir die andere Stimme ein, die meinen Namen ausgesprochen hatte, und ich fragte mich:

Konnte das zweite Mal – bei dem man hoffte, sich sehnte und bei dem man seinen Namen aus dem Mund eines Mannes hörte – je wieder so süß und aufregend sein wie das erste? So viele Dinge sind so viel wichtiger, wenn man jung ist. Damals hieß es Lieben oder Sterben.

Aber jetzt? Ich war nicht sicher. Ich war nicht sicher, ob Leute mittleren Alters noch so lieben konnten. Wir sind so viel … gesetzter. Wir wissen, dass es noch andere wichtige Dinge gibt, außer vor Liebe zu sterben, für die Liebe zu leben oder an der Vorstellung eines lieblosen Lebens zugrunde zu gehen. Wie beispielsweise, sagen wir mal, sicherzustellen, dass man der Tochter die richtige Jeansmarke für die Schule kauft, damit sie einen nicht ewig hasst. Wie genau die richtige Menge Geld zu verdienen, um die Kinder durchs College bringen zu können, aber nicht so viel, dass man sich die Chancen auf finanzielle Unterstützung vermasselt. Wie zu versuchen sich daran zu erinnern, ob man noch einen Liter Milch im Haus hat oder ob man einen braucht, denn wenn man einen kauft, obwohl man zu Hause noch einen vollen Liter hat, wird der neue garantiert schlecht, bevor man ihn trinken kann …

Ich seufzte und ging nach oben, um zu duschen. Ich konnte nicht fassen, wie albern ich mich benahm.

Wenn man verliebt ist oder zumindest hofft, verliebt zu sein, verbringt man seine Zeit doch nicht damit, über verdorbene Milch nachzudenken.

»Wie geht es dir denn heute?« Carrie berührte mich am Arm. Der Bürgersteig quoll über von glücklichen Familien, die ganz begierig darauf waren, die feierliche Eröffnung des New Cosmos Patriot Park zu begehen, und es kaum erwarten konnten, ihre Kinder unter zwölf Jahren bei freiem Eintritt mit hineinnehmen zu dürfen. Umherspazierende Gestalten in Kostümen aus der Kolonialzeit verteilten Gratisproben von authentischem Junk Food aus der Ära des Unabhängigkeitskrieges.

»Gut geht's mir.« Wie alle braven kleinen geschiedenen Mütter, die darauf angewiesen sind, dass ihr Ex ihnen Unterhalt für die Kinder bezahlt, hatte ich meine Ohrenschützer und meine Brottüte zu Hause gelassen. Was vielleicht auch besser war; ich bezweifelte, dass Patty und Lex mich eingelassen hätten, wenn ich so dort aufgekreuzt wäre. Die Menschenmassen um mich herum sahen tatsächlich fein gemacht und blendend gelaunt aus. Es gab praktisch keinen, der nicht auf irgendeine Art und Weise mit New Cosmos verbunden war; entweder gehörten sie selbst zur »Bruderschaft« oder waren mit einem ihrer Mitglieder verwandt. Ganze Familien liefen dümmlich grinsend und mit rotweißblauen Zuckerrändern um den Mund durch die Gegend.

»Und?«

»Und was?«

»Wie gefiel dir denn neulich unser Elternabend?«

»Patty und Lex erinnern mich an Mr. und Mrs. Potatohead aus der *Toy Story*.« Eine forsche Frau im Abigail-Adams-Kostüm mit blendend weißen Zähnen reichte mir eine Schale Patriot Pops.

»Das meinte ich nicht …«

»Stimmt aber echt. Ist dir das denn noch nie aufgefallen? Sie haben beide riesige Köpfe …«

»Birdie! Ich meinte Carl. Er ist extra zu dir hingekommen, um sich von dir zu verabschieden, und dann hat er dich auch noch gefragt, ob du beim Herbstball Aufsicht führst!« Carries Augen funkelten wie kleine blaue Sterne hinter ihrer Brille.

»Er hat sich von uns beiden verabschiedet, nicht nur von mir. Und er hat auch dich gefragt, ob du Aufsicht führst.« Ich zuckte die Achseln und hoffte, Carrie fiel nicht auf, dass ich mir die Haare aufgedreht und ein bisschen Parfüm hinter die Ohren getupft hatte, nur für den Fall ... na ja, nur zur Sicherheit.

»Ach, Birdie! Jetzt stell dich doch nicht blöd. Du weißt genau, wie er das meinte.«

»Carrie«, ich biss in eine Himbeerflagge; meine Zähne zuckten zurück vor all dem Zucker, »außer der Tatsache, dass wir beide geschieden sind und Söhne haben, die Eigenbrötler sind, haben wir nichts gemeinsam. Das ist doch alles Unsinn. Außerdem finde ich, dass du ein bisschen vorschnell urteilst. Er hat mich lediglich zur Sitzung begleitet, mir angeboten, den Kassettenrecorder zu tragen, und sich von mir verabschiedet. Das war's auch schon. Igitt! Erinnerst du dich noch an diese Dinger, die sie beim Schulfest nicht losgeworden sind? Die hier schmecken ganz genauso.«

»Wechsle nicht das Thema. Und zieh nicht so ein Gesicht, Birdie! Die Leute gucken schon!«

»Du klingst schon genau wie Doktor Dan. Der übrigens heute Morgen anrief, falls es dich interessiert.«

»Dieser Idiot! Was wollte er denn?«

»Kelly hat ihn offenbar angerufen und ihm von meinem kleinen ... äh, Unfall erzählt. Und dabei zufällig erwähnt, ich benähme mich ein wenig seltsam – was, nebenbei bemerkt, nicht stimmt. Aber er fing natürlich sofort an, mir einen Vortrag zu halten, wie peinlich ich ihm bin, und dann drohte er damit, persönlich vorbeizukommen, wenn ich mich nicht benehme. Ach, und er hat angedeutet, ich brächte die Kinder womöglich noch in Gefahr.«

»Du und die Kinder in Gefahr bringen! Was für ein Arschloch!« Carrie zog so fest an ihrem Pony, dass ich dachte, sie würde ihn abreißen. Ich grinste und warf die Patriot Pops in den Müll. Wenn sie einmal in Fahrt war, was Doktor Dan betraf, konnte ich sicher sein, für eine Weile unbehelligt zu bleiben.

»Du und die Kinder in Gefahr bringen«, murmelte sie und zuckte am ganzen Körper wie eine Marionette. »Wie kommt er denn darauf? Du bist die beste Mutter, die ich kenne! Kein vernünftiger Mensch käme jemals auf die Idee, dir so etwas zu unterstellen! Sieht er denn nicht, was du aus ihnen gemacht hast? Obwohl *er* sich wirklich alle Mühe gegeben hat, ihr Leben zu ruinieren und seine Kinder in kleine Aufziehpuppen zu verwandeln! Der Mann hat vielleicht Nerven! Und das nach allem, was er dir angetan hat, nach diesem Vorfall in der zweiten Klasse ...«

»Hmmm, mmmm.« Ich nickte, obwohl ich kaum zuhörte, und war froh, dass Carrie meine Kämpfe für mich ausfocht. »Oh, schau mal!« Ich zeigte auf die »American Justice«-Bahn. Dutzende von Leuten standen davor Schlange und warteten geduldig auf ihre Gelegenheit, eine riesige Freiheitsglocke möglichst schnell über die Golden Gate Bridge zu fahren, bevor sie von Terroristen in die Luft gesprengt werden konnte. Ein kostümierter Abraham Lincolnator posierte für Fotos. Sein Zylinder (der in dem Videospiel eine Doppelfunktion als Maschinengewehr hatte), saß sittsam auf seinem Kopf. »Lass uns eine Runde mitfahren, Carrie!« Ich zerrte sie zum Ende der Schlange.

»Für den man ihn an seinen Fußnägeln aufhängen sollte«, zeterte sie nahtlos weiter. »*Dich* vor den Kindern derart in Verlegenheit zu bringen ...«

»Du sagst es!« Und dann sah ich Kelly und Harry; sie standen für eine Fahrt mit der American-Dino-Bahn an. Sie gaben ein hübsches Paar ab, das musste ich zugeben, sie waren beide groß und blond. Er beugte sich zu ihr rüber, streichelte ihre Wange und flüsterte ihr etwas ins Ohr. Und sie nickte so fröhlich, so zufrieden; fast gebannt. Ich spürte ein Kribbeln im Bauch, als ich daran zurückdachte, dass ich mich auch mal so gefühlt hatte – so komplett bezaubert von einem Mann. Es war beängstigend – und zugleich super aufregend. Und man konnte nichts dagegen tun. Außer zu hoffen, dass der Mann einen liebenswürdig und respektvoll behandelte und die eigene Willenlosigkeit nicht ausnutzte – das dringende Bedürfnis, ihm überall hin zu folgen.

»Und dann besitzt er auch noch die Frechheit, mit ihr bei der Weihnachtsfeier der Schule aufzukreuzen und auf lieben, netten Papi zu machen.« Carrie fuchtelte neben mir noch immer wild mit den Armen.

»Recht hast du!« Kelly und Harry waren verschwunden, von der Menge verschluckt. Ich gab mir Mühe, nicht in Panik auszubrechen. Sie war fünfzehn. Er war siebzehn. Er würde nicht zulassen, dass ihr irgendetwas zustieß. Oder doch? Ich biss mir auf die Unterlippe und hätte in meinem unbändigen Verlangen nach einer fetten Dosis Freiheit-oder-Tod-Keksen beinahe einen als Patrick Henry verkleideten Mann ausgeraubt.

Urplötzlich spürte ich hinten im Kopf wieder dieses Sirren. Irgendein Unheil stand bevor. Ich erstarrte, und fast wäre mir einer der Kekse im Hals stecken geblieben. Meine Augen erspähten inmitten des ganzen Trubels und Lärms und der sich drehenden Karussells ein kleines Kind, das ungefähr acht Meter über der Erde das Geländer einer Fußgängerbrücke erklomm.

»Er macht mich einfach rasend«, hörte ich Carrie noch sagen, dann startete ich durch, als hätte ich Raketen statt Turnschuhen an den Füßen. Ich bohrte mich in die Menge hinein und wieder heraus und flog, mehrere Stufen auf einmal nehmend, genau in dem Moment die Brücke hinauf, als das kleine Mädchen durch einen winzigen Spalt im Maschendrahtzaun rutschte, durch den ich unmöglich selber hindurchpasste. Ohne nachzudenken streckte ich meine rechte Hand aus und schnitt mit einem kräftigen Strahl Reinigungsfluid ein Birdie-großes Loch in den Zaun. Dort zwängte ich mich hindurch und riss das kleine Mädchen an mich. Das verzerrte Gelächter der Menge um uns herum trat in den Hintergrund ... Es kam mir vor, als bewegten die anderen sich in Zeitlupe, während ich mich im Fast-Forward-Modus befand. Genau in dem Moment, als der Teil des Zauns, an dem sie sich festhielt, aus seiner Halterung riss, hob ich das Kind auf meinen Arm. Mein Herz schlug so laut, dass ich außer seinem Pochen und dem schweren Atmen des Kindes nichts anderes mehr hörte. Mit einem Schwung meines anderen Arms katapultierte ich uns zurück auf die sichere Seite des Zauns und nahm dabei nur eins bewusst wahr: die ernsten grünen Augen dieses Mädchens, die mich vertrauensvoll fixierten. Einen Moment lang gab es nur uns beide in unserer engen Umklammerung; ganz nah, ganz intensiv. Dann schien alles um uns herum wieder schneller zu werden. Mir blieb gerade noch die Zeit, kurz ihre klebrige Hand zu drücken, dann drehte sich auch schon ihre Mutter um und zog sie an sich. »Oh, Gott sei Dank!«, rief sie und streckte den Arm nach mir aus. Aber ich versuchte zu entkommen. »Wie kann ich Ihnen jemals danken? Wer sind Sie?«

»Ich ... ich bin ...«

Plötzlich war ich von Menschen umringt. »Hast du das gesehen?« »Wie hat sie das gemacht?« »Wer ist das?« Ich drehte mich, von diesen Stimmen und dem hungrigen Blick der Menge bedrängt, immer weiter um meine eigene Achse. Irgendjemand berührte mich am Arm. Ein anderer zerrte an meiner Bluse.

»Ich bin niemand. Das ist doch unwichtig«, ich schnappte nach Luft und versuchte mir einen Weg durch die Menge zu bahnen. »Lassen Sie mich in Ruhe! Gehen Sie ... und essen Sie ein paar Patriot Pops oder sonst was!«

»Aber jetzt warten Sie doch!«, hörte ich die Mutter rufen. »Ich möchte wissen, wer mein kleines Mädchen gerettet hat.«

»Das war Superman«, sagte einer. Die Leute fingen an zu lachen.

Ich blieb stehen. Dann drehte ich mich um, kniff meine Augen zusammen und bedachte die kichernde Bande mit meinem Gnadenlosblick. Das Kichern verstummte schlagartig. »Nein, das war nicht Superman«, verkündete ich. »Das war ich. Einfach nur … einfach nur eine Frau. Aber wir können auch ganz schön super sein.« Damit wandte ich mich um und ging zurück zur »American Justice«-Bahn.

»Wo warst du?« Carrie drehte sich zu mir um und klimperte mit den Augenlidern. »Und was ist mit deiner Bluse passiert? Hast du sie zerrissen?«

Ich blickte an meinem Ärmel hinunter, der vom Ellbogen bis zum Handgelenk aufgerissen war, und versteckte den Arm hinter meinem Rücken. »Ach, ich, äh, musste nur mal aufs Klo. Dabei bin ich wohl mit meinem Arm irgendwo hängen geblieben. Hey!« Ich riss ihr die leere Keksschachtel aus der Hand. »Du hast ja alle meine Kekse aufgefuttert!«

»'tschuldigung.« Sie trat grinsend einen Schritt zurück – und lief genau in Lex Osborne hinein, der von einem riesigen Sicherheitsbeamten mit einer Narbe über dem rechten Auge begleitet wurde. Lex' dichtes Haar, das für einen Mann seines Alters schon erschreckend weiß war, wehte hinter ihm her. Sein sorgsam gebräuntes Gesicht wirkte düster und sorgenvoll.

»Haben Sie gesehen, was passiert ist? Ich hörte, es sei etwas passiert – mit einem kleinen Mädchen?«

»Wir haben nichts gesehen, oder, Birdie?« Carrie sah mich an. Ich zuckte die Achseln.

»Mir wurde aber berichtet, es wäre etwas vorgefallen; irgendeine mysteriöse Person hätte ein Kind an sich gerissen. So etwas können wir hier nicht dulden.«

»Ach, Unsinn! So war das gar nicht!« Ich schüttelte den Kopf. »Ich meine, kann schon sein, dass ich was mitgekriegt habe, aber es sah eher so aus, als wäre das Kind in Gefahr gewesen. Und als hätte der Zaun ein Loch gehabt.«

Lex starrte mich finster an.

»Klingt so, als müsste ich eine gründliche Untersuchung anordnen. Los, komm, Lars.« Er drehte sich auf dem Absatz um, zog ein Handy hervor und flüsterte etwas hinein. Nur ich konnte es hören: »Stell diese Göre mit einer Jahresration Patriot Pops ruhig. Das wird ihr eine Lehre sein«, zischte Lex, während er sich, gefolgt von seinem massigen Sicherheitsbeamten, durch die Menge drängte. »Aber ich will wissen, wer sonst noch dabei war ... Und komm mir nicht mit irgendwelchen Ausflüchten! Bring ihn mir. Und zwar sofort!«

Ich schluckte schwer. Dann packte ich Carrie und lief mit ihr in die entgegengesetzte Richtung.

»Los, komm. Ich glaube, ich sollte lieber gehen. Mir ist gerade eingefallen, dass ich einen Braten im Ofen vergessen habe!«

»Aber es ist doch erst ein Uhr!«, keuchte Carrie hinter mir. »Birdie! Warte doch! Wo gehst du hin? Was ist los? Willst du denn gar nicht wissen, was als Nächstes passiert?«

Aber ich rannte weiter, auf zittrigen, aber starken Beinen, durch meine Adern strömte Adrenalin und trieb mich vorwärts durch die Menge. Meine Augen suchten den Park ab, grasten ihn ab auf der Suche nach – Gefahren. Nach brenzligen Situationen. Nach Kindern in Not.

Und nach Lex und seinem bulligen Gehilfen.

Ich erspähte Martin, der sich gerade an einem Verkaufsstand mit Freiheits-Fruchteis versorgte. Ich rannte zu ihm hin.

»Hallo, Mom. Tante Carrie. Habt ihr schon von dem Helden gehört?«

»Der, der das kleine Mädchen gerettet hat? Mr. Osborne sucht nach ihm ...«, erwiderte Carrie.

»O Mann. Warum geht eigentlich jeder davon aus, dass es ein Mann war?«, murrte ich. »Martin, hast du Kelly gesehen?«

»Sie ist bei Harry. Sie hat gesagt, er würde sie nach Hause bringen.«

»Du kommst jetzt mit mir mit.«

»Mom!«

»Warte mal, was ist denn mit dir passiert, Birdie?« Carrie starrte mich an. »Ich hab gar nicht gesehen, dass deine Jeans auch zerrissen ist. Was ist los? Du siehst aus, als wärst du ...«

»Über einen Zaun geklettert«, meinte Martin, auf meine Beine zeigend. Ich sah an mir hinunter. Meine Jeans hing in Fetzen; meine Beine waren voller Schrammen und getrocknetem Blut. Mit einem Mal wurde mir der Schmerz bewusst; ich fühlte mich, als hätte mich jemand durch ein Feld mit Dornen geschleift.

»Oh. Aua! Uh ...« Ich tippte auf eine offene Wunde an meinem Knie. »Und ich hab meine Handtasche zu Hause vergessen ...«

Carrie und Martin starrten mich mit großen Augen an.

»Na, in meiner Handtasche habe ich Pflaster«, klärte ich sie auf und zwinkerte ein paar Tränen der Frustration aus meinen Augen. »Und Desinfektionstücher. Also muss ich nach Hause. Bitte, ja? Jetzt sofort. Will mich denn niemand nach Hause bringen?«

Martin sagte gar nichts. Er betrachtete lange und ausgiebig meine Schrammen und Schürfwunden. Dann nahm er meinen Arm und führte mich durch die Menge.

Zu Hause ging ich nach oben, um mich umzuziehen, meine Wunden zu verbinden und die Hausapotheke nach einem Schmerzmittel zu durchsuchen. Bedauerlicherweise war es gerade aufgebraucht, aber wir hatten noch ein altes Gläschen mit Baby-Aspirin. Also zerkaute ich ungefähr fünfzig von denen und spülte sie mit einem Glas Wein runter. Draußen vor der Badezimmertür stolperte ich dann erneut über einen Stapel Comics. Damit war das Maß endgültig voll.

»Martin!«, schrie ich aus vollem Hals.

Keine Antwort.

»Martin Stanley Lee, was ist los mit dir? Und was hat es mit diesen Comics auf sich?«

Keine Antwort.

»Okay, jetzt reicht's, Freundchen. Diese Woche gibt's kein Taschengeld. Und nächste Woche auch nicht. Glaub ja nicht, ich räume Tag und Nacht hinter dir her ...« Ich raffte die Comics vom Boden auf, öffnete die Tür zu Martins Zimmer und wollte sie gerade aufs Bett werfen, als mein Blick auf das Heft ganz oben fiel. Es hatte an diesem Morgen schon vor meiner Schlafzimmertür gelegen – *The Amazing Spider-Man*, Nr. 301. Ich nahm es in die Hand und musste unwillkürlich lächeln, bewies es doch, dass mein Dreizehnjähriger mit dem Wuschelkopf und seiner Rockmusik im Herzen immer noch ein kleiner Junge war. Er verehrte noch immer seine Superhelden – wie beispielsweise diesen Spider-Man, der hier auf diesem Bild mit ausgestrecktem Arm durch die Luft segelte, während eine Art Flüssigkeit aus seiner Hand schoss ...

Eine Art Flüssigkeit. Aus seiner Hand schoss. Ich sah mir dieses Bild genauer an. Dann hob ich meine rechte Hand, brachte sie in exakt dieselbe Position, und siehe da: Es schoss Flüssigkeit heraus.

Ich legte die Hefte ab und nahm das nächste vom Stapel – das, welches am Vortag auf rätselhafte Weise seinen Weg vor meine Schlafzimmertür gefunden hatte. *The Amazing Spider-Man*, Nr. 46. »Hütet euch vor der Rache eines verzweifelten Mannes!« Hier lieferte Spider-Man sich einen Kampf mit einem bösartig aussehenden Typen und hielt dabei seine tropfende Hand ausgestreckt hinter dem Rücken.

Ach! Das hatte ich noch nie probiert – diesen Rücken-Flip. Ich imitierte die Haltung, die er auf dem Cover einnahm – *et voilà*: Aus meiner Hand schoss Flüssigkeit. Genau wie bei ...

Spider-Man.

Ich stand im Zimmer meines Sohnes und ließ meinen Blick über die Poster an den Wänden gleiten. Die Fantastischen Vier posierten als Gruppe neben seinem Schrank; Superman flog über Kopf, da er über dem Bett an der Zimmerdecke festgesteckt war; Wonder Woman und ihre Amazonenbrüste standen direkt über der Kommode in Habachtstellung.

Und über dem Computer hing Spider-Man. Er schwang sich durch die Luft und hielt in einem Arm eine Blondine, während er mit dem anderen, ausgestreckten Arm Flüssigkeit verspritzte … und so weiter.

Ganz hinten in einer Ecke des Fensters glitzerte ein Spinnennetz. Ich kauerte mich zusammen, warf meinen Arm hoch wie auf dem Poster und schleuderte mein Reinigungsfluid heraus. Es segelte in hohem Bogen durch den Raum, erhaschte einige Strahlen Sonnenlicht und zerriss dann das Spinnennetz. Ich spürte wieder das Gewicht des kleinen Mädchens in meinen Armen, wie in dem Moment, als ich es auf der Fußgängerbrücke in Sicherheit gebracht hatte – wir beide in unserer eigenen kleinen Welt voller Risiken. Beinahe wäre ein Unglück geschehen. Ich allein hatte die Macht gehabt, es zu verhindern.

Ich sammelte die Comichefte zusammen, schlurfte durch den Flur zu meinem Zimmer und schloss die Tür.

Und begann zu lesen.

4

Nachdem ich Comicheft-Serien von den 30er Jahren bis heute studiert habe (die meisten waren Reproduktionen), kann ich über den durchschnittlichen Superhelden Folgendes sagen:

Ein Superheld/eine Superheldin verfügt in der Regel über einen Haufen cooler Geräte oder Waffen als Hilfsmittel. (Wobei ich das goldene Mieder von Wonder Woman anzweifeln möchte. Ich habe so meine Bedenken, dass seine einzige Funktion darin besteht, sie mit amazonenhafter Kraft auszustatten. Es handelt sich schließlich um ein *Mieder*. Und kein Mensch hat so eine winzige Taille!)

Jene Superhelden, die nicht schon mit ihren übermenschlichen Kräften geboren und die nicht mythologischer Herkunft sind, erhalten ihre Kräfte häufig durch irgendwelche wissenschaftlichen Unfälle, die wiederum meist von diesen unvermeidlichen Blitzen begleitet werden. Manchmal spielt auch Radioaktivität eine Rolle, vor allem wenn der Superheld nach 1945 zur Welt kam.

Ein Superheld hat immer einen Erzfeind. Jemanden, dessen einziger Lebenssinn darin besteht, den Superhelden so gründlich zu töten, dass nur noch winzige Partikel der DNA des ehemaligen Superhelden übrig bleiben. Ich gestehe, dass mir diese letzte Entdeckung schwer zu denken gab.

Denn an jenem Nachmittag, an dem ich so viel über den Roten Blitz und seinen *Schrecklichen Chemieunfall* gelesen hatte, über Clark Kents verzweifelte Bemühungen, seine übermenschlichen Kräfte vor seinen Adoptiveltern zu verbergen, und über die Angst, die Peter Parker ausstand, als er Mary Jane zum ersten Mal vor einem schrecklichen Verhängnis bewahren musste – an jenem Nachmittag begriff ich …

Dass ich eine Superheldin war. Ich. Die kleine Birdie Lee aus Astro Park, Kansas.

»Ach, du Schande.« Ich ließ das letzte Comicheft sinken, trank meinen restlichen Wein und saß einen Moment einfach nur so da, während die Erkenntnis dessen, was während des *Schrecklichen Swiffer-Schocks* alles mit mir geschehen war, wie ein Schwall eiskalten Wassers über mich kam. Ich fragte mich schaudernd, ob ich im Leben je wieder ein warmes, sicheres Plätzchen finden würde. Darauf lief ich zum Fenster und zog die Vorhänge zu, aus Angst, irgendwelche bösartigen Kreaturen mit Reptiliennamen könnten mich bereits im Visier haben.

»Ach, du Schande«, wiederholte ich. »Und was jetzt?« Ich nahm eins der Wonder-Woman-Heftchen und blätterte eine Weile darin. Anschließend marschierte ich zu meinem Ganzkörperspiegel. Ich holte tief Luft, stemmte meine Fäuste in die Hüften und stellte mich breitbeinig hin. Dann zog ich den Bauch ein. Und streckte meine Brüste raus.

»Shazam!«, rief ich. »Bis zur Unendlichkeit und weiter!«

Dann atmete ich wieder aus, und alles (Hüften, Beine, Bauch und Brüste) nahm wieder seinen normalen, teigigen, absolut unsuperheldenmäßigen Zustand an.

»Elasthan«, sagte ich zu meinem Spiegelbild, und es nickte zustimmend.

In dem Moment hörte ich ein Geräusch in der Küche.

»Martin?«

»Mom?«

Ich suchte dieses eine Heft heraus – *The Amazing Spider-Man*, Nr. 301. Es hatte neulich vor meiner Tür gelegen. Jemand hatte es dort hingelegt. Jemand hatte auch die anderen Hefte vor die Badezimmertür gelegt. Und es kam mir der Gedanke …

Dass *jemand* unten war und mit vollen Backen Schokokekse kaute.

»Martin?«

»Hmmmm?«

»Kannst du mal kurz herkommen?«

»Mmmmochaugahmmmm ...«

»Sprich nicht mit vollem Mund!«

»Hhuuummmleid!«

»Komm jetzt bitte mal her.«

Lautes Seufzen. Stapfgeräusche auf der Treppe. Schließlich stieß er meine Tür auf. Seine sandfarbenen Haare fielen ihm ins Gesicht, und seine Schultern hingen schlaff in der grünen Army-Jacke.

»Was'n?« Braune Krümel säumten seinen Mund. Meine Hand bebte, aber ich schob sie hinten in meine Hosentasche.

»Mir ist aufgefallen, dass in letzter Zeit jemand Comichefte vor meine Tür legt.«

»Ach, echt?«

»Warst du dieser Jemand?«

»Kann schon sein.« Er scharrte mit seinen Schuhen über den Fußboden, und sie hinterließen einen großen, schmierigen schwarzen Fleck. Meine Hand brannte und schmerzte. Mein Hosenboden war schon ganz nass, und ich sehnte mich so sehr danach, einfach ich selbst sein zu können – die, die ich jetzt war –, den Fleck wegzuwischen und mein Geheimnis mit jemandem zu teilen. Mit jemandem, der mir nicht raten würde, zum Arzt zu gehen oder meinen Ex anzurufen. Mit jemandem, der mir glauben würde. Jemandem, der Comics las und auch selber zeichnete und der über Comics kommunizierte, der sie unter seiner Kommode versteckte und sie draußen vor meine Tür legte, damit ich herausfand – wer ich war.

»Äh, versuchst du, mir etwas mitzuteilen, Spatz?«

Er zuckte die Achseln.

»Geht es vielleicht um etwas, das du mich hast tun sehen?«

»Weiß nicht.«

»Mit meiner Hand, als ich sauber gemacht habe?«

Erneutes Achselzucken.

»Martin.« Ich setzte mich aufs Bett. »Komm mal her.«

Er kam, den Blick fest auf den Boden geheftet, zu mir geschlurft und setzte sich so steif neben mich wie ein altes Männlein, das sich auf einer Parkbank niederlässt.

»Mir musste ja irgendwann mal auffallen, dass du mir diese Spider-Man-Hefte extra hinlegst, als wolltest du mir damit etwas sagen. Und die Sache ist die: Ich glaube, ich habe dir auch etwas zu sagen. Und zwar geht es um … das hier.« Ich hielt das Heft hoch, auf dem Spider-Man mit ausgestrecktem Arm durch die Luft flog. »Kommt dir das irgendwie bekannt vor? Vielleicht wie etwas, das du mich hast tun sehen … Ach, vergiss es. Das ist verrückt, nicht wahr? Es ist zu verrückt, um überhaupt darüber nachzudenken. Ich weiß nicht, was ich tue. Vielleicht hat Kelly ja Recht. Vielleicht hat dein Dad ja Recht. Vielleicht …«

»Nein!« Martin ließ mich überrascht verstummen. Er starrte mich mit weit aufgerissenen Augen an, jung und hoffnungsvoll – und bereit, mir zu glauben. »Nein«, fuhr er mit so leiser Stimme fort, dass es gerade noch ein Flüstern war. »Ich meine, was glaubst du denn? Was wolltest du mir denn sagen, Mom? Was auch immer es ist, es könnte sein, dass ich es verstehe.«

Ich sah meinen Sohn an. Früher hatte er mal geglaubt, ich sei die Herrin über Tag und Nacht. Ich war der letzte Mensch, den er sah, bevor er schlafen ging, und der erste, wenn er morgens aufwachte. Ich hängte den Mond an den Himmel und zauberte die Sonne herbei. Ich war seine Heldin. Aber dann wurde er größer.

Es waren seine Hände, dachte ich. Es waren seine Hände, die mir zu schaffen machten. Große Hände mit vorstehenden Fingerknöcheln. Raue, sehnige Hände. Ich erinnerte mich noch daran, wie seine Hände ausgesehen hatten, als er ein Baby gewesen war.

Ganz weich und speckig, mit Grübchen auf dem Handrücken, und so klein, dass ich seine Faust mit meiner Handfläche umschließen konnte – ganz zärtlich, wie ich ein Küken umfassen würde, um es in Sicherheit zu wiegen, für immer und ewig. Inzwischen waren seine Hände größer als meine. Eines Tages würden sie meine winzigen, knorrigen Hände umschließen – und zwar eher, als wir beide es uns vorstellen konnten. Ich hatte nicht mehr viel Zeit – das dachte ich in diesem Moment. Mir blieb nicht mehr viel Zeit, um seine Heldin zu sein.

»Also gut, in Ordnung.« Ich holte Luft und stand auf. »Hol ein Glas Milch.«

Martin fragte nicht nach. Er lief einfach nach unten und kehrte keuchend mit einem Glas Milch zurück.

»Stell es auf die Kommode.«

Er tat es.

»Und jetzt stoß es um.«

Er zögerte eine Weile – schließlich hatte er sein ganzes Leben lang von mir immer gehört, er solle Acht geben, nichts zu verschütten. Aber dann schaute er mich mit seinen blauen Augen vertrauensvoll an und schubste das Glas von der Kommode. Darauf trat er einen Schritt zurück und guckte erwartungsvoll zu …

Während eine Welle des Stolzes durch meinen Körper lief, die Wirbelsäule entlang, durch die Brust und in die Arme, bis schließlich ein stetiger Strahl in einem glänzenden Bogen aus meiner rechten Hand schoss, das fallende Glas auffing und es zurück auf die Kommode schob, bevor es zu Boden stürzen und zerbrechen konnte. Anschließend wischte meine griffige, schwammartige rechte Hand die paar auf den Boden geschwappten Milchtropfen weg – in einer perfekten, wunderschönen Dreh- und Streichbewegung, welche für mich selbst überraschend in einer schwungvoll-dramatischen Geste endete. Danach war es an mir, einen Schritt zurückzutreten. Und erwartungsvoll zu gucken.

»Ach, du heilige Scheiße«, sagte mein Sohn, mein Baby. Sein Gesicht war vor Aufregung und ungläubigem Staunen – und noch aus einem weiteren Grund, der sich mir nicht ganz erschloss – rot angelaufen.

»Tja, mein Schatz. Du sagst es. Aber irgendwie auch nicht übel, oder?«

»Absolut obergeil!«

»Martin!«

»Das ist ja so, als wärst du so eine Art übermenschliche Maschine«, platzte Martin heraus. »Ich wusste es! Ich hab dich neulich abends in der Küche gesehen, aber ich war mir nicht sicher. Und dann heute im Park – du hast das kleine Mädchen gerettet, stimmt's?«

»Ja.« Ich senkte bescheiden den Kopf.

»Wow! Wann ist denn das passiert? Und wie? Und wieso?«

»Keine Ahnung.« Ich grinste, da mir gerade klar geworden war, was noch in seinen Augen stand: Bewunderung. »Ich glaube, es hat nach diesem Unfall im Bad angefangen …«

»Ja, die Dämpfe, das muss es gewesen sein!« Martin schüttelte seinen Wuschelkopf und lief im Zimmer auf und ab. »Eine Art Chemieunfall. Wie bei Barry Allen.«

»Barry Allen?«

»The Flash – der Rote Blitz.«

»Ach, ja.«

»Und was kannst du sonst noch?«

»Na ja, ich weiß nicht so genau. Ich hab so eine Art sechsten Sinn, der mir sagt, wenn Leute in Schwierigkeiten sind. Vor allem Kinder, wie heute Morgen. Dann ist es so, als würde mir was den Rücken runterlaufen. Darauf drehe ich mich um und sehe ein Unglück kommen, kurz bevor es eintritt. Also verhindere ich es. Ach, und offenbar besitze ich auch die Fähigkeit, kleine Kinder in Angst und Schrecken zu versetzen, weil ich genau weiß, was in ihnen vorgeht.«

»Der Super-Spinnensinn.« Martin nickte, als hätte er nichts anderes erwartet.

»Äh, was?«

»Super-Spinnensinn. Wie Spider-Man ihn hat. Er entwickelte den Spinnensinn, nachdem ...«

»Er von einer radioaktiven Spinne gebissen worden war!« Ich schnippte mit den Fingern. Martin nickte anerkennend.

»Also sieht es ganz so aus, als hättest du den Super-Mom-Sinn, oder? Ich meine, Mütter machen alles sauber, sie wissen, wann Kinder in Schwierigkeiten sind, sie wissen, wann Kinder lügen ...«

»Super-Mom-Sinn.« Ich nickte. »Cool!«

»Sonst noch was?«

»Ja, Stimmen. Ich höre diese Stimmen. Aber ich bin nicht sicher, was das ist.«

»Stimmen? Echt? Du hast ein Supergehör entwickelt, wie Superman den Röntgenblick?«

»Nein, eigentlich nicht. Ich kann nicht wirklich hören, was die Leute reden, es sei denn ... ach, das klingt so albern.«

»Was?« Martin setzte sich neben mich und verschränkte die Arme vor der Brust. In diesem Augenblick glich er Doktor Dan aufs Haar.

»Na ja, ich kann Geräusche auf der Kassette hören, die ich bei der Sitzung selbst nicht hören konnte. Außer Carl – Mr. Sayers' Radio, das hab ich gehört ...«

»Äh, wie?«

»Warte einen Moment.« Ich nahm den Kassettenrecorder vom Nachtschränkchen und drückte auf die Play-Taste. »Hör dir das an. Was hörst du?«

»Ich höre eine Frau, die Elternbeiratskram von sich gibt. Ich höre Tante Carrie, die sie eine blöde Ziege nennt. Ich höre ...«

»Aber hörst du auch die anderen Stimmen?« Wir waren genau an der Stelle, an der Marge von den Tiefkühlnudeln sprach.

»Nö.«

»Mmh.« Ich kratzte mich am Kopf. *»Sieht Birdie nicht hübsch aus heute Abend?«* »Huch!« Ich wurde rot und stellte den Kassettenrecorder aus.

»Huch, was?«

»Hast du wirklich nichts gehört?«

Er schüttelte den Kopf.

»Gut.«

»Mach's nochmal«, drängte Martin mich mit einem verschmitzten, jungenhaften Blick.

»Mach was nochmal?«

»Mach nochmal die Wurf-Nummer mit dieser Flüssigkeit wie Spider-Man, wenn er seinen Spinnfaden schwingt.«

»Aber es gibt nichts, was ich sauber machen könnte.«

»Na und? Du bist gut im Saubermachen. Und ich bin nicht schlecht im Dreckigmachen!«

»Auch wieder wahr.« Ich grinste meinen Sohn an. Der aufstand, meine Hand nahm und mich der Welt zurückgab – wo wir eine unvergessliche Stunde zusammen verbrachten. Martin verkleckerte Sachen, die ich dann aufwischte. So einfach war das. Ich konnte mich nicht erinnern, jemals mehr Spaß gehabt zu haben.

»Aber sag mal«, meinte ich, nachdem ich einem sensationellen Gemisch aus Haargel, Blumenerde und Erdnussbutter zu Leibe gerückt war, »wie geht's jetzt weiter?«

»Äh, was?« Martin war gerade dabei, eine Pyramide aus Modellbaufarben ohne Deckel zu bauen. Er nahm einen Basketball, zielte sorgfältig und feuerte.

»Was mache ich denn jetzt?« Ich schleuderte mein Reinigungsfluid in alle Ecken seines Zimmers und fing den Regenbogen aus Farben ab, bevor sie den Boden berührten.

»Wie meinst du das? Ich würde sagen: Du putzt. Und du rettest kleine Kinder.« Martin zuckte die Achseln und nahm einen kräftigen Schluck von seiner Cola. Dann zerdrückte er die halb leere Dose mit seiner Hand, sodass Cola-Spritzer durch die Gegend stoben.

»Aber wie?« Ich wischte sie alle mit einer lockeren Handbewegung weg. »Wandere ich jetzt durch die Weltgeschichte und suche nach Dingen, die ich in Ordnung bringen kann, wie dieser Typ aus *Kung-Fu*? Oder mache ich einfach weiter wie bisher?«

»Das wär doch irgendwie Verschwendung, findest du nicht?«

»Genau das hab ich auch gedacht. Und was ist mit diesen anderen Sachen? Damit, dass ich Dinge hören und sehen und kleine Kinder zum Weinen bringen kann?«

»Aus großer Kraft folgt große Verantwortung«, leierte Martin in einem Tonfall herunter, der exakt an den von Doktor Dan erinnerte. Worauf ich ihn vorsichtshalber lieber nicht hinwies.

»Ich weiß, ich weiß. Das ist von diesem blöden Peter Parker.« Ich ließ mich auf seinen Sitzsack fallen.

»Hey!«

»Hey was?«

»Kannst du eigentlich fliegen?«

»Wie bitte?«

»Na ja, wenn man den meisten Marvel-Comics und allen DC-Comics glaubt, dann müsstest du eigentlich fliegen können. Meinst du, du könntest mich mal zur Schule fliegen? Dieser Blödkopf aus dem Bus, Jamie Flugal, dieser blöde Arsch, der mich andauernd ärgert: Der macht sich in die Hose, wenn er das sieht!«

»Martin, nimm nicht solche Worte in den Mund. Fliegen?« Daran hatte ich gar nicht gedacht. Konnte ich fliegen? Ich? Birdie? Es hatte mal eine Zeit gegeben, da war ich für jemanden seine kleine braune Zaunkönigin gewesen. Vielleicht war das ja ein Omen. »Ich weiß es nicht.« Ich sah Martin an, der vor Aufregung ganz blass geworden war. Das war offenkundig eine viel größere

Nummer, als Putzmittel aus den Händen abzufeuern. »Vielleicht sollte ich es ja mal ausprobieren?«

»Au ja! Los, komm!« Martin rannte zu seinem Fenster und öffnete es.

»Was machst du denn da?«

»Hier! Los! Spring einfach aus dem Fenster und flieg. Los, Mom!«

»Oah! Moment. Warte mal.« Ich ging zum Fenster und sah hinunter – der Boden lag, wie es meinen ängstlichen Augen scheinen wollte, ungefähr hundert Meter unter mir. Und sah hart aus. Martins Zimmer liegt über der Terrasse. Die aus Steinplatten besteht. Und darauf standen Gartenmöbel. Und ein Blumengitter. Mit spitzen, rostigen Kanten. Die wahrscheinlich ganz schön wehtaten, wenn man von ihnen durchbohrt wurde.

»Vielleicht sollten wir es mit etwas ... Niedrigerem versuchen«, schlug ich vor.

»Wieso? Hast du Angst?« Martin sah ehrlich erstaunt aus, sein Mund stand offen, und er hatte seine Augenbrauen bis zum Anschlag hochgezogen. Ich glaube, in diesem Moment hatte er einfach vergessen, dass ich immer noch seine Mutter war, die Frau, die Angst vor Spinnen und Wasserwanzen und Schmetterlingen hatte, die Frau, die immer noch mit einer brennenden Nachttischlampe an ihrem Bett schlief.

»Nein, nein, ich hab keine Angst. Nicht direkt. Ich bin nur ... vorsichtig. Ja, genau. Vorsichtig! Wir wollen doch nicht, dass die Nachbarn Wind von der Sache kriegen, oder? Stell dir vor, Mr. Shoemaker guckt aus dem Fenster und sieht mich über sein Haus fliegen.«

»Ach, ja. Stimmt.« Martin nickte nachdenklich.

»Wie wär's denn mit« – ich schaute mich suchend im Garten um – »der zweiten Stufe von der Hintertreppe?«

»Mom! Also bitte!«

»Okay. Und mit dem Dach des Geräteschuppens?«

»Das müsste gehen!« Schon rannte Martin – schneller als der Rote Blitz – die Treppe hinunter und nach draußen.

Ich folgte ihm, da meine Ambitionen, eine weitere, neue Superkraft zu entdecken, stärker waren als mein Stolz darauf, dass ich mir noch nie einen Knochen gebrochen hatte. Und um ehrlich zu sein, konnte ich es gar nicht erwarten – zu fliegen. Ich konnte es gar nicht erwarten, mich schwerelos und geschmeidig und federleicht zu fühlen; ich konnte es gar nicht erwarten, über meinen kleinen Zipfel der Welt hinzugleiten, auf alle anderen herabzuschauen und sie zu bemitleiden. Aber vor allem konnte ich es gar nicht erwarten, mich jung zu fühlen. Denn verleiht das Fliegen nicht, wenn nicht gerade Unsterblichkeit, so doch fast so etwas wie ewige Jugend? Wenn's ums Fliegen geht, denkt man schließlich nie an alte Leute, oder? Es sind immer die Jungen – winzig kleine russische Turner, Peter Pan, dieser tollkühne Artist auf dem Trapez –, von denen man sich vorstellt, dass sie durch die Lüfte schweben, ohne von Sorgen oder Ängsten beschwert zu sein.

Und in diesem Moment – während ich in den leeren, wolkenlosen Himmel hinaufblickte, in dem genug Platz für all die Träume war, nach denen zu greifen ich mich nie getraut hatte, mein ganzes Leben nicht –, in diesem Moment wollte ich fliegen.

»Okay, Mom!« Martin winkte mir vom Dach des Geräteschuppens aus zu. »Komm hoch!«

»Äh, wie denn?«

»Über die Leiter hinter dem Schuppen!«

»Alles klar …« Ich ging auf die Leiter zu. Ich vergewisserte mich, dass sie fest am Schuppen lehnte. Ich erklomm eine Sprosse. Ich fragte mich, wie lange es schon her war, dass ich eine Leiter hochgestiegen war. Und schätzte, ganz grob, ungefähr vierzehn Jahre.

Aber da oben war mein Sohn und wartete auf mich. Und ich wollte fliegen.

»Hallo, mein Spatz.« Ich zog mich ächzend über die oberste Sprosse.

»Cool hier oben, findest du nicht?« Wir ließen unsere Blicke über den Garten schweifen – das von Unkraut überwucherte Gemüsebeet; die Rückwand der Garage, an der wir alle unsere alten Geräte zum Sterben ablegen – ich erspähte die alte Kaffeemaschine und eine Nähmaschine, die meine Mutter mir mal zu Weihnachten geschenkt hatte; die rückwärtige Hauswand mit ihrem bunten Mischmasch nicht zueinander passender Vorhänge; ein an einem Gitter emporrankendes Efeu; die Gartenmöbel mit den gestreiften Kissen, deren Farben schon ganz ausgebleicht waren.

Und all das sah sehr beruhigend aus. Gemütlich. Wie ein Zuhause.

»Kommst du oft hierher?« Ich gesellte mich zu ihm auf den Dachfirst, achtete aber sorgfältig darauf, nicht hinunterzugucken.

»Klar«, sagte er mit einem leisen, zufriedenen Schnauben. »Superoft. Mir gefällt's hier.«

»Und was machst du ganz allein hier oben?«

»Nachdenken. Über alles Mögliche. Ein Mann braucht manchmal einfach ein bisschen Zeit für sich, Mom.«

»Oh.« Mein Mund zuckte, aber ich sog meine Wangen ein und verhinderte so, dass mir ein Lächeln entschlüpfte. »Das war mir nicht klar.«

»Doch, echt. Ich meine, mit dir und Kelly … da brauche ich einfach einen Ort, an dem ich einfach mal ganz Mann sein kann. Schätze ich.«

»Schätze ich auch.« Ich runzelte die Stirn, als er sein Gesicht abwandte. Mein Sohn. Er war nicht gerade ein Mann der vielen Worte; außer Turnschuhen und Hamburgern schien er kaum mal irgendwas von irgendwem zu brauchen. Aber da hatte ich mich geirrt. Etwas sehr Wichtiges – beziehungsweise einen sehr wichtigen Menschen – brauchte er doch. Und nichts, was ich tat, nicht mal jetzt, wo ich eine Superheldin war, konnte ihm den ersetzen.

»Also. Willst du einfach so runterspringen?«

»Hm … ja klar.« Ich stand, ein wenig weich in den Knien, auf. Dann blickte ich hinunter.

Es war gar nicht so hoch. Nur für den Fall, dass ich abstürzte. Bloß knapp zwei Meter oder so. Vielleicht auch drei. Mehr aber nicht. Drei Meter. Schlappe drei Meter. Und das Gras in diesem Teil des Gartens war schön hoch und saftig … was mich daran erinnerte, dass Martin diese Woche vergessen hatte, es zu mähen. Aber in dem Moment war mir nicht danach, darauf zu sprechen zu kommen.

»Warum stellst du dich nicht unten hin? Nur für den Fall?«

»Nur für welchen Fall?«

»Nur für den Fall … du weißt schon. Dass ich es nicht hinkriege?«

»Aber, Mom! Du schaffst es. Du bist jetzt eine Superheldin!« In seiner Stimme lag ein so selbstverständliches Vertrauen, eine solche Zuversicht. Es war gar keine Frage: Ich konnte fliegen. Fast glaubte ich es selbst.

»Na ja. Mir wäre es trotzdem lieber. Okay?«

»Okay.« Er kletterte die Leiter hinab. »In Ordnung, Mom. Ich bin hier!« Er winkte mir von sicherem, festem Grund aus zu. »Los!«

»Ja. Los«, flüsterte ich. »Okay!«, meinte ich winkend. Ich führte meine Hände über den Kopf. Ich ging in die Knie. Ich stieß mich ab. Ich fiel zu Boden.

»Alles in Ordnung?« Martin stand wie angewurzelt da, offenbar zu überrascht, um sich von der Stelle bewegen zu können.

»J-jooa …« Ich rappelte mich hoch. Auf meiner Jeans prangten riesige Grasflecken, die ich mit einem Fingerschnippen beseitigte.

»Du bist nicht geflogen.«

»Ja. Ich weiß.«

»Wieso denn nicht?«

»Weiß auch nicht.« Ich probierte meine Arme und Beine aus, schüttelte sie, ging hin und her. Es schien nichts gebrochen zu sein, wenn auch alles wehtat.

»Vielleicht hast du es nicht richtig gemacht.«

»Aha. Dann sag mir, wie es geht. Wäre wirklich schön zu wissen.«

»Mensch, Mom, jetzt werd doch nicht gleich sauer. Ich kann doch nichts dafür!«

»Entschuldige. Tut mir Leid, Spatz. Das weiß ich doch. Es ist nur ... Was sollen wir denn jetzt machen?«

»Es nochmal versuchen. Ja, was denn sonst?« Martin schüttelte den Kopf.

»Oh. Gut.« Ich kletterte wieder die Leiter hoch. Martin stand unten und lief auf und ab wie ein werdender Vater.

»Okay, Mom. Jetzt denk mal nach. Was machst du, bevor dein Fluid rausgeschossen kommt? Was sagst du vorher, an was denkst du?«

»Nichts. Ich weiß es nicht. Ich sehe Schmutz und dann zeige ich einfach mit der Hand darauf und weiß, dass er verschwinden wird. Dann ist er weg, und alles ist sauber und wie neu.«

»Gut. Großartig! Dann stell dir einfach vor, du fliegst. Zeig mit der Hand in den Himmel und stell dir vor, wie du fliegst, und dann flieg los!«

»So könnte es gehen.« Ich stellte mich aufrecht hin, reckte meine Hand in den Himmel, sah mich über die Bäume dahinfliegen –

Und sah mich zu Boden stürzen. In Zeitlupe. Ich hatte genügend Zeit, die Knöpfe an Martins Jacke zu zählen. Sieben Stück waren es.

»Wow.« Martin pfiff leise durch die Zähne. »Das hat bestimmt wehgetan.«

»Mmh. Ja, durchaus.« Ich richtete mich wieder auf und befreite meine Turnschuhe von ihren Grasflecken. »Ist dir schon mal in den Sinn gekommen, dass ich vielleicht gar nicht fliegen kann?«

»Ja, klar. Ich meine, Batman kann auch nicht fliegen.«

»Batman kann nicht fliegen? Warum hast du mir das denn nicht gesagt? Danke, Martin. Heißt das, dass nicht jeder Superheld fliegen oder sich irgendwo hochschwingen oder wahnsinnig hoch springen kann?«

»Nein, nicht jeder. Das hängt ganz von den jeweiligen Kräften ab. Und rein praktisch gesehen hat Batman gar keine richtigen übermenschlichen Kräfte. Er hat bloß richtig coole technische Gerätschaften. Außerdem beherrscht er asiatische Kampfsportarten, und einen Butler mit dem Namen Alfred hat er auch.«

»Das erklärt eine Menge – einen Butler? Wie kriegt man denn so was?«

»Ich glaube, dazu braucht man reiche Eltern, und dann muss man mit ansehen, wie sie kaltblütig ermordet werden, und dann erbt man alles.«

»Oh.« Wir saßen zusammen im hohen Gras. Ich schaute in den Himmel hoch. Sehnsuchtsvoll und traurig dachte ich an meinen Traum, von dem ich gar nicht gewusst hatte, dass ich ihn hegte. Bis gerade eben. »Vielleicht … entdecke ich ja später noch, dass ich fliegen kann. Kommt das auch schon mal vor?«

»Könnte sein. Manchmal entwickeln Superhelden mit der Zeit weitere Kräfte.«

»Gut«, flüsterte ich.

»Weißt du was?« Martin schüttelte den Kopf, und seine wuscheligen Haare flogen ihm ins Gesicht. »Ich fasse es nicht, dass von allen Leuten, die ich kenne, ausgerechnet du zur Superheldin wirst. Ich meine, also wirklich.«

»Wie meinst du denn das jetzt?«

»Ich meine, du bist doch Mom. Du machst doch eigentlich gar nicht so richtig viel. Du putzt bloß und so. Aber sonderlich stark bist du nicht – und du kannst nicht mal die Glühbirne an der Veranda vor dem Haus auswechseln. Das lässt du immer mich machen …«

»Glaubst du etwa, das tue ich, weil ich es selbst nicht kann?« Ich blinzelte ihn an.

»Na ja. Doch. Wahrscheinlich schon.« Er reckte sein Kinn hoch, und einen Moment lang sah es ganz ausgeprägt und kantig aus – genau wie das seines Vaters. Wie das Kinn eines Mannes.

»Da ist nix mit ›wahrscheinlich‹, Freundchen. Merk dir das. Trotzdem bleibt es deine Aufgabe, nicht meine.«

Er riss einen Grashalm aus und legte ihn zwischen seine Schneidezähne. »Und wie willst du dich jetzt fortbewegen?«

»Wie bitte?«

»Wie willst du zum Tatort eines Verbrechens kommen? Wie willst du den Schurken auf den Fersen bleiben?«

»Welchen Schurken?«

»Na, denen, die du zur Strecke bringen musst. Du bist jetzt eine Superheldin, Mom. Erinnerst du dich an das, was ich gesagt habe? ›Aus großer Kraft folgt große Verantwortung.‹«

»Ach, der blöde Spider-Man.«

»Und? Wie willst du dich fortbewegen?«

»Ich weiß es nicht, Liebling. Ich schätze, ich werde einfach den da nehmen müssen.« Ich zeigte auf meinen Minivan, der einmal neu gewesen war. Jetzt hatte er Rostflecken, ließ sich auf vereister Fahrbahn nur schwer lenken, und hatte fast 140 000 km drauf.

»Den?« Martins Stimme überschlug sich. »O nein. Der schafft das nie und nimmer. Du brauchst so was wie ein Batmobil!«

»Nun. Ich habe keinen Butler, erinnerst du dich? Und ich habe auch keine Millionen geerbt. Es ist das, was wir haben. Wir werden damit zurechtkommen müssen.«

»Au weia! Ich kann mir schon genau vorstellen, wie du mit diesem Teil den Schurken hinterhertuckerst.«

»Dieses Gerede über Schurken gefällt mir nicht. Es macht mich etwas nervös.« Ich wand mich im Gras.

»Aber an einem Erzfeind wirst du nicht vorbeikommen.«

Ich dachte an Lex und seinen bulligen Gehilfen, und mir wurde ganz übel. Obwohl das auch an dem Aspirin und dem Wein liegen konnte. »Darum kümmern wir uns, wenn es so weit ist.«

»Okay. Aber was ist mit deinem Kostüm? Was für eine Art von Kostüm willst du …«

»Mom? Martin?« Wir hörten, wie Kelly, die vom Park zurück war, im Haus eine Tür zuschlug.

»Kel? Hey, Kelly, hier draußen …«

Ich hielt Martin entschlossen den Mund zu.

»Warte einen Moment«, sagte ich. »Denk mal nach. Du bist doch mein Partner, oder?«

Er nickte. Ein schüchterner, aber erfreuter Blick huschte über sein Gesicht.

»Dir kann ich also vertrauen. Aber ich muss meine Geheimidentität wahren, stimmt doch, oder? Wie jeder andere Superheld auch. Peter Parker erzählt Tante May ja auch nicht, dass er Spider-Man ist, oder?«

Martin schüttelte den Kopf.

»Okay. Also, lass es uns Kelly auch nicht erzählen, einverstanden? Wir können nicht zulassen, dass es jeder weiß. Und Kelly, na ja, könnte doch sein, dass sie das hier nicht so gut versteht wie du. Könnte doch sein, dass sie …«

»Du meinst, könnte sein, dass sie es Dad erzählt?«

»Genau.« Ich seufzte. »Also, die Sache bleibt vorläufig unter uns. In Ordnung?« Ich wagte es, einen Arm um meinen Sohn zu legen. Und er wich gar nicht aus.

»In Ordnung, Mom. Ich meine … Super Mom.«

»Ach, ich weiß nicht.« Aber ich grinste über das ganze Gesicht. Super Mom. Haben Sie das gehört? Das war ich. Mein Sohn hatte es gerade ausgesprochen.

»Das war ein schöner Tag, findest du nicht auch?« Martin ging auf das Haus zu, und ich folgte ihm etwas langsamer nach. Meine Beine waren immer noch krumm und steif von dem harten Aufprall auf dem Boden.

»Ja, das stimmt.«

»Kannst du mich vielleicht irgendwann mal aus der Schule abholen? Für eine geheime Mission oder so? Oder vielleicht gibt es ja mal einen großen Chemieunfall und du brauchst Hilfe. Oder vielleicht kannst du Jamie Flugal, diesen blöden Arsch, mit einem Superbann belegen? Cool! Kriegst du das hin? Einen Superbann?«

»Keine Ahnung. Ich hab's nie versucht. Es gibt eine ganze Menge Dinge, die ich noch nicht ausprobiert habe.« Die Dunkelheit brach herein. Kelly hatte das Licht in der Küche angeknipst, ein Lichtstrahl wies uns den Weg ins Haus. Martin flitzte vor mir her und verschwand in der einbrechenden Dunkelheit, aber ich konnte ihn noch immer hören.

»Und was machst du sonst noch so … ach, ich weiß schon! Nörgeln! Du nörgelst andauernd an allem rum, hast du sogar vorher schon gemacht. Glaubst du, du wirst eine Art Supernörgeln entwickeln? Wie das wohl klänge? Das könntest du mal an mir ausprobieren. Würde mir nichts ausmachen. Ich kann so eine Art Test-Bösewicht für dich sein. Das wär cool! Oh … Superhaue! Das wär fies! Aber die probierst du vielleicht besser an jemand anderem aus …«

»Vielleicht.« Ich sah, dass Kelly drinnen Teller und Besteck nahm und das Abendessen vorbereitete. Sie lächelte in sich hinein, und ich fragte mich, was für ein Geheimnis sie wohl hegte. Ich hoffte, es war ein schönes, zärtliches Geheimnis. Eins, das sie nachts unter ihr Kopfkissen legen konnte, um ihre Träume zu versüßen.

»Und Superhausarrest! Wow! Das könnte echt supercool werden! Aber, das darfst du wirklich nicht an mir ausprobieren, wenn's dir nichts ausmacht. Okay, Super Mom? Superhausarrest! Das ist echt ein Ding …«

»Hmm, hmm.« Ich lächelte meinen Sohn im Dunkeln an. Aber er sah nichts.

5

MYSTERIÖSE MUTTER RETTET MÄDCHEN schrie mir die Schlagzeile entgegen.

Die feierliche Eröffnung des New Cosmos Patriot Parks wurde durch einen Unfall mit beinahe fatalem Ausgang getrübt. Doch glücklicherweise rettete eine Frau – von der man nur weiß, dass sie eine Art Super Mom sein soll – allen den Tag. Sie sprang über die Umzäunung und bewahrte ein kleines Mädchen so vor dem Sturz in den sicheren Tod. »Dem Himmel sei Dank für diese Heldin«, äußerte sich Lex Osborne, Selfmade-Millionär und Vorstandsvorsitzender von New Cosmos. »Wir wünschten nur, sie würde sich zu erkennen geben, damit wir uns angemessen bei ihr bedanken können. Die Sicherheit und Unantastbarkeit der Familie hat für New Cosmos oberste Priorität, und dieser selbstlose Akt der Mutterliebe verdient eine Belohnung.«

Das kleine Mädchen, die dreijährige Hannah Hayes, ist wohlauf. Niemand weiß, wie es ihr gelingen konnte, die Sicherheitsumzäunung zu durchdringen. Der Vorfall wird untersucht.

ÖFFENTLICHE TOILETTE AN BUSHALTESTELLE ÜBER NACHT AUF HOCHGLANZ GEBRACHT verkündete einige Tage später eine andere Schlagzeile.

Verblüffte Mitarbeiter der Verkehrsbetriebe fragen sich, wie und warum jemand das Gebäude während der letzten Nacht betreten und so gründlich gereinigt hat, dass es aussieht wie neu. »Selbst die Wasserhähne blitzen und blinken. Und die Urinale der Männer – alle Achtung! Ich hatte ja keine Ahnung, dass die mal weiß waren«, begeisterte sich ein dankbarer Dean Kimball, Chef der Putzkolonne.

MYSTERIÖSE FRAU SPRENGT TEENAGER-PARTY posaunte die Schlagzeile wieder ein paar Tage später heraus.

»O Mann, wir waren auf diesem Schrottplatz da«, gab Darren Sorkin, Oberschüler der Jerome Siegel High School, an. »Und da kommt diese verrückte Tante wild hupend in ihrem Minivan angefahren und fängt an, auf allen Autos rumzuhämmern – Mann! Sie wissen ja: Regt sich was im Wagen, woll'n zwei ihre Ruhe haben. Aber sie hat sich den Teufel darum geschert und immer weiter darauf rumgeklopft und geschrien: ›Ich weiß genau, was ihr da drinnen treibt! Ihr seid zu jung für so was! Denkt doch an die Krankheiten, ihr jungen Leute! Denkt an AIDS!‹ Und wir so: ›Hey, Mädel, immer langsam, komm mal wieder runter.‹ Aber die hat uns alle aus den Autos gezerrt und gemeint, sie erzählt es unseren Eltern, wenn wir nicht sofort aufhören. Und ich, ey, ich weiß nicht, aber wie die uns angeguckt hat, boah, ey. So'n schlechtes Gewissen hatte ich schon seit ich sechs war nicht mehr, als ich meiner Mutter das Geld für den Bus geklaut hab.«

Auf die Frage, wie dieser mysteriöse Gesundheitsapostel denn aussah, antwortete Mr. Sorkin: »Total verrückt, Mann. Ich meine, die hatte jede Menge wiederverschließbare Plastikbeutel bei sich, die bis oben hin voll gestopft waren – mit Tüchern, Zahnseide, Pflaster. Und sie hatte so ein komisches Cape aus einem Kissenbezug an und eine Papiertüte überm Kopf, aus der Löcher für die Augen ausgeschnitten waren.«

»Ich brauche ein besseres Kostüm«, murmelte ich und legte die Zeitung zusammen.

»Was?« Carrie schaute von ihrer zerlesenen Ausgabe der *Traumdeutung* hoch.

»Ach, nichts!« Ich versteckte meine *Astro Daily World* in der neuesten Ausgabe des *National Enquirer*. »War nur wegen dieses Artikels hier – musst du auch mal lesen!«

»Ach, Birdie.« Carrie seufzte schwer und wandte sich wieder ihrem Buch zu.

STADTVIERTEL VON RIESIGEN VOGELMIST-KLECKSEN BEDROHT – UNHEILVOLLER SUPERHELD SCHULD?

Nach Ansicht von Mrs. Elmore Duffey aus Shakerville, Kentucky, gibt es über die Herkunft der fußballgroßen Vogelexkremente keine Zweifel: »Die sind von diesem Vogelmann, der irgendwo da drüben in diesen Apartments wohnt«, berichtete die kleine Frau, eine zwölffache Großmutter. »Der glaubt, ihm kann keiner was nachweisen. Aber was er nicht weiß, ist, dass ich mir neulich bei Wal-Mart ein Teleskop gekauft habe. Ich bin haargenau im Bilde über alles, was der treibt, da kann er Gift drauf nehmen. Der trinkt einen Dreiviertelliter Jack Daniel's, dann flattert er mit einem teuflischen Grinsen durch die Gegend und dann – platsch! Ich muss zugeben, dass er von Tag zu Tag besser zielen kann. Neulich hab ich gesehen, wie er einen Volltreffer auf der Katze der Portillos gelandet hat. Die arme Fifi! Er hat sie direkt oben auf den Kopf getroffen, dieser betrunkene Unhold von Superheld!«

Ich kicherte. »Hey, Carrie, hör dir das an –« Doch dann verging mir das Lachen. Ich betrachtete das unscharfe Foto, das einen Mann mit Flügeln zeigte. Er stand hinter einer halb geöffneten Tür und winkte in die Kamera. Still faltete ich die Zeitung zusammen und versteckte sie.

»Guten Tag«, begrüßte ich eine Kundin, die ihren Wagen an meiner Kasse entlud. Ich stellte das Laufband an und begann, die Ware zu scannen. Als eine Tüte Erdnüsse durch meine Hand ging, hielt ich inne. Ich beugte mich zum Scanner hin und lächelte: »Die sind ab Freitag im Angebot. Dann kriegen Sie zwei für einen Dollar«, flüsterte ich.

»Ohhhh! Danke, Birdie! Dann möchte ich … könnten Sie die dann wieder zurücklegen?«

»Aber gern!«

»Birdie, wieso stehen die Leute in letzter Zeit immer alle bei dir an? Hey, Leute, hier ist auch geöffnet!« Carrie gestikulierte wild mit den Armen. Sie saß ganz allein an ihrer Kasse.

Die sechs Stammkunden, die bei mir anstanden, lächelten nur. Keiner rührte sich.

»Kann ich dir auch nicht sagen«, erwiderte ich und scannte eine Dose Eis ein. Der Scanner piepte, und ein leises Stimmchen verriet mir ein Geheimnis, das nur ich hören konnte: »Nächste Woche gibt es auf diese Marke einen Nachlass von fünfzig Cent«, flüsterte ich.

»Birdie, Sie sind ein Engel!« Mrs. Townsend, von der ich sicher wusste, dass sie Lebensmittelmarken vom Sozialamt bekam, beugte sich zu mir und drückte meine Hand. »Gott segne Sie!«

»Keine Ursache«, meinte ich nur und scannte weiter. »Das ist doch selbstverständlich.«

»Okay, dann lass mal sehen, was du hast.«

»Na ja, ich hab im Comic-Club mal ein bisschen rumgekritzelt«, sagte Martin und drückte dabei das Heft an seine Brust. Wir waren in der Garage, unserem Geheimversteck. Hier würde Kelly nie einen ihrer pedikürten Füße reinsetzen – bei all den rostigen Werkzeugen, den Spinnweben und der einsamen Glühbirne, die an einem Kabel vom Dachbalken hing.

»Aha? Na, dann lass doch mal sehen, zeig her!«

»Augenblick noch, Mom.« Martin grinste und kostete die Spannung voll aus. »Zuerst muss ich dich noch auf ein paar Sachen hinweisen. Erstens: Ich weiß, du willst gut aussehen, aber seien wir ehrlich: Du bist nicht gerade Wonder Woman. Und auch nicht Super Girl. Oder Bat Girl. Oder ...«

»Schon gut, schon gut.« Ich winkte ab. »Habe verstanden. Ich bin und bleibe einundvierzig und Mutter zweier Kinder. Also kein kurzes Cheerleader-Röckchen? Und kein diamantenbesetztes, rückenfreies Oberteil?«

»Ihhh! Mom!«

»Entschuldige. Und zweitens?«

»Na ja, das Nächste ist: Das Kostüm eines Superhelden ist total wichtig. Es muss einfach zu zeichnen sein für das Comicheft, aber auch praktisch genug, damit es Schlägereien und so übersteht. Und es sollte was mit der ganzen Entstehungsgeschichte zu tun haben. So wie das Cape von Superman eigentlich die Decke ist, in die seine Eltern ihn einwickelten, als sie ihn in die Rakete legten. Die brachte ihn dann von Krypton weg, kurz bevor der Planet explodierte und sie alle gegrillt wurden. So was musste ich alles berücksichtigen.«

»Lass mich gucken! Los, zeig schon her!« Ich griff nach dem Heft, aber er schlug mir auf die Finger.

»Und noch was: Tarnung ist wichtig. Ich meine, Superman sieht genauso aus wie Clark Kent, wenn man mal von der Brille absieht und von der Art, wie ihm seine Haare in die Stirn fallen. Die Leute in Metropolis müssen schon ziemlich blöde sein, um nicht zu schnallen, wer Superman ist, wenn du mich fragst. Ich glaube, die Leute in Astro Park haben mehr auf dem Kasten. Wir müssen also vorsichtig sein. Und dann ist da noch, nun ja, Dad. Er darf nicht dahinterkommen, auf gar keinen Fall. Ich musste also ziemlich lange nachdenken.«

»Martin! Jetzt lass mich endlich gucken! Ich sterbe vor Neugier!«

»Na gut, okay.« Martin fing an, sein Heft aufzublättern, doch dann zögerte er. »Vergiss nicht: Ich bin erst dreizehn«, sagte er plötzlich schüchtern.

»Aber ein sehr talentierter Dreizehnjähriger.« Ich lächelte und zerstrubbelte ihm die Haare.

»Mom!« Er strich sich die Haare wieder glatt. »Okay. Da, bitte schön!« Und er präsentierte mir die erste künstlerische Darstellung von – mir. Super Mom. In all ihrer mütterlichen Pracht.

Mein Cartoon-Ich war in ein langes Hauskleid in Swiffer-Grün gehüllt. Über diesem trug Super Mom eine gigantische Schürze mit riesigen Taschen, und dazu eine einreihige Perlenkette, Ohrringe und hochhackige Pumps. Auf der bemerkenswert flachen Brust (eine kleine künstlerische Freiheit, zu der ich lieber nichts sagte) prangte ein großes, orangefarbenes »S«. Ihre Augen waren hinter einer einfachen schwarzen Maske versteckt, die der von Lone Ranger ähnelte, nur dass sie an den Ecken leicht nach oben gebogen war wie diese Schmetterlingsbrillen von älteren Damen. Ein winzig kleines Cape aus einem Geschirrtuch – einem von den billigen mit Fransen – komplettierte das Ensemble. Zwei riesige Wäscheklammern hielten es an seinem Platz.

»Ich sehe ja aus wie Doris Day auf Droge«, sagte ich geknickt. Ich konnte mir schon vorstellen, was Wonder Woman zu dem Kostüm sagen würde. Ihres war so glamourös! (Selbst mit diesem Mieder.)

»Genau! Sie ist wahrscheinlich die berühmteste Mom der Welt, und da du genau dieselben Kräfte hast wie sie, nur ungefähr hunderttausendmal stärker, dachte ich, das wäre doch eine gute Idee.

Ich meine – guck doch mal! Selbst der Dümmste würde sofort erkennen, dass das Super Mom ist! Und das ist wirklich wichtig, wie du weißt. Du brauchst ein klar erkennbares Image.«

»Aber wie soll ich denn auf High Heels das Böse bekämpfen?«

»Ach, dafür hab ich mir schon was überlegt: Dr. Scholls Gel-Einlagen!«

»Ah. Und was ist mit der Perlenkette? Wie kriege ich die denn schnell genug um den Hals gelegt? Ich glaube, das sind ein bisschen viele Accessoires.«

»Gefällt's dir nicht?« Martin ließ seine Schultern hängen und steckte die Hände in die Taschen seiner Army-Jacke.

»O doch, mein Schatz! Natürlich gefällt es mir! Ich find's großartig! Besonders die Wäscheklammern – was für eine hübsche Idee! Und genau die richtige Prise Humor!«

»Na ja, in dem Punkt hat Mr. Sayers mir geholfen.«

»Wirklich?« Carl hatte es gesehen? Und geholfen, es zu entwerfen? Für mich? Gut – er wusste natürlich nicht, dass es für mich war. Er dachte, es wäre einfach nur ein neuer Cartoon, an dem Martin arbeitet. Aber trotzdem. Ein kleiner, aufgeregter Schauer rieselte mir den Rücken hinunter, als ich daran dachte, dass er bei der Erschaffung meiner neuen Identität die Hand im Spiel hatte.

»Ach, Schätzchen.« Ich zog meinen Sohn in einer schnellen Umarmung an mich. »Ich find's ganz toll. Ehrlich! Und was nun?«

»Na ja.« Er wand sich aus meinen Armen. »Ich würde vorschlagen, du nähst es.«

»Hmmm.« Ich hielt die Zeichnung neben die Glühbirne. »An was für ein Material hattest du denn gedacht?«

»Na, irgendwas Profimäßiges aus dem Haushalt, Putztücher oder so.«

»Schmutzanziehende Staubtücher vielleicht?«

»Ja, irgend so was! Wär doch klasse, oder? Dann würde der ganze Schmutz einfach an dir kleben bleiben, so als wärst du Magneto.«

»Wer?«

»Von den X-Men. Er ist ein böser Mutant.«

»Ah ja. Na, dann werd ich mal sehen, was ich tun kann.« Fast hätte ich ihm die Zeichnung zurückgegeben, hielt dann aber nochmal inne. »Ist die für mich? Kann ich die behalten?«

»Klar.«

»Würdest du – warte mal.« Ich öffnete die Werkzeugkiste und wühlte darin herum. »Da!« Ich hielt einen Filzstift hoch. »Signierst du es? Für mich? Ist ja schließlich ein Original.«

»Klar.« Martin senkte den Kopf, aber ich konnte das Grinsen sehen, das über sein Gesicht huschte. Dann schrieb er *Martin Stanley Lee* in seiner kleinen Krickelschrift. Die Buchstaben waren so eng aneinander gedrückt, dass es aussah, als hätte jemand unten am Rand des Blattes ein Insekt zerquetscht.

»Danke, mein treues Helferlein.« Ich zog an der Schnur, um die Glühbirne auszuschalten.

»Mom!« Martin drückte hinter uns das Garagentor zu.

»Wo seid ihr zwei denn gewesen?«, fragte Kelly, als Martin und ich, wegen der plötzlichen Helligkeit blinzelnd, in die Küche kamen.

»Ach, äh, draußen in der Garage. Ich musste Martin was zeigen, das er erledigen soll.«

»Dafür wart ihr aber ganz schön lange da draußen.«

»Nein, eigentlich gar nicht, oder? Was meinst du, Martin?«

»Nö.« Martin ging in den Keller hinunter. Ich hörte, wie er den Fernseher einschaltete und gleich darauf die vertraute Erkennungsmelodie von »American Justice« ertönte.

»Spiel aber bitte nicht so lange!«

»Kannst du mir ein paar Patriot Pops runterbringen, Mom?«

»Was ist denn das?« Kelly streckte ihre Hand nach der Zeichnung aus.

»Nichts.« Ich stopfte sie in meine Tasche. »Er hat mir nur einen von seinen Cartoons gezeigt.«

»O Mann«, schnaubte sie. »Also wirklich, Mama, du solltest ihm verbieten, so viel Zeit mit diesem Gekritzel zu verbringen. Oder mit seinen Videospielen. Und Comics. Dieser ganze Fantasy-Kram ist doch ungesund. Er sollte seine Augen aufmachen und zur Abwechslung mal an der Realität teilnehmen, am wirklichen Leben ohne Superhelden, Schurken und Schlachten.«

»Ach, Liebes.« Ich versuchte, mir ein Lächeln zu verkneifen. Sie guckte so ernst. Sie guckte immer so ernst. Kam es überhaupt mal vor, dass sie einfach aus Albernheit loslachte oder wie andere Mädchen grundlos zu kichern anfing? »Hast du nicht auch manchmal Lust auf Abenteuer? Sehnst du dich denn nie nach so was?«

»Aber die sind doch nicht real!« Sie kaute auf ihrem Fingernagel. »Menschen sind keine Helden. Sie sind einfach nur Menschen. Es ist doch albern, sich Dinge zu wünschen, die gar nicht real existieren.«

»Na ja …« Und beinahe hätte ich es ihr an Ort und Stelle erzählt. Beinahe hätte ich ihr erklärt, dass die Erde sich manchmal bewegt, ohne dass man es sehen kann, dass es Verwerfungen und Schlaglöcher gibt, Dinge, die die Umgebung so schleichend verändern können, dass man es nicht bemerkt. Bis man seinen Fuß irgendwo hinsetzt und überraschend das Gleichgewicht verliert. Und dass manche Veränderungen sogar wie ein Erdbeben sind – riesige Felsblöcke oder Erdmassen stürzen um einen herum zu Boden, benebeln einem die Sinne und erschüttern einen so durch und durch, dass man nicht mehr weiß, was echt ist und was nicht.

Um ein Haar hätte ich mein Geheimnis verraten.

Aber ich tat es nicht. Und weil ich es nicht tat, hatte ich das

Gefühl, eine Verwerfungslinie zu schaffen, genau an dieser Stelle, in meiner Küche. Es war, als hätte ich auf dem Linoleum einen Strich gezogen: Kelly und ihr Vater gegen Martin und mich.

»Ach, was soll's.« Von einem weiteren Thema belastet, über das ich nicht mit ihr sprechen konnte, sah ich meine Tochter an. »Brauchst du Hilfe bei den Hausaufgaben?«

»Nein. Hab ich längst fertig.« Sie ließ mich stehen und wollte nach oben gehen.

»Warte, Kelly. Hat Harry dich eigentlich gefragt, ob du mit ihm zum Herbstball gehst?«

»Ja.« Sie war bereits auf der Hälfte der Treppe.

»Ach. Das ist ja schön. Aber – bist du auch sicher, dass es das ist, was du willst? Ist er nett zu dir, Kelly?«

Ihre Tür fiel mit einem lauten Knall zu. Ich bekam keine Antwort. Geschah mir auch ganz recht.

Seufzend nahm ich eine Tüte Patriot Pops und ging in den Keller hinunter. Mein Partner hatte sich auf einem Sitzsack niedergelassen und steckte mitten im Kampfgetümmel: Roosevelt-Rider und George-Washington-Fighter traten auf dem Rasen vor dem Weißen Haus kickboxend gegen zwei Schurken an – schwarz gekleidete Gestalten mit dunkler Hautfarbe und schwarzen Haaren.

»Nimm die Füße vom Couchtisch, Martin. Wie oft soll ich dir das noch sagen?« Doch dann blieb ich wie angewurzelt stehen. Weil der Fernseher durch die Grunz- und Schlag- und Explosionsgeräusche des animierten Videospiels hindurch mit mir sprach. Da war so eine Unterströmung, ein Summen – und ich hörte weitere Stimmen. Und zwar Stimmen, die genauso klangen wie die, die ich seit meinem *Schrecklichen Swiffer-Schock* hörte. Als ich näher heranging, lief es mir kalt den Rücken runter. Diese Stimmen hier waren doch nicht wie die anderen. Nein, ganz und gar nicht.

»*Iss Patriot Pops!*«, flüsterten sie aufgeregt. »*Patriot Pops sind jetzt genau das Richtige. Mmmmm! Lecker. Süß. Genau das, worauf du stehst. Iss Patriot Pops!*«

»Ich will die Patriot Pops, Mom«, quengelte Martin. »Gib sie mir.«

»*Sag deinen Eltern, sie sollen mehr Patriot Pops kaufen*«, sangen diese Stimmen. »*Patriot Pops sind gut für dich! Da ist Kalzium drin und Vitamin D! Iss Patriot Pops!*«

»Wusstest du, dass da Kalzium drin ist?«, fragte Martin. »Und Vitamin D?«

Ich ignorierte ihn, behielt die Tüte mit den Patriot Pops in meiner plötzlich zittrigen Hand und schaltete das Videospiel mitten in einer spektakulären Kampfszene oben auf dem Kapitol aus.

»Mom!« Martin ließ vor Verblüffung den Controller fallen. »Wieso hast du das gemacht?«

Ich stellte das Videospiel wieder an. Martin spulte den Vorspann vor und begann ein neues Spiel.

»*Iss Patriot Pops!*«, forderten die Stimmen. »*Patriot Pops sind jetzt genau das Richtige!*«

»Hörst du das?«, fragte ich Martin. Er schüttelte den Kopf. »Du hörst es nicht?«

»Was denn?«

»Na, das! Diese Stimmen.« Ich starrte auf den Bildschirm. Lincolnator lief gerade auf dem Mount Rushmore über die Nase von Thomas Jefferson, während sein Zylinder wild um sich schoss. »*Patriot Pops, iss Patriot Pops!*«, summten die Stimmen. Ich schaltete das Spiel erneut aus und wieder an.

»*Patriot Pops sind jetzt genau das Richtige.*«

Ich sah Martin an, der mit gierig raushängender Zunge über dem Controller kauerte. War das Speck, was ich da auf seinen Hüften erspähte? »Wie lange spielst du dieses Spiel schon?«

»Ungefähr fünf Minuten.«

»Nein, ich meine, wann hast du es gekauft?«

»In einer von den Patriot-Pops-Tüten war mal ein Coupon dafür.«

»Ich dachte, in dem Videospiel hätte ein Coupon für Patriot Pops gelegen.«

Martin zuckte die Achseln. »Was war zuerst da? Die Henne oder das Ei?«

»Ja, was wohl?« Ich tippte nachdenklich einen Finger an meine Nase.

»*Mmmmm! Lecker. Süß. Patriot Pops. Genau das, worauf du stehst.*«

»Kann ich dann jetzt die Patriot Pops haben?«

»Nein«, antwortete ich. »Kannst du nicht. Und stell dieses Spiel aus.«

»Aber …«

»Ohne Wenn und Aber. Und quengel nicht, sonst belege ich dich mit einem Superbann.«

»Manno!«, Martin warf den Controller auf den Boden. »Echt ganz schön ätzend, eine Superheldin zur Mutter zu haben.«

»Dann versuch mal, es von meiner Warte aus zu sehen.« Ich marschierte nach oben. Ich war wild entschlossen, alle Tüten mit Pops und Drops in den Müll zu werfen, doch stattdessen sank ich kraftlos auf einen Küchenstuhl. Denn mir war soeben etwas klar geworden.

In dieser ganzen Superheldinnen-Geschichte hatte ich bislang ausschließlich die Kinder anderer Leute im Blick gehabt. Dass auch meine eigenen Kinder Super Mom zu ihrem Schutz brauchen könnten, war mir einfach nie in den Sinn gekommen. Doch jetzt wusste ich: Die Gefahr lauerte überall – in den Augen attraktiver junger Männer ebenso wie im behaglichen Wohnzimmer. Und nicht mal eine Superheldin konnte sie vor diesen Gefahren schützen, jedenfalls nicht umfassend. Vor mir lag jede Menge Arbeit. Als ich all diese Dinge noch nicht hatte hören und sehen können, hatte mir das Leben besser gefallen. Als ich noch eine einfache, normalsterbliche Mutter gewesen war und mir nur über *die* Dinge Gedanken gemacht hatte, die auch anderen Sorge bereiteten: Sex, Drogen oder Zinssätze. Aber es gab kein Zurück; meine Sorgen waren ebenso exponentiell angewachsen wie meine Kräfte.

Und das war echt ganz schön ätzend, um meinen Partner zu zitieren.

6

Oh, die Magie einer perfekten Herbstnacht! Raschelndes Laub, frische Brisen, der Sternenhimmel eine Verheißung von Begierde, ein erster Tanz, ein erster Kuss. Eine erste Nacht.

»Du siehst so hübsch aus, Schatz! Findest du nicht auch, Martin?«

»Ja.« Martin blickte nicht von seinem Comic auf, den ich ihm als Entschädigung dafür gekauft hatte, dass »American Justice« jetzt in einem Schuhkarton oben auf dem obersten Brett meines Schrankes lag. »Hübsch.«

»Martin!«

»Mann, ich hab doch gesagt, sieht gut aus!«

»Danke.« Kelly gab sich alle Mühe, weiterhin schlecht gelaunt auszusehen, aber heute Abend hielt selbst sie es nicht durch. Mich durchzuckte ein Schmerz, als ich sie so vor mir stehen sah; sie war so hübsch. Sie hatte ihr seidiges Haar bis auf ein paar lose Strähnen zurückgebunden; ihre makellosen, absolut geraden Schultern hielten graziös und anmutig die Spaghettiträger ihres Kleides.

»Ich wünschte, er würde endlich kommen!«

»Wer denn? Harry?«

»Nein, Daddy. Er wollte vorbeikommen und Fotos machen, schon vergessen?«

»Nein, nein. Ich weiß schon.«

»Willst du so gehen?« Sie musterte mich nervös.

»J-ja. Was gefällt dir denn daran nicht?« Ich zupfte an meinem Wildlederrock, strich über meinen neuen Kaschmirpulli.

»Nichts. Wirklich komisch, Mom. Du siehst zur Abwechslung mal gut aus. Ist nur ziemlich ungewohnt.«

»Ja, genau. Und was ist das da auf deinen Lippen?« Martin spähte über sein Comicheft hinweg.

»Nur ein bisschen Lippenstift.«

»Und auf deinen Augen?«

»Nur ein bisschen Lidschatten.«

»Komisch«, sagten Kelly und Martin im Chor.

»Ach, was.« Ich wandte mich ab und lächelte über meine neue Geheimidentität: Glamour Mom.

Es klingelte.

»Ich mache auf!« Kelly tanzte zur Tür. »Daddy!« Sie kreischte wie das übermütige kleine Mädchen, das sie nie gewesen war, und fiel ihm in die Arme. Die auf eine Umarmung nicht so recht vorbereitet waren, wie mir auffiel.

»Schätzchen«, murmelte Doktor Dan und ließ seinen Blick über ihre Schulter hinweg durchs Wohnzimmer und durch den Flur schweifen. Er kontrollierte stets, ob es irgendwas Neues gab, was da nicht hingehörte, oder ob irgendwas fehlte, was dort zu stehen hatte.

»Hallo, Dad«, begrüßte Martin ihn, ohne von seinem Comic aufzublicken. Dan schob Kelly sanft beiseite.

»Hallo, Sportsfreund!«, rief Dan in dem falschen herzlichen Ton, den er immer anschlug, seit nun ja, seit Martin in der zweiten Klasse gewesen war und mit ansehen musste wie … na ja, seitdem halt.

»Hallo, Dan«, sagte ich. Und strich dann wieder über meinen Pulli. Einfach nur so.

»Hallo, Birdie«, antwortete er und zog die Augenbrauen hoch. »Äh, du gehst doch nicht … also, du hast doch wohl kein … ich meine, du willst doch nicht ausgehen, oder?« Er strich seine aschblonden Haare zurück, die ihm, genau wie bei Martin, gerne mal ins Gesicht fielen.

»Ich führe Aufsicht auf dem Ball.« Ich konnte mir ein winziges Grinsen nicht verkneifen. Es gefiel mir, dass er sich gefragt hatte, ob ich ein Date hätte, und dieser Gedanke ihn offensichtlich ein bisschen verwirrte.

»Ach so, darum siehst du heute so anders aus. Hübsch. Nicht wahr, Sportsfreund?«

»Ja.« Martin blickte noch immer nicht von seinem Comic hoch.

»So, dann wollen wir mal.« Doktor Dan rieb sich die Hände und bereitete sich darauf vor, den Patriarchen zu mimen und diesen Moment fürs Familienalbum hinter sich zu bringen, damit er zurück in sein neues großes Haus auf der anderen Seite der Stadt düsen konnte.

»Wo ist Dixie? Wollte sie Kelly denn nicht sehen?«, fragte ich.

»Sie hat heute Abend eine Stadtratsitzung. Sie arbeitet immer so lange, weißt du. Sie ist so wahnsinnig ehrgeizig.«

»Das ist aber sehr schade, dass sie heute Abend nicht da ist.«

»Es gibt eben Dinge, die wichtiger sind als ein kleiner High-School-Ball, Birdie. Steuern und Straßen zum Beispiel. Das sind Dinge, für die Dixie sich natürlich unglaublich interessiert …«

»Ich bin sicher, Astro Park könnte ohne sie nicht existieren!« Ich behielt mein freundliches Lächeln bei, wegen der Kinder.

»Nein, könnte es auch nicht. Ebenso wie der Marvel-Markt ohne deine hoch geschätzten Fertigkeiten im Falten von Papiertüten wahrscheinlich schließen müsste.«

Martin steckte seine Nase noch tiefer in sein Comicheft. Kelly begann an ihren Fingernägeln zu kauen.

»Oh, Kelly! Schatz! Nicht!« Ich lief zu ihr hin. »Die hast du doch eben erst lackiert! Warum fotografierst du sie nicht endlich, Dan?«

»Gute Idee«, erwiderte Dan und zwang sich erneut zu einem herzlichen Lächeln. »Jetzt lächle mal schön in die Kamera, ja, Kelly?«

»Okay, Daddy.« Sie stellte sich vor dem Kamin auf, klimperte mit den Augenlidern und lächelte; Dan drückte auf den Auslöser. Und schon hatte er es im Kasten, ein weiteres perfektes Foto, das er auf seinem Schreibtisch in der Praxis postieren würde, damit seine Patienten es begaffen konnten.

»Oh, Dr. Lee! Sie haben aber eine hübsche Familie! Sie müssen ja so stolz auf sie sein!« Und das war er auch. Besonders wenn sie ihm starr und unbeweglich aus einem silbernen Rahmen entgegenblickte und sich nach Belieben zur Schau stellen ließ.

Es klingelte erneut an der Tür. Doktor Dan öffnete sie mit viel Aufhebens und bedachte Harry mit einem ernsten, väterlichen Blick. »Bleib aber nicht zu lange weg mit ihr, mein Sohn. Sie ist schließlich immer noch mein kleines Mädchen.« Wenn ich so was gesagt hätte, wäre Kelly augenblicklich in die Luft gegangen. Aber sie zuckte nicht mal mit der Wimper. Im Gegenteil, sie kicherte und sonnte sich darin, im Zentrum der Aufmerksamkeit zu stehen. Ich konnte es ihr nicht verübeln. Sie war fünfzehn, hübsch und geradezu süchtig nach Anerkennung. Und ich freute mich für sie.

»Schön, Sie kennen zu lernen, Doktor Lee. Und Sie sehen sehr hübsch aus heute Abend, Mrs. Lee.«

Ich warf Harry einen finsteren Blick zu. Er sah gut aus und war höflich und geschmeidig. Und genau deshalb traute ich ihm nicht über den Weg. Die meisten Jungs in seinem Alter waren zu verlegen, um überhaupt nur richtig Luft zu holen, geschweige denn mit einem Erwachsenen Konversation zu machen. Aber Harry hatte geschliffene Umgangsformen und war redegewandt – genau wie sein Vater, Lex Osborne. Und wie Doktor Dan übrigens.

Kein Wunder, dass ich diesem Jungen nicht traute.

Doktor Dan machte noch ein Foto mit den beiden. Harry legte seinen Arm besitzergreifend um Kellys Taille und setzte ein perfektes Lächeln auf. Dann war es Zeit aufzubrechen. Dan verabschiedete sich mit einem weiteren jovialen »Bis bald, Sportsfreund!« in Martins Richtung, einem kühlen, abschätzigen Blick in meine Richtung und bedachte Kelly mit einer steifen Umarmung. Harry führte Kelly zur Tür. Ich rannte hinterher.

»Kelly?«

»Was denn, Mom?«, fragte sie und drehte sich zu mir um. Sie strahlte über das ganze Gesicht, und ihre Augen funkelten wie Sterne. Harry hielt sie weiterhin fest im Arm.

»Ach, einfach nur – viel Spaß heute Abend, mein Schatz.« Ich küsste sie vorsichtig, um ihr Make-up nicht zu verschmieren. »Und du … sei nett zu ihr.« Ich sah Harry in die Augen; er erwiderte meinen Blick mit kühler Arroganz.

»Machen Sie sich da mal keine Sorgen, Mrs. Lee«, schnurrte er. »Ich werde nicht zulassen, dass meiner Kelly etwas zustößt.« Dann zog er sie aus meinem Haus in die Nacht hinein.

Ich beobachtete, wie sie davonfuhren, und wünschte mir, nur eine Sekunde lang, ich könnte mit ihnen fahren. Und das nicht nur, weil sein Wagen besser war als meiner. Ich rannte nach oben ins Bad. Ein Besuch von Doktor Dan löste bei mir immer dieselbe Reaktion aus: Sobald er weg war, hastete ich nach oben, um meine Haare in Ordnung zu bringen oder mich umzuziehen und meinen Spiegel einen Verräter zu schimpfen. Denn stets maß ich Dans Eindruck von mir mehr Bedeutung bei, als dem, was ich vorher im Spiegel zu sehen geglaubt hatte.

Aber ausnahmsweise zeigte mir der Spiegel dieselbe Person, die er mir auch schon vor Dans Eintreffen gezeigt hatte: eine selbstsichere Frau mit funkelnden braunen Augen und rosigen Wangen, deren Haare in einer perfekten Wellenlinie über ihre Schultern fielen, fast wie bei einem Filmstar aus den 1940er Jahren. Ihre Lippen waren leicht geöffnet, schon ganz atemlos vor Erwartung. Ich warf meinem Filmstar-Ich eine Kusshand zu und kicherte über meine Albernheit.

Als ich wieder nach unten kam, wartete Martin schon auf mich. Er zeigte auf die Papiertüte, die ich in der Hand hielt.

»Ist sie das?« Er schaute mir noch immer nicht in die Augen. Ich hatte gar nicht gewusst, dass Kinder sich so vor Make-up ekeln. »Du hast doch hoffentlich nichts vergessen, oder?«

»Ich glaube nicht.« Ich rollte die Tüte ganz fest oben ein, damit niemand hineinsehen konnte.

»Bist du bereit?«

»Nein«, gestand ich beim Gedanken an all die Dinge, die mir in dieser Nacht wohl noch bevorstanden. »Überhaupt nicht.«

»Ist schon okay, Mom.« Mein Sohn tätschelte grinsend meinen Arm. »Tu einfach, was du kannst.«

Haben Sie je bei einem Schulball Aufsicht geführt?

Es ist die Hölle. All Ihre Befürchtungen werden dabei nicht nur bestätigt, sondern sogar noch übertroffen.

Sex. Sex. Und noch mehr Sex. Sex-Gedanken, Sex-Gerüche, Sex-Gemurmel, Sex-Gebibber, Sex-Getuschel. Und Drogen. Und Alkohol. Und Herzen, die gebrochen werden, unter schweren, klobigen Schuhen zermalmt, an stacheligen Bartstoppeln zerschreddert.

Es geschehen schlimme Dinge. Es werden noch schlimme Dinge geschehen. Und es sind soeben schlimme Dinge auf dem Parkplatz geschehen.

Ein verschütteter Punsch hier; Jungs mit halb leeren Flachmännern da; ein Pärchen, das sich mit der Absicht trägt, im Umkleideraum ungeschützten Verkehr zu haben – und mitten drin ich, alle Sinne zum Zerreißen angespannt. Ganz im Ernst: Von der Sekunde an, in der ich diese Turnhalle betrat, hatte ich das Gefühl, jeden Moment zu explodieren. Alle meine Nervenenden vibrierten; ich dachte, ich müsste aus der Haut fahren.

»Hallo, Birdie.«

Ich schrie erschrocken auf; meine Haut blieb, Gott sei Dank, wo sie war.

»Oh! Hallo, Carl.«

»Sie sehen hübsch aus heute Abend.« *Sieht Birdie nicht hübsch aus heute Abend? Sie sieht immer so hübsch und gepflegt aus.*

»Sie auch – danke. Ich meine, vielen Dank.«

»Was ist denn in dieser Tüte?«

»Ach, nichts.« Ich drückte die Papiertüte an meine Brust. »Bloß was für Kelly.«

»Na, dann. Willkommen beim New-Cosmos-Herbstball.« Carl wies auf ein riesiges, von der Anzeigetafel hängendes Banner: NEW COSMOS INDUSTRIES FREUT SICH, SPONSOR DES DIESJÄHRIGEN JEROME-SIEGEL-HERBSTBALLS ZU SEIN. »Und jetzt raten Sie mal, was es hier umsonst gibt?«

»Patriot Pops und Demokratie-Drops?«

»Woher wussten Sie?«

»Einfach so geraten.«

Carl drehte sich um und blickte auf die Tanzfläche hinunter; ich gab vor, dasselbe zu tun. Aber in Wahrheit checkte ich ihn von oben bis unten ab. Bei dem Gedanken musste ich kichern – ich in meinem Alter checkte einen Typen ab!

»Haben Sie was gesagt?«

»Nö!« Ich musste schon wieder kichern. Er war einfach zu süß! Ich meine – ähem –, er sah gut aus. Er guckte einen immer so nett an mit seinen braunen, freundlichen, mitfühlenden Augen. Und da waren diese beiden tiefen Furchen zu beiden Seiten seines Mundes, die in mir die Sehnsucht weckten, mit dem Finger an ihnen entlangzufahren. Er trug ein schickes Veloursheimd und Dockers und hatte seine Haare gescheitelt. Das entlockte mir ein Lächeln, obwohl es ein bisschen bescheuert aussah. Ich hatte ihn noch nie zuvor mit einem Scheitel gesehen. Also hat er sich heute Abend besonders viel Mühe gegeben, schoss es mir durch den Kopf. Und mir blieb kurz das Herz stehen, als die Frage hinterherschoss, an was – oder wen – er wohl gedacht haben mochte, während er seinen Kamm angefeuchtet und vorsichtig eine gerade Linie durch seine dichten schwarzen Haare gezogen hatte.

»Hübsche Frisur«, platzte ich heraus.

»Danke.« Carl guckte verlegen, dann zerstrubbelte er seine Haare wie ein kleiner Junge. Ich musste grinsen.

Ein albern aussehender Schüler in einem T-Shirt mit Smoking-Aufdruck kam mit einem Glas Punsch vorbei. »Hallo, Mr. Sayers«, sagte er, offenkundig froh, jemanden gefunden zu haben, der mit ihm reden würde. »War super gestern im Comic-Club.«

»Hallo, Stevie. Ja, da ging's mächtig ab«, erwiderte Carl. Der Junge erhob sein Punschglas, um ihm zuzuprosten, als ein großer, kräftiger Typ ihn von hinten anrempelte.

»Hey, Blödkopf! Mr. Osborne hat extra einen Raum für Loser wie dich eingerichtet, damit sie ›American Justice‹ spielen können. Mit dir tanzt doch eh keiner!«

Der Blödkopf hickste und verspritzte seinen Punsch nach allen Seiten.

Aber ich blieb absolut regungslos stehen. Mein Hand zuckte ein bisschen, das war alles. Sie sehen, ich hatte trainiert. Ich hatte es gelernt, nicht mehr unkontrolliert vor mich hinzutropfen. Der Trick bestand darin, dass ich mich zwischen Daumen und Zeigefinger in den Ballen meiner rechten Hand zwickte. Das wirkte allenfalls so, als versuchte ich, ein Niesen zu unterdrücken. Niemandem wäre der Verdacht gekommen, ich könnte jemand anderes sein als Birdie Lee, sanftmütige Kassiererin aus dem Marvel-Markt und Mitglied des Elternbeirats.

Und das war mein Plan für diesen Abend. Meine anderen Ausflüge der letzten Zeit – die, über die in der Zeitung berichtet wurde – waren Testläufe gewesen, die ich im Schutz der Dunkelheit unternommen hatte. Aber heute Abend stand ich ernsthaft auf dem Prüfstand: Würde ich es packen? Hatte ich tatsächlich das Zeug zur Superheldin? Konnte ich Birdie Lee, die pflichtbewusste Aufsichtsperson der Elternschaft, und zugleich Super Mom, die entschlossene Beschützerin aller Kinder, sein? Und vor allem würde ich an diesem Abend die Antwort auf eine meiner brennendsten Fragen erhalten …

Konnte ich in High Heels das Böse bekämpfen?

»Ich geh mal den Hausmeister holen«, sagte Carl zu dem Jungen, der nur seufzte. Anscheinend war er Situationen wie diese gewohnt. »Kommen Sie, Birdie.«

»Oh! Okay«, erwiderte ich überrascht. Was hatte das zu bedeuten? Waren wir Aufsichtspartner oder so? Hatte ich die Stelle verpasst, an der er mich ausgewählt hatte oder ich ihn?

Doch als er mir seine Hand ins Kreuz drückte und sie sofort winzige Beben auslöste – welche an meiner Wirbelsäule entlang rollten und mir bis in die Haarspitzen fuhren, dann kehrtmachten und sich wieder abwärts zu der Stelle bewegten, wo noch immer ruhig und schützend seine Hand lag – wusste ich sicher: Ich hatte diese Stelle nicht verpasst. Ganz und gar nicht.

»Spiel nicht dieses Videospiel«, rief ich dem Blödkopf noch zu, doch er schien mich nicht zu hören. Dafür hörte mich aber Lex Osborne, der gerade für ein Foto für die Schulzeitung posierte. Sein Löwenkopf mit dem prächtigen weißen Haar schwenkte in meine Richtung. Ich spürte, wie sein Blick mich auf meinem gesamten Weg durch diese schlecht beleuchtete Turnhalle verfolgte. Es war wie mit diesen Augen von New Cosmos, die mir abends auf meinem Heimweg von der Arbeit nachsahen.

»Oh, hallo, Carl. Hallo, Birdie!« Carrie patrouillierte gerade am Punschtisch vorbei, gesellte sich dann jedoch blitzschnell zu uns und zwinkerte mir so auffällig zu, dass ich ihr auf den Fuß treten musste. »Au!«

»Hoppla! Tut mir Leid, ich hab deinen Fuß gar nicht gesehen.« Ich strich ihr grinsend über den Kopf.

»So, so. Howard!«, brüllte sie. Howard kam angezockelt. Sein kahler Schädel glänzte wie die Disco-Kugel oben an der Decke. »Guck mal, Howard, hier ist Birdie! Sieht sie nicht hübsch aus heute Abend?«

»Doch, schon. Hallo, Birdie. Guten Abend, Carl.« Howard und Carl gaben sich die Hand.

»Was sollen wir hier eigentlich machen? Einfach rumlaufen und so tun, als hätten wir was zu sagen?«, fragte ich Carrie.

»Ach, dann hast du also noch keine Anweisungen bekommen?«

»Anweisungen? Nein, ich ...«

»Birdie, ich freue mich zu sehen, dass Sie inzwischen eingetroffen sind. Man sollte unter allen Umständen pünktlich sein, nicht wahr?«, sagte Patty Osborne gedehnt, die in ihrem Hosenanzug mit den passenden Ferragamo-Pumps eine glänzende Erscheinung abgab. »Da Sie als Letzte gekommen sind, habe ich beschlossen, Sie für die Toilettenräume einzuteilen. Melden Sie mir oder dem Schulleiter jedwedes verdächtige Verhalten. Glauben Sie, Sie kriegen das hin?«

»Wir wollten gerade den Hausmeister suchen«, sagte Carl mit einem Blick auf mich. Ich öffnete den Mund, um ihm beizupflichten, doch Patty war zu schnell.

»Sehr schön. Dann tun wir das doch gemeinsam. Und anschließend habe ich dann eine Spezialaufgabe für Sie, Carl.« Damit hakte Patty sich bei ihm unter und zog ihn mit sich fort. Ich sah ihm nach und wünschte mir mit all meinen Superkräften, dass er sich noch einmal umschaute. Ich blieb ganz still stehen und hatte Angst mich vom Fleck zu rühren, weil ich es dann bestimmt verpasste. Aber er drehte sich nicht um. Mit einem Mal fühlte ich mich stark verunsichert.

»Ach, na ja.« Ich wandte mich um und lächelte meine Freundin an. Howard schnalzte mit der Zunge und reichte mir ein Glas Punsch. Dann lief er zurück an den Tisch, da eine verdächtige Gruppe von Jungs den Topf mit dem Punsch umkreiste.

Carrie zuckte am ganzen Körper – ich hätte mich nicht gewundert, wenn ihr Qualmwölkchen aus den Ohren gekommen wären. »Diese Schlange! Wie kann sie es wagen! Guck dir an, wie sie einfach den armen Carl entführt! Obwohl ganz klar war, dass er bei dir sein wollte! Und dich für die Toilettenräume einzuteilen – großer Gott!«

»Mach dir nichts draus, Carrie. Wir sind schließlich hier, um Aufsicht zu führen, erinnerst du dich? Irgendjemand muss ja auf der Toilette sein.« Aber meine Schultern sackten schlaff in sich zusammen, wie meine Strumpfhose. Ich fühlte mich genauso zerknüllt wie die Tüte, die ich in der Hand hielt.

»Aber warum immer du?«

Darauf wusste ich auch keine Antwort. Also kippte ich meinen Punsch in einem Zug runter, knallte das Glas auf den Tisch, wischte mir den Mund mit meinem Ärmel ab und marschierte auf meinen Posten. Und in dem Moment, als ich dort eintraf, wusste ich: Dies würde ein langer, schwieriger Abend werden. Die Mädchentoilette fungierte nämlich als Sündenzentrale. Nicht was das tatsächliche Begehen derselben, sondern was deren methodische Planung betraf.

»Nach dem Ball kommt ihr Jungs also zu uns rüber, okay? Meine Eltern sind verreist und mein Bruder hat gesagt, er besorgt das Bier …«

Jennifer Brown, Sequoia Street Nr. 255, prägte ich mir ein. *Alkoholkonsum Minderjähriger.*

»Hey, ich klau mir mal 'ne Kippe von dir, okay? Treffen wir uns dann draußen?«

Karen Dudley und Mary Campbell, illegaler Tabakkonsum auf dem Schulgelände.

»Meine Schwester hat Gras. Wir können ja später bei ihr vorbeifahren und gucken, ob sie uns ein bisschen was davon vertickt. Was meinst du?«

Iris Zeigler. Verdacht auf Cannabis-Besitz. Langsam fragte ich mich, ob ich nicht ein Notizbuch hätte mitbringen sollen, um da mithalten zu können. Super Mom würde heute Nacht alle Hände voll zu tun haben.

Aber das Einzige, was ich bis dahin tun konnte, war, die jungen Damen mit finsteren Blicken zu strafen und dafür ihr höhnisches Gelächter über mich ergehen zu lassen. Und plötzlich wusste ich, wie Clark Kent sich gefühlt haben musste, wenn Lois Lane und Jimmy Olsen ihn hänselten. Es muss ihn sehr wütend gemacht haben, denn schließlich wusste er ja, dass er es den beiden jederzeit zeigen konnte, wenn er nur wollte. Aber er durfte seine wahre Identität nicht preisgeben, weil er damit seine Tochter über alle Maßen in Verlegenheit gebracht hätte ... Oh. Nun. Das betraf eher mich selbst. Erstmals wurde mir bewusst, dass es wahrscheinlich gute Gründe dafür gab, dass die meisten Superhelden keine Kinder hatten.

»Pssst.«

Ich schaute um mich. Die schnatternde Mädchenschar war verschwunden; ich sah in den Kabinen nach, aber sie waren leer.

»Pssst.«

»Was ist? Wer ...«

»Birdie?«

»Ja?«

»Kommen Sie raus spielen!«

»Carl?« Ich streckte den Kopf zur Tür hinaus. Da stand Carl, mit dem Rücken an die Wand gelehnt.

»Psst. Kommen Sie raus. Die Luft ist rein. Patty musste ganz schnell nach Hause, weil ihr irgendwer Punsch über ihren Dolce-und-Gabbana-Anzug gekippt hat. Was ist Dolce und Gabbana?«

»Das ist ein Designer«, antwortete ich lachend und gesellte mich zu ihm. »Oder vielmehr sind es Designer. Es sind zwei. Dolce. Und ...«

»Gabbana.«

»Richtig.«

»Woher wissen Sie denn so was?«

»Ich habe eine Tochter.«

»Ahhhh.«

»Danke.«

»Wofür?«

»Dafür, dass Sie mich da rausgeholt haben. Und dafür, dass Sie … sich an mich erinnert haben.«

»Wie könnte ich Sie jemals vergessen?« Carl drehte sich zu mir hin. Das war nicht nur so dahingesagt. Er sah ernsthaft erstaunt aus. Wie könnte ich den Himmel vergessen? Den Mond? Die Sterne? Wie sollte das gehen?

Das war der Moment, in dem ich aufhörte, an die verdorbene Milch zu denken.

»Nun ja …« Unsere Hände berührten sich, und mein Herz fiel – ich fiel – in seine Augen, in denen sich mein tiefstes Inneres spiegelte. »Ich, ich, äh …« Meine Lippen waren wie gelähmt – zu unbeweglich, um Worte zu formen.

»Birdie, ich, ich, äh …« Er beugte sich zu mir hin; ich hielt den Atem an und wusste Bescheid. Auf diesen Moment hatte ich sehr, sehr lange gewartet. Ich wusste es nur nicht – bis er mich daran erinnerte.

»Carl, ich …«

»Ja? Ich meine, ja?« Er beugte sich über mich und schirmte mich von der Menge ab. Wir befanden uns in unserem eigenen kleinen Kokon, in dem wir uns nur beide ansehen und stammeln konnten – und grinsen.

»Ups! 'tschuldigung, Mrs. Lee.« Plötzlich kam eine Gruppe von Teenies auf die Toiletten zugerannt. Die Musik hatte aufgehört. Lex Osborne tippte an das Mikro und bereitete sich darauf vor, eine Rede zu halten. »'tschuldigung! 'tschuldigung!« Lachende junge Leute stürmten an uns vorbei und rissen uns mit. Carl und ich lachten ebenfalls und wehrten sie mit den Händen ab wie Glühwürmchen.

»Ups!« Irgendwer rempelte mich an und stieß gegen meine Tüte. Sie riss auf und – und –

Sachen purzelten heraus. Meine Sachen. Eine schwarze Maske,

eine Perlenkette, Spitzenunterwäsche in Swiffer-Grün. Ein hochhackiger Damenschuh landete direkt auf Carls linkem Fuß.

»Birdie –« Carl blickte nach unten. Und runzelte die Stirn. Dann sah er mich mit einem unbeschreiblichen Gesichtsausdruck an. »Birdie … das ist … Sie sagten, das sei für Kelly?«

»Nein, nein!« Ich fiel auf die Knie und raffte schnell alles zusammen. Ich war derartig rot angelaufen, dass ich schon fast nichts mehr sehen konnte. »Großer Gott, nein! Doch nicht für Kelly! Wie kommen Sie denn bloß darauf … Nein! Das gehört mir!«

»Ihnen?« Carl hatte sich gebückt, um mir zu helfen, aber plötzlich setzte er sich hin, abrupt, so als hätten seine Beine nachgegeben. »Das da ist … Ihr's?«

»Oh! Ja. Ich meine, nein … ich meine … ach, du liebe Güte!« Mir war total übel. »Nein, ja, das ist mein Kostü–. Ich meine, das brauche ich erst später am Abend. Ich meine … ach, herrje!« Ich griff nach der Unterwäsche, die ein Eigenleben entwickelt zu haben schien und sich immer wieder meinem Griff entzog. »Man weiß ja nie, ob man nicht zwischendurch mal frische braucht!«

Carl gab ein merkwürdiges Geräusch von sich, irgendwas zwischen Keuchen und Lachen. Ich lief wieder rot an.

»Nun, was immer Sie heute Abend noch vorhaben …« Er stand langsam auf. »Viel Erfolg dabei.«

»Na ja.« Ich versuchte zu lachen, brachte aber eher ein gurgelndes Geräusch zustande. »Ich wette, so was kriegen Sie nicht alle Tage zu sehen, was?«

Carl pfiff und schüttelte den Kopf. Er rollte mit den Augen. »Ich bin Wissenschaftler, wie Sie wissen. Wir kommen nicht so viel rum.«

»Wirklich zu schade.« Ich senkte meine Stimme zu einem erotischen Raunen – jedenfalls war das der Plan. »Ich war bei den Pfadfindern, müssen Sie wissen. Und unser Motto lautete: Seid allzeit bereit!«

Carls Mundwinkel zuckten, er rollte noch mehr mit den Augen, und plötzlich drehte er sich zur Tanzfläche um. Ich sah, dass seine Schultern zuckten, und ich hörte erneut diese Mischung aus Lachen und Keuchen.

»Da – da hinten scheint irgendwas los zu sein«, sagte er dann gepresst. »Ich glaube, ich muss da mal nach dem Rechten sehen. Oh, und Birdie?«

»Hmmm?«

»Ich hab den Eagle Scout gemacht, die höchste aller Pfadfinderstufen. Wenn Sie irgendwelche Hilfe beim Erwerb eines Verdienstabzeichens brauchen, sagen Sie mir Bescheid.«

»Oh!« Ich schnappte nach Luft und winkte ihm nach, als er wegging – bis ich bemerkte, dass ich die Unterhose durch die Luft schwang. Ich ließ den Arm sinken, ging seitwärts zurück in den Toilettenraum und schloss mich in eine leere Kabine ein. Wo ich meinen erstickten Schluchzern freien Lauf ließ.

Seid allzeit bereit! Warum hatte ich das gesagt? Was sollte er nur von mir denken? Welche Frau lief denn mit einer Papiertüte voller Dinge herum, auf die am ehesten die Bezeichnung selbstgemachtes S/M-Outfit zutraf? So was konnte nur eine durchgedrehte, liebeshungrige Vorstadtmutti tun – eine schusselige Superheldin, die es einfach nicht lassen konnte, zu ihrem neuen Kostüm die farblich passende Unterwäsche anzuziehen. Ich beschloss, auf der Stelle alles hinzuschmeißen. Es war schon schwer genug, ich selbst zu sein, Birdie Lee, geschiedene Mutter, Bedienstete des Elternbeirats und ehemalige Pfadfinderin. Es war schon schwer genug, dieses Leben zu führen, auch ohne im Nebenjob noch Superheldin zu sein. Hatte ich denn nicht auch so schon reichlich Gelegenheiten, mich täglich zu blamieren? Schließlich zwang mich ja auch niemand dazu, oder? Nein. Weit und breit niemand. Also würde auch niemand davon erfahren, wenn ich beschloss, dass es mir zu viel war. Niemand außer –

Martin. Aber ich befahl mir, nicht daran zu denken, wie er mich in der letzten Zeit angesehen hatte, wie er mit mir gesprochen, mit mir gelacht hatte. Er war ein großer Junge. Er würde darüber hinwegkommen. Und irgendwann bestimmt auch ich selbst.

Ich blieb lange in dieser Kabine, kauerte auf der Toilette und hielt meine Papiertüte umklammert. Und es war mir vollkommen schnuppe, ob Patty vielleicht sauer war, weil ich meinen Posten verlassen hatte. Es war mir auch vollkommen schnuppe, ob irgendein doofer Teenager hinter der Anzeigetafel eine Zigarette rauchte oder eine Stinkbombe in das Ventilationssystem warf oder sich in den Kopf setzte, in die Blumenkübel im Foyer zu pinkeln. Mir war alles vollkommen schnuppe – außer Carl. Und der Frage, was genau er wohl mit »Verdienstabzeichen« gemeint haben konnte.

»Ich hab doch gesagt, Sie sollen mich hier nicht anrufen!« Lex' Stimme direkt vor meiner Kabinentür ließ mich erschreckt hochschnellen, und ich stieß mit dem Kopf an ein Rohr.

»*Tut mir Leid*«, antwortete eine Männerstimme. »*Aber Sie haben gesagt, Sie wollten ein Update. Die Operation Rattenfänger läuft exakt nach Plan.*«

»Cobblepot, Sie sind ein Genie!«, jubelte Lex.

Ich spähte unter der Kabine hervor. Da war nur ein Paar Schuhe mit gebogenen Schuhkappen. Ich ließ mich zu Boden sinken, bis ich beinahe flach auf dem Boden lag, und sah, dass Lex in der Mädchentoilette auf und ab lief und in sein Handy sprach. Aber ich konnte beide Teilnehmer des Gesprächs hören. Und war darüber nicht im Geringsten erstaunt. Einerseits weil ich einfach zu benommen war. Und andererseits weil es einen Sinn ergab: Der Scanner, der Kassettenrecorder, Kellys Chatten. Ich konnte also beide Teilnehmer eines Handy-Gesprächs hören. Ja, und? Was war schon dabei?

»*Na, und Sie? Gratis-Spielzeugfiguren – einfach fabelhaft*«, *fuhr die Stimme fort. »Oh, übrigens, Sie haben wohl nicht zufällig noch Lincolnators, oder?«*

»Bedaure.«

»Mist. Das ist die Lieblingsfigur meines Neffen. Aber nun. Machen Sie weiter so – die Sache scheint erfolgreich zu sein.«

»Gott segne die lieben Kleinen.« Lex klappte sein Handy zu, blieb kurz vor dem Spiegel stehen, um an seinen Haaren herumzufummeln, und stolzierte dann aus dem Toilettenraum.

Verdammt! Nein, nein, nein. Ich würde es nicht tun. Ich musste es nicht tun. Nur weil ich zur falschen Zeit am falschen Ort war. Nur weil ich zufällig mit angehört hatte … irgendwas. Ich war auch nicht sicher was, aber etwas Gutes konnte es nicht sein, denn in meiner Brust vibrierte es. Und mir war auch nicht mehr kalt. Mir war brandheiß vor Zorn und Sorge und Angst um die Kinder – um all die Kinder, die ich nie im Leben gesehen hatte. Es würde ein Unglück geschehen. Es passierte ständig etwas Schlimmes – Alkohol, Sex, Drogen, Unheil. Und sie waren alle noch so klein, jedes Einzelne von ihnen – sie alle waren die süßen Kleinen von irgendwem. Irgendwem, der nicht wusste, in welcher Gefahr sie schwebten, in welch schreckliche Lage sie alle geraten konnten, was für üble Gestalten es auf der Welt gab. Aber –

Aber ich wusste es. Weil –

Ich Super Mom war.

»Ach, zum Teufel!« Ich öffnete widerwillig meine zerknitterte Tüte. Und fing an mich umzuziehen.

So viel vorweg: High Heels eignen sich *nicht* zur Bekämpfung des Bösen. Und die Perlenkette war auch ziemlich im Weg. Aber die Schürze, die war klasse.

Ich zog mich also in einer winzigen Kabine der Mädchentoilette um. Was eine Menge Erinnerungen wachrief. Größtenteils unangenehme. Ich schlängelte mich in das Doris-Day-Kleid, das ich aus schmutzanziehenden Staubtüchern genäht und grün gefärbt hatte, band mir die Schürze um und stopfte die riesigen Taschen mit meiner ganzen Ausrüstung voll.

Okay, hier folgt nun die Beschreibung von Super Moms *Schürze der weisen Voraussicht* – Martin wollte sie die *Schürze der krankhaften Ordnungsliebe* nennen, aber ich machte von meinem Vetorecht Gebrauch: Antibakterielle Feuchttücher (die Marke kann ich nicht nennen, bevor der Sponsoren-Vertrag nicht unterschrieben ist, was aber nur eine Frage von Tagen sein kann), Pflaster, Zahnseide, Tampons, eine Schere, feuchte Wischtücher, Kräcker, Salzstangen, Apfelsaft, Ibuprofen für Kinder, verschiedene Salben, Kreide, Sicherheitsnadeln, Kleenex und saubere Unterwäsche.

Als ich all das verstaut hatte, schwankte ich ein wenig. Der Apfelsaft hatte außerdem die Tendenz, ziemlich laut zu schwappen, und mit der Schere habe ich mich auch mehr als einmal gepiekst. Ein paar Kleinigkeiten mussten also noch verbessert werden. Aber insgesamt war ich zufrieden. Die Wäscheklammern hielten das Cape tipptopp da, wo es sein sollte, und die Maske saß perfekt. Ich bekam allerdings die Perlenkette nicht zu und musste sie deshalb weglassen. Dann stakste ich tapfer auf meinen High Heels aus der Kabine, auf dass mir Teenager in Not in die Arme liefen.

Ich brauchte auch nicht lange, um sie zu finden. Ich verließ die Turnhalle und steuerte den Parkplatz an. Ich hatte so ein Summen in den Ohren, und die Haare standen mir förmlich zu Berge. Mein Super-Mom-Sinn führte mich zu einem Gebüsch in der Nähe der Müllcontainer, von wo ein Würgen zu hören war.

»Alles in Ordnung mit dir?« Ich schob die Zweige beiseite und erblickte einen jungen Mann, der sich vornüberbeugte und kotzte, als gäbe es kein Morgen.

»Hä?« Er drehte mir den Kopf zu und wischte sich mit dem Handrücken über den Mund.

»Lass das! Nimm die hier!« Damit griff ich in meine Tasche

und reichte ihm ein antibakterielles Feuchttuch. »Wie kommt's? Zu viel Bier getrunken?«

Er nickte. Seine Augen waren geweitet, und sein Mund stand weit offen.

»Dann iss das hier.« Ich reichte ihm ein paar Salzstangen. »Und trink das.« Ich warf ihm den Apfelsaft zu. »Aber sag mal: Wo hattest du denn das Bier her?«

Er beugte sich vor und übergab sich erneut.

»Ist schon okay. Ich kann warten.« Ich verschränkte meine Arme vor der Brust, schaute in den Himmel und summte vor mich hin. Als er fertig war, wiederholte ich meine Frage.

»Sag ich nicht«, antwortete er. Dann setzte er sich und knabberte an einem Kräcker herum. »Wer sind Sie überhaupt? Es ist doch noch gar nicht Halloween.«

»Ich … ich bin …« Ich verstummte. Ich hatte es nie zuvor laut ausgesprochen. Das war mein großer Moment: »Ich bin Super – o Mann! Ich fasse es nicht, dass ich das sage. Wirklich nicht. Wenn du mich kennen würdest, würdest du es niemals glauben, aber – tja, na ja, ich bin Super Mom!« Ich musste kichern.

Er schnaubte.

»Super Mom? Sie? Was ist denn mit diesem Cape? Können Sie fliegen, Super Mom?«

»Nein. Jedenfalls *noch* nicht. Aber eines Tages, hoffe ich – hey! Moment! Jetzt aber mal los: Sag mir, woher du das Bier hast.«

»Warum sollte ich Ihnen das sagen?«

»Darum«, polterte ich plötzlich los und blies mich zu meiner vollen Größe von ein Meter sechzig auf. »Weil ich Super Mom bin. Die Mutter aller Mütter, Fleisch gewordene Erziehungsbibel, Erforscherin der Wahrheit – bei allen Kindern und für alle Kinder, eingeschlossen Heranwachsende unter einundzwanzig. Also gilt das auch für dich, mein Freund. Ich besitze die Macht und das Recht aller Mütter, Kinder vor Schaden zu bewahren. Ihnen dabei zu helfen, richtig von falsch zu unterscheiden, und ihnen, falls nötig, eins hinter die Löffel zu geben. Wow!« Ich hielt kurz inne, um Luft zu holen. »Keine Ahnung, wo das jetzt herkam! Ach, und ich kann außerdem mit der Kraft von zehntausend Swiffern putzen.«

»An Ihrer Rede müssen Sie aber noch feilen, Lady. Die ist ja endlos. Superman hat das viel besser drauf: Kämpfer für Wahrheit, Gerechtigkeit und den American Way. Das bleibt tausendmal besser hängen.«

»Äh, ja, es ist das erste Mal, dass ich …«

»Was Sie nicht sagen.«

»Jetzt hör mal gut zu, Freundchen«, tobte ich wieder los. Diesmal verging ihm das höhnische Grinsen. »Wo hast du das Bier her?«

»Sag ich nicht.«

»Tust du doch.«

»Tu ich nicht.«

»Tust du doch.«

»Tu ich nicht.«

»Okay, das reicht.« Ich beugte mich vor und fixierte ihn mit meinem Gnadenlosblick. »Schluss mit dem Unfug, Freundchen. Entweder du rückst auf der Stelle damit raus, oder …«

»Oder was?« Er wollte meinem Blick ausweichen, aber ich packte sein Kinn und hielt es fest.

»Oder ich sorg dafür, dass du eine Woche lang nicht Auto fährst. Hast du nicht am Freitag ein Date? Mit der Hübschen aus Geschichte? Dann schauen wir doch mal, wie viel Spaß ihr ohne Auto habt.«

»Aber, woher wissen …?« Auf seiner Augenbraue bildeten sich Schweißtropfen.

»Das tut nichts zur Sache. Ich weiß es einfach. Also: Verrätst du es mir jetzt?«

»Nein …«

»Na schön. Her mit dem Autoschlüssel! Und zwar zackig!«

Er rührte sich nicht.

»Ich sagte: UND ZWAR ZACKIG!!!«

»Okay, okay! Aber ... aber hören Sie jetzt damit auf, ja?«

»Aufhören? Womit?«

»Na, damit – genau wie meine Mutter. Die guckt mich auch immer so traurig an. Als wär sie enttäuscht von mir. Das halt ich nicht aus. Sehen Sie mich nicht so an, ja? Bitte!« Er winselte inzwischen regelrecht und kaute an seinen Fingernägeln. Tränen schossen ihm in die Augen. »Ich werd jetzt auch brav sein. Ich versprech's.«

»Weiß ich doch, mein Junge«, murmelte ich. Dann strich ich ihm über die Stirn und nahm ihn in den Arm.

»Tut mir Leid«, flüsterte er.

»Mir doch auch«, flüsterte ich zurück. »Und jetzt erzähl mal, wo du das Bier her hast.«

»Von Sid Cummings.« Der Junge wischte sich die Nase an seinem Ärmel ab. Ich verdrehte die Augen und hielt ihm ein Kleenex hin. »Der ist da drüben mit ein paar Kids. Die machen eine Gegenparty.«

»Verstehe. Die nehm ich mir vor. Du gehst jetzt rein und wäschst dir das Gesicht mit kaltem Wasser. Deinen Schlüssel kriegst du morgen zurück – ich lasse auf gar keinen Fall zu, dass du jetzt noch fährst. Immer schön dran denken: Kein Alkohol am Steuer – das Leben, das du rettest, könnte dein eigenes sein!«

»Okay.« Er nickte. Ich nahm ihn nochmal in den Arm und schenkte ihm einen Kräcker. Dann ließ ich ihn stehen und rannte quer über den Schulparkplatz, wo ich mit einem meiner Absätze in einem Gullydeckel stecken blieb und sehr Super-Mom-unwürdig fluchte: »Verdammte Sch...«

»Hey, guckt mal da!«

»Wer ist das denn? Was ist denn das?«

»Ich bin Super Mom«, gab ich der Menschentraube zu verstehen, die sich um mich scharte.

»Das ist doch ein Spanner!«

»Nein, bin ich nicht.« Ich wankte ein paar Schritte von ihnen weg.

»Eine Besoffene!«

»Nein, ich bin Super Mom: Kämpferin für – für das Wohl aller Kinder, Stellvertreterin aller Mütter, befugt und ermächtigt – ach, was soll's. Das ist wirklich noch nicht gut.« Ich eierte über die Straße und duckte mich hinter geparkte Autos, bis die Menge sich schließlich zerstreute.

»Kann ich noch eins?«

»Logo.« Das verräterische Zischen einer frisch geknackten Bierdose drang an mein Ohr.

»Mann, ey, geil! Diese Luschen auf dem Schulball wissen gar nicht, was sie verpassen.« Lautes Rülpsen.

»Echt stark, Mann!« Gegröle, Hicksen, dann wieder lautes Rülpsen.

Ich kauerte hinter einem PT Cruiser und pirschte mich zentimeterweise an einen orangefarbenen Kombi heran, der – wie ich durch kurzes Auftauchen feststellte – von jungen Leuten umringt war.

»Hey, Jungs, gibt's noch mehr?« Eine neue, maskulin klingende Stimme, die mir irgendwie bekannt vorkam. Meine Schädeldecke vibrierte, mein Super-Mom-Sinn schaltete in den höchsten Gang, den ich bisher erlebt hatte.

»Mehr was? Alk oder Gras?«

»Na, was glaubst du wohl? Ich will ein bisschen was durchziehen.«

Bewunderndes Gemurmel der anderen.

Ich huschte spinnengleich an dem PT Cruiser entlang und schoss hin und wieder kurz hoch, um durch die Fenster zu linsen. Zwei Jungs in Jeans und T-Shirt saßen mit einer roten Kühlbox zwischen sich unter der geöffneten Heckklappe. Eine Gruppe von Ballbesuchern stand um sie herum. Die Mädchen bibberten in ihren hauchdünnen Kleidchen, die Jungs gaben sich alle Mühe, in ihren Anzügen wie James Bond auszusehen. Ich konnte ihre Gesichter nicht erkennen, aber irgendwie …

»Also. Wie viel?« Wieder diese weiche Männerstimme.

»Na ja, kommt drauf an.« Einer von den Kiffern lehnte sich zurück und kratzte sich am Bauch. »Was für welchen willst du denn?«

»Den Besten. Warum sich mit weniger zufrieden geben?« Mir blieb die Luft weg, als ich Harrys Stimme erkannte. Das war Harry Osborne. Der Freund meiner Tochter.

Die Kiffer fingen an zu lachen, aber dann langte einer von ihnen hinten in den Wagen hinein – und zog einen Plastikbeutel heraus …

»Okay, das reicht!« Ich schoss hoch und stemmte meine Fäuste in die Seiten – genau wie Wonder Woman. (Ich hatte zu Hause geübt, vor dem Spiegel.)

»Schluss jetzt! Ich bin Super Mo – aah-auaah!«

Irgendjemand riss mich genau in dem Moment von hinten zu Boden.

»Loslassen«, zischte ich und trat mit meinen High Heels um mich. »Finger weg, du, du –«

»Birdie?«

Ich hörte auf zu treten. Ich fuhr herum, um zu sehen, wer da seine Arme um meine Superbeine gelegt hatte.

»Carl?«

Er starrte mich mit offenem Mund an und blinkerte ungläubig mit seinen braunen Augen. Meine Beine hielt er nach wie vor umschlungen. »Birdie? Birdie? Birdie?«

»Ja, Carl, lassen Sie mich los!« Schließlich trat ich so fest zu, dass er loslassen musste. Er fiel nach hinten, sodass der Schotter nach allen Seiten wegspritzte.

»Ich – ich meine, Patty meinte – die Kids meinten – hier draußen lungert ein Spanner oder Perverser rum. Darum hat Patty ein paar von uns rausgeschickt, um nachzusehen, und da hab ich diese komische – ich meine, ich hab – Sie gesehen. Sie? Hier?«

»Mmmh.« Ich blieb mit dem Gesicht nach unten im Schotter liegen, Teer und Staub in Mund und Nase. Ich konnte ihn nicht anschauen. Ich würde ihn nie wieder anschauen können. Nie, nie wieder.

»Äh, Birdie, ich … bin ja vielleicht ein bisschen durcheinander. Aber … darf ich fragen, warum Sie in so einem Kleid und … einer Schürze … und einer Maske hier rumschleichen?«

»Die High Heels nicht zu vergessen«, murmelte ich.

»Und in High Heels … hey!« Er setzte sich auf. »Sie sehen ja aus wie Martins Cartoon!«

»Ich weiß. Das ist eine ziemlich verrückte Geschichte.« Ich drehte mich ächzend um. Sollte ich es ihm erzählen? Konnte ich ihm vertrauen? Oder würde er mich für völlig durchgeknallt halten, die Behörden einschalten und Patty und den anderen aus dem Elternbeirat sagen, sie sollten mich in Zukunft von allen Wohltätigkeitsbackaktionen und Bücherbasaren verbannen?

Aber seine Augen. Seine warmherzigen, lieben Augen. Vertrauensvoll wie die eines Kindes. Sie gaben mir Hoffnung.

»Also, hören Sie zu, ich bin …«

»Da! Da drüben! Da drüben hab ich was gesehen!« Ein Gewirr von Stimmen, das wie ein Rudel Hunde immer näher kam. Entschlossene Stimmen – die Stimmen von Patty und Lex und die Stimme eines Mannes, die ich nie zuvor gehört hatte. Irgendjemand musste die Polizei gerufen haben.

Carl und ich schauten uns an. Ich konnte keinen Gedanken fassen, hatte keinen Schimmer, was ich machen sollte …

»Los, kommen Sie«, rief er, bevor ich etwas sagen konnte. Er ergriff meine Hand und zog mich hoch.

»Halt! Im Namen des Elternbeirats!«, rief Patty. Doch wir rannten los.

Ich sah, wie die Runde um den Kombi auseinander stob; die

Kiffer hasteten um das Auto herum nach vorn, schlugen die Autotüren zu und rasten davon. Eine Sekunde lang befürchtete ich, sie würden die Ballbesucher über den Haufen fahren. Aber die liefen durcheinander wie ängstliche Mäuschen und stürmten dann Richtung Schule. Carl hielt mich fest an der Hand. Er würde mich auf gar keinen Fall zurücklassen. Und wir rannten und rannten – ich hatte keine Ahnung wohin. Ich konnte nur hoffen, dass er mich in Sicherheit brachte. Irgendwas sagte mir, dass ich ihm vertrauen konnte.

Kurz bevor er mich in eine enge Einfahrt zog, um uns außer Sichtweite zu bringen, sah ich etwas, das mir das Blut in den Adern gefrieren ließ. Eins der Gesichter aus der Traube von Teenagern, die sich um den Kombi versammelt hatten und nun zur Schule liefen, – erkannte ich mit einem Anflug von Übelkeit – eins dieser Gesichter, das nun in der dunklen Nacht ganz bleich wurde, so bleich wie ein Lichtschein, rein, lieblich und unschuldig –

War das von Kelly.

7

»Die High Heels lasse ich also weg«, sagte ich zu Carl, »und die Perlenkette auch. Aber das Cape mit den Wäscheklammern gefällt mir wirklich richtig gut.« Dann senkte ich errötend den Blick.

Er sagte nichts. Er rührte sich nicht. Er saß in einem verstellbaren Ledersessel und hielt seine Knie mit den Händen umfasst. Zugreifen, loslassen, wieder zugreifen – das war die einzige Bewegung, die er machte, seit ich angefangen hatte, ihm meine Geschichte zu erzählen, und zwar von Anfang an, beginnend bei meinem *Schrecklichen Swiffer-Schock.*

»Hm, äh, na ja, das war alles. Gut. Ich geh dann jetzt mal …« Ich erhob mich langsam aus meinem Ledersessel, dem Gegenstück zu seinem. Wir saßen in seinem Wohnzimmer – seinem sehr spärlich und männlich eingerichteten Wohnzimmer, in dem die beiden Sessel, eine Stereoanlage und ein mitgenommen aussehender Couchtisch standen. Und ein hellblauer, mit ausgeschnittenen Herzchen beklebter Holzschemel, den ich so allerliebst fand, dass ich gern aufgestanden und zu Carl hingegangen wäre, um seine Haare zu verstrubbeln und ihn in die Arme zu schließen.

»Die Wäscheklammern fanden Sie gut?« Endlich schaute er zu mir hoch. Seine Stirn war zerfurcht wie die eines schlafenden Hündchens. Aber er lächelte.

»Ja.«

»Die waren meine Idee.«

»Ich weiß.« Ich setzte mich wieder hin und starrte den Schemel an.

»Als Martin diesen Cartoon gezeichnet hat, hatte ich allerdings keine Ahnung, dass … na ja, Sie wissen schon …«

»Ja, ich weiß. Hören Sie, ich weiß. Es ist lächerlich und Sie werden es mir sowieso niemals glauben, aber es tut mir Leid. Das mit der Unterwäsche …« Ich lief erneut rot an, zwang mich jedoch weiterzureden. »Es tut mir Leid, dass ich heute Nacht alle erschreckt habe. Es tut mir Leid wegen … dass … Sie und ich da in der Turnhalle … Oh, es tut mir einfach alles schrecklich Leid. Aber wie Peter Parker sagt: ›Aus großer Kraft folgt große Verantwortung.‹ Dieser alberne Peter Parker.«

»Es war Onkel Ben, der das gesagt hat.«

»Tatsächlich? Ich dachte, es wäre Peter Parker gewesen.«

»Nein, es war Onkel Ben. *Amazing Fantasy*, Nr. 15, August 1962.«

»Wow!« Jetzt war ich mit Staunen an der Reihe. »Sie kennen sich ja echt aus.«

»Ich war auch mal ein kleiner Junge. Ein richtiger kleiner Spargeltarzan, der nicht mal dazu in der Lage war, einen Fußball zu werfen. Was hätte ich da anderes tun sollen?«

»Heißt das, dass Sie mir … also, dass Sie mir glauben?«

»Ich weiß nicht«, antwortete er. Seine Augen funkelten. »Dazu müsste ich Sie in Aktion sehen.«

»Wie bitte?«

»Als Super Mom. Lassen Sie doch mal sehen, was Sie als Super Mom drauf haben. Führen Sie mir eine von Ihren Kräften vor.«

»Ach so, okay.« Ich stand auf. »Sehen Sie das Spinnennetz da drüben?« Ich zeigte in eine entlegene Ecke des Zimmers. »Eben war's noch da – und schon ist es futsch!« Damit wischte ich es – schwuppdiwupp – von der Wand; mit meinem neuen Rücken-Flip. (Ich wollte eben ein bisschen angeben, okay?)

»Teufel nochmal!« Carl sprang auf und griff nach meiner Hand. Auf meinem Zeigefinger glänzte ein Tröpfchen; er berührte ihn mit seinem Finger, und ich schloss die Augen. Ich konnte nicht hingucken, wollte einfach nur seine Berührung spüren. Er drehte meine Handfläche nach oben und fuhr mit dem Finger meine schwammartigen Furchen und Wülste entlang. Es kitzelte und kribbelte, bis alle Nervenenden meines Körpers gereizt waren und kribbeln und gekitzelt werden wollten – und mehr.

Schließlich hörte er auf, und ich fand einen Weg weiterzuatmen.

»Birdie«, sagte er. Dann nahm er mein Kinn und schob es zu sich hoch. Ich öffnete die Augen. »Kommen Sie mit mir.«

»Ich, äh, na ja …« Ich konnte mich nicht vom Fleck rühren. Ich hatte schreckliche Angst. Das war zu früh, zu schnell. Und ich musste vorher noch mindestens zehn Pfund abnehmen …

»Kommen Sie mit mir.« Er führte mich zu seinem – Keller. Ich folgte ihm wortlos über die abgetretenen Holzstufen nach unten. Wir gelangten in einen düsteren Raum, der von einem riesigen Poolbillardtisch ausgefüllt wurde. Auf diesem Poolbillardtisch stand ein Chemiekasten. Ein riesiger Chemiekasten mit Teströhrchen, Bunsenbrennern, Phiolen voller rätselhafter Pülverchen und Flüssigkeiten, Lackmuspapier, Pinzetten, einem Mikroskop und einigem mehr.

»Hier«, sagte er und setzte mich auf einen alten Barhocker. Dann nahm er einen Objektträger und presste meinen Zeigefinger darauf. »Sagen Sie mir nochmal, welche Putzmittel Sie an dem fraglichen Tag benutzt haben.«

»Putzmittel?« Ich schüttelte den Kopf, um meine wirren, lüsternen Gedanken zu vertreiben. »Putzmittel. Äh, ja, das waren: Swiffer, Badreiniger, Chlorox, Windex extrastark, irgendein Orangenreiniger, den ich mal in einer Dauerwerbesendung gekauft habe, flüssige Gallseife …

»Enthielt eins davon Bleichmittel oder Ammoniak?«

»Ja.«

»Welches von den beiden?«

»Beides.«

»Sie haben Bleichmittel und Ammoniak gemischt?« Er legte seinen Objektträger beiseite und sah mich an.

»Ich fürchte ...«

»Und Sie hatten die Belüftungsanlage nicht an?«

»Nein, ich hatte die Belüftungsanlage nicht an.«

»Sie hätten sterben können. Im Ernst, Birdie.«

»Ja, hat man mir schon gesagt.«

»Ich bin froh, dass Sie nicht gestorben sind.« Er wandte sich ab und fummelte mit Pipetten und Phiolen herum.

»Sie sind froh?«

»Ja, bin ich.«

Ich konnte mir ein Grinsen nicht verkneifen.

»Wenn man Bleichmittel und Ammoniak vermischt«, dozierte er, ganz der Wissenschaftler, der er war, »entsteht Chlorgas. Und das ist giftig, Birdie. Wenn man das einatmet, kann man sterben. Angesichts der Mengen, von denen Sie gesprochen haben, bin ich erstaunt, dass Sie überlebt haben. Statt Sie zu töten, scheint es etwas anderes bewirkt und Sie mit diesen Kräften versehen zu haben. Genau wie bei Barry Allen, als er während dieses Unwetters in seinem Labor arbeitete ... Gab es ein Gewitter, als Ihnen das passiert ist?«

»Nein.«

»Hmmm.« Er legte den Objektträger unter das Mikroskop. »Das ist ungewöhnlich.« Er drehte an diesem Dingsbums an der Seite herum, während er meine Flüssigkeit untersuchte. Während ich so darüber nachdachte, überlief mich ein Schauer, und ich schlug die Beine übereinander. In der Hoffnung, etwas über meinen Retter herauszufinden, ließ ich meinen Blick dann durch den Keller schweifen.

Trotz dieses Poolbillardtisches konnte ich nirgends Billardstöcke erblicken. Es gab eine Dartscheibe. Aber keine Darts. Ein Poster mit dem St.-Pauli-Bier-Girl, das zwei prallvolle ... äh, Bierkrüge servierte. Und einen alten Textilteppich auf dem

Boden, der schon so ausgeblichen war, dass man absolut nicht mehr sagen konnte, welche Farben er ursprünglich mal gehabt hatte.

Außerdem gab es hier gar keine Kisten. Weder Schuhkartons noch alte Babymilchpulverkartons, die von außen mit Namen und Daten beschriftet waren. Unser Keller war voll von solchen Kartons – MARTIN, GEMALTES, KINDERGARTEN BIS DRITTE KLASSE, OMAS ALTE FOTOS, KELLYS PFADFINDERABZEICHEN. In Carries Keller sah es ähnlich aus und in dem von meiner Mutter auch.

In Carls Keller existierte nichts, was mir nähere Auskunft über ihn oder seine Vergangenheit hätte geben können, denn ich wusste eigentlich nicht viel über ihn. Er war geschieden, und seine Exfrau lebte in einem anderen Bundesstaat. Er zog seinen Sohn allein groß. Er hatte einen verträumten Blick und eine sanfte Art. Er hatte starke Hände und vorstehende Knochen, wenn seine Schultern auch erstaunlich breit waren. Er arbeitete in der Forschungsabteilung eines Pharmakonzerns. Als kleiner Junge hatte er gern Comics gelesen. Und er glaubte mir.

Doch als ich so darüber nachdachte, sagte ich mir: Was brauche ich denn sonst noch zu wissen?

»Das ist interessant«, meinte er und drückte mit einer Pipette ein paar Tropfen von einer blauen Flüssigkeit auf den Objektträger.

»Was?«

»Hmmm.« Er drückte zwei Tropfen einer klaren Flüssigkeit auf den Träger und stellte dann sein Mikroskop wieder scharf.

»Was? Carl? Was?«

»Hier spielen sich erstaunliche Zellteilungen ab. Einfach unglaublich. Diese Flüssigkeit – eine Mischung aus Monochloramin, Chlorwasserstoff, Natriumhypochlorid, Zitronensäure und einer Menge anderer Dinge, die ich im Augenblick noch nicht benennen kann – ist im Gegensatz zu normalen Putzmitteln ein lebendiges Wesen. Darin liegt ihre hohe Wirkungskraft begründet. Sehen Sie sich das an.«

Ich führte mein Auge an das Mikroskop heran. Carl beugte sich über mich.

»Da! Sehen Sie, wie die Zellen sich permanent teilen?«

»Hm, hm«, sagte ich leise. Mir lief ein Schauer über den Rücken, weil ich seinen warmen Atem an meinem Ohr spürte. Ich musste mich seitlich am Billardtisch festhalten, um nicht die Balance zu verlieren. Dann fiel mir wieder ein, dass ich ja durch das Mikroskop gucken wollte. Ich erblickte kleine Kleckse von irgendeinem Zeug auf dem Objektträger. Es sah aus wie ein schwarzweißer Zeichentrickfilm – kleine unregelmäßige Formen, die sich in immer kleinere Formen zerteilten. Was auch immer da auf diesem Objektträger lag, lebte und blubberte. Ich erschrak, als ich begriff, dass dieses Zeug ja in mir drin war, dass es irgendwie durch meine Adern floss und mich stark machte, mir meine Kraft verlieh.

»Ist das nicht unglaublich?« Carls Stimme klang ganz heiser.

Ich blickte vom Mikroskop auf und sah direkt in sein Gesicht. Es war meinem so nah, dass ich seinen würzigen, rauchigen Duft riechen konnte, sein Aroma, seine Haut. Ich nickte.

»Sie sind … unglaublich«, sagte er und beugte sich so weit zu mir rüber, dass er mich mit Sicherheit auch riechen konnte.

Ich nickte.

»Birdie …« Er hob mein Kinn hoch und kam ganz nah an mich heran, nah genug, um mich küssen zu können, wenn er wollte …

»Warten Sie«, sagte er, und seine senkrechten Grübchen wurden noch tiefer. »Ich hab noch nie eine Superheldin geküsst.«

»Na, super«, murmelte ich. Ich war nicht in der Lage, meinen Blick von seinen Lippen abzuwenden. »Das setzt mich jetzt überhaupt nicht unter Druck. Vielen Dank.«

»Gern geschehen«, flüsterte er. Und dann küsste er mich.

Die Lippen eines Mannes auf meinen Lippen. Das war das Einzige, woran ich im ersten Moment denken konnte. Die Lippen eines Mannes – ganz weiche, fordernde Lippen – auf meinen Lippen. Warme, feuchte, offene Lippen – auf meinen Lippen. Dann vergaß ich, wie man denkt, vergaß, wie man atmet; das Einzige, was ich noch konnte, war, den Kuss zu erwidern. Also tat ich es auch.

Dann schlang er seine Arme um mich, seine großen, starken Arme, und zog mich ganz dicht zu sich heran, bis nichts mehr zwischen uns war, nicht ein Zentimeter Luft, und wir uns an Stellen berührten, von denen ich gar nicht wusste, dass man sich da berühren konnte. Und immer noch war das Einzige, woran ich denken konnte, ihn zu küssen, ihn zu küssen, bis ich keine Luft mehr bekäme und deshalb ewig in seinen Armen liegen bleiben müsste …

Plötzlich riss uns ein dumpfer Schlag über uns auseinander. Unsere Herzen rasten, wir hatten Angst, uns gegenseitig anzusehen. »Greg«, sagte Carl mit erstickter Stimme. Mit einem Mal waren meine Kinder das Einzige, woran ich denken konnte. Martin und Kelly. Martin machte sich bestimmt Sorgen und fragte sich schon, was mir zugestoßen sein konnte. Vielleicht musste er ein Glas Milch trinken, um sich wieder zu beruhigen, aber hatten wir genug im Haus? Er hasste fettarme Milch. Er trank nur Vollmilch mit vollem Fettgehalt. Und Kelly. Wo war sie?

Kelly. Ihr Gesicht, ganz rein und klar in der Dunkelheit, wie es sich entfernte, von mir entfernte. Wegrannte vor der Gefahr. Aber gleichzeitig auch auf sie zurannte. Auf die Gefahr, in der sie auch jetzt noch schwebte. Bei dieser Gefahr handelte es sich um einen großen blonden Jungen mit kühlen blauen Augen und einem verführerischen Lächeln. Und was, um Himmels willen, sollte ich gegen sie ausrichten können?

»Ich kann ihr ja schlecht sagen, ich hätte sie gesehen«, flüsterte ich.

Carl schaute mich an. Sein Gesicht ein Wirrwarr von Gefühlen. Sorge, Angst, Freude, Hoffnung.

»Äh, wie bitte?«

»Kelly. Ich hab sie gesehen. Heute Abend bei diesen Kiffern – sie war in dieser Gruppe von Kids auf dem Parkplatz. Aber ich kann ihr nicht sagen, dass ich sie gesehen habe, weil sie ja nicht weiß –«

»Dass du Superkräfte besitzt?«

Ich schüttelte den Kopf. »Nein, ich kann es ihr nicht sagen, weil –«

»Aber Martin weiß es.«

Ich nickte.

»Na ja, was soll's. Es geht mich ja nichts an, oder? Birdie?«

Ich sah ihn an, diesen Mann, den ich soeben geküsst hatte. Ich spürte ihn noch immer auf meinen Lippen, spürte die Wärme in meinem Rücken, da, wo er mich festgehalten hatte. Aber –

»Nein.« Ich lächelte entschuldigend. »Das geht dich nichts an.«

Er nickte. Seine Schultern sanken ein wenig nach unten.

»Zumindest noch nicht«, fügte ich hinzu.

Er schaute mich an, berührte meine Wange, nur einen Augenblick lang und so schnell, dass ich nicht sicher war, ob es auch wirklich stimmte. Dann lächelte er.

»Was hast du denn jetzt vor, Super Mom?« Wir gingen wieder nach oben.

»Och, das Übliche. Verbrechen bekämpfen – wenigstens den Alkoholgenuss von Minderjährigen und den Drogenkonsum unter den Teenagern unserer Stadt. Die Welt retten – zumindest mein eigenes Stadtviertel. Sabber abwischen und mich vergewissern, dass die Kindersitze in den Autos benutzt werden. Und sauber machen. Du weißt schon. Das Übliche halt.«

»Das ist der Super-Mom-Sinn.« Ich sah, wie er nickte. Er hatte schon so manche lichte Stelle am Hinterkopf. »Und wie sieht es mit deinem bösen Erzfeind aus? Hast du einen? Abgesehen von Patty, meine ich.«

»Ha, ha. Sehr komisch.«

Als er oben an der Treppe angekommen war, hielt er kurz vor der Tür an, drehte sich um und nahm meine Hand, als hätte er jedes Recht dazu. »Brauchst du dann nicht einen Partner?«

»Tut mir Leid.« Ich ließ meine Hand in seiner ruhen. Sie fühlte sich dort sicher und geborgen. »Ich hab schon einen.«

»Nun, wie wäre es dann mit einem schrulligen Wissenschaftler als Liebha…, äh, … Freund?«

»So was könnte ich brauchen. Ja, ganz sicher.«

»Gut.« Er zog mich auf die letzte Stufe hoch und hinaus in den Flur, dann ließ er meine Hand los, als hätte sie ihn gestochen. Greg saß im Wohnzimmer und spielte ein Videospiel. Er war genauso schmächtig wie Martin, trug die gleichen Klamotten wie Martin und hatte einen Wuschelkopf wie Martin, nur dass seine Haare schwarz waren. Aber er mochte Martin nicht, und Martin mochte ihn nicht. Die beiden hatten sich schon immer mit gegenseitigem Argwohn betrachtet, mit Vorsicht und Misstrauen. Ich hatte nie verstanden, wieso.

»Also dann, Mr. Sayers«, sagte ich in meinem vergnügtesten Elternbeirats-Tonfall. »Sagen Sie, was machen Sie noch gleich beruflich?«

»Nun, Mrs. Lee«, antwortete Carl im gleichen Tonfall, so als wären wir einfach zwei Mitglieder des Elternbeirats, die sich zufällig im Supermarkt trafen. »Ich arbeite an einem neuen Projekt beim Pharmakonzern Moulton. Aus irgendwelchen Gründen benutzen wir neuerdings Codenamen für unsere Forschungsvorhaben. Ich sitze an dem Projekt namens Rattenfänger.«

»Ach, das ist ja nett – ich meine, wie war das?« Ich blieb so abrupt stehen, dass er gegen mich knallte.

»Birdie!« Er sah zu Greg hin, der noch immer in sein Spiel vertieft war.

Patriot Pops. Iss Patriot Pops! Mmm! Lecker. Süß. Genau das, worauf du stehst.

»Stell das Ding aus!«, rief ich, lief quer durchs Zimmer und riss das Spiel aus der Konsole. Greg und Carl starrten mich mit offenen Mündern an. »Projekt Rattenfänger? Was ist das?«

»Ich – ich – aber, Birdie, Gregs Spiel …« Carl zeigte auf den Fernseher.

»Ja«, meinte Greg weinerlich. Ich schaute ihn mir nochmal an. Er sah ein bisschen pausbäckiger aus als beim letzten Mal. Ein bisschen weicher, ein bisschen rundlicher.

»Carl, was zum Teufel ist das Projekt Rattenfänger?«

»Keine Ahnung. Wir sind alle verschiedenen Sektoren zugeordnet. Ich arbeite im Augenblick lediglich daran, Gene zu isolieren. Warum wir was tun sollen, verraten sie uns nicht.«

»Kennst du jemanden, der Cobblepot heißt?«

Carl schüttelte den Kopf.

»Weißt du, warum Lex irgendwas mit dem Projekt Rattenfänger zu tun haben könnte?«

»Lex? Lex Osborne? Der Selfmade-Millionär?«

»Der Unvergleichliche.«

»Nicht die leiseste Idee.«

»Dad«, unterbrach Greg uns einigermaßen ruhig. »Wir haben keine Patriot Pops mehr, und ich hätte so gern welche. Kannst du morgen wieder welche kaufen?«

»Tu es nicht«, sagte ich zu Carl und hielt das Videospiel hoch wie eine Trophäe. »Es ist mir egal, dass es ein Produkt aus unserer Stadt ist. Da ist was faul im Staate Kansas, und ich meine, sein Name ist rein zufällig Osborne. Ich glaube, ich hab doch noch meinen Erzfeind gefunden.«

Carl wurde blass im Gesicht. Er machte einen Schritt auf mich zu und blieb dann stehen.

»Aber, Dad«, greinte Greg und warf den Controller auf den Fußboden. »Was ist denn jetzt mit meinen Patriot Pops?«

8

Anders als viele Menschen glauben (Kelly und Martin zum Beispiel), bin ich nicht antibakterielle Einmalfeuchttücher schwingend auf die Welt gekommen (die, nach Swiffer, die großartigste Erfindung seit Anbeginn der Menschheit sind).

Genau gesagt war ich in meinen Teenagerjahren sogar ziemlich verwegen. Einmal habe ich auf einer Party Bier *und* Wein getrunken – zwar nur ein Glas von beidem, aber immerhin. Und in meinem letzten Schuljahr habe ich mich geweigert, meine Bücher in diese schrecklichen klebrigen Einbände einzuschlagen. Als ich dann vor der Abschlussfeier mein Physikbuch abgab, meinte der Direktor, ich müsse es vor der Überreichung der Urkunden ersetzen, weil ich mit einem Textmarker ein Smiley-Gesicht darauf gemalt hatte. Hab ich aber trotzdem nicht gemacht.

Sie sehen also, auch ich habe eine rebellische Ader.

Das Schlimmste war allerdings mein erstes Jahr an der High School, als ich mit einem Punk ging. So hießen an meiner High School die bösen Jungs – Punks. Einen Punk erkannte man an seinem permanenten höhnischen Grinsen, ganz gleich, in welcher Stimmung er gerade war. Kevin Stanton grinste sich höhnisch in mein Herz und grinste sich auch höhnisch wieder raus. Und dazwischen nahm er mich mit auf dunkle und gefährliche Pfade. Einmal verbrannte er mir die Innenseite meines Handgelenks mit seiner Zigarette, einfach nur so. Und obwohl es wehtat und sich mir aus Scham und Ekel der Magen umdrehte, tat ich vor mir selbst so, als würde es mir nichts ausmachen. Ich tat vor mir selbst so, als gefiele es mir. Denn als ich nichts sagte, zog er mich an sich, fuhr mit seiner Zunge meinen Hals entlang und flüsterte mir zu, eine Frau wie mich hätte er noch nie getroffen. Es war das erste Mal, dass mich einer als Frau bezeichnete. Was konnte ich also schon anderes tun, als zu kichern und ihm an den Hintern zu packen – und den roten, pulsierenden kreisrunden Fleck an meinem Handgelenk zu vergessen, wo er mir ein Brandzeichen verpasst hatte, einfach nur so?

Bald darauf brachte er mich von einer Party nach Hause und fuhr mit überhöhtem Tempo und ausgeschalteten Lichtern über eine Landstraße. Einfach nur so. Ich hatte schreckliche Angst. So schreckliche Angst, dass ich meine Hand auf seinen Oberschenkel legte, weil das das Einzige war, was mir einfiel. Er nahm meine Hand und legte sie auf seinen angeschwollenen Schritt, und diese Kombination aus Geschwindigkeit, seinem heißen, schweren Penis und dem dunklen Unbekannten versetzte mich in eine Ekstase, die mich zum Tier machte. Er fuhr rechts ran und machte den Motor aus; mir war es in dem Moment sogar schnuppe, dass wir soeben dem Tod entronnen waren. Ich nahm seinen Kopf in beide Hände und küsste ihn so doll, dass ich dachte, ich verschlucke ihn. Dann ließ ich ihn tun, was er tun wollte und von dem ich mir schon wünschte, dass er es tun würde, seit er mich in Biologie zum ersten Mal höhnisch angegrinst hatte.

Aber als es vorbei war, ging mir die ganze Zeit nur durch den Kopf, wie schmutzig es doch gewesen war. Damals dachte ich zum ersten Mal, dass antibakterielle Einmalfeuchttücher jetzt ganz praktisch wären. Dann kam mir der Gedanke, wie schlimm es in der Zukunft vielleicht werden würde: Konnte ja sein, dass ich ein Baby von einem höhnisch grinsenden Punk bekam, der mich gern mit seinen Zigaretten ankokelte. Bei dieser Aussicht rebellierte mein Magen, und ich rannte vom Wagen weg, um mich in ein Büschel Unkraut zu übergeben. Wir fuhren schweigend nach Hause, und als wir uns gute Nacht sagten, erkannte ich, wie hässlich sein höhnisches Grinsen und wie pickelig er im Gesicht war. Als ich meine Periode bekam, führte ich in meinem Zimmer einen Freudentanz auf und ging fortan mit diesem netten Jimmy Henderson aus, der am anderen Ende der Straße wohnte.

Und als ich Jahre später ein kleines Mädchen bekam – ein hübsches kleines Mädchen, wie ich von Anfang an sehen konnte; ein Mädchen, das alle Arten von Männern anziehen würde, gute wie schlechte – da schwor ich mir, dass ich sie vor den Kevin Stantons dieser Welt beschützen würde.

An diesen Schwur dachte ich zurück, als ich in meinem kleinen zerbeulten Minivan nach Hause fuhr. Mein Kostüm hatte ich fest zusammengerollt und in die Papiertüte gesteckt, da Patty Osborne bestimmt schon im Namen des Elternbeirats einen Steckbrief veröffentlicht hatte, der vor einem Verrückten in High Heels und einem Cape warnte.

»Wo ist deine Schwester?«, fragte ich, als ich in die Küche stürmte. Martin hielt eine Tüte mit Patriot Pops hinter seinen Rücken. Ich bedachte ihn mit einem stummen Gnadenlosblick. Er seufzte und überreichte sie mir.

»Ich weiß es nicht. Wie lief es denn heute Abend?«

»Heute Abend? Was – ach, das.« Ich drehte mich um, warf die Patriot Pops in den Müll und dachte darüber nach, was ich ihm erzählen konnte. Dass ich die Unterwäsche über den Boden verstreut hatte – nein, das konnte ich ihm nicht erzählen. Dass die Menge über den Parkplatz hinweg hinter mir hergejagt war – wohl kaum. Dass Carl mich geküsst hatte – definitiv nicht, nicht heute und auch sonst niemals. Das mit Kelly …

In der Zwischenzeit hielt ein Auto – das schnittige Auto eines reichen Jungen – in unserer Auffahrt. Seine angeberischen Scheinwerfer leuchteten durch das Küchenfenster.

»Mir ist ein Absatz abgebrochen«, sagte ich aus dem Fenster spähend. Kelly stieg aus. Harry nicht. Sie rannte um das Auto herum und steckte ihren Kopf durchs Fenster, um ihn zu küssen. Er ließ seinen Arm heraushängen und gab ihr einen Klaps auf den Po, dann hupte er hinter ihr her, als sie auf das Haus zulief. Sie zuckte vor Schreck zusammen. Noch bevor sie an der Tür war, hatte er schon wieder aus der Auffahrt zurückgesetzt. »Daran müssen wir noch arbeiten.« In meinen Adern brodelte es.

»An was?«

»An den High Heels.«

»Ist das alles?«

»Ja. Nein. Ich muss das hier verstecken.« Ich rannte mit meiner zerknitterten Papiertüte nach oben, weil Kelly schon fast an der Tür war.

»Aber ich bin doch dein Partner«, rief Martin hinter mir her. »Mir kannst du es doch erzählen!«

»Später!«

»Ich bin da!«, rief Kelly und schlug die Küchentür hinter sich zu. Ich schob die Tüte unter mein Bett und ging nach unten.

»Hallo, Mom«, sagte Kelly und öffnete den Kühlschrank. »Hast du was zu essen da?«

»Warum? Hast du Hunger? Großen Hunger? Wieso? Wieso bist du so hungrig?« Ich konnte mich nicht zurückhalten. Ich schlug die Kühlschranktür zu und nahm mir ihre Handgelenke vor. Sie sahen in Ordnung aus.

»Was machst du denn da?« Sie riss ihre Arme los. Ich führte mein Gesicht ganz nah an ihres heran und starrte in ihre grauen Augen. Sie waren nicht blutunterlaufen – oder doch? War das nicht ein Hauch von Rötung, was ich da um ihre Iris sah?

»Mom! Du machst mich wahnsinnig! Wann bist du nach Hause gefahren? Ich hab dich auf dem Ball gar nicht gesehen.«

»Ist noch nicht lange her. Ich hab dich auch nicht gesehen, außer draußen –« Ich biss mir auf die Zunge.

»Hast du den Spanner gesehen?«

»Den was?«

»Ich hab gehört, da war so ein Freak, so ein Spanner, der Kindern nachstellt. Ein Junge hat erzählt, er wäre hinter einem Busch hervorgesprungen gekommen.«

»Das glaube ich kaum.«

»Hast du ihn gesehen?«

»Nein.« Ich blinzelte sie argwöhnisch an. »Du denn?«

»Nein.« Sie blinzelte zurück.

»Kelly, gibt es etwas ... Hast du dich gut amüsiert, mein Schatz?« Sie sah noch immer so hübsch aus in ihrem Ballkleid. Auf ihren Lippen war noch ein Hauch von Lippenstift, ihre blassen Wimpern hatte sie schwarz getuscht. Meine gesamte Entrüstung schwand dahin, und ich sehnte mich danach, ihr über ihr seidiges Haar zu streichen.

»Ja. Schon. War ganz nett.«

»Hat Harry sich gut benommen?«

»Hä?«

»Du weißt ja, du brauchst nichts zu tun, was dir nicht behagt.«

»Ja, ist mir bekannt.« Sie zog ihre sommersprossige Nase kraus. »Das hatten wir doch schon, Mom. Nein heißt auch nein. Ist schon klar.«

»Gut, aber – na ja, ich meinte das nicht nur in Bezug auf Sex ...« Zu meinem großen Schrecken merkte ich, dass ich rot anlief. Kelly grinste in sich hinein, was mein Gesicht noch mehr zum Glühen brachte. »Ein Mann kann dir auch noch auf andere Weise wehtun ...«

Plötzlich wurde sie ganz steif. Es kam mir vor, als wäre ein Vorhang zwischen uns gefallen.

»Alkohol, Drogen, du weißt schon ...« Ich kämpfte mich dennoch mühsam voran.

»Keine Ahnung, wovon du redest.«

»Ich weiß, dass es manchmal schwer fällt, einen klaren Kopf zu bewahren, wenn man verliebt ist.«

Kelly wandte sich um und starrte aus dem Küchenfenster, eine ihrer blonden Augenbrauen hatte sie hochgezogen. »Ich glaube kaum, dass du besonders geeignet bist, mir Vorträge über die Beziehung zwischen Mann und Frau zu halten, Mom.«

Ich schluckte schwer an dieser Breitseite. Aber ich verzieh ihr, wegen dieser zauberhaften Herbstnacht und weil ihr fescher Freund sie nicht bis zur Tür gebracht hatte, um ihr ins Ohr zu flüstern, wie hübsch sie im Mondlicht aussah.

»Um mich geht es hier aber gar nicht. Wir reden über dich und Harry.«

»Du kennst Harry nicht so gut, wie ich ihn kenne. Du hast überhaupt keine Ahnung. Er liebt mich.«

»Jemand, der dich liebt, versucht nicht –«

»Versucht was nicht?« Ihre Hände klammerten sich an die Kanten der Arbeitsfläche.

»Versucht nicht, dich zu gefährlichen Dingen zu überreden, Kelly. Dieser Junge gefällt mir nicht.«

Sie sagte gar nichts; ihre Schultern sackten ein wenig in sich zusammen, so als würde sie eine Niederlage eingestehen. Ich streckte die Hand nach ihr aus, um sie in meine Arme zu nehmen, um sie zu trösten. Aber sie lief an mir vorbei, ohne mich eines Blickes zu würdigen.

»Und? Was jetzt? Willst du mir verbieten, mich mit Harry zu treffen? Ist es das, was du vorhast?«

»Wenn es das ist, was du möchtest?« Ich lief hinter ihr her und behielt sie genau im Auge, um herauszufinden, was ich als Nächstes sagen musste.

»Nein«, sagte sie ausdruckslos, als sagte sie irgendetwas aus dem Gedächtnis auf. »Nein. Harry liebt mich. Ich weiß, du hast Angst, er könnte mir wehtun, so wie Daddy dir wehgetan hat. Aber das wird er nicht. Er wird mir nicht das Herz brechen.«

»Es gibt Schlimmeres als ein gebrochenes Herz, ob du es glaubst oder nicht.«

Sie verdrehte die Augen. Als ob ich davon was verstand!

»Aber ich möchte dich davor beschützen, dass dir jemand das Herz bricht«, flüsterte ich und dachte dabei an das wunderschöne Baby zurück, das vor so langer Zeit in meinen Armen gelegen hatte.

»Das kannst du aber nicht. Und ich will es auch nicht.«

Wir sahen uns an. Eigentlich waren wir ein ganz normales Mutter-Tochter-Gespann – beide hilflos und nur ein paar Zentimeter auseinander, aber doch meilenweit voneinander entfernt. Und keine von uns beiden vermochte den Graben zwischen uns zuzuschütten. Ich gab zuerst auf und ging mir ein Glas Wasser einschenken. Sie öffnete den Kühlschrank, schloss ihn wieder und sah sich in der Küche um, als könnte sie nicht glauben, wie klein und schäbig sie war – wie gewöhnlich. Und mir war klar, dass sie mich in ihre Rechnung mit einbezog. Ich war einfach ein Teil des Inventars, genauso praktisch und notwendig wie der zusätzliche Stuhl, der am Tisch stand. Dann verließ sie den Raum.

Ich sah ihr nach, wie sie die Treppe hochging. Für mich sah sie genauso aus wie immer. Sie war noch immer meine Tochter, die hervorragende Schülerin und Klarinettistin, die Bedenkenträgerin, die Vorsichtige. Aber vielleicht irrte ich mich auch. Vielleicht war sie stärker als ich es in ihrem Alter gewesen war. Vielleicht.

Ich ging ebenfalls nach oben, schaltete das Licht aus, machte meine üblichen Zubettgehgeräusche – tiefe Seufzer, Gähnen, das Aufdrehen des Weckers. Ich wälzte mich im Bett herum und tat so, als schliefe ich.

Aber meine Augen blieben geöffnet, wachsam, einsatzbereit.

Nach ein paar Minuten kroch ich aus dem Bett, vorsichtig darauf bedacht, kein Geräusch zu verursachen. Der Flur lag im Dunkeln; Martins Licht war aus. Aber Kellys nicht. Ihr Computer fuhr surrend hoch, und ihre Finger flogen über die Tastatur. Ich kauerte mich unten vor ihre Tür und betete, dass meine Gelenke nicht knacken würden. Ich fand eine bequeme Haltung und wartete. Das würde dauern.

Möglich, dass ich Schuldgefühle verspürte. Ich kann mich wirklich nicht erinnern. Ich weiß nur, dass ich das Gefühl hatte, keine andere Wahl zu haben …

Keine andere Wahl, als einen kleinen Superlauschangriff zu starten.

9

Eine Weile ließ ich es ruhig angehen. Zusammen mit Martin behob ich die Mängel an meinem Kostüm. Die High Heels ersetzten wir erst mal durch Turnschuhe, und die spitze Schere tauschte ich gegen eine stumpfe aus.

Danach machte ich mich an die Aufgabe, Astro Park auf Vordermann zu bringen. Immer wenn ich Zeit hatte – also nicht gerade bei der Arbeit, am Kochen, am Waschen, beim Elternabend oder auf der Fahrt zur Musikstunde, zum Fußballtraining oder zum Kieferorthopäden war, und wenn ich gerade nicht damit beschäftigt war, die Kinder zurechtzuweisen, sie zu ermahnen, ihre Hausaufgaben zu machen, oder auf Schulkonferenzen saß – Sie wissen schon, das Übliche halt.

Super Mom. Mal im Ernst. Sind wir das nicht alle?

Man sollte doch meinen, ich hätte mir bei den rechtschaffenen Bürgern von Astro Park ein wenig Respekt erworben. Nachdem ich ungefähr sechs Kinder davor bewahrt hatte, an ihren Hot Dogs zu ersticken, fünf Kleinkinder davor, auf die Straße zu laufen, unzählige Babys davor, wegen falsch installierter Kindersitze zu Tode gequetscht zu werden, und haufenweise Teenager davor, bei diesem schmierigen alten Typen, der die Tankstelle neben dem Skaterpark betrieb, Zigaretten zu kaufen. Und nachdem ich, sagen wir, annähernd fünfundsiebzig aufgeschlagene Knie verbunden hatte. Aber nein.

»Wir müssen hart gegen diesen Spanner vorgehen«, verkündete Patty beim nächsten Elternabend an ihrem Rednerpult. »Die Polizei hat uns geraten, bei allen Veranstaltungen in der Schule zusätzliche Eltern einzusetzen. Dieser Perverse hat es offensichtlich auf Kinder abgesehen. Und wir müssen unsere Kinder um jeden Preis schützen.«

»Er hat es auf Kinder abgesehen?«, murmelte ich in Carries Richtung. »Wer sagt das?«

»Psst.« Carrie sah mich finster an. »Das ist eine ernste Angelegenheit, Birdie. Ich weiß nicht, wo du neulich Abend warst, aber ein paar von den Kids haben es mit der Angst gekriegt.«

»Sie hatten keine Angst. Sie haben sich da bloß reingesteigert. Vertrau mir.«

»In diesem Punkt gebe ich Patty ausnahmsweise mal Recht. Ach, und wo warst du denn nun eigentlich an diesem Abend?«

»Mir ist plötzlich was dazwischengekommen. Mach dir darüber keine Gedanken.«

»Schon wieder? In letzter Zeit kommt dir aber oft plötzlich was dazwischen.« Carrie fixierte mich mit diesem durchdringenden Blick, der ihre Brille vollkommen überflüssig machte.

»Vielleicht sollten wir ja eine Hotline einrichten?«, schlug Mary vor. »Da können die Leute dann Bescheid geben, wenn sie den Spanner gesehen haben.«

»Ich hab aber gehört, es handelte sich um eine Frau«, meldete sich Marge zu Wort. »Kann man eine Frau denn als Spanner bezeichnen?«

»Wie wär's denn mit Spannerette?«

Patty seufzte und legte ihren Kopf aufs Podium.

»Super Mom«, rief jemand. Eine männliche Stimme. Eine Stimme, die mir Herzflattern verursachte.

»Wie bitte?« Patty blickte auf.

»Ich hörte, sie wird Super Mom genannt«, meinte Carl. Ich drehte mich um. Er zwinkerte mir zu. Ich lief rot an.

»Ja, stimmt, hat nicht eins der Kinder – der Junge, der sich übergeben musste – so was erwähnt?«, stimmte Tom mit ein.

»Super Mom? Im Ernst? Dann haben wir es offensichtlich mit

einer schwer geistesgestörten Person zu tun«, konstatierte Patty kopfschüttelnd. »Was uns nur umso mehr darin bestärken sollte, für eine gesteigerte Sicherheit zu sorgen. Birdie!«

»Was denn?« Ich sprang auf, mein Herz raste, meine Knie waren puddingweich. »Was? Ich war's nicht!«

»Bitte? Nein, natürlich nicht. Seien Sie nicht albern. Verteilen Sie bitte die Unterschriftenbögen.«

»Ach ja.« Ich nahm die Blätter und teilte sie aus; als ich zu Carl kam, berührten unsere Hände sich zufällig. Und wir grinsten beide dümmlich um die Wette.

»Was war denn da los?«, zischte Carrie, als ich mich wieder hinsetzte.

»Nichts.«

Sie zupfte an ihrem Pony und schmollte.

»Gibt es noch alte Punkte, die wir besprechen müssen?«, fragte Patty.

Ich ignorierte Carries böse Blicke und hob vorsichtig die Hand.

»Ja, Birdie?«

»Sie wissen ja sicher noch, dass wir beim letzten Elternabend dafür gestimmt haben, eine Empfehlung für dieses Videospiel, ›American Justice‹, auszusprechen?«

Patty und Lex wechselten einen kurzen, selbstgefälligen Blick.

»Ja?«

»Ich möchte gern den Antrag stellen, es zu verbieten.« Ich platzte so schnell damit heraus, wie ich konnte. Dann glitt ich zurück auf meinen Stuhl und versuchte, mich vor Carrie in Sicherheit zu bringen. Sie zuckte am ganzen Körper wie eine mexikanische Springbohne.

»Was ist?«

»Ich glaube, ich habe Sie nicht richtig verstanden, Birdie«, meinte Patty lachend. »Ich habe verstanden, Sie wollten ›American Justice‹ verbieten.« Alle anderen stimmten in ihr Gelächter ein. Alle außer Lex.

»Ja, das hab ich auch gesagt. Ich finde, wir sollten ›American Justice‹ verbieten. Es – es schadet unseren Kindern.«

»Nun, Birdie, ich glaube, in der Vergangenheit waren es aber gerade Sie und Ihre Freundin, die das Verbieten für verfassungswidrig hielten«, erwiderte Patty.

»Ist es ja auch«, knurrte Carrie. »Das steht sogar in den Hausaufgaben eurer Kinder.«

»Ich weiß«, wandte ich mich an Carrie. »Aber ich glaube ernsthaft, dass dieses Spiel schädlich ist. Gefährlich. Nicht gut.«

»Welches Videospiel ist schon gut? Aber das ist doch kein Grund, es zu verbieten.«

»Das weiß ich ja. Aber das hier ist was anderes. Und außerdem finde ich, dass wir, nun ja, dass wir die Patriot Pops boykottieren sollten.« Ich zog den Kopf zwischen die Schultern und bereitete mich auf die Explosion vor.

»Die Patriot Pops boykottieren?!« »Aber wieso denn das? Das ist doch ein Produkt aus unserer Stadt!« »Sie sind made in America!« »Mein Ehemann arbeitet da!« »Meiner auch!« »Nach allem, was New Cosmos für die Gemeinde getan hat – niemals!« Und über allen Carries Stimme, die immer lauter wurde, bis alle anderen nur noch wie ein Murmeln im Hintergrund klangen: »Ich stehe Industriezucker genauso skeptisch gegenüber wie du, Birdie. Aber ein Boykott? Also ehrlich! Aus welchem Grund denn? Sind sie schädlich für die Umwelt? Werden sie von kleinen Kindern in Guatemala hergestellt?«

Ich schüttelte unglücklich den Kopf und spürte die ganze Wucht von Carries Zorn auf meinen Schultern. Ich war noch nie zuvor das Opfer ihrer selbstgerechten Art gewesen – und hätte auch liebend gerne darauf verzichtet.

Alle anderen Eltern hörten nach und nach zu reden auf, saßen versunken da und starrten uns an. Selbst Pattys Hammer kam nicht zum Einsatz, und Lex zwinkerte kein einziges Mal mit den Augen. Es sah so aus, als hatte er die Augen einer

Schlange. Niemand gab einen Ton von sich. Niemand außer Carrie.

»Ich würde sagen, wir brauchen einen schlagenderen Grund, als nur den, dass du sie für schädlich hältst. Na und? Ich glaube auch, dass Nougat schlecht für meine Taille ist, aber das gibt mir noch nicht das Recht, zu einem Boykott dagegen aufzurufen. Es heißt lediglich, dass ich mehr Selbstdisziplin an den Tag legen sollte.«

»Aber das hier ist was anderes, Carrie. Was, wenn – was, wenn ich einfach weiß, dass sie nicht gut sind?« Ich drehte meinen Kopf von Lex weg und flüsterte: »Was, wenn ich über dieses Zeug etwas wüsste, was du nicht weißt?«

»Dann sag es mir.« Carrie weigerte sich, ebenfalls zu flüstern.

»Das kann ich nicht!«

»Du kannst es nicht sagen? Du und deine ganzen Geheimnisse in letzter Zeit. Komisch, es wundert mich schon gar nicht mehr.«

»Du musst mir einfach vertrauen. Ich habe etwas über dieses Spiel herausgefunden, das niemand anders je hätte in Erfahrung bringen können –« Ich versuchte erneut, meine Stimme zu senken.

»Du? Du? Dass ich nicht lache.« Carrie lachte – ein hartes, sprödes Lachen, das mir in den Ohren wehtat. »Woher solltest du denn so etwas wissen? Hast du es vielleicht im *National Enquirer* gelesen? Du arbeitest als Kassiererin in einem Supermarkt um Himmels willen. Was kannst du denn schon wissen?«

Jeder im Raum schnappte nach Luft. Außer mir. Ich konnte nicht atmen.

»Carrie, ich – na, aber du tust doch nichts anderes!«

»Das ist trotzdem was anderes.« In Carries Augen funkelte eine Härte auf, die ich nie zuvor an ihr gesehen hatte. »Ich besuche die Abendschule und hole meinen Uni-Abschluss nach. Aber du, du bist einfach bloß –«

»Was? Was bin ich bloß?«

»Es ist einfach was anderes«, sagte sie und fuhr mit der Zunge über ihre Lippen, als müsste sie einen schlechten Geschmack loswerden.

Mir war schlecht. Mir war kalt, speiübel, und ich fühlte mich irgendwie beschmutzt.

Carrie faltete steif ihre Hände und legte sie in ihren Schoß. Dann starrte sie sie an, als befürchtete sie, sie könnten ihr abhanden kommen. Alle anderen schienen wie gelähmt zu sein. Schließlich erhob Lex sich, nahm Patty den Hammer aus der Hand und lachte gönnerhaft.

»Ich möchte Carrie dafür danken, dass sie diesem Boykott-Unsinn ein Ende bereitet hat. Wie sie richtig hervorgehoben hat, ist Birdie ein bisschen weltfremd, wenn es um geschäftliche Dinge geht – ganz zu schweigen von juristischen Fragen. Aber ich habe keinen Zweifel, dass sie das Herz auf dem rechten Fleck trägt, und danke ihr für ihre Sorge um unsere Kinder. Wir müssen vor allem an die Kinder denken.« Dann knallte er mit solcher Wucht den Hammer auf den Tisch, dass ich dachte, er bräche entzwei. »Die Sitzung ist geschlossen!«

Alle schoben sich schweigend aus der Cafeteria heraus, bis nur noch Carrie und ich übrig waren. Dann sprang Carrie plötzlich auf und rannte zu ihrem Auto, als würden wir einen Wettlauf veranstalten. Ein einziges Mal drehte sie sich um, als wollte sie etwas sagen; doch ich glaube, irgendwas in meinem Mienenspiel hielt sie davon ab. Aber so genau weiß ich es nicht mehr; ich weiß eigentlich gar nicht mehr viel von dem, was damals in mir vorging.

Carl wartete an meinem Auto.

»Möchtest du noch irgendwo einen Kaffee trinken gehen?«

Ich schüttelte den Kopf. Er zog mich mit einem Arm zu sich heran und weigerte sich, mich wieder loszulassen.

Dann brach ich in Tränen aus.

»Ist das hier dann also unser zweites Date?«

»Ja«, ich putzte mir die Nase mit einer Papierserviette, »ich schätze schon.«

Wir saßen auf einem Picknicktisch. Der Himmel über uns war dunkel, und tiefhängende dunkelgraue Wolken drohten Regen an. Aber für Herbst war es erstaunlich warm. Ich trug nur eine dünne Jacke und Carl ein gelbes bedrucktes Sweatshirt.

Er hatte mich zu einem ruhigen Park gefahren, in dem einige Picknicktische, eine Bank und zwei Federball-Pfosten standen. Der Park grenzte an einen kleinen Teich, dessen Ufer von gleichmäßigen Felsblöcken gesäumt wurde.

Ich heulte während der ganzen Fahrt. Ich heulte, weil mir jemand abhanden gekommen war, und dieser jemand war Carrie. Meine beste Freundin. Die sie schon immer gewesen war, so weit ich zurückdenken konnte – sogar schon vor meiner Scheidung. Sie war die einzige Freundin, die mir aus der Zeit meiner Ehe geblieben war. Schon komisch, wie so etwas vor sich geht. Schon komisch, wie das gesamte Leben nach einer Scheidung in zwei Teile zerfällt, in ein Davor und ein Danach, und beide Teile unterscheiden sich zu hundert Prozent voneinander; bis hin zu den Leuten, die man grüßt, wenn man seine Kinder zu einem Fußballspiel bringt. Aber Carrie war meine Konstante, mein Kompass. Sie liebte mich. Sie respektierte mich. Ich hatte gar nicht gewusst, wie sehr ich mich darauf verlassen hatte, das zu wissen. Und wie mich dieses Gefühl die ganze Zeit begleitet hatte. Es war wie etwas, das ich jeden Morgen nach dem Aufstehen genauso selbstverständlich anzog wie meine Socken und meine Unterwäsche. Und ohne diese Gewissheit fühlte ich mich genauso durcheinander und unsicher, als ob ich nur einen Socken angezogen hätte.

Meine Kinder – die kannten mich doch gar nicht. Sie wussten rein gar nichts über mich. Sie wussten nur, dass ihr Leben ohne mich nicht in Ordnung wäre. Aber Carrie kannte mich. Sie erzählte mir alles über sich, selbst dann, wenn ich es eigentlich gar nicht wissen wollte. Aber jetzt war sie weg. Einfach so. Mit ihren Worten von vorhin hatte sie sich aus meinem Leben verabschiedet.

»Das kommt nur von diesem blöden Super-Mom-Quatsch, stimmt's?«, fragte ich mich laut. »Hab ich nicht Recht?«

»Na, ja« – Carl trank seinen Kaffee aus und warf den Becher in einen rostigen Mülleimer –, »ich weiß es nicht. Ich hatte den Eindruck, dass sie das schon länger mit sich herumgetragen hat, nicht erst seit ein paar Tagen.«

»Kann sein …« Das wollte ich nicht hören. Ich hatte keine Lust darüber nachzudenken, wie lange sie das schon gedacht hatte – dass ich blöd war, naiv. Dass ich mich mit einem Job als Kassiererin in einem Supermarkt zufrieden gab, weil es eben das Beste war, was ich tun konnte, obwohl das überhaupt nicht stimmte. Ich machte diesen Job, weil er so war, wie er war: beruhigend, sich ständig wiederholend und auf seine Art ganz angenehm. Die meisten Leute, denen ich in diesem Job begegnete, waren nett. Anhand der Lebensmittel, die sie einkauften, konnte ich sehen, was sie für ein Leben führten. Wer lud seinen Wagen beispielsweise mit Tiefkühlgerichten, Müsliriegeln und eingeschweißten Sandwiches voll, nahm sich aber trotzdem auch noch die Zeit, alle Zutaten für karamellisierte Ricotta-Gnocchi mit Äpfeln, Pfifferlingen und Kürbis zusammenzusuchen? Ich konnte es Ihnen sagen: der Hausmeister der Methodistenkirche, der machte so was.

Es bereitete mir einen Riesenspaß, die Leute nach dem einzuschätzen, was sie in ihre Einkaufswagen legten, und ich hoffte immer, sie würden mich eines Tages überraschen, so wie dieser Hausmeister. Obwohl sie es meistens nicht taten. Aber das war auch in Ordnung so. Es tröstete mich zu sehen, dass die meisten Leute berechenbar waren. So wie ich.

»Aber sie hat dir wehgetan, nicht wahr?« Carl zog mich an

sich. »Ich hasse so was. Ich hasse allein die Vorstellung, dass dir irgendjemand wehtut.«

»Tatsächlich?« Ich schloss meine Augen und lehnte meinen Kopf an seine Schulter. Es tat so gut, gehalten zu werden; ich fühlte mich sehr nett getröstet und sehr geborgen – aber dann auch wieder nicht. Diese Situation war nicht ungefährlich: Es bestand die Gefahr zu großer Nähe. Die Gefahr, in Armen zu liegen, die mich an zahlreiche Orte bringen konnten, von denen ich nicht sicher war, ob ich da wirklich hinwollte. Es fiel mir schwer, mich in diesen Armen zu entspannen, wo ich doch wusste, dass wir irgendwie zwei Stufen übersprungen hatten. Dass wir von einem vorsichtigen ersten Kuss gleich dazu übergegangen waren, uns umschlungen zu halten wie ein ermattetes Liebespaar nach dem Akt. Wir hatten etwas sehr Wichtiges, sehr Entscheidendes ausgelassen. Und da mir das bewusst war, erschien mir jedes Streicheln seiner Hand und jeder angespannte Muskel an seinem Hals elektrisierend, alarmierend.

Dennoch fand ich so auch Trost. Und Sanftheit. Mein Körper wusste nicht, was von beidem er ersehnen sollte, was von beidem er auswählen sollte – den Trost? Oder die Gefahr?

»Hast du so was schon mal gemacht?«

»Was?« Carl drehte seinen Kopf, um mich anzusehen. Dabei wehte mich ein Hauch von seinem Duft an: ein bisschen Vanille, ein bisschen Kaminfeuer.

»So was hier. Du weißt schon. Das, was wir hier machen.«

»Ungefähr hundertmal.«

»Wie bitte?« Ich nahm meinen Kopf von seiner Schulter.

»Klar. Ich würde sogar sagen, mindestens hundertmal.«

»Mindestens?«

»Du denn nicht?«

»Äh, nein, ich meine, nicht so häufig. Ich meine, nicht mal am College.«

»Was für ein Jammer.« Er schnalzte mit der Zunge. »Das Sitzen auf Picknicktischen wird stark unterbewertet. Ich mache das bei jeder sich bietenden Gelegenheit.«

»Ach … oh!« Ich lachte. »Aber im Ernst. Bist du in letzter Zeit mal mit jemandem ausgegangen? Oder in der jüngeren Vergangenheit? Seit, du weißt schon, seit deiner Scheidung?«

»Weder in der letzten Zeit noch in der jüngeren Vergangenheit. Ist schon eine Weile her.«

»Oh.« Ich beobachtete, wie das sich kräuselnde Wasser die Felsblöcke entlang des Teiches umschmeichelte. »Ich gar nicht seitdem.«

»Dann ist das wohl alles ein wenig ungewohnt für dich, stimmt's?«

Ich nickte.

»Meine Scheidung liegt schon lange zurück«, begann er in einem sanften Ton, so als wollte er mir eine Gutenachtgeschichte erzählen. »Greg war damals noch ganz klein. Wir hatten jung geheiratet. Das alte Lied. Wir haben uns nicht mal gestritten. Es stellte sich einfach heraus, dass sie eigentlich gar keine Lust hatte, Ehefrau und Mutter zu sein. Ich war einfach nur glücklich, dass sie mir Greg überlassen hat. Seitdem gab es immer nur uns zwei. Die meiste Zeit hat mir das nichts ausgemacht. Aber manchmal … nun ja. Also bin ich hin und wieder mal mit einer ausgegangen, wenn Freunde versuchten, mich zu verkuppeln. Aber es ist nie was … Besonderes daraus entstanden.«

»Was Besonderes?«

»Ja, was Besonderes. Es war nie mehr als bloß ein guter Vorwand, um mal wieder in einem Restaurant mit Stoffservietten zu essen.«

»Hmmmm. Das wär mal was. In einem Restaurant mit Stoffservietten zu essen.« Ich seufzte.

Er lachte und legte seinen Arm fester um meine Schulter.

»Irgendwann tun wir das auch mal. Versprochen.«

»Aber … na ja, warum? Warum ich? Uns hat niemand zusammengebracht.« Ich suchte mir einen speziellen Felsblock aus und betrachtete ihn eingehend. Vor allem faszinierte mich, wie entschlossen das Wasser an ihn schlug.

»Nein.« Er nahm meine Hand. Meine rechte Hand. »Du bist mir immer schon aufgefallen. Und ich habe mich immer schon gefragt, wieso andere dich übersehen. Von dir schien immer irgendwie ein Strahlen auszugehen. Du schienst immer dieses Leuchten um dich zu haben. Und in dir.«

Ich fing an zu weinen. Einfach nur, weil er das gesagt hatte – wegen seiner sanften, freundlichen Worte, die nur mir galten. Ich fühlte mich gerade so allein und unwürdig, aber seine Worte versicherten mir, dass ich es nicht war; ich war gut, ich wurde gebraucht. Ich verdiente es, geliebt zu werden. Also musste ich weinen. Anders konnte ich ihm gerade nicht begegnen.

Er wischte meine Tränen weg. Ich schüttelte den Kopf. Er küsste mich, bis meine Tränen sich mit etwas Feuchtem auf seiner Wange vermischten, dann führte er mich zu einer schützenden Kiefer. Er nahm meine Hand, meine Taille, meine Brüste – er nahm mein ganzes Ich mit seinen Armen, seinen Lippen und seiner ruhigen Gewissheit, dass es das war, was wir beide brauchten, in sich auf. Und er hatte Recht. Das sagte ich ihm, immer und immer wieder, bis wir beide so wund waren, dass wir zusammen aufschrien, ein großartiger, bedürftiger Schluchzer, der bis in die Krone des Baums aufstieg, dort kurz innehielt und dann wieder herabstürzte, um tief in meiner Brust zu verebben und mich für immer in Carls Armen liegen zu lassen.

Er schob meine Haare beiseite und küsste meinen verschwitzten Hals. Ich pustete ganz sanft auf seine feuchte Augenbraue.

»Ich kann gar nicht glauben …«

»Was haben wir gerade …«

»Ich hätte nicht gedacht, dass wir …«

»Niemals, im Traum hätte ich nicht …«

»O mein Gott, ich bin …«

»Oh, und du, du bist …«

»Und du, du bist, o mein Gott …«

»Aber es war so …«

»… gut.« Wir seufzten beide im gleichen Atemzug.

Der Wind wehte kühlere Luft heran. Wann hatte es sich abgekühlt? Irgendwann. Wir hatten es nicht bemerkt. Aber nun kuschelten wir uns aneinander, um uns zu wärmen, wälzten uns auf unseren abgelegten Kleidern herum und zogen meine Jacke über uns wie eine Plane. Doch das, was logisch gewesen wäre – nämlich uns anzuziehen und uns ins Auto zu setzen –, das kam uns gar nicht in den Sinn. Es war einfach zu nahe liegend. Und wir waren noch zu trunken von dem, was soeben zwischen uns geschehen war, als dass wir in diesem Moment irgendeine nahe liegende Lösung hätten vor uns sehen können.

»Birdie? Geht es dir auch gut?«

»Ja. Ja, es geht mir gut. Hätte ich gar nicht gedacht. Ich meine, ich hätte nie gedacht, dass ich das nochmal tun könnte – aber, na ja … Du hast mir eigentlich gar keine Zeit gelassen, drüber nachzudenken.« Ich kicherte.

»Ich finde es sehr schön, wenn du das tust.« Er lächelte, und jetzt endlich konnte ich das tun, was ich schon immer hatte tun wollen – mit dem Finger über diese tiefen Furchen fahren, die seinem Gesicht so einen großen Ernst verliehen.

»Wenn ich was tue?«

»Wenn du so kicherst. Das ist sehr süß.«

»Süß?«

»Ich fürchte, ja.«

»Nun denn.« Ich seufzte und war dennoch glücklich. Wir lagen noch eine Weile so da. Und ich durchlebte alles, was gerade geschehen war, noch einmal, von dem Augenblick an, wo er meine Hand genommen hatte; wie er meine Tränen mit seiner Wange fortgewischt hatte, wie er mich in seine Arme gedrückt hatte, wie er mich irgendwie zu diesem Baum gebracht und mich dort mit sich zu Boden gezogen hatte; die Art, wie unsere Kleider einfach unter unseren Händen wegzuschmelzen schienen …

»O mein Gott!« Ich setzte mich auf und zog meine Jacke um mich. Nur für den Fall, dass der Mond sich zeigte und meine Zellulitis beschien.

»Was ist?«

»Kondome. Kondome!«

»Bitte?«

»Ich fasse es nicht. Ich bin Super Mom! Ich kann nicht glauben, dass wir die Kondome vergessen haben!«

»Oh.« Er zupfte an seinem Kinn. »Tja.«

»Ja, tja!«

»Na ja, also … ich, äh, ich hab eine Vasektomie machen lassen, nach Greg …«

»Hast du? Eine Vasektomie?«

Er nickte.

»Okay. Das ist gut. Aber, o Gott. O mein Gott! Ich weiß nicht, wie ich es ausdrücken soll – wir scheinen einfach alles nicht so zu machen, wie es eigentlich sein sollte. Ich kenne nicht mal deinen zweiten Vornamen –«

»Antonio.«

»Danke. Antonio? Echt? Na, so was.«

»Ich weiß ja, dass du Recht hast, Birdie, und dass wir hätten aufhören sollen … aber … bitte, Birdie … War es nicht vollkommen?«

Er sah ganz traurig aus, ganz klein. Und ich fühlte mich schrecklich.

»Oh – o doch! Ja, Carl, das war es. Es war vollkommen. Entschuldige, ich wollte dich nicht …« Ich zwang mich dazu, nicht mehr daran zu denken, was alles passieren konnte – schlimme Dinge, Dinge, bei denen ich krank werden oder sterben konnte oder die mir einfach nur einen echt hundsmiserablen Tag bereiten konnten. Ich zwang mich dazu, damit aufzuhören, und konzentrierte mich einfach auf die Tatsache, dass ich unter einer Kiefer lag, mit einem bemerkenswerten Mann, der mich so in Erinnerung behalten wollte – vollkommen. Was konnte mit so einem Mann schon schief gehen?

»Aber ich trage jetzt Verantwortung. Ich bin Super Mom«, flüsterte ich. Ich konnte mich nicht wieder hinlegen. »Würdest du wollen, dass Greg so etwas tut?«

Er sagte nichts.

»Siehst du. Ich muss die ganze Zeit an Kelly denken. Ich würde sie umbringen, wenn ich herausfände, dass sie so etwas Unverantwortliches getan hat, wie – wie –«

»Sich mit jemandem unter einer Kiefer zu lieben, dem sehr viel an ihr liegt?«

»Nein.« Ich schüttelte den Kopf und streckte den Arm nach seiner Hand aus. Er ergriff meine Hand und hielt sie ganz fest. »Ungeschützten Sex mit jemandem zu haben, den sie kaum kennt.«

»Ach, weißt du«, sagte Carl und räusperte sich, ohne meine Hand loszulassen. »Du musst dich einfach entscheiden, wie du es sehen willst. Aus welcher Perspektive du es betrachtest.«

»Da bin ich mir nicht so sicher. Wir sind Eltern. Ich bin nicht so sicher, dass wir noch eine Wahl haben.«

»Vielleicht nicht.«

Wir fingen an uns anzuziehen. Plötzlich waren wir verlegen und vermieden es uns anzusehen. Warum wirkte es so viel intimer sich anzuziehen als sich auszuziehen? Danach saßen wir nebeneinander. Schulter an Schulter.

»Vielleicht ist es besser, wenn wir's ein wenig langsamer angehen lassen«, begann ich und war froh, dass ich sein Gesicht nicht sehen konnte. »Ich meine, es war – toll. Wirklich.« Mir traten Tränen in die Augen, und ich war froh, dass er mein Gesicht nicht sehen konnte. »Aber ich bin einundvierzig, Carl, und es ist ungefähr zwanzig Jahre her, seit ich ein Date hatte. Und ich habe eine Tochter, die das auch macht – Dates haben –, und einen Sohn, der auch bald Dates haben wird. Vielleicht. Und ich mache gerade eine ziemlich gravierende *Veränderung* durch, wie du weißt … Was ich sagen will, ist, dass wir alles in der verkehrten Reihenfolge machen. Vielleicht hätten wir ein richtiges Date haben sollen, bei dem wir Händchen gehalten und von uns erzählt und nicht … so was hier … gemacht hätten, bis wir uns schließlich über alles im Klaren gewesen wären und es dann in einem richtigen Bett gemacht hätten. Ich glaube nämlich, ich hab morgen ein paar richtig fiese blaue Flecken.«

Darüber lachte er, aber als er dann sprach, klang seine Stimme ganz rau vor Enttäuschung. »In Ordnung, Birdie. Ich … na ja, mir ist es nicht wichtig, ob ich Sachen in der richtigen Reihenfolge mache. Das hab ich beim ersten Mal gemacht, und das Ergebnis war nicht so toll. Verstehst du, was ich meine?«

»Ja, schon. Bei mir war's auch so.«

»Aber du hast Recht. Wir haben andere Prioritäten, jetzt, wo wir Kinder haben – Teenager. Daran hatte ich nicht gedacht. Ich würde Greg umbringen, wenn er ungeschützten Verkehr hätte. Nicht dass ich glauben würde, dass das so bald passiert – im Comic-Club gibt's keine Mädchen. Aber eines Tages eben. Und wie könnte ich es ihm ruhigen Gewissens vorwerfen, wenn ich gerade … na ja. Aber Birdie?«

»Ja?«

»Es war schon was Besonderes, oder? Das eben, wir beide – das war was Besonderes. Das war nicht einfach nur ungeschützter Verkehr, oder?«

Ich schüttelte den Kopf und versteckte mein Gesicht an seiner Schulter. Er zog mich an sich, und ich bemerkte, dass wir jetzt beide ein bisschen nach Vanille und ein bisschen nach Kaminfeuer rochen. Und das gefiel mir richtig gut.

»Darf ich dich zu deinem Auto bringen? Und dir dann hinterherfahren?«

»Ja, aber nein. Ich muss – ach, du liebe Güte!« Ich fing an zu lachen.

»Was?«

»Ich muss noch kurz anhalten, um Milch zu kaufen. Wirklich! Das hab ich mir jetzt nicht bloß ausgedacht!« Ich lachte weiter, während er mich hochzog und zu seinem Auto führte und mich dabei so festhielt, dass ich auf gar keinen Fall hätte weglaufen können. Selbst wenn ich gewollt hätte.

»Warum solltest du auch?«, fragte er mit so einem niedlichen, verwirrten Blick.

Ich legte meine Hand an seine Wange und schüttelte den Kopf; sagen konnte ich jetzt nichts.

10

Also: Wie war ein ständig vor dem Bankrott stehender Produzent wahrhaft ekligen patriotischen Süßkrams innerhalb von zwei Jahren zum Selfmade-Millionär aufgestiegen?

Und wie kamen unterschwellige Werbebotschaften für diesen Süßkram in ein Videospiel, das in Japan hergestellt wurde?

Aber vor allem: Warum war Kellys Klassenkameradin Tanya Nederlander so sauer darüber, dass Danny Barone sie verlassen wollte, wo doch allgemein bekannt war, dass er seit mindestens zwei Wochen hinter ihrem Rücken mit Tiffany Marshall ging?

Um nur einige der Fragen zu nennen, die Super Mom schwer beschäftigten.

Um die Sache mit Carrie zu verdrängen, um meinen verantwortungslosen Leidenschaftsschub unter einer Kiefer zu vergessen und auch um meine Tochter aus den gefährlichen Klauen eines Abkömmlings des Mannes zu retten, der sich wohl oder übel zu meinem Erzfeind entwickelte, stürzte ich mich kopfüber in meine Rolle als Superheldin. Sie gab mir eine Existenzberechtigung. Sie gab dem, was ich tat und wer ich war, einen Sinn.

Im Supermarkt, in dem ich mit einem aufgesetzt freundlichen Lächeln weiterarbeitete, registrierte ich, dass immer mehr Patriot Pops verkauft wurden. Und es entbrannte ein regelrechter Kampf um die letzten »American Justice«-Spielzeugfiguren. Mein gelegentliches Nachfragen bei den Kunden ergab, dass sie alle dieses Videospiel besaßen.

Zu Hause nahm ich Martins Computer in Beschlag und durchforstete das Internet nach Informationen. Außerdem belauschte ich weiterhin alle Gespräche, die Kelly führte. Auf diese Weise erfuhr ich von Tanya Nederlander und Danny Barone.

Und dazwischen war ich Super Mom. Ich ging meiner Mission inzwischen etwas dreister nach und zog dabei vielleicht mehr Aufmerksamkeit auf mich, als nötig gewesen wäre. Aber die Presse, die ich bekam, konnte sich nun auch echt sehen lassen.

WER IST DIESE SUPER MOM?, fragte die *Astro Daily World*.

Wer ist diese mysteriöse Weltverbesserin in Erziehungsfragen? Welche Art von Mensch sorgt mit der einen Hand für mütterliche Gerechtigkeit und verteilt mit der anderen Kräcker? Beherbergen wir unsere ganz eigene Superheldin in unserer Mitte? Oder einfach nur eine ganz normale Spinnerin?

»Ich danke dem Herrgott für Super Mom«, berichtete uns Mrs. Eileen McArdle. »Wenn es sie nicht gäbe, wäre mein kleiner Ian an einer Kreuzung von einem Betonmischwagen erfasst worden. Der Schülerlotse, der da normalerweise steht, war nicht da, und Super Mom kam einfach in ihrem Minivan angefahren und riss Ian weg, bevor ihm etwas passieren konnte. Und danach hat sie ihm einen Kräcker und einen Beutel Saft geschenkt.«

Aber andere Gemeindemitglieder sind sich, was Super Moms gute Absichten angeht, nicht so sicher.

»Sie hat es auf unsere Kinder abgesehen«, erklärte Patty Osborne, Vorsitzende des Elternbeirats. »Merkt das denn keiner? Sie drückt sich ständig in der Nähe von Kindern rum. Wahrscheinlich handelt es sich bei ihr um eine sexuell perverse Gestalt, die eine Gefahr für unsere Stadt darstellt. Warum legt ihr keiner das Handwerk?«

»Weil sie diese Stadt – buchstäblich – auf Hochglanz gebracht hat«, antwortete Polizeipräsident Borden. »Haben Sie sich in letzter Zeit mal die Gehsteige angesehen? Und die Einfahrten? Die sind tadellos sauber. Außerdem hat sie uns zahlreiche Händler geliefert, die Zigaretten und Alkohol an Jugendliche verkauften. Und einige Schmalspur-Drogendealer, die auf unserer Liste standen. Es ist wirklich bewundernswert, wie sie sie an ihren Ohren hier anschleift und ihnen eine Lektion erteilt. Sie sollten mal sehen, mit welcher Autorität diese Frau die Leute zur Räson bringt, wenn sie außer Rand und Band geraten. Sie ist echt putzig – erinnert mich an meine eigene Mutter.«

Also was?, verehrte Bürger von Astro Park. Ist Super Mom eine Bedrohung? Oder ist sie die Mutter des Jahres?

»Putzig.« Ich seufzte.

»Hast du was gesagt?« Carrie drehte sich zu mir um.

»Nein, ich glaub nicht.«

»Birdie, ich –«

»Tut mir Leid. Meine Schicht ist um.« Ich wandte mich ab und schaltete mein Kassenlicht aus. Dann ging ich weg und versuchte mir nichts daraus zu machen, dass Carries Augen hinter ihrer Brille rot gerändert waren und dass ihr Pony zottelig und dünn aussah.

»Mom? Ich hatte ein paar gute Ideen zu unserem Problem mit den High Heels. Wenn wir einfach mal probieren ...«

»Das ist wirklich lieb, Schatz. Aber nicht jetzt. Ich muss was recherchieren. Kann ich mal an deinen Computer?«

»Meinetwegen.« Martin ließ seine Schultern hängen. Er warf den Papierschnipsel in den Mülleimer. Aber ich achtete gar nicht richtig darauf; ich war zu sehr damit beschäftigt, mich bei Lexis-Nexis anzumelden, *der* Online-Datenbank für Informationen aus der Wirtschaft.

»Kelly?«

»Mh.«

»Wo willst du hin?«

»Rüber zu Candace. Wir wollen da mit ein paar Leuten zusammen lernen.«

»Ist Harry auch da?«

»Nein.«

»Und die Eltern von Candace sind auch nicht zu Hause, hab ich Recht?«

»Na ja, ich wollte ... Hey! Woher weißt du das? Spionierst du mir nach?«

»Nein, natürlich nicht. Aber ich finde, dann solltet ihr alle hierher kommen. Was meinst du?«

Kelly warf ihren Rucksack auf den Boden. Dann stapfte sie hoch und schlug ihre Tür hinter sich zu. Ich ging ihr nach, lehnte mich von außen daran und hörte aufmerksam zu, während sie Candace anrief und mich als »paranoide Wahnsinnige, die unbedingt mein Leben ruinieren will« bezeichnete.

Ausnahmsweise schenkte ich auch dem wenig Beachtung.

Und dann machte Carrie bei der Arbeit eines Tages ein Riesenbrimborium aus der simplen Tatsache, dass die neueste Ausgabe des *National Enquirer* erschienen war. »Hier, bitte«, meinte sie mit einem vorsichtigen Lächeln. »Ich weiß ja, wie sehr du dich immer darauf freust.«

Ich sagte nichts.

»Birdie, ich würde gern ... Wir müssen reden.« Sie hielt mir die Zeitschrift hin und zupfte an ihrem Pony. Ihr Blick war zugleich hoffnungsvoll und doch auch zaghaft, und sie stand ein wenig von mir abgewandt. Einen Augenblick lang durchzuckte mich so ein Gefühl; es war fast so, als hätte der schwere Felsbrocken, der mir seit jenem Elternabend ständig auf der Seele lag, einen Riss bekommen. Vielleicht war das der Grund, weshalb ich immer noch nicht fliegen konnte; in meiner Brust ruhte dieser Stein, und wer konnte sich schon mit solchem Ballast in die Lüfte erheben?

Ich sah Carrie an. Ihre Augen flehten mich durch ihre Brille hindurch an. »Vielleicht später«, antwortete ich und schlug den *National Enquirer* auf.

»Später?«

»Ja, vielleicht.«

Nach einer Weile ging sie davon.

PRÄSIDENT KENNEDY LEBT AUF EINER HÜHNERFARM IN ALABAMA, las ich. Die Tränen in meinen Augen ließen den Text verschwimmen. IM WIRKLICHEN LEBEN UNSICHTBARER MANN KLAGT: MEINE FAMILIE IGNORIERT MICH. Ich starrte die Wörter an, bis meine Augäpfel ganz trocken geworden waren. Aber wenigstens weinte ich nicht mehr. Dann holte ich tief Luft und las die Zeitung in einem Zug ganz durch. Sie enthielt die üblichen Artikel über uneheliche Kinder von Politikern, Farmer, die von Aliens belästigt wurden, und eine neue Wunderdiät, mit deren Hilfe man garantiert hundert Pfund pro Woche abnahm. Und in der Mitte der Zeitung – auf Seite sechs, um genau zu sein – war ein Foto abgedruckt. Es zeigte eine kleine Frau in einem weiten Kleid und einer Schürze, deren Augen unter einer komischen Maske versteckt waren und deren Cape ein wenig schief hing. NEUE SUPERHELDIN?, fragte die Überschrift.

Ist dies vielleicht das erste Foto der neuen Superheldin, die als Super Mom bekannt ist? Unter den Bürgern von Astro Park, Kansas, herrscht Aufregung über das plötzliche Auftauchen eines kuriosen kleinen Energiebündels, das sich Super Mom nennt. Diese beschürzte Rächerin hat sich der Rettung der Kinder von Astro Park sowie der Reinigung der Stadt verschrieben – was durchaus wörtlich zu verstehen ist. Graffiti sind aus dieser geschäftigen Metropole im Herzen der Prärie seither komplett verschwunden. Doch nicht alle Anwohner sind erfreut, eine echte Superheldin in ihren Reihen zu haben.

»Sie ist eine gottlose Person«, verkündet Bischof Thomas Mills von der Evangelikalen Baptistenkirche von Astro Park. »Sie sollte lieber zu Hause bei ihren Kindern bleiben, statt sich herumzutreiben und Dinge zu tun, die einem Mann anstünden. ›Ehefrauen, seid euren Männern untertan!‹ Ich weiß rein zufällig aus zuverlässiger Quelle, dass Super Mom eine der Huren von Babylon ist und wochenends am Straßenrand auf Kundschaft wartet. Ihre Schürze steckt voller Sex-Spielzeuge. Ich fordere Sie auf, Super Mom, bereuen Sie Ihre Sünden! Der Tag des Jüngsten Gerichts ist nah!«

»Was erlauben die sich? Ich fasse es nicht, dass die so was drucken!« Ich warf angeekelt die Zeitung auf den Tisch. Irgendjemand hatte mich fotografiert. Irgendwo, irgendwann ... Mir lief ein Schauer über den Rücken, als ich mich fragte, ob ich wohl auch jetzt, in diesem Moment, beobachtet wurde. Aber dann fiel der Groschen: Ich war im *National Enquirer*! Ein bisschen aufgedunsen, vielleicht ... Ich schaute mir das Bild noch einmal an. Aber immerhin. Das war ich! Birdie Lee! Auch bekannt als Super Mom!

»Hey, Carrie, rate mal, was passiert ist?« Es platzte aus mir heraus, bevor ich nachdenken konnte.

»Birdie?« Sie drehte sich mit hoffnungsvoll aufgerissenen Augen zu mir um. »Was ist los?«

»Ich – ach, nichts. Nichts.« Der Felsbrocken war zu schwer. Er war zu schwer, als dass eine Person ihn anheben konnte – selbst wenn diese Person eine Superheldin war.

»Birdie.« Carrie zwinkerte, und ich sah Tränen hinter ihren Brillengläsern aufblitzen. »Ich wollte dir sagen, dass es mir wegen neulich wahnsinnig Leid tut. Ich hab es nicht so gemeint. Nichts davon. Ach, Birdie, ich brauche dich ... Kann nicht einfach wieder alles so sein, wie es war? Du kommst mir so fremd vor; du bist gar nicht mehr die alte Birdie. Aber ich brauche eine Freundin, besonders jetzt, wo …« Sie unterbrach sich und wischte sich die Nase an ihrem Arbeitskittel ab. Dann brachte sie ein winziges tapferes Lächeln zustande.

Sie war meine beste Freundin. Schon seit ihre Chrissie und meine Kelly zusammen in der Vorschule waren. Wir hatten unsere Mädchen aufwachsen sehen und dabei ignoriert, dass wir beide älter geworden waren. Sie war aufbrausend und lieb und lustig und klug; meine Feinde waren ihre Feinde, meine Freunde ihre Freunde. Sie liebte meine Kinder wie ihre eigenen.

Und doch hatte sie Recht. Ich hatte mich verändert. Ich war nicht mehr dieselbe alte Birdie, und ich konnte ihr nicht erklären, warum das so war, wenn ich es mir auch noch so sehr wünschte – und mich sogar heftig danach sehnte.

»Ich weiß nicht, Carrie. Ich wünschte ja, ich könnte dir erklären –« Eine Kundin kam angewetzt und legte ihre Lebensmittel auf das Band. Ich drehte Carrie den Rücken zu und konzentrierte mich darauf, was diese Fremde in ihrem Einkaufswagen hatte: einen kleinen Laib Brot, ein Glas Erdnussbutter, tonnenweise einzeln abgepackte Tiefkühlfertiggerichte.

»Mein Mann ist auf Geschäftsreise in Übersee«, erklärte sie mit einem schuldbewussten Lächeln. Sie war um die fünfzig, vergnügt und rund und hatte Grübchen im Gesicht.

»Verstehe«, erwiderte ich ebenfalls lächelnd und kassierte zu Ende. »Ich hasse es, nur für mich allein zu kochen.«

»Ja, Sie sagen es!« Sie schüttelte den Kopf, ihre rötlichen Locken hüpften auf und ab. »Vor allem, wenn man gerade erst eingezogen ist. Ich habe immer noch nicht alle meine Töpfe und Pfannen wiedergefunden!«

»Wo sind Sie denn hergekommen, Mrs. – Cobblepot?« Meine Hand erstarrte mitten in der Bewegung, als mein Blick auf den Scheck fiel, den sie mir gerade überreicht hatte: EDWARD J. UND LOLLY COBBLEPOT.

»Aus Japan, ob Sie's glauben oder nicht. Wir waren ein Jahr lang dort, um irgendein Geschäft einzufädeln. Mein Mann ist auch da geblieben, um noch einen letzten Vertrag abzuschließen. Also musste ich den Umzug ganz allein bewerkstelligen.«

»Sie – Sie Ärmste!« Ich räusperte mich. »Cobblepot. Hmmm. Das ist kein Allerweltsname.«

»O nein!« Sie kicherte, und ihre Locken hüpften erneut auf und ab. »Wir sind sogar die einzigen Cobblepots, die ich kenne!«

»Da dies ein ausländischer Scheck ist, brauche ich noch weitergehende Informationen«, log ich und griff nach einem Stift. »Wo arbeitet Ihr Mann?«

»Beim Pharmakonzern Moulton«, gab sie mir Auskunft.

»Moulton? Wirklich?«, fragte ich aufgeregt. »Und in welcher Stellung arbeitet er da?«

»Oh, er ist der neue Geschäftsführer!«

»Ah ja ...« Ich schrieb das auf den Scheck. Also war der Cobblepot, mit dem Lex gesprochen hatte, Geschäftsführer des Pharmakonzerns Moulton. Welcher rein zufällig gerade ein Projekt mit dem Codenamen »Rattenfänger« vorantrieb. Aber was bedeutete das genau? Und welche Verbindung bestand zwischen diesem Projekt und den Patriot Pops oder dem Videospiel?

Ich starrte dieser liebenswerten kleinen Frau unverwandt in die Augen. Sie klimperte nervös mit den Augenlidern.

»Die machen ja eine Menge spannende Sachen bei Moulton, nicht wahr?«

»Ja, ich – ich bin sicher, dass sie das tun! Aber um die Wahrheit zu sagen, geht das an mir vollkommen vorbei. Edward hat seine Finger inzwischen in allem Möglichen drin, und er erzählt mir nie was von seiner Arbeit.«

»Hmmm.«

»Das ist unser fünfter Umzug in fünf Jahren«, plapperte sie weiter, da sie nicht aufhören konnte zu reden, solange ich sie mit meinem Gnadenlosblick fixierte. »Aber ich muss sagen, Astro Park ist der netteste Ort, an den wir je gezogen sind. Dieser Lex Osborne – ein Kollege meines Mannes – hat uns wahnsinnig toll bei der Suche nach einem Haus unterstützt!«

»Er ist sein Kollege? Tatsächlich?« Ich schaute über die Straße zu New Cosmos hin. Die Parkplatzbeleuchtung war noch nicht angeschaltet. Aber diese beiden Augen waren erleuchtet und starrten so finster wie eh und je herüber. »Ich dachte, Ihr Mann arbeitet bei Moulton.«

»Geschäftsführer ist nur ein Titel. Das ist nur eins der vielen Unternehmen, mit denen er zu tun hat. Deshalb ziehen wir ja auch so häufig um!« Sie lachte nervös auf.

Ich beugte mich zu ihr hin und flüsterte: »Rattenfänger.«

»Wie bitte?«

»Projekt Rattenfänger?«

»Was soll das sein?« Sie verzog ihr Gesicht wie ein Baby. »Ich habe keine Ahnung, was das ist.«

Ich tätschelte ihren Arm und entließ sie aus meinem Bann. Diese Frau hatte wirklich null Ahnung.

»Macht ja nichts. Hier, bitte sehr!« Ich hievte die letzte Tüte in ihren Wagen.

»Haben Sie recht herzlichen Dank.« Sie lächelte mich unsicher an.

»Aber gern. Ich hoffe, Sie leben sich schnell ein.« Ich winkte ihr nach, als sie mit ihrem Einkaufswagen hinausfuhr und sich nach mir umdrehte, als hätte sie Angst, ich käme mit einem Messer bewaffnet hinter ihr hergelaufen. Dann ließ ich meinen Blick wieder zu New Cosmos hinüberschweifen.

»Auf wie viel Metern Höhe liegt wohl das oberste Stockwerk?«, fragte ich mich laut, während ich das prunkvolle Gebäude im Blick behielt und zählte, wie viele Fenster es vom Boden bis zum Dach hatte. »Auf dreißig Metern? Auf sechzig? Meinst du, man könnte sich vom Dach abseilen und einfach ein Fenster eintreten …?«

»Bitte? Was redest du denn da, Birdie?«

»Was?« Ich wandte mich abrupt um. Carrie starrte mich an.

»Was, zum Teufel, redest du da? Und wer war diese Frau, Birdie? Du wirkst irgendwie mitgenommen.«

»Ach, mach dir nichts draus. Ich – ich kann dir nichts …«

»Sagen. Du kannst mir nichts sagen, hab ich Recht?«

Ich schüttelte den Kopf und wünschte mir nichts sehnlicher, als einen Ausweg aus dieser Situation zu finden, einen Weg, der zurück zu meiner Freundin führte, dahin zurück, wie es früher gewesen war.

»Ich hab dir ja schon gesagt, dass es mir Leid tut. Ganz ehrlich. Aber ich fürchte, viel mehr kann ich nicht tun.«

»Nein, im Moment nicht. Aber Carrie?«

Sie blickte hoch. Ihr Gesicht war ganz blass, und ihre Nasenspitze ganz rot.

»Danke.« Ich zeigte auf den *National Enquirer.* »Danke dafür.«

Sie nickte. Und dann taten wir beide ganz geschäftig … wischten über die Laufbänder, sortierten den Süßkram in den Regalen. Taten also eigentlich nichts.

11

Egal wie selbstsicher ein Superheld seinen bösen Erzfeind auch in böse Einzelteile zerschlägt, in Wahrheit fällt es den meisten von ihnen schwer, Arbeit und Familie unter einen Hut zu bringen. Mal ehrlich – die meisten dieser Superhelden haben doch nicht mal den Mumm, es überhaupt nur zu probieren. (Was soll ich sagen? Die meisten von ihnen sind Männer.)

Aber dieser Luxus war mir nicht vergönnt. Zu spät: Der Zug war in dieser Richtung bereits abgefahren. Ich war nicht nur eine Superheldin, ich war meines Wissens sogar die einzige Superheldin mit Kindern, einem normalen Tagesjob, einem misstrauischen Exmann und verrückt spielenden Hormonen (es war gerade mal wieder die Zeit im Monat). Ich hatte Neuland betreten, ich brauchte Hilfe, und zwar im großen Stil.

Und siehe da: Eines Tages lag ein mysteriöses Päckchen vor meiner Haustür. Ein dicker weißer Umschlag ohne Absender und ohne Briefmarke. Darauf stand mit goldener Tinte mein Name: Birdie Lee, Astro Park, Kansas. Ohne genaue Anschrift. Dafür aber war der Umschlag mit einem Wachssiegel versehen, auf dem in Fraktur »JLA« geschrieben stand. Darin befand sich ein Brief und eine schmale Broschüre.

Sehr geehrte Ms. Lee (alias Super Mom),
uns ist zur Kenntnis gelangt, dass Sie der Überzeugung sind, über Superkräfte zu verfügen. Herzlichen Glückwunsch! Anliegend finden Sie unsere Broschüre des Titels: »Sie glauben

also eine Superheldin zu sein – was nun?« Sie wird Ihnen viele Fragen beantworten und Ihnen helfen zu entscheiden, was als Nächstes zu tun ist. Sollten wir zu dem Schluss kommen, dass Sie tatsächlich eine Superheldin sind, können wir Ihnen eine Reihe von Mitteln zur Verfügung stellen, die Ihnen auf Ihrem Weg der Verbrechensbekämpfung hilfreich sein werden.

Die »Justice League of America« – auch Gerechtigkeitsliga genannt – ist die führende Superhelden-Organisation. Sie werden möglicherweise auch von anderen hören, aber seien Sie versichert, dass die JLA im Hinblick auf Prestige und Effektivität unübertroffen ist. Eine Mitgliedschaft kann nur durch Einladung erworben werden. Sollten Sie Interesse an einer Mitgliedschaft haben, so zeigen Sie uns dies an, indem Sie die anliegende Karte zurücksenden. Es gibt eine Reihe von Kriterien, die Sie erfüllen müssen. Eine Jahresgebühr sichert Ihnen Dinge wie eine Lebensversicherung (die bei normalen Unternehmen nur sehr schwer zu bekommen ist), Sterbegeld für die Hinterbliebenen sowie eine langfristige Berufsunfähigkeitsversicherung.

Aber glauben Sie nicht, eine Superheldin zu sein bedeute nur viel Arbeit und brächte überhaupt keinen Spaß! Eine Mitgliedschaft in der Gerechtigkeitsliga eröffnet Ihnen zudem den Zugang zum Club DC, dem Ferienparadies für Superhelden in der Karibik. Dort können Sie entweder ein Apartment mieten oder für eine festgelegte Zeit des Jahres Miteigentum an einer unserer hübschen Timesharing-Ferienwohnungen erwerben. Auf jeden Fall ist dies der perfekte Ort, um zu entspannen und bösen Erzfeinden für eine Weile den Rücken zu kehren. Wir versichern Ihnen, dass Sicherheit bei uns oberste Priorität hat. Zudem veranstalten wir unseren jährlichen JLA-Ball, zu dem Sie Ihren normalsterblichen Lebenspartner mitbringen können. Dies sind nur einige wenige der vielen Privilegien, die Mitgliedern der JLA zuteil werden.

Wir gratulieren noch einmal herzlich zu Ihren neuen Superkräften und freuen uns, Sie für eine Mitgliedschaft in der »Justice League of America« in Betracht ziehen zu können.

»Was ist das?«, fragte Martin und spähte über meine Schulter.

»Ich weiß nicht genau. Vielleicht eine Werbung für Timesharing-Ferienwohnungen.«

»Wow! Mom! Weißt du nicht, was das hier ist?«

»Nein.«

»Das ist die Gerechtigkeitsliga! Superman! Batman! Der Rote Blitz! Das sind die ganz Großen! Wow!«

»Warte mal einen Augenblick. Da steht, dass man nur auf Einladung Mitglied werden kann, und noch bin ich nicht eingeladen worden. Zuerst muss ich das hier lesen.« Ich schlug »Sie glauben also eine Superheldin zu sein – was nun?« auf.

Darin war ein Fragebogen enthalten. »Hol mir einen Stift«, bat ich Martin und setzte mich aufs Sofa.

»Okay.«

»Also, dann wollen wir mal. Frage eins: ›Wurden Sie kürzlich von Aliens aufgesucht, die Ihnen Geschenke überbrachten?‹«

»Nein«, füllte Martin aus.

»Frage Nummer zwei: ›Haben Sie einen ungewöhnlichen Unfall erlitten, bei dem Chemikalien, Tiere, Strahlung, Blitze oder irgendeine Kombination aus dem Obengenannten im Spiel waren?‹«

»Ja.«

»›Erlitten Sie infolge dieses Unfalls einen Schwächeanfall, oder verloren Sie dabei vorübergehend das Bewusstsein?‹«

»Ja.«

»›Besaßen Sie, als Sie erwachten, plötzlich neue Kräfte oder Fähigkeiten, die Ihnen Angst einjagten?‹«

»Ja.«

»›Hielten diese Kräfte oder Fähigkeiten länger als eine Woche an?‹«

»Ja.«

»›Besitzen Sie diese Kräfte oder Fähigkeiten noch immer?‹«

»Ja.«

»›Hat Ihre äußere Erscheinung sich in irgendeiner Weise verändert?‹« Ich sah zu Martin hin. »Eigentlich nicht.«

»Moment!« Er piekste in meine schwammartige, griffige rechte Handfläche. »Hier! Schon vergessen?«

»Ach ja, stimmt ja.«

»Also ist das ein ›Ja‹.«

»›Gibt es irgendeine Substanz oder besondere Situation, die Ihre Kräfte vorübergehend abschwächt?‹«

»Nein?« Martin sah mich fragend an.

»Nein«, antwortete ich.

»Gut. Ich fänd's auch schrecklich, wenn es für dich so eine Art Kryptonit gäbe wie bei Superman.«

»Ja, ich auch. Eine letzte Frage: ›Verspüren Sie den inneren Drang, diese Kräfte oder Fähigkeiten für gute Zwecke einzusetzen? Zum Schutz von Schwächeren, zur Bekämpfung des Bösen?‹«

»Ja!«, schrieb Martin begeistert, und seine Augen leuchteten vor Stolz. In diesem Augenblick wünschte ich mir, Doktor Dan könnte ihn sehen.

»Also.« Ich las mir die Anweisungen durch. »›Wenn Sie mehr als fünf Fragen mit Ja beantworten, besteht eine sehr große Wahrscheinlichkeit, dass Sie eine Superheldin sind.‹ Wie viele Jas waren es bei mir?«

»Acht. Und was passiert jetzt?«

»Hier steht, ich soll dieses Formular ausfüllen und es zurücksenden, und sie nehmen dann Kontakt zu mir auf. Möglicherweise werde ich mich weiteren Beurteilungen durch ihr Expertenteam unterziehen müssen. Wer mag das wohl sein?«

»O Mann!« Martin warf den Stift in die Luft und fing ihn wieder auf. »Vielleicht lernst du ja Superman kennen! Oder Batman! Wonder Woman! O Mann! Darf ich Wonder Woman auch mal treffen, Mom? Bitte? Wenn ich sie beispielsweise mit in die Schule nehmen könnte, damit Jamie Flugal, dieser blöde Arsch, sie sieht –«

»Das sehen wir dann.«

»Schickst du sie dann also ein?« Martin nahm die Karte, die das gleiche Siegel trug wie der Umschlag und eine merkwürdige Briefmarke.

»Ich weiß nicht. Was meinst du?«

»Na klar! Natürlich! Warum denn nicht?«

Na ja, mir fiel eine Menge Gründe ein, die dagegensprachen. Im Augenblick konnte ich noch jederzeit zurück. Ich konnte mich ohne weiteres Risiko für Leib, Leben und Familienmitglieder wieder meinem alten Leben zuwenden. Aber wenn ich diesen Schritt unternehmen würde – diese Karte einsendete –, gäbe es kein Zurück mehr. Dann hätte ich wahrscheinlich bald noch mehr Verantwortung zu schultern. Ich …

»Glaubst du, ich könnte meinen eigenen Comic bekommen?«

»Ja, sicher. Bestimmt. Vielleicht sogar einen Film. Oder eine Attraktion im Vergnügungspark.«

»Wirklich?« Ich schaute auf die Karte, drückte ihre scharfen Enden in meine schwammartige Handfläche, fuhr mit dem Finger über die geprägten Buchstaben – JLA. »Meine eigene Super-Mom-Bahn?«

»Ja. Ich hab gehört, Superman hat eine eigene Bahn im Six-Flags-Themenpark in Atlanta.«

»Wow. Wer würde mich wohl im Kinofilm verkörpern? Ich könnte mir Sandra Bullock vorstellen.«

»Ja. Die wäre toll. Oder vielleicht auch Angelina Jolie!«

»Uhhh!«

Wir saßen einen Moment da und dachten daran, welche Möglichkeiten sich uns eröffneten. Ich weiß nicht, was Martin sich vorstellte – wahrscheinlich wie Angelina Jolie sich bei seiner nächsten Geburtstagsparty mit Wonder Woman im Schlamm wälzte, während Jamie Flugal, der blöde Arsch, sich auf den Boden warf und heiße Tränen vergoss, weil er nicht eingeladen war.

Ich dachte an Doktor Dan. Was würde er wohl von mir halten, wenn ich berühmt wäre, wenn es eine nach mir benannte Attraktion im Vergnügungspark und einen Kinofilm gäbe? All die Jahre hatte er darüber geklagt, dass ich das College nicht beendet und keinen ernst zu nehmenden Beruf ergriffen hatte. All die Jahre hatte er meine Häuslichkeit belächelt, meine Zufriedenheit mit meinem sauberen kleinen Haus und meinen sauberen kleinen Kindern. Aber da schau an. Ich konnte berühmt werden, allseits beliebt und bewundert – ein regelrechter Markenartikel!

Und er würde für immer als der Loser von Exmann von mir, Super Mom, dastehen. Und nicht umgekehrt.

Bei diesem Gedanken überkam mich ein wohliger Schauer und kitzelte mich von innen. Ich musste so unkontrolliert kichern, dass Martin aus seiner Träumerei von Angelina Jolie und Wonder Woman gerissen wurde.

»Was ist?«

»Nichts. Ach – ich hab mir nur gerade vorgestellt, was dein Vater wohl dazu sagen würde, wenn er es wüsste.« Ich konnte gar nicht aufhören zu lachen, und kurze Zeit später hatte ich Martin angesteckt.

»Was ist denn mit euch beiden los?« Kelly erschien mit ihrem Klarinettenkasten in der Hand im Türrahmen. Sie fixierte uns mit kühlem Blick, ohne auch nur einmal mit den Augenlidern zu zucken, bis wir schließlich aufhörten zu wiehern.

»Ach, nichts«, antwortete ich. Martin fing erneut an zu gickeln.

»Also ehrlich.« Kelly drehte sich um und lief nach oben.

»Hoppla«, flüsterte ich und nahm Martin den Stift weg. »Psst, genug jetzt.«

»Vergiss Dad einfach. Ich frag mich, was Kelly sagen wird, wenn sie dahinterkommt.« Martin kaute auf dem Ärmel seiner Army-Jacke herum.

Mein Stift schwebte über der Karte; ich zögerte noch. Was würde Kelly sagen? Ich würde es ihr sagen müssen. Oder nicht?

Wünschen Sie, für eine Mitgliedschaft in der Justice League of America in Betracht genommen zu werden?

Ja. Nein. Antwort offen. Ich kaute auf dem Ende meines Stifts herum und versuchte, zu einem Entschluss zu kommen.

Schließlich hielt Martin es nicht mehr aus. Er nahm mir den Stift ab, schrieb mit sicherer Hand JA! und unterstrich es dreimal. Dann reichte er mir die Karte zum Unterschreiben – Super Mom alias Birdie Lee. Meine Hand zitterte so stark, dass die Buchstaben ganz zusammengequetscht aussahen, wie winzige Insekten.

Wir schritten feierlich zur Tür. Er öffnete den Messing-Briefkasten an der seitlichen Hauswand und legte die dicke, geprägte Postkarte hinein.

Dann traten wir einen Schritt zurück, schauten zum Himmel empor und hofften auf einen Blitz oder einen Donnerschlag. Auf irgendein imposantes, superheldenmäßiges Zeichen dafür, dass die Würfel gefallen waren und es kein Zurück mehr gab. Aber es passierte nichts sonderlich Dramatisches. Es sei denn, man lässt unseren Nachbarn, Mr. Shoemaker, gelten, der seinen kläffenden kleinen Köter laut brüllend aufforderte, »endlich wieder ins Haus zu gehen, verdammt nochmal«.

»Mach dir nichts draus, Mom.« Martin klopfte mir auf die Schulter. »Wenn ich die Comic Version schreibe, werde ich jede Menge Special Effects einbauen.«

»Cool«, sagte ich und schloss die Tür hinter mir. Dann gingen wir in die Küche und machten Popcorn in der Mikrowelle.

12

»Liebling, wir müssen aufhören, uns so zu treffen«, stöhnte die schöne Superheldin, und ihre perfekt gerundeten Brüste hoben und senkten sich im Mondlicht.

»Aber warum um Himmels willen? Wo du doch wie der Mond und die Sterne, die Erfüllung all meiner Gebete bist«, erwiderte er; sein kantiges Kinn ein Sinnbild der Leidenschaft.

»Aber denk doch an das Gerede der Leute, Liebling. Den Skandal. Ich bin schließlich eine Superheldin – und über solche menschlichen Begierden erhaben. Oder zumindest sollte ich es sein …«, flüsterte sie atemlos, während er sich an sie drückte und sie gegen den Boden presste.

»Aber bist du denn nicht auch eine Frau?« Sein Atem drang in ihr Ohr.

»Du Schuft, du!« Sie wandte ihm ihr Gesicht zu, und ihre hungrigen Lippen trafen sich …

»Mom? Mom? Erde an Mom!« Martin wedelte mit einem Stück Papier vor meinem Gesicht herum. »Du hast vergessen, die Erlaubnis zu unterschreiben!«

»Oh – entschuldige. Tut mir Leid.« Ich tastete nach einem Stift.

»Woran hast du gerade gedacht?«

»Ach, nichts. Gar nichts! Viel Spaß auf deinem Ausflug!«

»Mom, wo hast du eigentlich deine Gedanken?«, Kelly stellte sich vor mich und stemmte ihre Hände in die Hüften. »Warum hast du mir nicht erzählt, dass Harry gestern angerufen hat? Du zensierst doch wohl nicht meine Telefongespräche, oder?«

»Nein, ich … Hat er angerufen? Wann denn? Ich nehme an, ich hab's einfach vergessen.«

»Also ehrlich. Wo hast du nur deine Gedanken?« Sie seufzte und machte sich auf den Weg zur Schule.

Ja, wo hatte ich eigentlich meine Gedanken? Das fragten meine Kinder mich immer wieder in diesen Tagen, während ich geistesabwesend und verträumt durchs Haus stolperte – und mir so auch einige ruchlose Kriminelle durch die Lappen gehen ließ, da bin ich sicher. Wo hatte ich bloß meine Gedanken?

Nun ja, ich werde Ihnen sagen, wo ich meine Gedanken hatte.

Ich dachte an Sex. Permanent. Jede Minute des Tages. Wenn ich unter der Dusche stand, malte ich mir aus, Carl stünde neben mir, stellte seine Füße neben meine und zöge mich zu sich hoch, damit ich nicht auf der Seife ausrutschen und stürzen konnte. Wenn ich auf dem Sofa saß und Fernsehen guckte, stellte ich mir vor, sein Kopf läge in meinem Schoß und ich würde über seine Augenbrauen streichen und mit meinen Fingern über seine Nase und seine Lippen fahren. Dann würde er sich umwenden, mich an den Händen vom Sofa ziehen und mich gleich dort auf dem Wohnzimmerfußboden nehmen. Wenn ich bei der Arbeit war, stellte ich mir vor, er würde vorbeikommen, um Lebensmittel zu kaufen, und seine glühenden, verwirrten Blicke auf mich heften. In meiner Phantasie rissen wir uns dann gegenseitig die Kleider vom Leib und legten gleich an Ort und Stelle auf dem Laufband eine Nummer hin; ich spürte förmlich das Gummi unter mir, spürte, wie es im Rücken kitzelte, während das Band lief und lief und lief …

Der einzige Ort, an dem ich ihn mir nicht vorstellen konnte, war allerdings mein Bett. Es gelang mir einfach nicht, mir auszumalen, wie sein Kopf neben mir auf dem Kissen lag und sein lang gestreckter Körper wie eine Decke um mich gewickelt war – das war zu heimelig, zu häuslich. Zu zahm für wilde, leidenschaftliche Kreaturen wie uns, die sich draußen unter freiem

Himmel liebten, unter einer Kiefer, wie im Film. Eine Frau – eine Mutter –, die ungefähr zehn Jahre lang keinen Sex gehabt hatte, versetzte das alles in einen ziemlichen Rausch. Ob es wohl noch einmal passieren würde? Und was sollte ich ihm sagen, wenn ich ihn das nächste Mal sah? Ob er verlegen sein würde? Oder ich? Und vor allem …

Waren ihm meine Schwangerschaftsstreifen aufgefallen? Meine schlaffe Muskulatur unter den Armen? Die traurige Tatsache, dass meine Oberschenkelinnenseiten für immer zusammengewachsen zu sein schienen wie siamesische Zwillinge mit Orangenhaut? Ich dankte dem Herrgott für den diskreten Schutz der Dunkelheit in dieser Nacht, für das weiche, schmeichelnde Mondlicht, das durch die Äste der Kiefer noch gefiltert worden war. Wenn ich daran zurückdachte, wie Carls starke, sichere Hände mich gestreichelt und erforscht hatten, wollte ich ganz plötzlich unbedingt mehr, egal, wo ich gerade war. Ich verzehrte mich danach, lechzte danach – und zugleich machte es mich schwach und immer nur noch gieriger. Ich hatte einen solchen Appetit. Unvermittelt hatte ich Lust, etwas exotisch Schmeckendes zu essen, also fuhr ich zu einem indischen Restaurant und holte mir ein Curry, oder ich hielt beim Griechen an der Ecke, um mit Reis gefüllte Weinblätter zu kaufen. Und während ich diesen Kram in meinem Auto mit den Händen in mich reinstopfte und das Öl und Fett von meinen Fingern leckte, bis es mir vom Kinn troff, stellte ich mir vor, wie ich Carl damit fütterte.

Aber dann befiel mich eine Art Panik. Ich fuhr nach Hause und bereitete ein aufwändiges, nahrhaftes Essen für meine Kinder zu, das ich nicht mitessen konnte. Ich beobachtete sie ängstlich, während sie kauten, und sprang auf und brachte ihnen eine zweite oder dritte Portion, bevor sie überhaupt danach verlangten.

Wenn ich dann anschließend das Geschirr abwusch (auf die althergebrachte Art und Weise, da ich offenbar vergessen hatte, dass ich alles blitzschnell mit der Kraft von zehntausend Swiffern saubermachen konnte), dachte ich an Carl. Und an die erschreckende, berauschende Möglichkeit, mehr zu bekommen. Mehr Sex.

»Ich kann nicht glauben, dass wir das getan haben.«

»Ich auch nicht.«

»Wir hätten es nicht tun dürfen.«

»Ich weiß.«

Diesmal hatte Carl »rein zufällig« daran gedacht, eine Decke hinten in sein Auto zu legen. Das war auch gut so, denn die Nächte wurden kälter und der Boden unter der Kiefer härter.

»Ich hab Kelly total angemacht, bevor ich ging. Ich hatte Angst, dass sie versucht, sich heimlich zu Harry rauszuschleichen. Sie ist supersauer auf mich. Und jetzt sieh dir an, was ich getan habe.«

»*Du* hast dich nicht heimlich rausgeschlichen.«

»Ich hab ihnen gesagt, ich müsste nochmal zum Supermarkt.«

»Musstest du ja auch.«

»Ja, und da musste ich ausgerechnet dir über den Weg laufen.«

»Hin und wieder brauche ich eben auch Milch.« Er legte seinen Arm um meine Taille, strich über den Flaum auf meinem Bauch und fuhr mit dem Finger über die Narbe von dem Kaiserschnitt, mit dem Martin zur Welt gekommen war. »Die ist wahnsinnig schön, diese Narbe«, murmelte er und strich langsam mit seinem langen Finger darüber. Der untere Teil meines Bauches spannte sich an und zitterte. »Wie haben sie es denn geschafft, aus so einem kleinen Einschnitt ein ganzes Baby herauszuholen?«

»Doktor Dan fand die Narbe schrecklich. Er meinte, jetzt könnte ich nie wieder einen Bikini anziehen.« Ich kuschelte mich an Carls klebrige Brust, klebrig von unseren Flüssigkeiten – allen unseren Flüssigkeiten. Ich hatte entdecken müssen, dass es durchaus Zeiten gab, in denen ich meine Finger nicht unter Kontrolle hatte.

»Doktor Dan ist ein Blödmann, wenn ich das mal so sagen darf. Ich verstehe einfach nicht, warum er dir unbedingt so wehtun musste.«

»Psst. Ich will nicht über ihn reden.« Ich schloss die Augen und konzentrierte mich auf die Stelle, an der Carl gerade eben noch gewesen war, zwischen meinen Beinen: Meine Muskeln spürten ihn noch immer, da, wo er mich mit so viel Nachdruck für sich beansprucht hatte.

»Kein Problem.« Carl legte seinen Arm fester um mich, und ich klammerte mich an ihn, an seine soliden Knochen und starken Muskeln, seine klebrige Haut, seine erstaunlichen Haarbüschel am Körper. Das hatte ich vollkommen vergessen – diese Art von Haaren. Auf dem Körper eines Mannes. Wie kratzig sie sein konnten auf den Wangen und Beinen und wie weich überall sonst. Ich vergrub mein Gesicht in seiner Brustbehaarung und bemerkte entzückt, wie seine Muskeln unter meinen Lippen zu tanzen anfingen.

»Du kitzelst mich!«

»Gut so.«

»O Birdie«, sagte er und klang so zufrieden, als er meinen Namen aussprach.

»Carl.«

Wir lagen lange Zeit da, ineinander verflochten, selbstvergessen. So lange, dass ich mir die Ebenen seines Körpers einprägen konnte, die Hügel und die Täler. Seine Hüftknochen standen spitz hervor, obwohl er einen winzig kleinen Kugelbauch hatte. Seine Beine waren so muskulös und stark, lang und schlank und gierig. Und auch in seinen Armen steckte eine solche Kraft. Aber seine Brust und sein Gesicht verfügten über eine verblüffend beruhigende, einlullende Wirkung.

»Und jetzt«, sagte ich, streckte mich und tat so, als müsste ich wahnsinnig gähnen, »jetzt erzähl mir von dem Projekt Rattenfänger.«

»Wie bitte?«

»Ich möchte über deine Arbeit Bescheid wissen – ich möchte alles über dich wissen«, murmelte ich. Doch er lachte.

»Nein, das willst du nicht. Du wolltest dich einfach mit mir verlustieren und mich dann ausquetschen wie eine Zitrone. Ihr Superheldinnen seid doch alle gleich!«

»Nun, ich wollte mich wirklich mit dir verlustieren. Aber wenn du mir nichts sagen willst, dann verstehe ich das schon …«

»Nein, tust du nicht.« Aber seine Augen funkelten im Mondlicht, und ich wusste, dass er nicht ernsthaft sauer war. »Das ist schon in Ordnung. Ich hab ein bisschen herumgeschnüffelt, um dir zu helfen.«

»Wirklich?«

»Ja, natürlich. Ich bin der schrullige Wissenschaftler, in den du dich verknallst, schon vergessen?«

Ich grinste.

»Also«, fuhr er fort. »Ich habe herausgefunden, dass sie nicht wollen, dass irgendjemand irgendetwas herausfindet. Das heißt, es gibt schärfere Sicherheitsmaßnahmen als je zuvor. Was in der Pharmabranche darauf hindeutet, dass wir entweder kurz davorstehen, ein Heilmittel gegen Krebs zu finden oder eins gegen Schnupfen.«

»Aber wie kannst du daran arbeiten, ohne zu wissen, worum es geht?«

»Ganz einfach. Ich arbeite im Augenblick an Proteinen. Synthetischen Proteinen. Warum? Ein Protein, das nicht unmittelbar verdaut wird, könnte zu tausenderlei Dingen gut sein. Und das erforschen wir gerade. Solche Proteine könnten Diäten unterstützen, gegen zu viel Magensäure wirksam sein, was auch immer.«

»Aber irgendjemand muss doch wissen, was Sache ist.«

»Wie ich schon sagte: Es wurde noch nie so scharf kontrolliert.

Um was auch immer es beim Projekt Rattenfänger geht, nur einer weiß es mit Sicherheit.«

»Cobblepot!« Ich rammte frustriert meinen Fuß in den Boden.

»Ja, und Lex, oder? Also nehme ich an, zwei Leute wissen Bescheid.«

»Aber nur einer von ihnen wohnt zur Zeit in Astro Park.«

»Und was hast du jetzt vor? Willst du ihm beim nächsten Elternabend auflauern?«

»Nein!«, schnaubte ich. »*Birdie* tut gar nichts. Das ist eine Aufgabe für Super Mom.«

»Birdie. Super Mom. Mit welcher von beiden hatte ich denn dann gerade Sex? Wer hat denn den niedlichsten kleinen« – er zwickte mich in den Po, und ich kreischte auf – »der Welt?«

»Rate mal«, flüsterte ich ihm ins Ohr, als er mich auf sich zog. Dann küsste er mich so stürmisch und doch zugleich so vertraut. Ich spürte, wie ich erneut in Wallung geriet – und er ebenfalls, an meinem Oberschenkel spürte ich es, an meinem klebrigen Oberschenkel …

Oberschenkel …

Oberschenkel …

Hähnchenschenkel …

»Meine Lebensmittel!« Ich sprang auf und fing an mich anzuziehen. »Wie spät ist es? O mein Gott! Ich hab gesagt, ich fahre nur schnell was einkaufen. Und jetzt – was sollen bloß die Kinder denken? Das ist überhaupt nicht meine Art, ganz und gar nicht. Und du hast Eis eingekauft! Wir müssen damit aufhören, hast du gehört? Es ist nicht richtig. Ich bin nicht mehr ich selbst, ich weiß nicht mehr, wo mir der Kopf steht, ich vergesse alles …«

»Okay.« Er nahm seine Kleider. Zwischen seinen Augenbrauen bildete sich eine tiefe Falte, und er sah ein bisschen benommen aus. »In Ordnung.«

»Wir dürfen uns nicht mehr sehen«, sagte ich zu ihm.

»In Ordnung …«

»Ich meine es ernst. Wir schleichen umeinander rum und nutzen jede mögliche Gelegenheit – wie Teenager, die sich nicht unter Kontrolle haben.«

»Jawoll!« Er stieß seine Faust in die Luft, und ich musste lachen.

»Aber wir sind keine Teenager. Wir müssen das ordentlich machen, Carl, uns ordentlich verabreden, uns unterhalten … und … und …«

»Es ihnen vielleicht sagen.«

»Den Kindern?«

»Ja, vielleicht.«

»Natürlich. Natürlich sollten wir es ihnen erzählen.« Irgendwann. Bei Gelegenheit. Wenn sie achtzig sind und zu schwach, um noch viel dagegen tun zu können.

Carl setzte sich auf. »Birdie Lee, darf ich dich einladen, mit mir auszugehen?«

»Ja, Carl Sayers.« Ich musste grinsen. Er sah so ernst aus und hatte eine Hand feierlich auf seine Brust gelegt. »Ja, gern.«

»Wie wär's denn diesen Freitag?«

»Geht nicht. Da hat Martin Übernachtungsbesuch von einem Freund.«

»Samstag?«

»Da ist Kellys Konzert.«

»Sonntagabend?«

»Wenn am nächsten Tag Schule ist?«

»Okay.« Er kratzte sich am Kopf. »Nächsten Freitag – ach, nein, warte. Da kann ich nicht. Da hat Greg irgendwas bei den Pfadfindern.«

Wir sahen uns an. Er stand in Hemd und Boxershorts da, ich war gerade dabei, mir meinen Pulli über den Kopf zu ziehen.

»Wir können so nicht weitermachen«, sagte ich zu ihm. »Absolut nicht.«

»Ich weiß.«

Plötzlich blitzte in knapp zehn Metern Entfernung ein Blitzlicht auf. Ich hörte, wie jemand wegrannte. Eine Tür wurde zugeschlagen, dann fuhr eine schwarze Limousine – die ich vorher überhaupt nicht bemerkt hatte, da ich zu sehr damit beschäftigt gewesen war, mich nackt auf dem Boden herumzuwälzen – mit quietschenden Reifen davon.

Wir standen, halb angezogen, wie wir waren, einfach nur da. Starr vor Schreck. Es war alles zu schnell gegangen, als dass wir uns hätten verbergen können. Ich begann zu zittern, mein Magen krampfte sich vor Aufregung zusammen. Trotzdem gelang es mir irgendwie, meinen Pulli über den Kopf zu ziehen, um meine Blöße zu bedecken. Aber zu spät.

»O Gott! O mein Gott!«

»Wer war das?«, fragte Carl mit einem Zittern in der Stimme.

»Ich weiß es nicht. Keine Ahnung. Das kann jeder gewesen sein. O Gott! Das Foto!«

»Welches Foto?«

Alle meine Extremitäten – Nase, Ohren, Fingerspitzen und Zehen eingeschlossen – gefroren auf der Stelle zu Eis. »Neulich habe ich ein Foto von mir im *National Enquirer* gefunden. Das muss derselbe Typ gewesen sein. Wahrscheinlich liegt's an meinem Auto. Ich meine, jeder Depp kann doch darauf kommen, dass ich Super Mom bin, wegen diesem blöden Wagen. Und du!« Ich zeigte mit dem Finger auf Carl. »Du! Du bist schuld! Ich musste ständig an dich denken! Verdammt, ich mache alles falsch. Jetzt wird die Gerechtigkeitsliga mich nie und nimmer einladen! So ungeschickt, wie ich mich anstelle, kann ich meine Geheimidentität nie wahren! Ach, du Schande! Und wenn Doktor Dan das sieht!«

»*National Enquirer?* Gerechtigkeitsliga?«

»Das ist eine lange Geschichte ...« Und ich war viel zu müde, sie ihm zu erzählen. Nur eine Minute zuvor war ich noch willens gewesen, mich erneut nackt mit ihm auf dem Boden zu wälzen. Jetzt fühlte ich mich erschöpft, kraftlos. Viel zu müde für jede Art von Bewegung. Viel zu müde zum Nachdenken oder Reden.

»Tut mir Leid«, sagte ich schließlich. »Tut mir Leid, dass ich dich da mit reinziehe.«

»Sag das nicht«, erwiderte er. Aber er zögerte den Bruchteil einer Sekunde zu lang – ungefähr einen Wimpernschlag lang. Jedenfalls bemerkte ich es; es war da, und ich konnte nicht so tun, als wäre es anders.

»Carl. Diese Geschichte ist schon schlimm genug für unsere Kinder. Und jetzt auch noch das. Wer weiß, was als Nächstes passiert? Vielleicht sollten wir … wenn du sofort mit mir Schluss machen willst, dann sag es mir einfach.«

Er sagte es nicht. Aber er sagte auch nicht, dass das albern sei. Er sagte gar nichts. Er nahm einfach meine Hand und drückte sie. Dann führte er mich zu meinem Auto und setzte mich hinein, als brächte er mich zu Bett. Er griff über mich drüber, ließ den Sicherheitsgurt einrasten, kurbelte mein Fenster runter und rückte den Spiegel für mich zurecht. Ich wollte ihn noch so viel fragen. Aber solange wir nichts sagten, solange dieser nächste Satz nicht ausgesprochen war, waren wir in Sicherheit. Wir brauchten nicht zu wissen, was als Nächstes geschah.

»Birdie –«

»Nein.« Ich legte meine Hand auf seinen Mund. »Nein. Sag nichts, okay? Lass es einfach. Nicht jetzt.«

Ich spürte, wie sich seine Lippen unter meinen Fingern bewegten; ich schloss die Augen und befahl meinem Körper, meiner Haut, meinen eigenen Ebenen und Tälern und Buchten und kleinen Wölbungen, ihn in Erinnerung zu behalten, die Art, wie seine Lippen und Hände sie erkundet und für sich beansprucht, angestupst und gedrückt, gekostet und wieder freigegeben hatten.

Dann schob ich ihn sanft von mir weg, ohne meine Hand von

seinem Mund zu nehmen. Und schloss die Tür, bevor einer von uns etwas sagen konnte.

Ich fuhr in dem zerbeulten Minivan, von dem nun alle Welt wusste, dass er mir gehörte, davon. Und ich tat so, als wäre alles in Ordnung. Ich würde wiederkommen; und er auch. Er würde erneut über mir liegen und sein langes Bein angewinkelt über meinen Hüftknochen schieben. Schließlich wusste ich nichts Gegenteiliges, oder? Und dann verbannte ich alles aus meinem Kopf außer der Straße vor mir, den gelben Strichen auf der Fahrbahn und den Schildern am Wegesrand.

Und als ich nach Hause kam, verschloss ich diese Nacht in meiner Tasche. Jetzt hatte ich noch eine Geheimidentität. War das mein wahres Ich? Birdie? Mom? Welche Mom – Super Mom? Oder Carls Geliebte? Es war zu kompliziert, da noch mitzukommen. Es wurde zu schwierig, sie auseinander zu halten. Früher oder später würde ich einen Fehler machen …

Wenn das nicht schon geschehen war.

13

Es ist schon eigenartig, wenn Kinder krank werden. Es fängt ganz langsam an, ein- oder zweimal wird was getuschelt, und dann verbreitet es sich plötzlich wie ein Lauffeuer. Gemurmel und Gerüchte stieben umher wie Funken und tragen das Feuer weiter. Und man hört es flüstern – immer nur flüstern. Als brächte es dem eigenen Kind Unglück, wenn man über die Krankheit eines anderen Kindes redet.

»Haben Sie schon gehört …«, was mit dem Kind von den Fergusons ist? Oder mit dem Jungen von den Davis'? Oder dem netten jungen Mann, der unten an der Straßenecke wohnt?

Ich fand es bei der Arbeit heraus. Klar, wo sonst? Ich war gerade dabei, Mrs. Fabers Einkäufe in Tüten zu packen, als mir auffiel, dass irgendwas nicht stimmte. Nämlich, dass gar kein Junk dabei war. Dabei hatte Mrs. Faber zwei Kinder im Alter zwischen zehn und zwölf.

»Mensch«, sagte ich, während ich grünes Gemüse, Erdnussbutter mit weniger Zucker und Vollkornbrot eintütete. »Müsli ohne Zucker? Keine Patriot Pops? Wer ist denn auf Diät gesetzt?«

»Ach!« Mrs. Faber schaute eine Weile auf ihre Hände und fingerte an ihren Ringen herum. »Na ja. Susie. Sie ist – zuckerkrank. Wir haben es gerade erst erfahren. Jugenddiabetes, Typ zwei, aber sie braucht Insulin.«

»O mein Gott. Tut mir Leid. Das tut mir wirklich Leid – aber gibt es dagegen nicht inzwischen neue Medikamente?«

»Doch, ja.« Mrs. Faber nickte. Sie nickte immer weiter, als versuchte sie, sich selbst zu überzeugen. »Ja, es gibt wunderbare Medikamente heutzutage. Das ist nicht mehr so, wie's mal war. Es ist sogar ein neuartiges Insulin auf dem Markt. Ach, na ja …« Sie betrachtete wieder ihre Hände. »Seien Sie froh, Birdie. Man weiß ja nie. Seien Sie dankbar, dass Sie zwei gesunde …« Sie zwinkerte mit den Augenlidern und biss sich auf ihre bebende Unterlippe. »Ach, na ja.«

Ich packte ihre Sachen zu Ende ein. Ich wusste nicht, was ich noch sagen sollte. Sie zog mit ihrem Einkaufswagen ab, und ich fand sie sehr tapfer – diese kräftige, sehr rundliche Frau setzte beharrlich einen Fuß vor den anderen, straffte ihre Schultern und war bereit, es um ihrer Tochter willen mit der Welt aufzunehmen.

Als Nächstes fiel mir eine Veränderung in den Einkaufsgewohnheiten einiger anderer Kunden auf. Der Einkaufswagen der Enderlins, der Wolters, der Goodmans – alle waren sie mit einem Mal voll von kohlenhydrat- und zuckerreduzierten Lebensmitteln, während Mrs. Enderlin, Mrs. Wolter und Mrs. Goodman selbst plötzlich so etwas Ruhiges und Bestimmtes an sich hatten. Statt noch kurz zu bleiben und ein Schwätzchen zu halten wie sonst auch, hatten sie es immer eilig, nach Hause zu kommen.

Ich fragte mich, ob Carrie es ebenfalls bemerkte. Fast hätte ich sie gefragt – bis mir wieder einfiel, dass wir nach wie vor nicht miteinander redeten. Sie schien sich in letzter Zeit ebenfalls verändert zu haben. Sie wirkte konfus und irgendwie gedämpft. Manchmal ertappte ich sie dabei, wie sie ihren kleinen Kopf in die Hände stützte und zu müde war, um ihre Zeitschriften zu lesen oder Waren gerade zu rücken. Am liebsten wäre ich dann zu ihr hingelaufen, um sie in den Arm zu nehmen und sie zu fragen, ob ich alles wieder gut machen könnte.

Und ich hätte es auch getan, wenn ich gewusst hätte, wie ich es anfangen sollte. Es war meine Tochter, die mir wenige Tage später den Weg wies.

»Warum hast du mir denn nichts erzählt?« Kelly warf ihren Rucksack auf den Küchentisch.

»Was hätte ich denn erzählen sollen?«

»Na, dass Chrissie Diabetes hat.«

»Was?« Ich legte mein Messer hin, betrachtete es und zählte all die kleinen Zacken daran. »Was sagst du da?«

»Chrissie hat Diabetes. Sie war sehr krank, und keiner wusste, was sie hat ... sie musste alle möglichen Bluttests machen. Igitt. Und jetzt hat sie Diabetes. Sie muss selbst eine Nadel in sich reinstechen.« Kelly schüttelte sich. »Ich dachte, du wüsstest es. Du und Tante Carrie, ihr erzählt euch doch sonst alles.«

»Ja, tun wir ja auch ...« Ich musste an Carries Gesicht denken, daran, wie müde und geschlaucht sie ausgesehen hatte. »Normalerweise jedenfalls.« Ich fühlte mich sehr hilflos, wie ich da so sicher in meiner Küche neben meiner gesunden Tochter stand. Was war ich nur für eine Freundin gewesen?

»Darf ich?«

»Was?« Ich drehte mich zu Kelly hin, die gerade einen Apfel schälte. »Ob du was darfst?«

»Nächste Woche zu Clarissas Party gehen. Mein Gott, Mama, hast du mir etwa nicht zugehört?«

»Nein.« Ich schluckte. Meine Kehle war plötzlich ganz trocken, meine Stimme rau. »Nein, du darfst nicht.«

»Du vertraust mir wohl überhaupt nicht mehr! Das sage ich Papa! Ich hasse dich!« Sie warf den Apfel ins Spülbecken, aber bevor sie entkommen konnte, packte ich sie, drückte sie an mich und vergrub mein Gesicht in ihren seidigen Haaren, die nach Pfirsich und Sonnenschein rochen. Ich strich über ihre warme Wange und versuchte mir vorzustellen, wie das Blut zuverlässig durch ihre Adern strömte, rot und stark und gesund.

»Aber ich hab dich doch lieb«, flüsterte ich. »Ganz egal, was ist.«

Eine Sekunde lang blieb sie in meinen Armen – mein Wunderkind. Dann riss sie sich los und rannte nach oben in ihre Höhle.

Ich setzte mich an den Tisch und ließ die Klettverschlussgurte ihres Rucksacks durch meine Finger gleiten. Es war so ein Rucksack wie ihn Bergsteiger verwenden, schwarz, stabil und voller schwerer Bücher. Mir fiel wieder ein, wie ich ihr den ersten Rucksack gekauft hatte, als sie drei war und in die Vorschule kommen sollte. So ein großes Mädchen, hatte ich damals gedacht. Wir waren in den Laden gegangen und hatten uns all diese winzigen bunten Rucksäcke mit Regenbögen und Tieren darauf angeschaut, und sie hatte sich einen in Gelb und Rot mit aufgesetzten Jeanstaschen ausgesucht. Sie war so stolz gewesen, dass sie ihn mit ins Bett nahm. Am ersten Schultag lernte sie dann Chrissie kennen, die den gleichen Rucksack hatte. Und ich lernte Carrie kennen, die zusammen mit mir ein Tränchen verdrückte, während unsere kleinen Mädchen Hand in Hand ins Schulgebäude marschierten und schon beste Freundinnen waren, bevor die Schulglocke zu Ende geläutet hatte.

Ich sprang auf, nahm meine Schlüssel und rief den Kindern zu, sie sollten sich selbst um ihr Abendessen kümmern. Ich müsste kurz weg.

Dann fuhr ich zu Carrie.

»Warum hast du mir nichts gesagt?«

»Äh, was?«, fragte Carrie. Sie stand in der Tür, und der gelbe Schein des Verandalichts ließ ihre Haut ganz fahl aussehen. Sie blinzelte mich an wie ein müder kleiner alter Maulwurf.

»Warum hast du mir denn nichts gesagt? Wegen Chrissie.«

Sie antwortete nicht. Was ich als Einladung nahm, in ihr Haus einzufallen und sie auf ihr Wohnzimmersofa zu drücken.

»Hör zu. Jetzt sind wir schon so lange befreundet. Wenn dir was Schlimmes zustößt, dann stößt es auch mir zu, verstehst du? Du hättest es mir erzählen sollen.«

»Aber wir waren doch zerstritten«, erinnerte Carrie mich.

»Ist doch egal. Es hätte schon die ganze Zeit egal sein sollen. Ich hab einen Riesenfehler gemacht.« Ich trat unten gegen das Sofa.

»Nein, es war mein Fehler, Birdie. Ich weiß auch nicht, was an dem Abend in mich gefahren ist. Du warst plötzlich so anders, bist dauernd einfach weggegangen, ohne mir zu sagen, was los ist, und ich fühlte mich so ausgeschlossen ...«

»Nein, nein, es war mein Fehler, okay? Es tut mir so Leid wegen Chrissie, ich hätte dich fragen sollen ...«

»Ich hab das bloß gesagt, weil du manchmal so verdammt klug bist und ich sauer bin, weil du nichts daraus machst! Du könntest alles werden, was du willst, Birdie. Und ich weiß, dass du die beste Mutter der Welt bist und dass du bei Doktor Dan den Kürzeren gezogen hast – ich meine buchstäblich. Dieser Typ hat doch einen minikleinen Schwanz, oder?«

»Carrie!« Aber ich musste kichern. »Das hätte ich dir nie erzählen sollen.«

»Entschuldige.« Sie kicherte ebenfalls. »Aber trotzdem, es ist dein Leben, und ich hatte nicht das Recht, so was zu sagen. Ich bin deine Freundin und ... bin ich doch, oder? Bin ich noch immer deine Freundin?«

»Hörst du wohl auf! Natürlich bist du das!« Ich strich ihr über den Kopf, wie in alten Zeiten, und sie schob meine Hand weg. »Und ich möchte mich auch entschuldigen. Dafür, dass ich mich in letzter Zeit so seltsam aufführe. Es ist eine Menge passiert, und ich hab damit nicht hinter dem Berg gehalten, weil ich dich verletzen wollte. Aber egal jetzt – ich will wissen, was mit Chrissie ist. Wann ist das passiert?«

»Oh.« Carrie sank ein wenig in sich zusammen. »Vor ein paar Wochen. Sie zitterte, benahm sich merkwürdig, schwitzte viel und musste dauernd zur Toilette. Dann ist sie eines Tages beim Sport in Ohnmacht gefallen, und wir haben sie ins Krankenhaus gebracht.

Sie war kurz davor, wegen Unterzuckerung ins Koma zu fallen. Sie hat Jugenddiabetes, Typ zwei, braucht aber Insulin. Sie muss sich jetzt selbst Spritzen setzen, Birdie. Und weißt du was? Sie kann das. Sie kann das, und sie weint nicht mal dabei. Sie ist wirklich hart im Nehmen, meine Kleine.« Carries Augen strahlten vor Stolz hinter ihrer Brille, aber sie waren zugleich randvoll mit Tränen.

Ich legte meinen Arm um sie.

»Natürlich ist sie hart im Nehmen. Das ist doch typisch unsere Chrissie! Aber ist dir nicht aufgefallen, dass unglaublich viele Kinder plötzlich Diabetes haben, Carrie?«

»Ja.« Carrie schniefte. »Das hat Dr. Albright auch gesagt. Er meinte, er hätte all die Jahre, in denen er jetzt schon seine Praxis hat, noch nie erlebt, dass so viele Kinder auf einmal diese Krankheit bekommen und so schnell insulinabhängig werden. Er meinte, es sei eine Epidemie.«

»Ja. Das hab ich auch gedacht.«

»Aber sie haben jetzt alle diese neuen Medikamente. Dieses neue Insulin, das angeblich länger wirkt, damit sie nicht oft welches spritzen müssen. Dr. Albright nannte es eine Wunderwaffe. Und er meinte, sie stünden kurz davor, ein noch tolleres Zaubermittel zu entwickeln.«

»Das ist ja toll, Carrie. Ich bin sicher, dass sie das tun werden! Sie werden bestimmt … Wer ist das eigentlich: sie?«

»Ach, irgend so eine große Medikamentenfirma. Molsen, Morton –«

»Der Pharmakonzern Moulton?« Ich fuhr hoch, sodass Carrie erschreckt zusammenzuckte.

»Ja, genau die.«

»Der Pharmakonzern Moulton?«

»Ja, Birdie. Das sagte ich doch schon.«

»Der Pharmakonzern Moulton!« Ich sprang auf. »Das ist es! Das ist das ›Projekt Rattenfänger‹! O Carrie!« Ich umarmte sie und wirbelte sie durch den Raum wie eine Stoffpuppe.

»Birdie! Lass mich runter! Was meinst du damit?«

»Ach, Carrie, tut mir Leid, ich kann es dir nicht –«

»Erzählen?« Sie riss sich von mir los und starrte mich wütend an. Dann stampfte sie mit dem Fuß auf und warf wild ihre Glieder in die Luft. »Was ist los, Birdie? Was gibt es so Unglaubliches, Spektakuläres, Welterschütterndes, dass du es nicht mit mir teilen kannst?«

Ich sah sie an. Sie war meine Freundin. Meine allerallerbeste Freundin. Sie kannte alle meine anderen Geheimnisse: dass ich, als Martin sechs war, versehentlich seinen Hamster mit dem Staubsauger aufgesaugt und ihn durch einen identisch aussehenden ersetzt habe; dass ich diejenige war, die letztes Jahr an Halloween Patty Osbornes Haus mit Eiern beworfen hat; dass Doktor Dan Haarwuchsmittel benutzte.

Was war also schon dabei, wenn wir noch ein paar dunkle intime Geheimnisse unter Freundinnen hatten?

»Also …« Ich grinste, legte meine Hände auf ihre Schultern und sprach ganz langsam, damit ihr auch ja kein Wort entging. »Erstens haben Carl Sayers und ich es zweimal hintereinander wild und leidenschaftlich unter einer Kiefer getrieben.«

Sie kreischte auf. Und gluckste. Und als ich sie wieder vom Boden aufgehoben hatte, wo sie zu einem stotternden, zuckenden Häufchen in sich zusammengesackt war, erzählte ich ihr auch den Rest.

14

Super Mom steht auf einem schmalen Vorsprung der Fassade und macht kurz Pause. Sie ist gerade dabei, sich vom Dach des Gebäudes abzuseilen, und die Welt liegt ihr zu Füßen. Sie hält kurz inne, um Atem zu schöpfen; der Wind fährt unter ihr Cape und bringt sie aus dem Gleichgewicht; beinahe wäre sie in den Tod gestürzt. Sie fängt sich wieder, hält sich an einem Backstein fest, spricht ein Stoßgebet und bricht dann, mit den Füßen zuerst, durch ein Fenster. Glassplitter fliegen um sie herum wie Regentropfen. Sie landet in einer katzenhaft geduckten Haltung auf den Füßen, aber das Büro ist dunkel und leer. Es herrscht Grabesstille …

Na schön. So war es nicht. Okay? Bei meiner ersten Gesetzesübertretung wandte ich die üblichen Tricks an. Ich schlich mich als Putzfrau verkleidet und mit einer roten Perücke auf dem Kopf ins Hauptquartier von New Cosmos Industries. Schließlich habe ich ja nicht so schicke Apparate und Kinkerlitzchen – und Butler – wie Batman.

Ich schaute auf meine Armbanduhr und dachte voller Sorge an meine Kinder. Ich hoffte, sie würden was Vernünftiges essen und ihre Hausaufgaben machen. Und mir wurde klar, dass ich, als sie noch kleiner gewesen waren, niemals eine Superheldin hätte werden können. Wie hätte ich denn von jetzt auf gleich einen Babysitter organisieren sollen? Und dass die Gerechtigkeitsliga irgendwelche Kindertagesstätten betrieb, war wohl kaum zu erwarten. Schließlich war das ein ganz schön testosteronlastiger Verein. Ich seufzte. Wieder mal ein Beispiel für die Benachteiligung von Frauen am Arbeitsplatz.

Ich holte einen der Putzmittelwagen aus der Kammer, zog mir die Baseballkappe tief ins Gesicht und rückte die Perücke gerade. Auf mein Super-Mom-Kostüm hatte ich verzichtet, denn ich wollte ja möglichst unauffällig auftreten und keine Aufmerksamkeit auf mein kriminelles Verhalten lenken. Aber über dem Overall trug ich immerhin meine Schürze, während ich durch die glänzenden Korridore von New Cosmos ging – dem freundlichen Familienunternehmen! So oder zumindest so ähnlich hatte es auf einem Schild in der Lobby geheißen. An den Wänden hingen Fotos von Lex und Patty mit ausgewählten Mitgliedern der Bruderschaft, die offenbar alle überglücklich waren, patriotisches Junk Food produzieren zu dürfen. Ich nahm den Aufzug in den siebenten Stock. Den mit den Augen. Es war inzwischen dunkel; die Augen waren geschlossen. Und ich hoffte nur, dass das auch so blieb.

Ich war schon einmal in Lex' Büro gewesen, während eines Empfangs des Elternbeirats. Patty hatte mir damals selbstverständlich die Aufgabe übertragen, die Namensschildchen zu verteilen. Daher kannte ich mich hier aus. Ich kniete mich vor die verschlossene Bürotür, um das erste Türschloss meines Lebens zu knacken.

Ich zog eine Haarnadel aus meiner Perücke, steckte sie in das Schloss und bewegte sie darin ein wenig hin und her. Ich stieß und stocherte, so wie ich es die Leute im Fernsehen hatte tun sehen. Aber nichts geschah. Ich runzelte die Stirn. Dann zog ich meine Kreditkarte aus der Hosentasche, um sie zwischen Tür und Türrahmen zu schieben. Das hatte ich James Bond abgeguckt. Doch als ich aufstand, stieß ich versehentlich gegen die Tür, und sie sprang auf. Das Büro war gar nicht abgeschlossen gewesen! Das enttäuschte mich doch sehr. Wie dumm von Lex.

Ich schlich, meinen Wagen hinter mir herziehend, ins Zimmer.

Im Dunkeln wirkte das Büro größer, als ich es in Erinnerung

hatte. Selbst als ich das Licht anschaltete, blieb es in den Zimmerecken weiterhin dunkel, sodass man kein Gefühl für den Raum bekam. Lex' Schreibtisch ragte in der Mitte des Zimmers auf.

Unter normalen Umständen fände Super Mom es unverzeihlich, irgendwo einzubrechen, herumzustöbern und vertrauliche Unterlagen zu stehlen. Unter normalen Umständen würde Super Mom schlottern vor Angst, ertappt zu werden. Und schon beim bloßen Gedanken daran, dass man sie ins Gefängnis werfen und ihre Kinder zu Pflegeeltern oder – schlimmer noch – zu Doktor Dan bringen könnte, würde sie einen Herzinfarkt kriegen. Trotzdem muss ich gestehen, dass ich es ganz schön prickelnd fand, in Lex' Büro herumzuschleichen, Schubladen aufzuziehen und Aktenordner zu durchstöbern. Immer in der Hoffnung, seine dunkelsten, verborgensten Geheimnisse zu entdecken. Oder zumindest etwas, das ich irgendwie in den Newsletter des Elternbeirats schmuggeln konnte. Ich erschrak darüber, dass er einen Tischkalender mit Comicfiguren besaß; ich staunte, als ich eine Notfallausrüstung aus Klebeband, großen Plastikfolien und Wasserflaschen fand; ich grinste amüsiert, während ich einen Stapel Pferdezeitschriften aus ihrem Versteck in der untersten Schreibtischschublade zog. Die Vorstellung, dass ein Selfmade-Millionär sich nach einem eigenen Pferd sehnte wie ein kleines Mädchen, war doch zu lustig. Aber dann fielen mir Chrissie und all die anderen ein, und ich knallte die Schublade angewidert wieder zu. Nun war Lex' Computer an der Reihe. Ich zog eine Diskette aus der Brusttasche meines Overalls.

Auf der Suche nach was Verdächtigem scrollte ich durch die Dateien auf seiner Festplatte und rümpfte die Nase über das ganze pornographische Zeug, das ich dort fand. »Arme Patty.« Verwirrt über diese plötzliche Anwandlung von Mitleid für sie, schüttelte ich den Kopf.

Und plötzlich war sie da, wie vermutet, die Datei namens Rattenfänger. Leider war sie passwortgeschützt. Ich kratzte mich am Kopf, dachte einen Augenblick nach und gab dann COBBLEPOT ein.

UNGÜLTIGES PASSWORT strahlte dieser blöde Computer mich an. Ich runzelte die Stirn.

Dann versuchte ich es erneut mit: PHARMAKONZERN MOULTON.

UNGÜLTIGES PASSWORT schnauzte der Computer.

»Verdammt«, schimpfte ich. Wie sollte ich denn jetzt an das entlarvende Beweismaterial kommen, das ich brauchte?

Ob es wohl irgendeine Hotline für Superhelden gab, die ich anrufen konnte? Ich dachte kurz an Carl – er würde wissen, was zu tun war. Oder vielleicht auch Martin? Er war schließlich ein wandelndes Superhelden-Lexikon. Er fand es bestimmt total spannend, mir zu helfen.

Aber dann musste ich an Doktor Dan denken. Und an seine selbstgefällige, zufriedene Miene. Er war sich so sicher, dass ich versagen würde, glaubte so felsenfest daran, dass ich beschränkt war. Und ich fragte mich, warum ich immer dann, wenn ich nicht mehr weiterwusste, an die Männer in meinem Leben denken musste.

»Nein«, sagte ich und erschrak über meine eigene Stimme in dem stillen Büro. »Das hier ist meine Sache. Ich muss das allein hinkriegen.« Und dann begann ich verschiedene Wörter auszuprobieren.

ELTERNBEIRAT. HARRY. PATTY. AMERICAN JUSTICE. PATRIOT POPS. DEMOKRATIE. VIDEOSPIELE. NEW COSMOS. INSULIN. KRANKE KINDER ... Keins davon funktionierte, und der Computer ließ feixend immer wieder UNGÜLTIGES PASSWORT aufblinken. Ich legte den Kopf auf die Arme.

Was nun? Ich trat frustriert um mich und traf dabei irgendetwas unter dem Schreibtisch. Ich schaute nach. Es war eine Umzugskiste. Und als ich sie herauszog, sah ich, dass sie voll mit Spielzeug war. Mit Spielzeugfiguren. Lincolnator-Figuren. Auf eine Seitenwand der Kiste hatte jemand FÜR EBAY geschrieben.

»Dieser gemeine Hund!« Ich nahm eine der Figuren heraus und war versucht, sie für Martin einzustecken. Aber Super Mom ist gegen Diebstahl; es sei denn, der gestohlene Gegenstand kann anderen helfen, die in Not sind. Was in diesem Fall, wie ich zugeben musste, nicht unbedingt zutraf.

Aber dann kam mir eine Idee. LINCOLNATOR gab ich ein. Und die Datei öffnete sich sang- und klanglos.

»Ja!« Ich sprang auf und riss die Arme hoch. Dabei stieß ich gegen das gerahmte Foto von Patty, Lex und Harry, das laut krachend zu Boden fiel.

Ich folgte ihm erschrocken mit den Augen, dann hörte ich Schritte draußen im Flur.

»*Que? Halloo? Quién está allí? Hay alquien allí?*«

»*Nada – nada*«, rief ich laut. »*Yo* mache hier sauber! Sauber machen, sauber machen!« Ich riss ein Staubtuch von meinem Wagen und drehte mich gerade noch rechtzeitig um, um über die Bücherregale zu wischen, als die Tür aufging.

»Wer sind Sie, bitte?«, rief eine misstrauische Stimme mit einem starken Akzent.

»Neues Mädchen, Putzfrau. Bin fast fertig hier«, murmelte ich und zog mir die Kappe noch tiefer ins Gesicht.

»Okay, Putzfrau, *prisa para arriba*. Beeil dich, verstanden?«

»Ja! Si! Jawohl!« Ich beugte mich über meinen Wagen und tat so, als überprüfte ich meine Vorräte. Nach einer Weile schloss die Tür sich wieder, und ich setzte mich kurz hin, um meinen Blutdruck wieder zu normalisieren. »Puh, das war knapp«, murmelte ich. Dann lief ich zum Computer und schaute mir die Datei genauer an. Ich hatte keine Zeit, irgendwas daraus zu lesen, aber ein paar Wörter sprangen mir förmlich ins Auge: *American Justice*, *Moulton*, *Gewinnsteigerung*, *Auslandsbankkonto*, und ein neues – *Oralsulin*. Bei diesem Wort musste ich mich erneut hinsetzen.

Oralsulin, begann der Absatz, *das bald klinische Tests durchlaufen wird, sollte in weniger als einem Jahr zugelassen werden (Senator Boothe kontaktieren). Proteine, die der Stoffwechsel nicht verarbeitet und die daher oral zugeführt werden. Die ersten Versuche werden ausschließlich an Kindern durchgeführt –*

Plötzlich hörte ich diese misstrauische Stimme »*Buenas noches, Mr. Osborne*« rufen.

»Ja, ja, gleichfalls«, dröhnte Lex' Stimme auf halbem Weg durch den Flur. Ich zog die Diskette aus meiner Tasche, schob sie in Lex' Computer, schloss die Datei und kopierte sie auf die Diskette.

»Komm schon, komm!«, bettelte ich den Computer an und hörte, wie es im Laufwerk surrte und summte.

»Ihr Büro wird gerade sauber gemacht«, fuhr die Stimme fort.

»Na, dann hoffe ich mal, dass derjenige auch daran denkt, die Jalousien abzustauben.«

»Oh, bitte, bitte, bitte«, flüsterte ich. Schließlich hörte das Surren auf. Die Diskette wurde ausgeworfen, und ich fuhr den Computer herunter. Die Diskette ließ ich genau in dem Moment in meinen Overall gleiten, als der Türknauf sich zu drehen begann. Ich wirbelte herum, entdeckte aber außer einer Tür, die einen Spaltbreit offen stand, kein gutes Versteck – sein Bad. Ich stürzte just in dem Augenblick dort hinein, als Lex sein Büro betrat.

»Hallo? Ist da jemand?«, fragte er.

»Hm, sauber machen, okay?« Ich betätigte die Toilettenspülung. »Sauber machen Badezimmer.«

»Hey! Was zum Teufel ist denn mit diesem Foto passiert?«

Mist.

»Foto?«, quietschte ich.

»Ja, verdammt nochmal, kommen Sie her. Ich will wissen, wie das passiert ist.«

Ich zog meine Kappe tief ins Gesicht und schlurfte aus dem Bad.

»Sie da!« Lex stand über dem zersprungenen Bilderrahmen. Seine weißen Haare standen ihm vor Zorn zu Berge. »Heben Sie das auf! Und den Rahmen ziehe ich Ihnen vom Gehalt ab. Wie heißen Sie?«

»Äh, Carmen?« Ich kniete mich auf den Boden und fing an, die Glasscherben aufzusammeln. Den Kopf hielt ich dabei so tief gesenkt, dass mein Kinn meine Brust berührte.

»Carmen? Carmen ist draußen im Flur.« Lex' Schuhe – die so gut poliert waren, dass sich mein Gesicht darin spiegelte – machten gemächlich zwei Schritte auf mich zu.

»Äh, Maria?«

»Was reden Sie denn da? Ich habe Ihnen eine simple Frage gestellt. Wie – heißen – Sie? Ja, sind Sie denn debil? Hab ich's hier mit einer Schwachsinnigen zu tun?« Ich drehte mich weg und widmete mich wieder intensiv den Glasscherben, aber plötzlich spürte ich seinen heißen Atem in meinem Nacken. Ich wurde am Kragen meiner Bluse nach oben gerissen. »Wissen Sie eigentlich, wer ich bin? Wissen Sie, mit wem Sie hier reden? Wissen Sie das?« Seine Hand zerrte immer weiter an meiner Bluse, deren Kragen sich wie eine Schlinge um meinen Hals legte. Dann ließ er mich so unvermittelt los, dass ich zu Boden fiel – ein armseliges Häufchen Putzfrau. Er hob seinen Fuß. Aber bevor er mich treffen konnte, rollte ich mich weg und sprang auf.

»Mein Name? Sie wollen wissen, wer ich bin?« Ich senkte meine Stimme, bis sie selbst in meinen Ohren bedrohlich klang. »Ich werde Ihnen sagen, wer ich bin.« Ich bewegte mich langsam zur Wand hin, um im Schatten Deckung zu finden. »Super Mom. Das ist mein Name, Lex. Schon mal von mir gehört?«

»Super Mom?« Er lachte und fuhr mit der Hand durch seine dichten weißen Haare. »O bitte, das meinen Sie ja wohl nicht ernst, oder?«

»O doch, das ist mein völliger Ernst. Wie läuft's denn so, Lex? Alle Sicherheitsmängel im Vergnügungspark behoben?«

»Wie bitte?«

»Wenn ich mich recht entsinne, war die Umzäunung nicht ganz so sicher, wie sie hätte sein sollen. Da wurde wohl an der falschen Stelle gespart. Was mich überrascht, wenn ich bedenke, wie sehr Sie sonst um das Wohl der Kinder besorgt sind. Nicht wahr, Lex?«

»Sie waren das also! Dachte ich es mir doch. Machen Sie sich um mich keine Sorgen, Super Mom. Mir geht's blendend. Aber Sie, um Sie mache ich mir Sorgen. Sie stellen kleinen Kindern nach und mischen die ganze Stadt auf. Und jetzt das hier – Sie brechen in das Gebäude ein und verschaffen sich einfach Zutritt zu meinem Büro.« Er machte einen Schritt auf mich zu, seine blassen Augen funkelten ganz seltsam, als würden sie von innen beleuchtet.

»Und? Was wollen Sie dagegen tun, Lex? Wollen Sie Ihren Freund Cobblepot anrufen?«

Er erstarrte.

»Cobblepot?«

»Kommt Ihnen dieser Name vertraut vor?« Ich hielt mich weiter im Schatten und bewegte mich Zentimeter um Zentimeter in Richtung Tür. »Ist das ein Freund von Ihnen? Der Kopf der ganzen Operation?«

»Der Kopf? Wohl kaum – aber was für eine Operation überhaupt?«

»Das Projekt Rattenfänger?«

»Wovon reden Sie überhaupt?«

»Ach, das ist bloß so eine unbedeutende Kleinigkeit, um die ich mich kümmere, wenn ich gerade mal keine Kinder belästige. Das ist richtig lustig. Ist es Ihnen denn noch nicht aufgefallen? Diese ganzen Kinder, die plötzlich krank werden? Und zwar die Kinder, die ›American Justice‹ spielen und Patriot Pops essen? Seltsam. Wirklich seltsam.«

»Ich – ich weiß nicht, wovon Sie …«

»Wollen Sie einen kleinen Rat, Lex? Sehen Sie sich vor – sehen Sie sich gut vor. Denn Super Mom ist zu einer Mission unterwegs. Und das nächste Haus, das sie sich zur Reinigung vornimmt, könnte Ihres sein. Haben Sie verstanden?«

»Was soll ich verstanden haben? Sie – Sie – perverse Putze!« Er stürzte sich auf mich, aber ich war schneller als er; ich sprang zur Tür und rannte los, wobei ich die arme Carmen in ihren Reinigungswagen schubste.

»Tut mir Leid!«, rief ich atemlos und griff in meine Schürze. »Tut mir wirklich Leid! Hier ist ein Pflaster!«

»Hey!« Lex war mir dicht auf den Fersen und kam dummerweise immer näher und näher. »Kommen Sie zurück! So kommen Sie mir nicht davon!«

»Ach, nein?« Ich zog meine Baseballkappe wieder ins Gesicht, wirbelte herum, streckte meinen rechten Arm aus und feuerte auf seine Füße. »Wer sagt das?«

»Wa– wa–. Verdammtes Miststück!« Lex schlitterte aus und ruderte mit den Armen durch die Luft, seine weißen Haare umhüllten seinen Kopf wie eine Wolke. Dann knickte eins seiner Beine ein, und er stürzte, ausgesuchte Erzfeind-Beschimpfungen ausstoßend, zu Boden.

»Das werden Sie mir büßen!«, schrie er, während ich so schnell es ging zum Treppenhaus rannte. »Na, warten Sie! Dafür werden Sie bezahlen! Sie werden den Tag verfluchen, an dem Sie zum ersten Mal meinen Namen hörten, Super Mom!«

Ich drehte mich noch einmal zu ihm um.

»Nein, *Sie* werden den Tag verfluchen, an dem *Sie* zum ersten Mal *meinen* Namen hörten, Lex!«

»Das werden Sie bereuen!«

»Nein, *Sie* werden es bereuen!«

»Nein, Sie!«

»Ich hab's zuerst gesagt!«

»Und ich zuletzt!«

»Klappe!« Sein Gesicht war dunkelrot angelaufen, und die Adern traten an seinen Schläfen hervor, als würde sein Kopf jeden Moment explodieren. »Halten Sie verdammt nochmal die Klappe!« Er nahm seinen Schuh und warf ihn nach mir, aber ich duckte mich genau im richtigen Moment. Danach drehte ich mich um und stieg keuchend und schnaufend alle fünftausendsiebenhundertachtundvierzig Stockwerke bis in die Lobby von New Cosmos hinunter. Ich rannte einige Blocks weiter zu meinem zerbeulten Minivan, sprang hinein und brauste (na gut, tuckerte) davon. Zufrieden streichelte ich über die Brusttasche meines Overalls, in der hübsch ordentlich und sicher die Diskette lag. Plötzlich fingen meine Hände so stark an zu zittern, dass ich den Wagen gar nicht mehr gerade auf einer Spur halten konnte und am Straßenrand stoppen musste. Ich bebte am ganzen Körper, und mein Hals tat weh von Lex' Würgegriff.

Was hatte ich getan, um Himmels willen?

Jetzt gab es kein Zurück mehr. Ich war zum Abschuss freigegeben; meine Superheldinnen-DNA war in Gefahr, in ihre Einzelteile zerlegt zu werden. Die Schlacht war eröffnet: Zwischen mir, Super Mom, der Verteidigerin der Kinder, und Lex, meinem Erzfeind, dem Unterhändler des Bösen in der Maske des wohltätigen Selfmade-Millionärs. Er besaß die Zuneigung und das Vertrauen einer ganzen Stadt von systematisch verdummten »Brüdern« und führte sie in den Untergang – ein moderner Rattenfänger.

Der Rattenfänger: eine Figur aus einem Kindermärchen. Aber da mir das gerade wieder einfiel – ging dieses Märchen eigentlich gut aus? Wurden die Kinder in dieser Geschichte nicht irgendwohin entführt, weit weg von ihren Eltern? Vielleicht, um ihnen etwas anzutun? Früher hatte ich häufig einen anderen Ausgang der Geschichten erfunden, wenn ich Kelly und Martin Märchen vorlas und es am Ende allzu dick kam.

Nun tat sich mir erneut diese Möglichkeit auf. Das Zittern

und der Schmerz in meinem Nacken ließen allmählich nach und wichen einer immer größer werdenden Wut und Entschlossenheit. Wenn ich irgendwas dazu beitragen konnte, würde ich dafür sorgen, dass diese Geschichte ein gutes Ende nehmen und den Kindern geholfen werden würde. Und dass gewisse Selfmade-Millionäre hinter Schloss und Riegel kämen. Vielleicht würde ich anschließend ja zur Elternbeiratsvorsitzenden ernannt? Oder ich bekäme zumindest meine eigene Attraktion im Vergnügungspark.

Ich ließ den Motor wieder an und fuhr nach Hause – auf Umwegen, nur zur Sicherheit. Nur einmal hielt ich noch an, um mir ein Eis zu holen. Schließlich hatte ich soeben meine erste kriminelle Handlung begangen, indem ich erfolgreich in ein Büro eingedrungen war, eine Computerdatei entwendet und meinen Erzfeind in die Knie gezwungen hatte.

Wenn ich also kein Anrecht auf ein kleines Softeis im Hörnchen hatte, wer dann?

15

»Insulin ist also ein Protein. Wenn man es oral einnimmt, wird es teilweise verdaut, und deshalb wird es per Spritze verabreicht?«, fragte ich.

»So kommt's ungefähr hin«, antwortete Carl.

»Also wäre es ein Wunder – und beinahe so, als fände man ein Heilmittel gegen Schnupfen –, wenn jemand ein Insulin entwickelte, das oral zugeführt werden kann?«

»Inzwischen ist es nicht mehr die Frage, *ob* man so etwas entwickeln kann, sondern *wann* es so weit sein wird. Alle führenden Pharmakonzerne liefern sich einen Wettlauf, weil jeder der Erste sein will.«

Ich blickte von meinen Notizen auf und staunte wieder mal, wie gut er doch aussah. Im rosigen Schein der Kerze wirkten seine braunen Augen noch wärmer, die beiden lang gezogenen Grübchen zu beiden Seiten seines Mundes noch tiefer und diese entzückenden Falten auf seiner Stirn noch weicher. Es fühlte sich sehr ungewohnt an, mit ihm in einem Restaurant zu sitzen, in künstliches Licht getaucht und von einer Geräuschkulisse aus Stimmen, Geschirrklappern und Stühlerücken umgeben zu sein. Und von lauter anderen Menschen. Ich schaute dauernd über meine Schulter und hatte Angst, jemanden zu entdecken, den ich kannte. Ganz so, als täte ich etwas Verbotenes. Auch wenn ich mir immer wieder sagte, dass das ja nicht stimmte. Ich war mit einem Mann zum Abendessen in ein Restaurant gegangen. Das war alles. Mit einem Kollegen aus dem Elternbeirat, einem Wissenschaftler, einem Erwachsenen. Wie ich. Er sah so angezogen aus in diesem hübschen Pullover und der Cordhose, so würdevoll. So groß.

»Du siehst so anders aus, wenn du Kleider anhast«, platzte ich heraus.

»Birdie!« Er hätte sich beinahe an einem Löffel Suppe verschluckt.

»Aber es ist wahr«, flüsterte ich. Und das war es auch. Ich war so sehr daran gewöhnt, ihn in meinen wilden Erinnerungen vor mir zu sehen, in meiner Phantasie. Darin klammerte er sich voller Hingabe an mich, rollte, in mich verwoben, über den Boden – und war viel zu vollkommen, zu schön, um in Stoffstücke mit Knöpfen und Reißverschlüssen gehüllt zu sein. Nur der Mond war da und zeigte uns, was wichtig war: nur wir beide, mit niemand anderem in der Nähe, der uns daran erinnerte, dass wir letztlich doch nur zwei Menschen mittleren Alters waren, die miteinander redeten wie alle anderen, auf harten, unbequemen Stühlen saßen wie alle anderen und aßen wie alle anderen.

»Ich vermisse den Park«, sagte ich mit heiserer Stimme.

Er nahm meine Hand.

»Ich auch«, flüsterte er. »Ich auch.«

»Aber wir können nicht mehr dahin zurück.«

»Nein, aber wir werden einen anderen Platz finden – einen Ort ganz für uns allein, wo niemand uns finden kann. Wir werden dieses Gefühl bald wieder zurückhaben. Vertrau mir. Das tust du doch, Birdie, oder?«

Ich blickte auf und sah nur sein Gesicht. Alles, was sich sonst noch in diesem Restaurant befand, war ausgeblendet, und einen Moment lang gab es nur uns beide dort. Ja, ich vertraute ihm.

»Ja.« Ich schmiegte meine Wange in seine Hand, spürte seine Haut an meiner Haut und war zufrieden. Für den Moment.

»Noch kein Anzeichen von diesen Fotos?«

Ich schüttelte den Kopf.

»Also, was ist jetzt mit diesem Insulin?« Er zog seine Hand zurück, und plötzlich waren wir wieder einfach zwei Menschen mittleren Alters, die in einem Restaurant zu Abend aßen.

»Nehmen wir mal an, Moulton ist der erste Pharmakonzern, der oral einzunehmendes Insulin auf den Markt bringt. Rein zufällig erkranken viele Kinder an Diabetes – Kinder, die für den Rest ihres Lebens von Insulin abhängig sein werden. Aber warum bekommen die Kinder Diabetes? Könnte das mit den Patriot Pops und einem gewissen Videospiel zusammenhängen, mit dessen Hilfe die Kinder einer Gehirnwäsche unterzogen werden?«

»Das ist der Punkt, an dem ich nicht mehr mitkomme.« Carl aß weiter an seiner Suppe.

»Wie meinst du das?«

»Erstens: Wenn Lex tatsächlich in diese Sache involviert ist, was springt dann für ihn dabei raus? Wenn Kinder Diabetes bekommen, können sie seinen Süßkram nicht mehr essen und New Cosmos macht weniger Gewinn – vielleicht geht das Unternehmen sogar pleite.«

»Oh. Daran habe ich gar nicht gedacht.«

»Und zweitens ist diese Verbindung zwischen Patriot Pops und Diabetes viel zu riskant. Müssten die denn keine Angst davor haben, dass jemand die Sache durchschaut?«

»Wer denn? Wer sollte es denn durchschauen? Nur ich – Super Mom! Denk dran, außer mir kann niemand diese unterschwelligen Botschaften hören.«

»Aber du hast doch keinerlei Beweise in der Hand, oder? Du hast lediglich ein Gespräch zwischen Lex und diesem Cobblepot mitgehört. Na und? Das reicht nicht aus, um ein böses Imperium zu Fall zu bringen.«

»Na ja …« – ich trank einen Schluck von meinem Wein –, »kann sein, dass der Zufall es wollte, dass … ich in Lex' Büro eingebrochen bin und eine Computerdatei mit lauter belastendem Beweismaterial entwendet habe.«

»Du hast *was*?« Carl ließ seinen Löffel in den Teller fallen, und kleine Tröpfchen von seiner Suppe verteilten sich auf seiner Krawatte. Ich nahm mir vor, sie ihm nachher wieder sauber zu wischen.

»Ich … äh, ich hab eine Datei geklaut und wurde dabei von Lex erwischt. Aber ich konnte entkommen. Alles ist gut.« Ich führte meine Hand zum Hals, an dem immer noch zwei blasse rote Flecken zu sehen waren. »Ich hab nur ein paar kleine Blessuren, das ist alles.«

»Das läuft alles ganz schön aus dem Ruder, Birdie. Nächstes Mal komme ich mit.«

»Nein!«

»Warum nicht?«

»Darum! Ich bin Super Mom!« Der Mann am Nebentisch ließ seine Speisekarte sinken, zwei winzige Augen richteten sich auf mich. »Weil ich Super Mom bin«, flüsterte ich. »Wonder Woman läuft schließlich auch nicht mit ihrem Freund als Anhängsel herum, oder?«

»Aber, Birdie« – Carl senkte ebenfalls seine Stimme –, »Lex ist vielleicht gefährlich.«

»Vielleicht?«, schnaubte ich. »Du solltest mal sehen, wie dieser Kerl mit seinem Reinigungspersonal umspringt.«

»Genau das meine ich doch. Und du bist so klein. Du bist so, so –«

»So was?« Ich starrte ihn wütend an und war darauf gefasst, dass er es sagen würde – genau wie Doktor Dan. Wie meine Kinder. Wie Carrie. Wenn er es sagte, würde ich ihn stehen lassen und darüber nicht traurig sein. Ich war stark genug dazu. Ich war aus Stahl, Fels, Granit. Nichts konnte mich vom Fleck bewegen, nichts meinen festen Untergrund erschüttern –

»So wichtig für mich«, sagte er und zog ängstlich die Augenbrauen zusammen. »Du bist mir einfach so ans Herz gewachsen.«

Ich sank in meinem Stuhl zurück. Mich überkam ein warmes Gefühl von absoluter Zufriedenheit, und ich grinste dümmlich. »Ja, geht mir genauso!«

»Was geht dir genauso?«, fragte er lächelnd.

»Na, das! Du bist mir auch so ans Herz gewachsen!«

»Na, wie sich das trifft!« Und dann saßen wir einfach nur da und strahlten uns an, bis der Mann mit der Speisekarte seine Fischlippen schürzte und sein Gesicht angeekelt verbarg.

»Aber trotzdem …« Ich bohrte meine Fingernägel in mein Handgelenk, um meinen Kopf aus den Wolken zu reißen. Ich musste mich auf die dringende Aufgabe konzentrieren, das Böse zu bekämpfen. »Oralsulin. Erinnere dich! Das ist der Name des Insulins, das gerade entwickelt wird – und das bald in die Phase der klinischen Prüfung eintritt – in deiner Firma.«

»Das Projekt Rattenfänger?«

Ich nickte.

»Aber, Birdie, die Tatsache, dass Lex von diesem Insulin Kenntnis hat, ist doch noch nicht wirklich strafbar, oder?«

»Nein. Das ist ja auch der Grund, weshalb ich die unterschwelligen Botschaften im Augenblick für mein größtes Pfund halte. Erinnerst du dich noch an die guten alten Zeiten, als man eine Schallplatte vorwärts und rückwärts abspielen konnte und dann Botschaften wie ›Paul ist tot‹ hörte? Weißt du noch?«

»Ja. Heutzutage ist alles digital, die Kids haben CD Brenner und MP3-Player – das ist, als hätten sie kleine Aufnahmestudios, so wie Greg …« Er legte seine Löffel beiseite. »Daran haben wir noch gar nicht gedacht, Birdie. Wir haben beide technikverrückte Söhne im Teenageralter. Glaubst du nicht, dass wenigstens einer von ihnen das hinbekommen könnte?«

»Weiß nicht. Möglich wär's.«

»Ich rede mal mit Greg. Er freut sich garantiert über jeden Vorwand, dieses Spiel nochmal spielen zu können.«

»Na, prima.«

»Besonders erfreut klingst du nicht gerade.«

»Tut mir Leid. Aber schau mich doch mal an. Ich bin auf die Hilfe eines Mannes mit einem Chemiekasten im Keller und auf zwei Teenager mit Kopfhörern angewiesen. Außerdem fahre ich in einem 1991er Plymouth Voyager durch die Gegend. Ich bin eine ganz schön armselige Superheldin.« Ich warf meine Serviette auf den Tisch und seufzte.

Der Mann am Nebentisch verschluckte sich plötzlich an einem Kräcker. Seine schwabbeligen Schultern bebten, während er sein Gesicht hinter seiner Serviette versteckt hielt. Eine Kellnerin kam vorbei, um ihm ein Glas Wasser einzuschenken, und schließlich beruhigte er sich wieder.

»Ach, Birdie, du stehst doch noch ganz am Anfang«, sagte Carl und tätschelte mir mitfühlend die Hand. »Jeder Superheld fängt mal klein an. Du musst einfach ein oder zwei Firmen finden, die dich sponsern.«

»Ach, wann soll ich denn dazu noch Zeit haben?«, erwiderte ich schnippisch. »Ich hab schon genug damit zu tun, zur Arbeit zu gehen, die Wäsche zu machen, Mutter zu sein, Verbrechen zu bekämpfen, diese Stadt sauber zu halten und in fremde Büros einzudringen. Wie soll ich denn da noch finanzielle Unterstützung für mich organisieren? Und wer hat einen Butler? Wer? Ein reicher Typ ohne Familie! Das ist einfach nicht fair. Und von der Gerechtigkeitsliga hab ich auch nie wieder was gehört. Aber so eine olle Broschüre von einer anderen Gruppe ist noch gekommen, irgendwas mit Rächer.«

»Die Rächer?«

Ich nickte.

»Das ist die Heldentruppe der Marvel Comics – Captain America, der Eiserne, diese Typen. Die sind absolut zweitklassig. In meinen Augen auf keinen Fall gut genug für eine wie Super Mom.«

»Die Liga hat mich noch nicht eingeladen, Mitglied zu werden.

Also werde ich vielleicht zu den Rächern gehen müssen. Wäre ja typisch für mich.«

»Du bist süß«, sagte Carl plötzlich leise.

»Was?«

»Du bist süß, wenn du wie eine Superheldin redest.«

»Hör auf damit!« Ich versetzte ihm unter dem Tisch einen Tritt. »Ich bin nicht süß. Ich bin eine Superheldin!«

»Entschuldige. Natürlich bist du das. Aber können Superheldinnen nicht süß sein? Ich liebe es, wenn du dieses Schmollmündchen ziehst, so wie jetzt …«

»Tue ich nicht! Das ist kein Schmollmund. Das ist ein Gnadenlosblick.« Ich verschränkte meine Arme und versuchte, ihn wütend anzustarren, aber ich hielt nicht durch. Ich musste grinsen.

»Und dieses süße kleine Lächeln …«

»Hör auf!«

»Und diese niedliche Stelle direkt unten rechts an deiner Wirbelsäule, die ganz weich und flauschig ist. Die streichle ich so gern, und ich stelle mir gerade vor, wie ich sie streichle«, er sprach noch leiser und strich über meine Nackenhaare. »Das ist meine Lieblingsstelle, und besonders gern fahre ich mit meinem Finger einmal rund um deine …«

»Hör auf«, murmelte ich. Ich wand mich auf meinem Stuhl, plötzlich war mir ganz heiß zwischen den Beinen. Überall juckte und zwickte es mich, ich sehnte mich danach, von ihm berührt zu werden.

»Ich kann nichts dafür. Ich brauche dich. Ich muss dich spüren.« Carl warf mir leidenschaftliche Blicke zu. Ich musste an mich halten, sonst hätte ich mir mitten im Restaurant die Kleider vom Leib gerissen.

»Wo können wir denn bloß hin?«, fragte ich flüsternd, während ich meinen Blick auf das Paisleymuster der Tischdecke am Nebentisch gerichtet hielt.

»Irgendwohin. Ist mir ganz egal – auf die Rückbank meines

Autos – oder sonst wohin. Lass uns gehen.« Carl zückte seine Brieftasche, warf ein paar Scheine auf den Tisch, nahm meinen Arm und führte mich in Richtung Ausgang. Dabei ruhte seine Hand auf jenem Fleck an der kitzligsten Stelle meines Hinterns, die er offenbar unwiderstehlich fand. Ich konnte mich gerade noch davon abhalten, seine Hände zu meinen Brüsten hochzuziehen, so sehr sehnten sie sich danach, von ihm berührt zu werden. Wenn ich mit ihm zusammen war, fühlte ich mich manchmal wie ein schlecht gestimmtes Klavier: Er schlug auf meiner Wirbelsäule einen tiefen Basston an, und ich antwortete an einer anderen Stelle mit einem hohen Sopran.

Ich dachte, ich würde auf der Stelle zusammenklappen, aber irgendwie hielt er mich aufrecht.

»O Carl, ich kann es gar nicht mehr erwarten, dich zu …«

»Birdie?«

»Dan?«

Es war wie eine kalte Dusche – plötzlich Doktor Dan gegenüberzustehen, während Carl seine drängende Hand auf meine Lendenwirbel drückte, versetzte mir einen Schock.

»Dan?«

»Birdie? Was machst du denn hier?« Doktor Dan sah mich missbilligend an, seine dünner werdenden Haare fielen ihm in seine eiskalten Augen. Hinter ihm erblickte ich Dixie, die mit ihrem Handy telefonierte. »Die Verordnung stellt das klipp und klar fest«, sagte sie, aber das war auch schon alles, was ich verstand. Mir war überaus bewusst, dass Doktor Dan Carl wütend anstarrte, der seine Hand trotz all meiner Versuche, sie von dort zu entfernen, auf meinem Po liegen ließ.

»Doktor … Dan, das ist mein Freund Carl. Carl Sayers. Aus der Schule? Vielleicht erinnerst du dich, dass sein Sohn Greg in Martins Klasse geht?«

»Hmmm. Tut mir Leid, weiß ich nicht mehr«, antwortete Dan naserümpfend. »Sie sind also ein Freund von Birdie?«

»Ja. Ein sehr enger« – Carl kniff mich in den Po, und ich kreischte auf – »Freund.«

»Nein, so was. So eine Überraschung. Hmm. Nett, Sie kennen zu lernen, Cal.«

»Carl.«

»Ja. Könnte ich dich mal einen Augenblick sprechen, Birdie? Unter vier Augen?«

Carl ließ seine Hand tiefer in meinen Slip gleiten, aber ich entwand mich ihm. »Ja, in Ordnung«, zischte ich, obwohl Carl mich finster ansah und mit dem Fuß über den Boden scharrte wie ein eifersüchtiger Bulle. »Beruhige dich. Zwing mich nicht, dich mit einem Superbann zu belegen.« Er lächelte zwar, hielt seine Hände aber weiter zu Fäusten geballt. Ich folgte Doktor Dan in eine Nische.

»Was ist denn, Dan?« Dixie telefonierte noch immer und beachtete mich, wie immer, nicht die Spur.

»Birdie. Ich finde, wir sollten mal reden.«

»Worüber denn?«

»Über alles Mögliche. Über unsere Kinder, vor allem über Kelly. Sie ruft häufig in der Praxis an und stört mich bei der Arbeit.«

»Sie ist deine Tochter. Sie kann dich jederzeit anrufen, Dan.«

»Birdie.« Dan setzte ein Lächeln auf und winkte einem vorbeikommenden Paar zu. »Sprich bitte leiser. Bring mich nicht in Verlegenheit. Hier sind auch Patienten von mir.«

»Kein Problem.« Ich verschränkte meine Arme vor der Brust und seufzte. Carl drückte sich in der Nähe des Empfangs herum und tat so, als suche er sich zum Dessert ein Minzblättchen aus der dort stehenden Schale aus. In Wahrheit äugte er aber über seine Schulter hinweg zu uns hin. Er machte sich so hinreißend lächerlich. »Wie wär's, wenn wir morgen darüber sprechen?«

»Kennst du meine Sprechstundenzeiten denn noch immer

nicht, Birdie? Donnerstags arbeite ich doch immer lange. Also wirklich.«

»Okay, wann dann?«

»Am Freitag hätte ich noch was frei. Der erste Termin nach der Mittagspause. Punkt ein Uhr.«

»Gut, das ist mein freier Tag. Oh – und Dan?«

»Was?«

»Erzähl den Kindern nichts von … Carl. Ich meine, ich hab es ihnen nicht gesagt. Noch nicht. Ich hab ihnen erzählt, ich ginge mit Carrie aus.« Ich sagte ihm das nur äußerst ungern und vermied es, ihm in die Augen zu blicken, da ich wusste, was ich dort sehen würde – Verachtung und Hochmut.

»Du hast die Kinder angelogen?«

»Ja.« Mir war ganz heiß im Gesicht, und meine Haut juckte.

»Du hast unsere Kinder angelogen, weil du ihnen nicht sagen wolltest, dass du ein Date hast? Birdie, also wirklich!«

»Erzähl du mir nichts übers Lügen, Dan«, zischte ich ihn mit zusammengebissenen Zähnen an und sah ihm direkt in die Augen. »Darin bist du ja besonders groß.«

Er nestelte an seiner Krawatte herum und schaute weg.

»Dann bis Freitag.«

»Bis Freitag.«

Wir zogen uns in unsere jeweiligen Ecken zurück: Er packte Dixie, die noch immer in ihr Handy plapperte, und führte sie in Richtung Speiseraum. Ich ließ mich von Carl auf den Parkplatz hinausschieben. Dort schlang er seine Arme um mich, damit ich ein bisschen weinen konnte, auch wenn ich mich dafür hasste. Ich hasste es, mich jedes Mal, wenn ich mit Doktor Dan sprach, wie ein schwaches, hilfloses Wesen zu fühlen. Es war ein schreckliches Gefühl.

Wenn ich nicht in seiner Nähe war, war ich stark. Denn schließlich war ich eine Superheldin. Aber wenn ich vor ihm stand, war ich schwach – eine einzige Peinlichkeit. Wie konnte das nur passieren? Und warum ließ ich es nach all den Jahren immer noch zu?

Carl fragte mich genau dasselbe, aber ich konnte immer nur den Kopf schütteln. Schließlich hörte er auf zu reden und hielt mich einfach im Arm, ohne sich auch nur einmal zu bewegen, herumzuzappeln oder anzudeuten, dass wir ja mal gehen könnten. Er stand einfach nur da, stabil wie eine Eiche, und ich wusste, dass er für immer mit mir dort stehen bleiben würde – ich brauchte ihn nur darum zu bitten.

»Ist schon wieder gut«, sagte ich schließlich. Obwohl ich da blieb, wo ich war, mit dem Gesicht unter Carls Mantel, wo ich es an seinen Wollpulli drücken und mich von seinem Duft nach Vanille und Kaminfeuer einlullen lassen konnte. Ich spürte seinen Atem oben auf meinem Kopf, und sein Herz, das in seiner Brust langsam und verlässlich schlug.

»Was möchtest du jetzt machen?« Seine Stimme klang ein wenig traurig.

»Ich muss nach Hause.« Er sagte nichts. Aber er löste auch seine Umarmung nicht. Jedenfalls erst mal nicht. Und dass er mich so fest und besitzergreifend umklammert hielt, zeigte mir, dass er verstand.

»Nächstes Mal«, sagte ich als Antwort auf die Frage in seinen traurigen Augen. Er nickte.

»Nächstes Mal«, sagte er als Antwort auf die Frage in meinen. Dann gab er mir einen Kuss, einen sanften, respektablen Kuss, der für einen Parkplatz genau angemessen war. Es erfüllte mich mit Stolz, auf so eine normale Art und Weise öffentlich geküsst zu werden. Aber es machte mich auch ein wenig traurig.

»Gute Nacht«, sagten wir beide zugleich und lächelten. Dann fuhren wir getrennt in unseren Autos davon.

Und ich dachte daran, wie es in der Nacht sein würde. Irgendwoher wusste ich, dass sich mein Bett zum ersten Mal zu groß anfühlen würde, die Laken zu kalt, die Kissen zu leer. Ich würde zusammengerollt einschlafen, nicht ausgestreckt wie sonst, und ich würde mir den Menschen vorstellen, der neben mir liegen sollte, und ihn vermissen.

16

»Dan, Dan, Dan, Dan. Doktor – nein. Dan. Dan. Dan. Dan. Dan …« Ich stand mit meinem Auto auf Doktor Dans – nein, *Dans* – Parkplatz und übte, seinen Namen zu sagen. Seinen richtigen Namen. Ohne »Doktor« davor. Und allmählich fragte ich mich, wann ich angefangen hatte, ihn so zu nennen – Doktor Dan. Und wieso.

Eigentlich hatte er damit angefangen. Kaum dass er seinen Abschluss in der Tasche hatte (und sofort losgestürzt war, um einen teuren Rahmen für sein Diplom zu kaufen und es in unserer ersten Wohnung über den Kamin zu hängen). Von einem Tag auf den anderen stellte er sich wildfremden Menschen plötzlich als »Doktor Dan Lee, Dermatologe« vor. Sogar seine Schecks unterschrieb er so. Daher glaubte ich natürlich, es gefiele ihm, als ich ihn zum ersten Mal auch im Bett so nannte.

Was aber nicht der Fall war.

»O Doktor Dan«, stöhnte ich wie eine Seifenoper-Heldin. Dann musste ich so lachen, dass ich ihn quasi aus mir rausschob. Darauf rollte er verärgert von mir runter, wickelte sich in eine Bettdecke ein und ging zum Schlafen nach unten.

Im Bett versuchte ich es danach nicht wieder. Aber ich nannte ihn ansonsten so, permanent, in meinem Kopf. Und nach diesem Vorfall in der zweiten Klasse – nach dem ich endlich in die Scheidung einwilligte, auf die er es schon seit Jahren angelegt hatte – gestattete ich mir auch, ihn laut so zu nennen. Inzwischen hatte sich dieser Name so eingeschliffen, dass es mir richtig schwer fiel, ihn nicht so anzureden. Deshalb saß ich also im

Auto und sagte mir immer wieder »Dan, Dan, Dan, Dan, Dan« vor.

Ich sah auf die Uhr im Armaturenbrett, seufzte und stieg aus. Auf dem Weg zu seiner Praxis feuerte ich noch eine letzte Runde Dans ab, dann drückte ich die Tür auf.

Früher war ich sehr gern hierher gekommen, um mit Kelly und Martin ihren Daddy zu besuchen. Damals hatte ich das Gefühl, in seiner Praxis als Partner betrachtet zu werden, genau wie die anderen Ärzte. Ich hatte ihm bei der Farbgestaltung und der Auswahl der Möbel geholfen, war durch die ganze Stadt gerannt, um Stoffproben in hellen, fröhlichen Gelb-, Grün- und Orangetönen zu ergattern und bequeme Möbel zu kaufen – antik aussehende Couchtische aus Holz und Zeitungsständer für die Eingangshalle. Die Arzthelferinnen mochten mich alle, weil ich ihnen Plätzchen mitbrachte; sie ließen Kelly Rezeption spielen, und Martin durfte die Fische im Aquarium füttern. Dan freute sich auch, uns zu sehen und seine kleine Familie leibhaftig vorzuführen, nicht bloß in ihren ordentlich aufgereihten Bilderrahmen auf seinem Schreibtisch. Er schien sich sogar zu freuen, mich zu sehen, und war stolz darauf, dass die Arzthelferinnen mich so gern mochten. Damals aß er dann sogar auch ein oder zwei Plätzchen – er hatte nicht immer so streng auf sein Gewicht geachtet wie heute.

Dann wurde alles anders – keine Ahnung wann oder wie. Wer sieht es schon voraus, wenn große Veränderungen bevorstehen? Wer ahnt denn, dass der Partner unglücklich ist und einen Wechsel herbeisehnt, wenn man mitten in so einer Ehe steckt und von Kleinigkeiten aufgefressen wird – wie dem Kauf von Socken oder dem Vereinbaren von Zahnarztterminen? Die Redensart »Man sieht den Wald vor lauter Bäumen nicht« ist durchaus zutreffend. Wenn man mitten in einer Ehe steckt, hat man einfach nicht die Zeit, einen Schritt zurückzutreten, sich einen Überblick zu verschaffen und darüber nachzudenken, wie sich alles verändert und wie sich mit der Zeit die Balance verschoben hat.

Aber dann wacht man eines Morgens neben einem Menschen auf, der einem völlig fremd ist. Und man hat keine Ahnung, wann das passiert ist. Man weiß auch nicht, ob man glücklich oder traurig darüber ist, dass es passiert ist. Man weiß nur, dass dieser Fremde das Leben, das man sich mühsam aufgebaut hat, gründlich zum Einsturz bringen wird. Also klammert man sich mit aller Kraft an die kleinen Dinge, die Dinge, auf die noch Verlass ist. Wie zum Beispiel das Plätzchenbacken. Oder das Sockenkaufen.

Ich stieß die Flügeltür auf und betrat den Empfangsbereich. Nachdem Doktor Dan – Dan – Dixie geheiratet hatte, war sie hierher gekommen und hatte alles gegen Chrom und dunkelrotes und schwarzes Leder ausgetauscht. Sehr eindrucksvoll. Aber kalt.

»Oh, hallo, Mrs. Lee. Ich meine, Birdie«, begrüßte mich Stella, eine der Arzthelferinnen. »Haben Sie einen Termin?«

»Ein Uhr.«

»Tut mir Leid, Birdie, aber Sie müssen sich hier eintragen«, flüsterte sie mit einem entschuldigenden Achselzucken. Ich trug meinen Namen in die Patientenliste ein, nur größer als die anderen Namen, so groß, dass mein Name nicht eine oder zwei, sondern drei Zeilen einnahm. Dann lächelte ich Stella zum Dank für ihr Mitleid an.

Ich setzte mich in einen tiefroten Sessel und nahm mir eine Ausgabe von *Schöner Wohnen*. Zu meiner Zeit hatten hier zur Freude der Patienten jede Menge Ausgaben meines Lieblingskäseblättchens *National Enquirer* gelegen. Nichts lenkt besser von einer bevorstehenden Hautabschleifung ab, als Artikel über die golfballgroßen Furunkel anderer Leute zu lesen.

»Mrs. Lee? Der Doktor wäre dann so weit.«

Ich folgte einer anderen Arzthelferin durch den Flur. Sie öffnete die Tür zu einem der Untersuchungszimmer. »Der Doktor ist gleich bei Ihnen.«

»Augenblick mal!« Meine Füße weigerten sich, mich auch nur einen Schritt weiterzutragen. »Ich werde ihn auf keinen Fall in einem Untersuchungszimmer treffen. Ich bin ja nicht gekommen, um mir irgendwelche Leberflecken entfernen zu lassen! Sagen Sie dem Doktor – Dan –, dass ich ihn in seinem Büro sehen will. Ich bin seine Exfrau, verdammt nochmal!«

Die Arzthelferin schloss schnell die Tür zum Untersuchungszimmer. Sie lief zurück zur Rezeption, um sich mit Stella zu beraten. Ich hörte sie erst flüstern, dann nahm Stella den Hörer ab und sagte irgendwas in einem drängenden Tonfall, dann wurde wieder getuschelt. Die Arzthelferin kam zu mir zurückgetrottet.

»Natürlich, kommen Sie hier entlang«, keuchte sie. Und ich folgte ihr so würdevoll, wie ich nur konnte, in das Allerheiligste – in Doktor Dans Traumbüro.

Ein Mahagonischreibtisch von den Ausmaßen eines Ozeandampfers. Schreibtischleuchten aus Messing mit jägergrünen Lampenschirmen. Gerahmte und indirekt beleuchtete Diplome. Drucke alter englischer Jagdszenen. In Leder gebundene Bücher in den Kirschholzregalen. Ein flauschiger Teppich, der so hochflorig war, dass ich schon dachte, ich sähe meine Füße nie wieder. Und oben auf seinem Schreibtisch, ordentlich in Reih und Glied, seine Familie – jeder in seinem kleinen Bilderrahmen.

Selbst als wir noch verheiratet gewesen waren, wurde mir nie ein eigener Rahmen zugebilligt. Das, was ich den lieben langen Tag tat – Kochen, Putzen, Malen mit den Kindern –, sah in einem Bilderrahmen aus Sterlingsilber einfach nicht besonders gut aus. Dixie hingegen gab in diesem Hosenanzug, in dem sie eine Auszeichnung der Handelskammer entgegennahm, ein tolles Bild ab. Ebenso Kelly in ihrem Kleid für den Herbstball. Und selbst Martin in seinem Fußballtrikot.

Super Mom. Die würde gut aussehen in einem dieser Silberrahmen.

»Birdie«, sagte Dan, lehnte sich in seinem Ledersessel zurück und legte seine Hände vor der Brust zu einer kleinen Pyramide zusammen.

»Doktor – Dan Dan Dan«, stammelte ich und nahm vor ihm Platz. Ich tastete nach dem obersten Knopf meiner Bluse, da ich plötzlich befürchtete, ihn offen gelassen zu haben.

»Also.«

»Also?«

»Nun.« Er seufzte und schaute auf seine Uhr. Obwohl er dieses Treffen ja anberaumt hatte, hätte ich mich beinahe dafür entschuldigt, dass ich seine Zeit in Anspruch nahm, doch irgendetwas hielt mich davon ab. Die Handfläche meiner rechten Hand – elastisch, schwammartig, kraftvoll – erinnerte mich an all die Dinge, die ich konnte, an all das, was ich in den vergangenen Wochen über mich selbst herausgefunden hatte.

Also lehnte ich mich in meinem Sessel zurück und schaute auf *meine* Uhr.

»Nun«, begann er erneut und schaute mich missbilligend an. »Wie geht es dir denn?«

»Gut. Und dir?«

»Gut.«

»Das ist schön.«

Wir sahen uns an – zwei Fremde, die höflich Konversation machten. Und dennoch hatte ich früher seine Unterwäsche gewaschen. Wir hatten Sex gehabt. Und ich hatte vor seinen Augen Kinder zur Welt gebracht. Er hatte mich in meinen verletzlichsten, unkontrolliertesten Momenten erlebt. Und jetzt redeten wir miteinander wie zwei alte Damen beim Tee. Manchmal machte es mich sehr traurig, dass es zwischen uns so weit gekommen war – und manchmal erleichterte es mich.

»Kelly«, sagte er schließlich mit einem väterlichen Kopfschütteln. »Was hast du vor mit ihr?«

»Wie meinst du das?«

»Kelly sagt, du hättest was gegen ihre Verbindung mit Harry Osborne.«

»Das stimmt.«

»Ich würde es begrüßen, wenn du dich in dieser Sache ein wenig zurücknehmen könntest. Ich kann es mir nicht leisten, dass sie andauernd aufgebracht bei mir anruft – sie ruft mich ständig bei der Arbeit an.«

»Dan, sie ist ein Teenager, ich bin ihre Mutter, und sie hasst mich. Das ist normal.«

»Dann soll sie wenigstens bis zu unseren festgelegten Wochenenden warten. Außerdem möchte ich, dass sie aufhört, ständig rumzuheulen«, grummelte er. »Dauernd heult sie rum.«

»Dan. Sie ist fünfzehn und vermisst ihren Vater, und sie hasst ihre Mutter, weil sie ihren Vater vermisst. Sie kann nicht immer abwarten, bis sie mal wieder ein Wochenende bei dir ist, wenn sie mit dir sprechen will.«

»Dann musst du dir eben mehr Mühe geben, Birdie. Ich hatte eigentlich gedacht, ich könnte mich wenigstens in diesem einen Punkt auf dich verlassen. Du warst doch früher immer so gut im Umgang mit den Kindern. Ich verstehe einfach nicht«, begann er und beugte sich über den Tisch, um einen seiner Lieblingssprüche einzuleiten, »warum du in der letzten Zeit immer nur Schwierigkeiten machst. Ich zahle dir mehr als genug Unterhalt für die Kinder. Ich habe dich mit einem schönen Zuhause versorgt. Du brauchst nicht zu arbeiten, wenn du nicht willst, und warum du darauf bestehst, weiterhin diesen Job zu machen, ist mir ein Rätsel. Es ist mir einfach peinlich, wenn meine Patienten reinkommen und erzählen, sie hätten gesehen, wie meine Exfrau für andere Leute Lebensmittel eintütet …«

»Dan.«

»Jedenfalls hat niemand es leichter als du, Birdie. Und trotzdem ist unsere Tochter unglücklich, und unser Sohn begegnet mir absolut feindselig und lebt darüber hinaus in einer Phantasiewelt.«

»Sie sind jetzt beide im Teenageralter. Das *ist* schwierig – und es wird auch schwierig bleiben. Aber mit Problemen konntest du ja noch nie gut umgehen, nicht wahr?« Ich hatte Mühe, einen freundlichen Plauderton beizubehalten. »Kelly braucht dich jetzt, Dan. Vielleicht ist das ein Vater-Tochter-Ding, ich weiß es nicht. Aber mit mir fängt sie in letzter Zeit nur Streit an, was ich auch verstehen kann. Nur bin ich es allmählich Leid, dauernd die Schuld für das auf mich zu nehmen, was du –«

»Was ich was?«

»Was du getan hast. Du weißt sehr genau, was ich meine.« Ich hielt seinem Blick stand, ohne mit der Wimper zu zucken. Er grinste.

»Du hast mich damals mit Absicht in eine sehr unangenehme Situation gebracht, Birdie.«

»Hab ich nicht – und selbst wenn es so wäre, bist du zu weit gegangen. Und dann hast du auch noch die Bänder vertauscht – vor den Augen der gesamten Klasse inklusive der Eltern!«

»Das war keine Absicht. Aber unbewusst hatte ich wohl das Gefühl, etwas Verzweifeltes tun zu müssen, um dir zu verstehen zu geben, dass ich aus unserer Ehe ausbrechen wollte.«

»Nein. Für das, was du getan hast und wie du es getan hast, gibt es keine Entschuldigung. Keins der Kinder wird je wieder zu einem Berufsorientierungstag gehen können!«

»Alle haben in dieser Situation wahnsinnig überreagiert. Und außerdem war die Qualität der Aufnahme ohnehin sehr schlecht. Keiner hat irgendetwas – Unangenehmes gesehen.«

»Martin schon.«

»Ach, was. Er war erst acht. Er weiß nicht, was er da gesehen hat.«

»Na, fein«, erwiderte ich, obwohl ich am liebsten auf seinen Schreibtisch gehüpft wäre und ihm eine geklebt hätte. Aber als ich an jenen Nachmittag zurückdachte, an jene Schmach, fing ich an zu zittern. Meine rechte Hand juckte und zuckte, und ich hatte Angst, ihn von oben bis unten zu bespritzen. Ich zwickte mich, bis ich mich wieder beruhigt hatte. »Fein«, wiederholte ich.

»Sei also nicht so streng, was Kelly und Harry angeht.« Doktor Dan schaute auf seine Uhr. »Lex und Patty Osborne sind einflussreiche Menschen in dieser Stadt. Sie haben Hunderte von Angestellten. Sie sind Selfmade–«

»Millionäre.« Ich schürzte die Lippen.

»Ganz genau. Wenn meine Tochter also …«

»*Unsere* Tochter.«

»Wenn unsere Tochter also mit ihrem Sohn ausgeht, ist das eine feine Sache. Es kann nur von Vorteil sein für mich. Für Kelly, meine ich.«

»Richtig. Für Kelly.«

»Natürlich. Ich denke nur an ihre Zukunft. Harry Osborne ist ein guter, anständiger Bürger.«

»Da ist Super Mom aber anderer Ansicht.«

»Wer?«

»Super Mom.«

»Super Mom?« Er lachte. Er warf seinen riesigen Hohlkopf in den Nacken und lachte, wobei ihm seine dünner werdenden Haare über den Schädel rutschten. »Super Mom? Diese Durchgeknallte?«

»Das ist sie nicht!«

»Birdie, das ist eine Verrückte. Sie ist wahnsinnig. Das ist eine Kranke in einem Halloween-Kostüm.«

»Sie ist eine Superheldin, die Astro Park kindersicher macht«, gab ich, jede Silbe betonend, zurück.

»Gut. Trotzdem nimmst du besser nicht alles ernst, was sie sagt. Ich fresse einen Besen, wenn sie tatsächlich mal was macht, was der Rede wert ist.«

»Wirklich?« Ich beugte mich lächelnd vor. »Wollen wir wetten?«

»Wie meinst du das?« Er schaute erneut auf seine Uhr und fing an Patientenkarten zusammenzusuchen.

»Ich wette mit dir, dass Super Mom etwas richtig Heldenhaftes tun wird, wie zum Beispiel einen Riesenskandal aufdecken, der die Gesundheit und das Wohlergehen der Kinder von Astro Park betrifft – oder irgendwas in dieser Richtung. Wenn sie es nicht macht, werde ich dir einen Gefallen tun. Aber wenn sie es macht, musst du etwas für mich tun.«

»Zum Beispiel?«

»Wenn sich herausstellt, dass sie eine Verrückte ist, wie du behauptest, gebe ich meinen Job im Supermarkt auf.«

»Wirklich?« Er ließ seine Karten in Ruhe und sah mich an.

»Ja, wirklich.«

»Red weiter. Und was muss ich tun?«

»Na ja«, sagte ich und musste grinsen. »Du musst dich öffentlich für diesen Vorfall in der zweiten Klasse bei mir entschuldigen. Und du musst Kelly genau erzählen, was passiert ist, als du uns verlassen hast. Sie muss es von dir erfahren. Ich finde, das bist du mir schuldig, Dan.«

»Wie bitte? Finde ich nicht. Du weißt ja nicht, was du redest.«

»Wie du meinst.« Ich stand auf und wandte mich zum Gehen um. »Ich wollte meinen Job ohnehin nicht aufgeben. Ich liebe es, allen deinen Patienten Frühstücksflocken und tiefgefrorene Rösti in ihre Tüten zu packen. Und weißt du was, Dan? Ich bin auch richtig gut darin. Die Beste weit und breit.«

»Warte mal« – er stand auf –, »du gibst wirklich deinen Job auf, wenn sich herausstellt, dass die Geschichte mit dieser Super Mom ein Schwindel ist?«

»Jawohl.«

»Gut.« Er schüttelte den Kopf. »In Ordnung. Das ist die leichteste Wette, die ich je abgeschlossen habe. Lauf los und sag deiner Freundin Super Mom, dass ich es nicht erwarten kann zu sehen, wie sie in eine Anstalt eingewiesen wird.«

»Ja, das werde ich tun. Ganz sicher. Ich sag's ihr. Du versprichst es also?«

»Ja, ja.« Doktor Dan wedelte abschätzig mit der Hand vor mir herum, was wohl heißen sollte, dass ich entlassen war. »Ach – und Birdie?«

»Ja?«

»Was deinen Freund angeht … Cal?«

»Carl.«

»Ja. Versuch doch bitte, dich zu beherrschen. Ich möchte nicht, dass er in meinem Haus übernachtet.«

»Deinem Haus?«

»Ja. Meinem Haus. Für das ich zahle, in dem meine Kinder wohnen. Aber wenn er unbedingt mit dir … zusammen sein muss –« Er rümpfte die Nase, als wäre mit mir zusammen zu sein das Unangenehmste von der Welt. Am liebsten hätte ich mir meine Kleider vom Leib gerissen und auf seinem Schreibtisch einen irren Striptease hingelegt, einfach nur um ihm zu zeigen, was er all die Jahre verpasst hatte. Aber um der Kinder willen verzichtete ich darauf. »Pass bitte auf, Birdie. Mach nichts, was mir –«

»Peinlich sein müsste. Alles klar. Ich glaube, das hab ich schon mal gehört.« Ich drehte mich um. Ich konnte es nicht erwarten, wegzukommen. Aber als ich an der Tür war, schaute ich noch einmal zurück zu Doktor Dan. Er betrachtete stirnrunzelnd eine Patientenkarte und griff nach dem Telefonhörer. Und hatte bereits vergessen, dass ich überhaupt da gewesen war.

Und das brachte mich in Rage. Ausnahmsweise prallte seine Verachtung einmal an mir ab. Ausnahmsweise gestattete ich es diesem kleinen Funken Empörung in mir, sich zu entzünden; ich nährte diese Flamme sogar, brachte sie dazu, heller aufzulodern. Bis sie hell und heiß genug war, um mich zurück durch den Raum zu katapultieren, wo ich ihm die Karte aus der Hand riss und die Leitung unterbrach.

»Ich? Dir peinlich sein? Erinnere dich mal, Doktor Dan. Erinnere dich mal an das, was du mir und deiner Familie angetan hast. Dann reden wir nochmal darüber, wer hier wem peinlich sein muss. Und bis dahin werde ich mit Carl zusammen sein. Carl. C-A-R-L. Wann immer und wo immer ich will. Und ich werde dabei nicht das geringste Schuldgefühl verspüren. Ich werde nicht zulassen, dass du mir das antust. Nicht mit mir, Doktor Dan. Ich bin nicht mehr diese Birdie; die, mit der du das machen konntest. Die gibt es nicht mehr.«

Doktor Dan stand reglos da, hielt noch immer seinen Telefonhörer in der Hand und blinkerte mit den Augen. Dann verzog er höhnisch den Mund.

»Ach – und wer bist du dann?«

»Das wirst du schon noch sehen. Und zwar sehr bald, Doktor Dan. Du wirst es erfahren.« Damit stürmte ich, ohne mich noch einmal umzusehen, aus seinem Büro.

Und trug mich noch nicht mal aus der Liste aus, als ich die Praxis verließ.

17

»Das ist alles so wahnsinnig spannend. Erzähl weiter.«

»Ach, Carrie«, stöhnte ich. Ich war schon ganz steif geworden vom langen Liegen auf ihrem kleinen Zweisitzer. Er war selbst für mich zu kurz, als dass ich es mir darauf hätte gemütlich machen können. Aber Carrie bestand darauf: Ich musste während unserer Sitzungen auf einer Couch liegen.

Sie analysierte mich. Denn dass ich zur Superheldin geworden war, musste in ihren Augen irgendwie mit meiner Unfähigkeit zu träumen zusammenhängen. Und mit meinem ausgebremsten Ehrgeiz oder meinem mangelnden Ehrgeiz oder meinem unterdrückten Ehrgeiz – so genau hatte ich das nicht kapiert. Und mit meiner eigenen Mutter sollte es auch was zu tun haben. Und vor allem mit Doktor Dan.

Mir war das völlig egal. Ich hatte eigentlich keine besondere Lust, mich mit irgendeinem dieser Punkte eingehender zu beschäftigen. Ich wollte einfach nur so sein, wie ich war. Aber Carrie hatte ein krankes Kind, und ich war ihre beste Freundin. Außerdem hatte ich ein schrecklich schlechtes Gewissen, weil ich Geheimnisse vor ihr gehabt hatte. Also spielte ich mit und erfand auch manchmal Dinge, von denen ich wusste, dass sie sie gern hören wollte.

»Aber siehst du denn den Zusammenhang nicht? Während deines gesamten Erwachsenenlebens bist du nur mit der Rolle der Mutter identifiziert worden. Obwohl du auch noch jemand anders warst – und jetzt manifestiert sich in Super Mom dein ganzer Frust! Das ist doch einfach unbezahlbar!«

»Carrie, es hat mich aber gar nicht frustriert, Mutter zu sein. Ich war gern Mutter. Und bin es auch noch. Aber meine Superkräfte sind wirklich vorhanden und nicht nur das Produkt der verschrobenen Phantasie einer Frustrierten.« Ich wischte mal eben kurz eine Spinnwebe über ihrem Kopf weg, um ihr zu zeigen, was ich meinte.

»Ich weiß, ich weiß – ich behaupte ja auch nicht, deine Kräfte wären nicht echt. Aber ich habe – wenn du gestattest – die Theorie, dass die meisten Superhelden ihre Kräfte aus ihren Schwächen heraus entwickeln. Nehmen wir zum Beispiel Aquaman. Ich frage mich … hältst du es für möglich, dass er als Kind nicht schwimmen konnte? Vielleicht ist er ja beinahe mal ertrunken! Und deshalb wurde er zu Aquaman! Moment!« Sie kritzelte mit kraus gezogener Nase frenetisch in ihrem Notizbuch herum. »Sieht so aus, als hätte ich ein Thema für meine Abschlussarbeit!«

»Schön für dich.« Ich rollte mich auf die andere Seite und versuchte es mir bequem zu machen. »Aber ich habe das Muttersein nie als eine Schwäche betrachtet. Doktor Dan dagegen schon, mit Sicherheit sogar.«

»Na klar! Er fand es ganz furchtbar, dass du bloß Hausfrau warst.«

»Eine Mutter, die zu Hause bleibt, um für ihre Kinder da zu sein«, korrigierte ich sie.

»Eine Mutter, die zu Hause bleibt, um für ihre Kinder da zu sein«, wiederholte sie. »Aber obwohl du zufrieden warst, musst du dich irgendwie wertlos gefühlt haben. Du hattest ein geringes Selbstwertgefühl. Das ist ja heute noch andauernd so. Vor allem in Gegenwart von Männern – und besonders in Gegenwart von Doktor Dan!«

»Nun …« Ich dachte grinsend an die letzten Tage zurück. »Warte mal ab, wie Lex zum nächsten Elternabend erscheint, dann reden wir nochmal über mein Selbstwertgefühl –«

»Und wenn meine Theorie stimmt, könnte das bedeuten, dass

deine Kräfte stärker sind, wenn du Doktor Dan gegenüberstehst! Vielleicht ist er dein Anti-Kryptonit!« Carrie fing wieder aufgeregt an zu schreiben.

»Mein was?«

»Kryptonit ist der Stoff, der Supermans Kräfte neutralisiert. Also wäre Anti-Kryptonit etwas, das dich stärker macht.«

»Du meinst also, mit Doktor Dan zusammen zu sein macht mich stärker? Zu einem besseren Menschen?« Ich musste mich aufsetzen – das war zu viel, um es mir im Liegen anzuhören.

»Na ja, nicht unbedingt zu einem besseren Menschen, aber du kennst doch diese alte Redensart, oder? ›Was uns nicht umbringt, macht uns härter.‹ Vielleicht stimmt das ja ganz buchstäblich. Hast du irgendwelche Verbrecher zur Strecke gebracht, als du bei ihm in der Praxis warst?«

»Oh, ja klar, sicher hab ich das. Ich hab eine Bande pockennarbiger Bankräuber außer Gefecht gesetzt.« Ich ließ mich zurück auf den Zweisitzer sinken. »Seit wann kennst du dich eigentlich so gut mit Superhelden aus?«

»Seit neulich Abend. Ich hab mich da eingelesen. Und ich sage dir, meine Diplomarbeit wird brillant werden! Wahrscheinlich wird sie sogar veröffentlicht! Und das alles hab ich dir zu verdanken!« Sie strahlte mich an.

»Nun ja, ich tue, was ich kann.«

Plötzlich hörten wir draußen vor meiner Haustür einen dumpfen Knall. Wir sahen uns an, dann ging ich zur Tür und öffnete sie vorsichtig. Zu meinen Füßen lag ein großer weißer Umschlag. Aber es war niemand da, außer …

Im Augenwinkel – hatte ich da gerade einen verschwommenen roten Lichtsteifen unten in der Auffahrt gesehen?

»Nein, sehr unwahrscheinlich.« Ich hob den Umschlag vom Boden auf: »JLA – Gerechtigkeitsliga« stand in erhabener Schrift darauf.

»Oh, cool!«

»Was ist das?«

»Warte mal.« Ich öffnete den Umschlag und las vor:

»Seien Sie herzlich gegrüßt, Birdie Lee alias Super Mom, vielen Dank, dass Sie Ihren Namen eingesandt haben, damit wir über Ihre Aufnahme in die Gerechtigkeitsliga befinden. Wie wir in unserem vorangehenden Brief bereits dargelegt haben, kann eine Mitgliedschaft bei uns nur auf Einladung erworben werden. Wir sind zu dem Schluss gekommen, dass sie die ersten Eignungskriterien erfüllen. Es ist ganz klar, dass Sie Superkräfte besitzen.«

»Yippieh! Carrie! Ich bin eine Superheldin!« Ich fiel ihr um den Hals.

»Ja, sicher!«, sagte sie und rückte ihre Brille zurecht. Ich fuhr fort:

»Und nun zum zweiten Schritt, laut Ihren Angaben haben Sie sich entschlossen, Ihre Kräfte dazu zu nutzen, Gutes zu tun. Dies muss jedoch erst bestätigt werden. Daher müssen Sie irgendwann in näherer Zukunft entweder ein böses Imperium zerstören oder die Kriminalitätsrate in Ihrer Heimatstadt in Kooperation mit Ihrer Polizeidienststelle um fünfundsiebzig Prozent senken. Wir müssen diese Polizeidienststelle kontaktieren können, damit sie uns Ihre Partnerschaft bestätigt, oder wir müssen einen Beweis dafür erhalten, dass das böse Imperium zerstört wurde – entweder in Form einer Leiche oder eines Gefangenen in einem Bundesgefängnis, was auch immer Ihnen günstiger erscheint.

Wir werden Ihre Aktivitäten beobachten und uns an Sie wenden, wenn wir Ihre Mission für erfüllt halten. Sollten wir Sie einer Mitgliedschaft in der Gerechtigkeitsliga JLA für würdig erachten, wird Ihnen ein Superhelden-Mentor zur Seite gestellt, der Sie bei der feierlichen Aufnahmezeremonie und im ersten Jahr der Mitgliedschaft anleiten wird.

Mit freundlichen Grüßen

Die Justice League of America.

PS.: Uns ist zur Kenntnis gelangt, dass die Rächer ebenfalls Kontakt zu Ihnen aufgenommen haben. Auch wenn Ihnen deren Angebot attraktiv erscheinen mag, bedenken Sie bitte, dass Sie dort nur einen Bruchteil der Vorteile geboten bekommen, die eine Mitgliedschaft in der JLA Ihnen verschaffen kann. Sobald Sie Mitglied geworden sind, werden wir Sie und Ihre Familie zu einer Sonderveranstaltung in den Club DC einladen, wo Sie die Möglichkeit erhalten, das spezielle einmalige Angebot eines Ferienhauses in unserem prächtigen karibischen Inselparadies zu nutzen!«

»Mensch, ich hab immer noch nicht raus, ob das hier einfach nur ein Schwindel ist, mit dem sie einem ein Ferienhaus oder sonst was andrehen wollen.« Ich reichte den Brief an Carrie weiter. »Aber Carl und Martin behaupten beide, die Gerechtigkeitsliga wäre ein richtig cooler Club, also nehme ich mal an, die sind sauber. Und diese Geschichte mit dem Mentor, den man zugewiesen bekommt! Das klingt echt gut!«

»Allerdings.« Carrie überflog den Brief. »Wen werden Sie dir wohl zuteilen?«

»Och, Superman wäre doch traumhaft!«

»Ja, aber Grüne Laterne ist auch ganz schön knackig.«

»Stimmt.«

»Da wird Carl bestimmt eifersüchtig«, summte Carrie und schwang ihre Hüfte vor und zurück.

»Hör auf!« Ich kniff sie. »Meinst du wirklich?«

»Garantiert. Superman? Welcher Mann würde nicht eifersüchtig, wenn seine Freundin dauernd mit Superman rumhängt?«

»Aber ich bin ja ohnehin nicht Carls Freundin.«

»Natürlich bist du das. Ich meine, bei all dem Sex?«

»Zweimal haben wir's gemacht«, flüsterte ich, obwohl die Kinder gar nicht zu Hause waren. »Zweimal. Und einmal hatten wir ein halboffizielles Date. Das reicht, finde ich, noch nicht aus, um ein Paar zu sein. Das klingt außerdem auch so blöd, Carrie. Und« – ich brachte mich auf der Couch in Position, weil ich wusste, dass es für sie ein Fest werden würde – »ich hab es meinen Kindern noch nicht erzählt, und ich glaube auch nicht, dass ich es kann.«

»Birdie!« Sie rannte zu ihrem Stuhl und nahm wieder ihr Notizbuch auf. »Erzähl mir mehr davon!«

Ich brauchte ihr aber gar nicht mehr davon zu erzählen, da sie sich dieses »Mehr« beim nächsten Elternabend mit eigenen Augen ansehen konnte.

Lex kam auf Krücken in die Cafeteria gehumpelt, sein Bein war geschient.

»Ach, du Schreck«, sagte ich bedauernd und schüttelte den Kopf. »Was ist denn passiert, Lex?«

»Der Fußboden im Büro war frisch gebohnert«, grummelte er.

»Oje. Dann hat die Putzfrau ja wenigstens ganze Arbeit geleistet.« Ich wandte mich ab, damit er mein zufriedenes Grinsen nicht sah. Lex fing an Gift und Galle zu spucken, wurde aber von ausgewählten Mitgliedern der Bruderschaft, die um ihn herumschwirrten, sogleich wieder besänftigt. Sie schoben Kissen unter sein hochgelegtes Bein und in seinen Rücken und tupften ihm quasi die Stirn ab. Ich setzte mich neben Carrie, die erst Lex ansah, dann mich – und ihre Augenbraue hochzog. Ich nickte. Sie grinste. Dann legte jemand seine Hand auf meine Schulter, und ich drehte mich um. Es war Carl, der seinen Stuhl direkt an meinen heranzog.

»Hallo«, sagte er und beugte sich vor, um mir einen Kuss auf die Wange zu drücken.

»Carl!« Ich wich ihm aus und schaute mich um, um zu sehen, ob es irgendwem aufgefallen war.

Er verzog sein Gesicht und setzte sich. Neben mich. Beim Elternabend. Direkt vor den Augen von Patty und Mary und Marge und allen anderen.

»Hast du wieder dein Radio dabei, Carl?«, fragte Carrie flüsternd. Er grinste.

Patty klopfte mit ihrem Hammer auf den Tisch. »Wieder ist es also Aufgabe des Elternbeirats, sich dem Problem der so genannten Super Mom zuzuwenden.«

Carrie und Carl sahen erst mich an, dann sich gegenseitig und begannen zu kichern.

»O bitte«, zischte ich. »Werdet erwachsen, ihr zwei.«

Carl lehnte sich zurück und legte seinen Arm um meine Schultern. Direkt vor den Augen von Patty und Mary und Marge und allen anderen.

Ich beugte mich vor, als müsste ich meine Schuhe binden, und sein Arm glitt von meinen Schultern.

»Noch nicht zufrieden damit, dass sie unsere Kinder in Gefahr bringt, hat sie es nun für angebracht gehalten, einen der wichtigsten Pfeiler unserer Gemeinschaft anzugreifen – New Cosmos Industries!« Alle schnappten empört nach Luft. »Jawohl, meine Freunde – meine Brüder, wenn ich so sagen darf –, Super Mom wurde dabei gesehen, wie sie in das Büro unseres geschätzten Vorstandsvorsitzenden einbrach. Aber damit nicht genug. Sie hat bösartige und arglistige Beschuldigungen der übelsten Sorte vorgebracht. Und es ist nur allzu klar, worauf sie hinauswill …«

Carl legte seinen Arm um meine Taille und hängte seinen Daumen in meine Gürtelschlaufe.

»Sie will unsere geliebte Stadt in den Ruin treiben. Sie will unseren Kindern Schaden zufügen, uns alle arbeitslos machen und uns dazu zwingen, importierte Waren zu essen«, fuhr Patty fort. »Unser Polizeipräsident zeigt sich leider nicht ganz so alarmiert, wie man es erwarten könnte. Also ist es unsere Aufgabe – die Aufgabe der Elternschaft, die immer ganz vorn dabei ist, wenn es darum geht, die innere Sicherheit zu verteidigen. Wenn man Vorsitzende des Elternbeirats ist, muss man seine Pflichten ernst nehmen. Daher habe ich einen ausführlichen Bereitschaftsplan ausgearbeitet.« Irgendjemand dimmte das Licht im Raum, und Patty schaltete in einer übertrieben dramatischen Geste den Overheadprojektor an. »Eine Telefonkette, über die ein Farbcode weitergegeben wird. Grün bedeutet Entwarnung. Gelb bedeutet, sie wurde gesichtet, aber ihr gegenwärtiger Aufenthaltsort kann nicht sicher angegeben werden; fahren Sie mit Ihren üblichen Aktivitäten fort, seien Sie aber auf der Hut. Orange bedeutet, es steht ein Ereignis bevor, bei dem Kinder gefährdet sind; zusätzliche Polizeikräfte sind im Einsatz. Alarmstufe Rot bedeutet, wir haben Super Mom gerade im Visier; nehmen Sie Ihre Kinder, und bringen Sie sich unverzüglich in Sicherheit. Birdie!«

»Was?« Ich sprang auf und schüttelte Carls forschende Hand ab. »Was ist? Wozu brauchen Sie mich?«

»Bitte, Birdie. Sie sollen lediglich das Diagramm mit der Telefonkette verteilen.«

»Ach so! Okay. Aber warum muss *ich* das eigentlich immer machen?«

»Nun, weil … eben deshalb.« Patty ließ ihren Hammer sinken und starrte mich an. Wie alle anderen auch.

»Dann sollten Sie sich vielleicht mal meine Berufsbezeichnung ansehen. Soweit ich weiß, steht da nirgends, dass ich von Beruf Dienerin bin«, erwiderte ich patzig. Ich war sie alle so Leid in diesem blöden Elternbeirat – Patty und Lex und Carl und alle anderen.

»Warum, Birdie? Was ist denn plötzlich in Sie gefahren?«, fragte Patty.

»Ach, vergessen Sie's.« Ich stolzierte zu ihr hin und riss ihr die Blätter aus der Hand, um sie zu verteilen. Als ich zu meinem Platz zurückkehrte, flüsterte ich Carl zu: »Bitte lass das! Nicht hier.«

»Was meinst du mit ›nicht hier‹?« Er wandte sich mir zu, und seine Augen, die immer so weich und freundlich waren, funkelten plötzlich wie harte kleine Kieselsteine.

»Hier. Beim Elternabend. Das ist nicht gerade der beste Ort dafür, wenn du verstehst, was ich meine. Hier kennen uns doch alle, Carl. Es geht doch nicht, dass die alle sehen …«

»Was sehen sie denn?«

»Lass uns später darüber sprechen«, zischte ich und wandte mich wieder Patty zu.

»O ja, das sollten wir tun«, sagte er in einem derart eisigen Ton, dass ich dachte, mir gefriere mein Fluid in den Fingerspitzen.

Ich saß da und hörte, wie Patty die üblen Eigenschaften von Super Mom anprangerte. Als sie von deren »unamerikanischem Wunsch, eine kapitalistische Gesellschaft zu Fall zu bringen, die sich auf freie Unternehmen und freies Unternehmertum stützt«, sprach, musste ich einfach seufzen. Wenn ich gewollt hätte, hätte ich sie mit einem gezielten Schnippen meines rechten Zeigefingers zum Schweigen bringen können. (Nicht dass Super Mom die Anwendung von Gewalt unterstützen würde; es sei denn, es ist in lebensbedrohlichen Situationen absolut notwendig.) Aber was sollte ich mit diesem liebeshungrigen Wissenschaftler machen, der da neben mir saß und so viel von mir wollte und brauchte?

Und die ganze Zeit kritzelte Carrie auf die Rückseite ihres Telefonkettenblattes hektisch Notizen, da meine Körpersprache sie mit unendlich viel Material für ihre Abschlussarbeit versorgte. Wenn sie nicht gerade damit beschäftigt war, aufzuspringen und vehement unamerikanische Superheldinnen zu verteidigen.

»Also ist es unsere Aufgabe als Eltern und als Patrioten, diesen Störenfried der Justiz zuzuführen!« Patty ließ frohlockend ihren Hammer niedersausen.

»Ich will meinen Job nicht verlieren!«, rief jemand.

»Ich auch nicht! Außerdem macht es mir Angst, wenn sie unseren Kindern nachstellt!«

»Leute! Leute!« Lex kämpfte sich unter großem Aufhebens an Pattys Seite vor, und alle applaudierten ihm, als er es endlich geschafft hatte.

»O bitte«, flüsterte Carrie. »Das ist ja so, als würde er an den Paralympics teilnehmen!«

»Leute, bitte!« Lex brachte den Applaus mit einer Geste zum Verstummen. »Bitte tun Sie Super Mom nichts an. Gewalt ist nie die richtige Antwort. Sie muss vor Gericht gestellt werden. Schließlich sieht unsere Verfassung einen fairen und schnellen Prozess vor. Selbst für fehlgeleitete so genannte Superheldinnen. Nein, mir wäre es bedeutend lieber, wenn Super Mom unverletzt bliebe, damit ich – wir – sicherstellen können, dass sie ihrer fairen und gerechten Strafe zugeführt wird.«

Ich schluckte schwer. Mehr Applaus, bewundernde Blicke und sogar einige Tränen. Dann beendete Patty die Sitzung per Hammerschlag, bevor Carrie, die es neben mir kaum mehr auf dem Stuhl hielt, noch das letzte Wort haben konnte.

»Ein ganz normaler Arbeitstag.« Ich drehte mich seufzend zu Carl um, aber er war schon verschwunden. Er ging so schnell den Flur hinunter, dass ich rennen musste, um ihn einzuholen.

»Carl! Carl, warte doch!«

»Was ist?«, fragte er, ohne langsamer zu werden. »Ist es dir jetzt also nicht mehr peinlich, mit mir gesehen zu werden?«

»Peinlich? Peinlich war mir das nie«, erwiderte ich keuchend und zupfte an seinem Ärmel.

»Ach, tatsächlich?« Endlich ging er etwas langsamer. »Auf jeden Fall hast du mich ganz schön zum Narren gemacht.«

»Nein, Carl – warte.« Ich trat einen Schritt zurück und drückte mich an eins der Schließfächer, als Marge und Mary vorbeikamen. Sie sahen zu uns hin und kicherten.

»Hallo, ihr beiden! Passt bloß auf, dass Super Mom euch nicht erwischt!«, rief Marge augenzwinkernd.

»Ja! Sonst belegt sie euch vielleicht mit einem Superbann, weil ihr vor eurem Schließfach rumknutscht!«

»Siehst du?«, zischte ich, als sie vorbei waren. »Genau das hatte ich befürchtet.«

»Befürchtet?«

»Ich wollte verhindern, dass es jeder weiß. Das mit uns.«

»Was ist denn dabei, wenn es jeder weiß?«

»Na ja, dann … dann … Ich weiß es nicht, ich hatte einfach kein gutes Gefühl dabei.«

»Warum hast du Angst, Birdie? Was ist denn so schlecht daran, dass wir zusammen sind? Was ist daran so schrecklich, dass du nur im Dunkeln mit mir zusammen sein willst und in abgelegenen Restaurants? Oder abgeschiedenen Parks? Warum möchtest du nicht, dass wir einfach sind, wie wir sind – und das ganz offen? Vor allen anderen?«

»Darum.« Ich schaute auf meine Schuhe. Meine Schnürsenkel waren ausgefranst und schmutzig. »Mir geht das alles zu schnell. Ich hab gerade erst alle möglichen Dinge über mich gelernt, die ich vorher nicht wusste. Daran muss ich mich erst mal gewöhnen. Außerdem ist rein zufällig eine Prämie auf meinen Kopf ausgesetzt, falls dir das nicht aufgefallen ist. Und ja, ich habe Angst. Ich habe Angst davor, was meine Kinder sagen, und davor, ihr Leben völlig durcheinander zu bringen. Ich habe Angst davor, jemanden zu brauchen –« Ich blickte zu ihm hoch, direkt in seine harten braunen Augen, die mich prüfend, verurteilend ansahen. Und ich konnte mich nicht mehr daran erinnern, wie er ausgesehen hatte, wie er sich angefühlt hatte – davor. Ich vermisste ihn bereits jetzt.

»Ich habe Angst, dich zu verlieren«, stammelte ich. »Uns zu verlieren, so wie wir waren. Wie wir uns fühlen, wenn wir zusammen sind. Aber ich fürchte, wenn wir anfangen, mit unserer Beziehung herumzuspielen, wenn wir unser wirkliches Leben hineintragen, werden wir alles kaputt machen. Und es war doch so vollkommen, oder? So wie es war, nur wir zwei?« Ich spürte einen Druck in der Brust. Ich hatte Angst zu atmen – Angst, dass ich, wenn ich es täte, etwas Zartes und Unschuldiges in meinem Innern zerreißen würde. Ich konnte Carl in diesem Moment nicht anschauen. Ich ertrug es nicht, das zu sehen, was in seinen Augen auf mich wartete.

»Birdie«, begann er. Dann brach er ab. Ich hörte ihn atmen, spürte seine Nähe. Ich wusste, wie seine Haut sich auf meiner anfühlte, und konnte mir nur zu gut vorstellen, wie es war, wenn er mich im Arm hielt und streichelte. Aber mehr als es mir vorzustellen blieb mir auch nicht. Denn er kam nicht näher. Er bewegte sich überhaupt nicht. Er stand einfach nur da, wie ein Mann, dem gerade schlagartig irgendetwas klar geworden ist.

Er räusperte sich, und als er endlich etwas sagte, klang seine Stimme ganz belegt und merkwürdig.

»Ich weiß nicht, Birdie. Ich weiß nicht, was mit deinen Kindern ist. Ich weiß nicht, was du befürchtest, dass sie tun werden, wenn sie das mit uns erfahren. Und ich weiß auch nicht, warum du ihnen gegenüber Schuldgefühle hast wegen etwas, das gar nicht deine Schuld war. Ich weiß nur, dass ich dich immer in meinem Leben haben will, nicht nur hin und wieder unter einer Kiefer, wenn unsere Terminkalender das mal zulassen. Ich weiß nur, dass ich es gar nicht erwarten kann, Greg von dir zu erzählen, ich kann es gar nicht erwarten, allen von dir zu erzählen. Oder zumindest war das so. Jetzt bin ich mir nicht mehr so sicher.«

»Nicht?« Ich konnte ihn immer noch nicht ansehen; meine Augen fühlten sich klein und überanstrengt an, und ich rang mit den Tränen.

»Nein.«

»Oh.«

»Ich bin nicht blöd, Birdie. Ich hab lange Zeit darauf gewartet, jemanden wie dich zu finden, aber ich bin kein liebeskranker Teenager. Wenn du das hier nicht hinkriegst, dann werde ich deswegen nicht sterben. Ich werde einfach weitermachen, und wir werden uns treffen, wo wir uns vorher auch getroffen haben, bei Elternabenden und beim Wohltätigkeitsbacken. Das kriege ich schon hin. Obwohl …« Seine Stimme schwankte ein wenig, und er trat einen Schritt zurück. »Jetzt, wo ich so darüber nachdenke, bin ich … ich weiß nicht, wie ich dir begegnen soll und … ach.« Er räusperte sich.

Ich wusste nicht, was ich tun sollte. Oder sagen. Wie so häufig in der letzten Zeit war ich einfach hilflos. Ich steckte irgendwo fest, wo die Zeit stehen geblieben war und wo ich mein Leben ohne mich vorbeiziehen sah. Ich sah dabei zu, wie mein Leben plötzlich um die Ecke bog und in eine Richtung davonrannte, auf die ich überhaupt nicht vorbereitet war. Aber ich hatte keine Ahnung, wie ich das verhindern sollte – und ich wusste nicht mal, ob ich es wollte. Wollte ich wirklich, dass mein Leben wieder kehrtmachte und zu mir zurückkam, zu Carl – zu uns?

»Okay. Also dann.« Carl steckte seine Hände in die Hosentaschen und trat gegen eins der Schließfächer. »Ich denke mal, wir sehen uns, Birdie.«

»Aber – ich …«

Er ging. Und schaute sich nicht mehr um.

Ich blieb, wo ich war, aber ich konnte nicht aufhören, ihm nachzusehen, während er immer weiter und weiter von mir wegging.

»Carl?«, sagte ich mit einer Stimme, die so schwach war, wie ich mich fühlte. »Carl?«

Aber es war zu spät. Er konnte mich nicht mehr hören; er war schon zu weit weg. Und was ich empfand, als die Tür hinter ihm zuschwang, überraschte und erschreckte mich: Ich empfand Erleichterung, ich fühlte mich frei – irgendwie leichter. Mein Leben, das in der letzten Zeit so kompliziert gewesen war, würde wenigstens in einer Hinsicht einfacher werden.

»Birdie?« Plötzlich tauchte Carrie neben mir auf. »Birdie? Was ist los? Wo ist Carl?«

Ich wirbelte herum und packte sie bei den Schultern.

»Er ist weg, okay? Es hat einfach nicht funktioniert. Ich hab einen Fehler gemacht. Es war nicht der richtige Zeitpunkt dafür. Er konnte nicht damit umgehen …« Aber das war gelogen. Es war nicht Carl, der damit nicht umgehen konnte. »Aber es ist auch besser so« – ich hob das Kinn und versuchte zuversichtlich zu lächeln –, »ich hab alle Hände voll zu tun, wie du weißt. Bis später.«

»Aber – das versteh ich nicht, Birdie …«

Ich machte eine abwehrende Geste und schüttelte den Kopf. Ich konnte und ich wollte nicht darüber sprechen, denn auf einmal fühlte ich mich gar nicht mehr so erleichtert. Ich biss mir auf die Zunge und versuchte, nichts von dem über meine Lippen kommen zu lassen, was ich am liebsten laut herausgeschrien hätte – ich wollte nach Carl schreien und nach mir. Und nach dieser perfekten Kiefer, deren Äste so tief herabgehangen hatten, dass ich wusste, wie sich die Nadeln anfühlten, wenn sie gegen meine Haut rieben.

Ich schüttelte den Kopf. Dann ging ich durch den Flur davon – allein. Um nach Hause zu fahren, allein; um ins Bett zu gehen, allein. So, wie ich es gewohnt war, so, wie ich es verdiente. Denn in diesem Moment war ich alles andere als eine Superfrau, ich war einfach nur eine x-beliebige Mutter und Exgattin, die Fehler begangen hatte – und die immer noch Fehler machte. Und ein leeres Bett und ein leeres Herz waren zumindest ohne neue Risiken.

18

Liebe Super Mom,
bitte kommen Sie am Dienstag um 19.00 Uhr an jenen Ort. Sie wissen schon, was ich meine. Ich habe etwas, das Sie interessieren wird.

J. Nelson

Mehr stand da nicht – auf dem kleinen, ordentlich zusammengefalteten Notizzettel, der unter der Windschutzscheibe meines zerbeulten Minivans klemmte.

Also zog ich am Dienstag mein Kostüm an, setzte mich ins Auto (für das ich gerade einen Kostenvorschlag in Auftrag gegeben hatte, da ich wissen wollte, was es kosten würde, es umspritzen zu lassen) und fuhr an besagten Ort. An unseren Ort. An diesem Abend wurde mir klar, welchen Preis man als Amazone zahlt. Denn als ich auf den Parkplatz fuhr und sah, dass Carl nicht auf dem Picknicktisch saß und auf mich wartete, spürte ich einen körperlichen Schmerz – so als wäre mir ein Stück aus meinem Fleisch geschnitten worden. Und als ich diesen Ort ohne ihn betrachtete, ohne die Magie, die wir unter der Kiefer um uns gewoben hatten, erkannte ich erst, wie schäbig er eigentlich war. Das kaputte Federballnetz, der rostige Mülleimer, der verwitterte und zersplitterte Picknicktisch. Es war ein sehr trauriges, trübsinniges kleines Fleckchen. Durch traurige, trübsinnige kleine Augen betrachtet.

Neben mir hielt eine schwarze Limousine. Ich rückte meine

Maske zurecht, strich meine Schürze glatt. Und stieg ganz ruhig aus dem Wagen, denn ich war ja jetzt Super Mom. Eine starke, unverwüstliche Verteidigerin des Guten; eine Kriegerin, die keine Zeit für ein gebrochenes Herz hatte.

»Super Mom, wie ich annehmen darf?« Ein kleiner kahlköpfiger Mann mit Glupschaugen stieg aus der Limousine. Er kam mir irgendwie bekannt vor. Er hatte einen Fotoapparat und einen Mini-Kassettenrecorder bei sich und hielt einen riesigen Umschlag in der Hand. Obwohl es draußen nur fünf Grad waren und ein starker Wind wehte, musste er sich den Schweiß von der Stirn wischen.

»Richtig.« Ich baute mich wie eine uneinnehmbare Festung vor ihm auf.

»Wow. Sie sind wesentlich kleiner, als Sie auf den Fotos aussehen.«

»Das sagen alle.«

»Dann lassen Sie uns die Sache mal auf den Weg bringen. Wollen wir uns da drüben hinsetzen?« Er zeigte auf den Picknicktisch.

»Nein!«, rief ich, streckte meinen Zeigefinger aus und presste einen kräftigen Strahl Fluid heraus, der quasi eine Wand zwischen ihm und dem Tisch zog. Er sprang fast zwei Meter zurück.

»Nicht schießen!« Er verzog seine aufgeworfenen Fischlippen und sah aus, als würde er in Tränen ausbrechen. »Ich bin unbewaffnet!«

»Entschuldigen Sie.« Ich ließ beschämt meine Hand sinken. »Tut mir Leid, aber dieser Tisch hat für mich einen sentimentalen Wert. Hey, kenne ich Sie nicht von irgendwoher?« Ich betrachtete forschend sein Gesicht und versuchte ihn einzuordnen.

»Nein. Nein, Sie kennen mich nicht. Ich hab Sie noch nie zuvor gesehen. Ich hab keine Ahnung, wovon Sie reden. Also, Super Mom, ich bin zufällig im Besitz eines Fotos, von dem ich glaube, dass es Sie interessieren könnte.«

»O ja, ganz sicher.« Ich streckte meine Hand danach aus.

»Nicht so schnell. Wollen Sie denn nicht wissen, wer ich bin?«

»Interessiert mich nicht so brennend.«

»Ich bin Jimmy Nelson vom *National Enquirer*. Wir ...«

»Sie sind vom *National Enquirer*?«

»Äh, ja ...«

»O mein Gott! Das ist ja cool!«

»Na, so was! Die meisten Leute reagieren total sauer, wenn ich es ihnen sage.«

»O nein! Ich liebe den *National Enquirer*! ›Fetteste Sau der Welt schenkt den fettesten Ferkeln der Welt das Leben!‹ Diese Story war einfach großartig!«

»Finden Sie wirklich? Die war von mir!«

»Wahnsinn!«

»Aber nun zu diesem Foto ...«, sagte er und wischte sich mit der Hand sein Lächeln aus dem Gesicht.

»Ich weiß, ich weiß«, meinte ich seufzend. »Sie haben ein Foto, das mich halbnackt mit einem unbekannten Mann unter einer Kiefer zeigt.«

»Ja.« Er klang so, als wäre es ihm unangenehm.

»Wir haben uns getrennt.«

»Wie bitte?«

»Ich und dieser Unbekannte. Wir haben uns gerade getrennt.« Ich setzte mich auf einen großen Stein. Jimmy ließ sich schnaufend neben mir nieder.

»Ach, das ist ja schade! Wirklich? Wieso denn?«

»Na ja, erstens wollte er, dass ich es den Kindern sage, aber ich war noch nicht so weit. Ich war so blöd! Ich weiß auch nicht, warum ich es ihnen nicht sagen kann.«

»Das ist aber auch echt hart, wenn man Kinder hat. Wie alt sind Ihre?«

»Dreizehn und fünfzehn.«

»Meine sind zehn und zwölf.« Er griff in seine Brieftasche. »Wollen Sie Fotos sehen?«

Ich nickte, und er zeigte mir zwei Schulfotos: ein kleiner Junge, der so aussah, als würde er schon langsam kahl, und ein kleines Mädchen mit Fischlippen.

»Wie hübsch!«

»Ja. Da geht nichts drüber, nicht wahr? Kinder haben.«

»O ja!«

»Das mit Ihrem Freund tut mir Leid. Nach den Fotos zu … äh, ja, nach dem, was ich gesehen habe … Ich meine, er wirkte echt nett. Haben Sie schon versucht, mit ihm zu reden? Vielleicht schicken Sie ihm ja auch eine Karte? Vielleicht ist es ja noch nicht zu spät, ihm – hey! Moment mal. Du liebe Güte, Sie haben mich völlig vom Thema abgebracht. Also« – er räusperte sich –, »ich habe hier ein sehr interessantes Foto. Eins, das Sie sicherlich gern, sagen wir mal, vernichtet sehen wollen?«

Ich nickte.

»Dann lassen Sie mich Ihnen einen kleinen Deal vorschlagen, Ms. Super Mom. Oder muss es Mrs. Super Mom heißen?«

»Einfach nur Super Mom, das reicht, danke.«

»Okay, Super Mom. Sie geben uns ein Exklusivinterview – zum ersten Mal erhascht die Welt einen Blick auf dieses berüchtigte mütterliche Energiebündel namens Super Mom –«

»›Mütterliches Energiebündel?‹«

»Ach, mir fällt schon noch was Besseres ein. Sie werden schon sehen. Jedenfalls gewähren Sie uns ein Exklusivinterview, und wir geben Ihnen das Foto.«

»Klar.« Ich zuckte die Achseln. »Warum nicht?«

»Wirklich?« Er ließ den Umschlag fallen. »So einfach ist das?«

»Ja. Was möchten Sie wissen?«

»Warten Sie, warten Sie – darauf war ich nicht vorbereitet. Sonst sagt nie einer Ja.« Er fummelte an seinem Kassettenrecorder herum. »Blödes Teil – ich hab nicht mal eine Kassette dafür.

Kein Mensch gibt uns ein echtes Interview! Wir erfinden immer einfach alles!«

»Wirklich alles? Manches stimmt doch auch, oder?«

»Was denn zum Beispiel?« Er durchwühlte seine Taschen. »Ich könnte schwören, dass ich irgendwo eine Kassette hatte …«

»Na, das mit dieser Kuh mit den drei Köpfen und dem Kalb mit den sechs Eutern! Das war doch wahr, oder?«

»Ist das Ihr Ernst?« Er hörte auf, seine Taschen zu durchsuchen. »Sind Sie von allen … Ja«, sagte er und schaute weg. »Sicher. Einiges ist auch wahr.«

»Ich wusste es! Und Birdman und dieser Artikel über Superman … ich wusste es!«

»Na ja, diese Typen – die sind einfach durchgeknallt. Die meisten von ihnen grüßen einen nicht mal – seit Jahren versuche ich schon, irgendwas von Batman zu kriegen. Es wäre toll, mal einen von den Großen zu haben. Das könnte ich gut gebrauchen. Die Lage bei uns ist ziemlich angespannt, es ist sogar von Entlassungen die Rede –«

»Tatsächlich? Oh, das wäre ja ein Jammer. Aber warum denn, Sie sind doch der mit dem fettesten Schwein! Die brauchen Sie doch!«

»Die Zeiten sind schlecht, jetzt, wo's Reality-TV und all das gibt. Die Leute lesen einfach nicht mehr so viel wie früher.«

»Ich weiß, ich weiß. Ich bringe meine Kinder auch nicht mehr zum Lesen.«

»Hat Ihr Freund auch Kinder?«

»Eins – einen Jungen.«

»Ich wette, Sie könnten das wieder hinkriegen. Sie beide sahen echt süß zusammen aus, als ich Sie neulich – ich meine, auf dem Foto …«

»Jetzt weiß ich's!« Ich richtete mich auf und starrte ihn wütend an. »Im Restaurant! Sie waren der Typ, der sich an dem Kräcker verschluckt hat!«

Jimmy nickte und wandte den Kopf ab, um meinem Gnadenlosblick auszuweichen.

»Was haben Sie da mitgekriegt?«

»Nichts! Ich schwöre! Nichts. Ich hab absolut nichts gehört. Ich hab einfach mein Abendessen gegessen und mich um meine eigenen Angelegenheiten gekümmert ...«

»Ja, sicher.« Wir saßen einen Moment schweigend da. Ich hörte Jimmy nur schwer atmen und schnaufen, während er wieder mit dem Kassettenrecorder hantierte. Ich tippte mir mit dem Finger an die Nase und dachte nach. »Wo Sie uns schon belauscht haben ... ich könnte Ihnen vielleicht helfen. Und Sie können mir auch einen Gefallen tun. Was würden Sie davon halten, Super Mom zu begleiten, wenn sie das böse Imperium eines Selfmade-Millionärs zu Fall bringt? Wenn alles gut geht, kann ich Ihnen vielleicht sogar ein Interview mit der Gerechtigkeitsliga verschaffen.«

»Der Gerechtigkeitsliga? Sie wollen mich wohl auf den Arm nehmen?« Er drehte sich um und sprach mit dem Felsblock neben sich. »Die verschaukelt mich doch, oder? Die Gerechtigkeitsliga? Ich? Gebrauchen könnte ich's ja.«

»Und vielleicht bringt das ja auch wieder mehr Leser? Und damit eine Gewinnsteigerung? Wir können doch nicht zulassen, dass der *National Enquirer* eingeht.«

»Wie soll ich dann meine Kinder ernähren?« Er schüttelte den Kopf.

»Also dann. Abgemacht?«

Er nickte.

»Geben Sie mir das Foto.«

Er reichte es mir rüber. Ich schaute nicht in den Umschlag; ich vertraute ihm. Außerdem wollte ich das Bild mit mir und Carl auch nicht sehen. Ich wollte uns nicht so sehen, so verlegen und verfroren und peinlich berührt. Ich wollte es als vollkommen und natürlich in Erinnerung behalten – so als hätte es dieses Blitzlicht nie gegeben.

»Die Negative?«

Er wischte sich über die Stirn.

»Ach, ja, die Negative ... Wirklich verrückt, ich wollte sie eigentlich mitbringen, aber ...«

»Keine Negative, keine Abmachung. Sie bringen sie mir nächste Woche, zur gleichen Zeit wie jetzt, dann liefere ich Ihnen auch etwas. Einen Exklusivbericht über einen Pharmaskandal. Sind Sie interessiert?«

»Ob ich interessiert bin? Na, und ob!« Er sprang auf und half mir hoch. Wir gaben uns die Hand.

»Mensch, vielen Dank, Super Mom!«

»Keine Ursache. Jetzt fahren Sie vorsichtig nach Hause; es ist dunkel, und Sie kennen sich hier nicht aus.«

»Das werde ich.«

»Oh«, sagte ich und griff in meine Schürze. »Und hier sind noch ein paar Kräcker. Sie haben ja wahrscheinlich kein Abendessen bekommen.«

»Super Mom, Sie sind wirklich eine Hammer–. Ich meine, Sie sind die Tollste!«

»Nein, dass ist aber wirklich zu nett!« Ich blieb stehen, während er sich beeilte, mir die Autotür aufzuhalten. »Und reden Sie nicht mit vollem Mund!«

Jimmy nickte, seine Backen waren so ausgebeult wie die eines Eichhörnchens. Er stieg in sein Auto und fuhr los, aber als unsere Blicke sich streiften, stoppte er nochmal.

Und legte den Sicherheitsgurt an.

19

Nicht viele wissen es, aber es ist wahr: Die meisten bedeutenden Superhelden waren in ihrem früheren Leben ziemliche Außenseiter. Nehmen Sie beispielsweise Peter Parker. Er wurde andauernd in der Schule verhauen, bis er von dieser radioaktiven Spinne gebissen wurde. The Flash – der Rote Blitz – war ein schrulliger Wissenschaftler, bis dieses wahnsinnige Unwetter über sein Labor hereinbrach. Und Hawkman ein staubtrockener Archäologe, bis er zufällig entdeckte, dass er in Wahrheit die Reinkarnation eines alten ägyptischen Prinzen war.

Ich hätte mir also eigentlich keine Sorgen zu machen brauchen, als Martin anfing, zu spät von der Schule nach Hause zu kommen. Und dass ihm, wenn er dann prustend und keuchend angerannt kam, meistens irgendetwas fehlte – ein Knopf an seinem Hemd, eine Mütze, seine Hausaufgaben. Schließlich steckte etwas von einem Superhelden in seinen Genen.

Aber ich machte mir Sorgen – ich bin schließlich eine Mutter. Eine Super Mom. Wenn ich ihn fragte, was denn los sei, antwortete er, es wäre nichts. Und auch wenn ich ihn mit Milch und Plätzchen in die Küche setzte und auszuquetschen versuchte, blieb er dabei.

Wenn ich ihm in die Augen sah, setzte er seine Sonnenbrille auf, um meinen Gnadenlosblick abzuwehren. Ganz schön clever, selbst für einen Partner.

Also tat ich, was jede Mutter getan hätte, die was auf sich hält. Ich nutzte eine dieser seltenen Störungen im Raum-Zeit-Kontinuum, in denen Kelly doch tatsächlich mit mir redete, und bestach sie, damit sie ihren Bruder verpfiff.

»Jamie Flugal«, sagte Kelly, während sie seelenruhig ihre fünf Dollar einstrich.

»Der blöde Arsch?«

»Der Unvergleichliche. Er hat Martin auf dem Kieker, und keiner weiß, warum. Er meinte, er kann einfach nicht leiden, wie er aussieht.«

»Also wirklich!« Ich bekam am ganzen Körper Zuckungen, mein Super-Mom-Sinn trat in Aktion. Meine Augen brannten wie Laser, meine Haut wurde vor Empörung ganz heiß, und meine Hände brannten darauf, diesem Kerl die Ohren lang zu ziehen.

»Er lässt Martin nicht mehr mit dem Bus mitfahren. Deshalb kommt er immer so spät. Jamie bleibt draußen stehen, bis der Bus abfahrbereit ist, und lässt Martin nicht einsteigen – und meistens nimmt er ihm auch noch sein Geld ab.«

»Warum greift denn der Busfahrer da nicht ein?« Ich ging entschlossen zu dem Telefon in der Küche. »Ich rufe jetzt sofort in dieser Schule an!«

»Mom.« Kelly schüttelte den Kopf über meine Dummheit. »Das macht doch alles nur noch schlimmer. Sie lassen den blöden Arsch eine Woche lang nachsitzen, und danach knöpft er sich Martin nur noch schlimmer vor als bis jetzt.«

»Hmmm.« Ich sah meine kluge Tochter an. »Du hast Recht. Was schlägst du also vor?«

»Lass Martin sich selbst was ausdenken. Du verhätschelst ihn viel zu sehr. Er muss lernen, mit so was klarzukommen.«

»Ja, vielleicht.« Ich nickte, als würde ich ihr Recht geben.

Aber das tat ich nicht. Ich hatte schließlich noch ein oder zwei Geheimidentitäten, die ich ausspielen konnte.

Super Mom bemühte sich eigentlich, während des laufenden Schulbetriebs nicht in die Nähe der Schule zu kommen. Schließlich hatte Patty die Alarmstufe Gelb ausgerufen. Und obwohl die

Schulleitung heimlich auf meiner Seite war, stand einfach fest, dass Ärger vorprogrammiert war, sobald eine Superheldin sich in diesen Tagen auf einem Schulhof herumtrieb.

Außerdem schlugen wegen meiner Scheren die Metalldetektoren an.

Aber eines Nachmittags fuhr ich rein zufällig vorbei, als die Schule zu Ende war. Und siehe da, in all dem Geboxe, Geschubse und Geschrei machte ich einen massigen großen Jungen mit stachelig aufgestellten Haaren und Furunkeln im Nacken aus, der mit seinen schmuddeligen Wurstfingern einen kleineren Jungen mit blondem Wuschelkopf und einer Army-Jacke festhielt.

»Hallo, Jungs!«

Der blöde Arsch ließ Martin, der mit seinen schwachen Ärmchen durch die Luft schlug, nicht los.

»Super Mom?«, fragte der blöde Arsch. Seine Kinnlade klappte nach unten und gab die Sicht auf einen Goldzahn frei.

»Ja, Super Mom. Was haben wir denn hier? Wo liegt das Problem?«

»Gibt kein Problem.« Er hielt Martin, der jetzt nur noch hin und wieder mit den Armen um sich schlug, weiter fest.

»Nun, Mr. Flugal, ich muss Sie dringend auffordern, diesen Jungen runterzulassen.«

»Warum denn?« Er sah mich völlig erstaunt an, verstand offenbar gar nichts.

»Weil es nicht nett ist, Jungs zu verhauen, die kleiner sind als du«, sagte ich in einem süßlichen Ton und kniff mich fest in meine rechte Hand, damit ich ihm kein Fluid in die kleinen roten Schweineäuglein spritzte.

»Zu dumm aber auch«, erwiderte der blöde Arsch.

»Okay, das reicht. Ich hab dich höflich gebeten. Jetzt wird's Zeit, dass du Mar–, diesen Jungen laufen lässt. Na, los jetzt!« Ich blies mich auf, richtete meinen Gnadenlosblick auf ihn und konnte zusehen, wie seine Miene langsam zerfloss – wie ihm allmählich Tränen in die Augen traten, seine Nase zu laufen und sein Kinn zu zittern begann.

Aber er hielt Martin noch immer fest im Griff.

»Ich sagte loslassen! Du solltest dich was schämen! Weiß deine Mutter, dass du kleine Jungs verhaust?«

»Mo–, Super Mom!«, jaulte Martin auf.

»Nein«, murmelte der blöde Arsch.

»O hallo, Super Mom! Das ist aber eine angenehme Überraschung!« Schulleiter Davis kam angerannt.

»Hallo. Ich fuhr gerade zufällig vorbei, als ich ein Problem witterte. Ich mache nur meine Arbeit.«

»Und was für eine. Wir wissen das wirklich zu schätzen! Also, Jamie, warum lässt du Martin Lee denn nicht los? Komm schon, lass ihn laufen.«

Jamie – alias der blöde Arsch – sah uns beide an und blinzelte. Aber er hielt Martin weiter fest, der aufgehört hatte, so zu tun, als leiste er Gegenwehr, und einfach nur dahing wie ein todgeweihter Fisch an der Angelschnur.

»Ich – ich kann nicht«, stammelte Jamie. »Er geht nicht mehr ab!«

Ich griff seufzend nach seinem Arm. Aber Mr. Davis legte Protest ein.

»O nein – nein, Super Mom, wir haben die strikte Vorschrift, unsere Schüler nicht körperlich zu maßregeln!«

»Ich maßregele ihn auch nicht.« Ich schüttelte Jamies Arm so lange, bis er lockerließ und Martin zu Boden fiel. »Sehen Sie? Ich hab ihm gar nichts getan.«

»Super Mom hat mir wehgetan!« Jamie fing an zu schniefen.

»Hab ich nicht!«

»Doch – hat sie. Sehen Sie – ich hab blaue Flecken!« Jamie hielt Mr. Davis seinen schwabbeligen Arm hin. Der schüttelte den Kopf und schnalzte mit der Zunge.

»Tut mir Leid, Super Mom, aber wir müssen alle Vorfälle dokumentieren, in denen der Verdacht auf Kindesmisshandlung besteht …«

»Kindesmisshandlung!«

»Genau genommen zählt das hier dazu, fürchte ich. Tut mir Leid, aber ich werde die Polizei informieren müssen.«

Martin rappelte sich inzwischen auf und stahl sich langsam davon.

»Ach, hören Sie, ich hab doch niemandem was getan. Und außerdem: Wenn Sie Ihren Job besser erledigen und sicherstellen würden, dass kleinen, wehrlosen Jungs wie diesem da« – ich zeigte auf Martin – »in dieser Schule nichts zustößt, dann wäre das hier auch nicht passiert.«

»Wir werden unsere Vorschriften sicherlich nochmal überprüfen, aber Sie sollten jetzt besser gehen, Super Mom.«

Ich blickte mich um. Eine ganze Schar von Kindern hatte sich versammelt, die mich alle anstarrten und tuschelten.

»Hast du das gesehen? Super Mom hat Jamie Flugal verprügelt.«

»Den blöden Arsch?«

»Ja! Sie hat ihn total fertig gemacht!«

»Sie hat ihn hochgehoben und dann zu Boden geschleudert!«

»Sie ist auf ihm herumgetrampelt! Ich hab's gesehen! Ich hab alles gesehen!«

»Also ehrlich!« Ich schnaubte vor Wut. »Ihr solltet euch was schämen, so zu lügen! Was würden eure Mütter wohl dazu sagen?«

»Jetzt ist's genug, Super Mom.« Mr. Davis führte mich ein Stück den Gehsteig entlang. »Es ist wirklich nicht nötig, die Kinder zu beschimpfen.«

»Aber, ich bitte Sie!« Ich schüttelte ihn ab und stolzierte entschlossen zu meinem Minivan. Auf dem Weg kam ich an einem geduckt dahinlaufenden Martin vorbei. »Komm. Ich bring dich nach Hause.«

»Nein.«

»Komm schon, Martin. Lass uns fahren. Los, jetzt!«

»Nein«, entgegnete er ruhig. Ruhig und fest entschlossen.

Ich blieb stehen und sah ihn an. Er war blass im Gesicht, und seine Kleider waren völlig zerknittert, aber sein Blick war so eiskalt, dass mich fröstelte.

»Ich laufe nach Hause. Ich will nicht mit dir fahren. Ich will nicht mit Super Mom fahren. Du hast alles ruiniert. Warum hast du das gemacht? Warum?«

»Aber Martin! Ich hab doch bloß ... Du warst in Schwierigkeiten, und da dachte ich, du könntest ein bisschen Hilfe gut gebrauchen –«

»Ich brauche deine Hilfe nicht!« Er lief weiter und machte dabei große, lange Schritte wie ein Mann. »Gar nicht! Ich bin dreizehn Jahre alt, kapiert? Ich brauche dich nicht! Und ich brauche auch Super Mom nicht!«

»Aber das stimmt doch nicht. Du brauchtest mich. Dieser Junge war größer als du. Er verprügelt dich, dabei bist du so klein; du bist doch mein Baby, und ...«

»Bin ich nicht!« Er wirbelte herum. Sein Gesicht war rot und verzerrt vor Zorn, und ich wusste, dass er sich alle Mühe gab, nicht in Tränen auszubrechen. »Ich bin kein Baby! Ist es das, wofür du mich hältst? Ich hab geglaubt ...«

»Nein. Nein, Martin, das hab ich nicht so gemeint. Ehrlich! Natürlich bist du kein Baby; du bist jetzt ein junger Mann, und ich wollte dich nicht ...«

»Hast du aber. Und du hast es wohl so gemeint! Jetzt denken alle anderen – ach, vergiss es. Fahr einfach weg! Lass mich in Ruhe!« Er fing an zu laufen.

»Martin! Aber ... Martin!«

Da stand ich nun und schaute meinem Sohn nach, der vor mir wegrannte. Er rannte immer weiter über diesen Gehsteig, der voller Risse war. Seine Schnürsenkel waren offen und flatterten um seine Schuhe, und ich befürchtete, er würde hinfallen. Ich lief also ebenfalls ein paar Schritte, als könnte ich ihn noch einholen. Der Wind fuhr unter mein Cape und hob es von meinen Schultern. Aber mein Sohn rannte immer weiter. Es war genau wie in meiner Halluzination: Mein Sohn rannte vor mir weg, der Wind fuhr unter ein Cape – nur dass es diesmal mein Cape war.

Aber ich durfte ihm nicht nachlaufen; das zumindest war mir klar. Also blieb ich stehen und tat das Einzige, was mir einfiel, das Einzige, was mir sinnvoll erschien: Ich fuhr nach Hause und wartete auf ihn. Und während ich wartete, kochte ich sein Lieblingsessen.

Als er dann endlich kam – bleich und abgerissen, aber dennoch mit Würde – und sich weigerte, zu Abend zu essen, wickelte ich es einfach in Folie ein und stellte es in den Kühlschrank.

Nur für den Fall, dass er noch Hunger bekäme, später.

20

SUPER MOM SCHLÄGT SCHÜLER!, lautete die reißerische Schlagzeile.

Zeugen von der Jerome Siegel High School beharren darauf, Super Mom sei während einer heftigen Auseinandersetzung zwischen zwei Schülern ausgerastet.

»Sie ist schlicht ausgeflippt. Sie hat bei diesem Typen total zugelangt. Wie ich hörte, hat sie ihm den Arm gebrochen«, sagte Siebtklässler Tristan Wright.

»Ich hab gehört, sie hätte ihm ins Gesicht getreten. Ich meine, dieser Typ ist ein blöder [Kraftausdruck gestrichen], aber das hat er nicht verdient«, so Kerry Fellows, 8. Klasse.

Patty Osborne, Vorsitzende des Schulelternbeirats, hält diese neue Wendung der Ereignisse für wenig überraschend.

»Sie lungert auf Schulbällen herum, bricht in Gebäude ein und jetzt das – ein physischer Angriff auf einen wehrlosen Schüler! Wo wird das enden? Unser Polizeipräsident und der Stadtrat haben sich bislang geweigert, irgendetwas gegen Super Mom zu unternehmen. Man kann nur hoffen, dass diese Geschichte sie endlich wachrüttelt. Und alle Mitglieder des Elternbeirats, bitte denken Sie daran: Es besteht nach wie vor Alarmstufe Gelb.«

Polizeipräsident Borden verlieh seiner Sorge und seinem Bedauern über diesen Vorfall Ausdruck.

»Ich hoffe wirklich, Super Mom hat eine gute Erklärung für ihr Verhalten. Sie ist bislang als Beschützerin leidenschaftlich für die Kinder in dieser Stadt eingetreten, ganz zu schweigen von ihrem unglaublichen Einsatz als Reinigungskraft. Mir fällt es schwer zu glauben, dass sie einem Kind vorsätzlich etwas antut. Aber es ist meine Pflicht, diesem Vorfall nachzugehen.«

Das Kind, um das es geht, ein Minderjähriger, wurde im örtlichen Krankenhaus behandelt und dann wieder entlassen. Seine Eltern entscheiden nun darüber, ob sie Strafanzeige gegen Super Mom erstatten wollen.

»Um Himmels willen, Birdie!«

»O mein Gott.« Ich sank auf Carries Sofa. »Was mache ich jetzt bloß?«

»Ich weiß es nicht.« Carrie setzte sich neben mich. »Das ist ja furchtbar. Du hast doch nicht … Ich meine, du hast doch nicht wirklich …?«

»Natürlich nicht. Ich hab bloß ein wenig seinen Arm geschüttelt, damit er Martin loslässt. Er hatte nicht mal einen blauen Fleck! Das ist vollkommen lächerlich. Aber ich hab Angst, Carrie. Was, wenn – was, wenn ich verhaftet werde? Dann kommen sie hinter meine Geheimidentität.«

»Und Doktor Dan fällt tot um«, kicherte Carrie.

»Schlimmer noch. Was, wenn sie mir die Kinder wegnehmen?« Mir drehte sich der Magen um; ich drückte mein Gesicht in eins der Sofakissen, um mich nicht übergeben zu müssen.

»Das wird nicht passieren. Wird es einfach nicht. Kann gar nicht sein.«

Ich bewegte mich nicht und wartete ab, bis mein Magen sich wieder beruhigt hatte.

»Warum tun die mir das an? Warum? Ich will diesen Kindern doch bloß helfen.«

»Wer weiß? Zunächst mal ist es eine Art Bürgerwehr-Fanatismus. Und der wird von Lex und Patty kräftig gefördert. Die Frage ist nur, was du dagegen tun willst?«

»Keine Ahnung«, murmelte ich mit einem Mund voller Sofakissenbezug. »Wer sagt denn, dass ich irgendetwas tun muss? Was, wenn ich es nicht kann, Carrie? Was, wenn Super Mom einfach verschwindet ...«

»Mom?«

Ich schaute auf. Chrissie stand vor uns. Ihr Gesicht war kalkweiß, eine Maske mit zwei großen, angstgeweiteten Augen; sie zitterte und schwitzte.

»Mom? Ich hab heut Mittag irgendwie vergessen, was zu essen ...« Sie sank auf einen Sessel, da ihr die Beine wegknickten.

Carrie sprang wie von der Tarantel gestochen auf. Sie rannte in die Küche und kam mit Apfelsaft, einem Keks und einem kalten Waschlappen zurück. Den drückte sie Chrissie in den Nacken und murmelte ein paar tröstende Worte.

»Ist schon okay, mein Schatz, nimm das hier. Trink das, so ist es gut. Und jetzt iss den Keks – langsam. Alles ist gut. Gleich geht es dir besser.«

Ich sah den beiden zu – diesem zitternden Mädchen und seiner erschrockenen Mutter, die sich in ihrer eigenen kleinen Welt aneinander kuschelten und versuchten, gegen eine Krankheit anzukämpfen, die stärker war als sie. Das war nicht richtig so. Chrissie hätte Carrie wütend irgendwas an den Kopf knallen sollen, worüber Carrie dann die Augen verdreht hätte. Denn das war das Normale zwischen Teenagern und ihren Eltern.

Aber nicht bei den Teenagern von Astro Park. Nicht mehr. Und ich allein wusste, wer dafür verantwortlich war.

Ich stand auf. Carl, Doktor Dan, meine Kinder – ich war in der letzten Zeit zu abgelenkt gewesen, hatte mir nur Sorgen um sie und um mich gemacht. Und dabei vergessen, was wirklich wichtig war – was hier in diesem Wohnzimmer passierte, in dieser Stadt: dass Kinder erkrankten; dass ihre Eltern zu viel Angst hatten, um sich noch auf etwas anderes konzentrieren zu können als darauf, ihre Kinder durchzubringen, Tag um Tag.

Ich konnte es ändern. Ich konnte es nicht wieder gutmachen – ich konnte sie nicht heilen. Aber ich konnte es leichter für sie machen. Ich konnte der Sache Einhalt gebieten, bevor noch mehr Kinder betroffen wären. Ich, Super Mom, Birdie, die alle eins und dasselbe waren. Eine Frau, die Verantwortung übernahm, klar – welche Frau tat das nicht? Aber ich hatte mich zu lange hinter meiner Verantwortung versteckt; ich hatte mich hinter meiner Rolle versteckt, dahinter, dass ich eine Mutter war und sogar eine gute. Das hatte ich als Ausrede benutzt, damit Doktor Dan mich herumkommandieren, Kelly mir für alles die Schuld geben und Carl von mir weglaufen konnte.

Aber das war jetzt vorbei.

Ich streckte meine Hand ins Licht, krümmte meine Finger und erinnerte mich an jene erste Nacht, als ich allein unter dem Sternenhimmel gestanden hatte und nur der Wind Zeuge meines Wunders gewesen war. Als ich meine Hand, fasziniert von ihren Umrissen, gegen den Mond gehalten hatte wie die Landkarte einer neuen Welt. Unerforscht, voller Geheimnisse und verborgener Schätze. Und ungenutzter Energien.

Ich hatte so viel Energie – weil ich eine Mutter war. Ich hatte genug Kraft, um ganz allein ein böses Imperium zum Einsturz zu bringen. Ich brauchte dabei weder irgendjemandes Hilfe noch irgendjemandes Zustimmung.

Das Einzige, was ich brauchte, waren diese Hand, diese Augen und diese Wut, die in mir brodelte – in meiner starken, unnachgiebigen Brust, die ein »S« schmückte, damit alle Welt es sehen konnte.

»Ich weiß, was ich tun muss«, sagte ich zu Carrie, als Chrissie wieder aufgehört hatte zu zittern und ein Hauch normaler Farbe in ihre Wangen zurückgekehrt war.

»Was denn?«

»Ich weiß, was ich zu tun habe. Und vielleicht werden die Leute von Astro Park darüber auch diese alberne Geschichte mit

Jamie Flugal, dem blöden Arsch, vergessen. Vielleicht komme ich dadurch sogar in die Gerechtigkeitsliga. Aber das ist nicht der Grund, warum ich es tue. Das weißt du doch, oder?«

Carrie antwortete mir nicht. Sie redete Chrissie einfach weiter gut zu, ihren Apfelsaft zu trinken. Aber ihre Augen, die hinter ihren Brillengläsern ganz rot und müde aussahen, richteten sich auf mich und strahlten vor Zustimmung.

»Danke, Birdie. Danke.«

»Nein«, flüsterte ich. Ich bewegte meine mächtigen, beeindruckenden Hände und lächelte. »Bedank dich bei Super Mom.«

»Nein«, erwiderte Carrie langsam, als redete sie mit einem Kind. »Ich danke dir, Birdie.«

Ich sah sie an. Es war wie damals im College mit Dan: Es kam mir so vor, als spräche zum ersten Mal jemand meinen Namen aus. Nur dass er diesmal härter klang, die Konsonanten grausam und abgehackt. Nicht ganz so weich, nicht ganz so hübsch. Aber energischer. Unendlich viel energischer.

21

»Tut mir Leid, wenn ich störe. Aber es ist wichtig.« Meine zitternden Hände hatte ich tief in die Taschen meines Mantels geschoben, und dort behielt ich sie auch.

»In Ordnung.« Er hielt mir die Tür auf und wies mir, ebenso freundlich – und unpersönlich – wie der Türsteher eines feinen Hotels, den Weg ins Innere des Hauses.

»Danke, dass ich herkommen durfte.«

»Gern.«

Carl führte mich in den Keller hinunter. Dort schaltete er das Licht an und fummelte, mir den Rücken zukehrend, an seinem Chemiekasten herum.

»Ich brauche Hilfe. Nur ein wenig. Und ich hätte dich auch verschont, wenn es nicht wirklich dringend wäre ...

»Ich weiß. Ich hab die Zeitung gelesen.«

»Ach – das!« Dass ich dank der Sache mit diesem blöden Arsch steckbrieflich gesucht wurde, hatte ich schon beinahe vergessen. »Nein, das meinte ich gar nicht. Aber, na ja, wie fandest du es denn?«

»Was?«

»Den Artikel. Hast du ... hast du geglaubt ...«

»Ich hab es nicht geglaubt, Birdie, wenn es das ist, was du wissen möchtest.«

Mir stiegen Tränen in die Augen, und ich wandte den Kopf ab. Ich wollte nicht, dass er sah, wie sehr mich das erleichterte – und wie traurig es mich machte.

»Danke. Das bedeutet mir sehr viel.« Ich betrachtete seinen

Rücken, der zur Taille hin immer schmaler wurde, und sein Flanellhemd, das oben von seinen breiten Schultern ganz ausgefüllt wurde. Bei ihm zu sein, ohne ihn berühren oder sonst irgendwie engen Kontakt zu ihm aufnehmen zu können, kam mir vor, als würde mir das Weihnachtsfest versagt. Und Ostern. Und Halloween. Und alle unbedeutenden schönen Tage dazwischen.

»Was kann ich denn für dich tun, Birdie?«, fragte er, ohne sich zu mir umzudrehen.

»Ich brauche Hilfe bei diesem Videospiel, in Bezug auf diese Stimmen. Es wird Zeit. Ich muss Lex ein für alle Mal das Handwerk legen. Ich hab mit eigenen Augen gesehen, was er angerichtet hat, ich hab gesehen, wie Chrissie – Carries Tochter – neulich fast zusammengebrochen ist.« Carl drehte sich mit sorgenvoller Miene um. »Jedenfalls kann ich mir das nicht länger mit ansehen. Ich muss dieser Sache sofort einen Riegel vorschieben. Aber dazu brauche ich deine Hilfe.«

»Ach so.«

»Kann du denn …? Ich meine, hilfst du mir?«

»Ja, das werde ich … aber ich helfe Super Mom. Sie ist diejenige, der ich helfe. Verstehst du, was ich meine?«

»Ja.« Ich holte tief Luft. »Ich verstehe.«

»Okay.« Carls Blick war kalt und hart, sein Gesicht, in dem der Mund eine einzige, grimmige Linie bildete, wirkte kantig. Das war ganz und gar nicht mehr das freundliche, tröstliche Gesicht, das ich in Erinnerung hatte. »In Ordnung«, sagte er erneut. »Komm mit.«

Ich folgte ihm nach oben, durch das Wohnzimmer mit dem kleinen blauen Hocker, bei dessen Anblick ich starkes Herzklopfen bekam, zu einer verschlossenen Tür, die mit Warnhinweisen tapeziert war: ACHTUNG! BETRETEN AUF EIGENE GEFAHR! VORSICHT! BISSIGER HUND! GIFTMÜLLDEPONIE – BETRETEN VERBOTEN!

»Greg!« Carl hämmerte gegen die Tür.

Keine Antwort.

»Greg!« Carl schlug weiter gegen die Tür.

Keine Antwort.

»Gregory!« Carl schlug ein letztes Mal gegen die Tür, dann stemmte er seine Schulter mit Macht dagegen. Die Tür flog auf und enthüllte ein –

Aufnahmestudio. In eine Ecke des Raums gequetscht stand ein Doppelbett. Es war umzingelt von Lautsprechern, Computern, Receivern, Hoch- und Tieftonlautsprechern sowie technischen Spielereien aller Art mit Skalen und Knöpfen. Und am Hauptcomputer saß Greg, mit geschlossenen Augen und Kopfhörern auf den Ohren. Sein Kopf wippte auf und ab, während er ohrenbetäubend laute Musik hörte (so kam es mir zumindest vor; Carl hörte sie gar nicht).

»Greg!« Carl ging zu ihm hin und rüttelte an seiner Schulter. Greg blickte erstaunt auf.

»Greg.« Carl nahm ihm die Kopfhörer ab. Greg seufzte und drückte auf eine Taste an seinem Computer. Ich nahm die Hände von den Ohren, als die Musik verklang.

»Mrs. Lee ist da. Erinnerst du dich an dieses Videospiel? Mit den unterschwelligen Botschaften?«

»Oh, ja klar.« Er starrte mich wütend an. Ich schaute grimmig zurück. »Danke, dass Sie mir ein so geiles Spiel versaut haben.«

»Greg!«

»'tschuldigung. Na, was diese Botschaften angeht, die hab ich jedenfalls.«

»Wirklich?« Ich hätte ihn auf der Stelle umarmen können, aber irgendetwas – wahrscheinlich sein hasserfüllter Blick – hielt mich davon ab.

»Ja. Das war merkwürdig. Die meisten unterschwelligen Botschaften sind rückwärts eingelagert – so was nennt man Backmasking. Heutzutage wird das alles mit Computern gemacht. Also brauche ich normalerweise nur auf einen Knopf zu drücken und den Prozess umzukehren. Aber bei diesem Kram ging das nicht. Es war wie ein leises Grollen – wie von einem Saiteninstrument oder so –, das Sprache imitierte. Ich musste jedenfalls eine 256er-Codierung verwenden, um es zu konvertieren. Als ich das einmal begriffen hatte, war's ganz leicht. Hier, bitte.« Er warf mir eine CD zu.

Ich starrte diesen schlecht gelaunt aussehenden schmalen Jungen verdattert an. Bei unserer letzten Begegnung hatte er noch winselnd nach Patriot Pops verlangt. »Ist der immer so?«, fragte ich den stolzen Vater.

Carl grinste, seine braunen Augen strahlten. »Tja, mein Sohn eben!«

»Vielen Dank, Greg. Vielen, vielen Dank. Du weißt gar nicht, wie sehr du mir geholfen hast und wobei, aber es ist enorm wichtig.«

»Ach ja, was soll's.« Greg setzte seine Kopfhörer auf und stellte mit einem Fausthieb die Musik wieder an.

Carl und ich verließen das Zimmer. Ich steckte die CD in meine Handtasche und nahm meinen Mantel.

»Tja«, sagte ich und sah ihn an.

»Tja.«

»Sag Greg nochmal vielen Dank. Er ist was ganz Besonderes.«

»Ja, das ist er.«

»Und dir auch nochmal vielen Dank dafür, dass du mir geholfen hast. Ich meine natürlich Super Mom.« Ich kniff mich fest in meine rechte Hand – nicht um das Austreten von Fluid zu verhindern, sondern um meine Tränen zurückzudrängen.

»Sie ist ein guter Mensch«, sagte Carl leise. »Super Mom meint es nur gut.«

»Ja, das stimmt.« Ich schaute zu ihm hoch, aber ich konnte sein Gesicht durch meinen Tränenschleier kaum sehen. »Sie meint es wirklich nur gut.«

Er sagte nichts. Wir standen einfach da, schauten uns an, balancierten auf dem jeweiligen Ende des zwischen uns gespannten Seils und hatten beide Angst, einen Schritt aufeinander zu zu machen. Denn dann hätten wir womöglich unser Gleichgewicht verloren und wären abgestürzt.

Er hielt mir die Tür auf. Ich schlüpfte in meinen Mantel und ging. Einmal blickte ich mich noch um, um zu sehen, ob er mir nachschaute. Und das tat er.

Aber was soll ich sagen, auf meinem Weg nach Hause schlug plötzlich mein Super-Mom-Sinn an.

Ich gab mir alle Mühe, ihn zu ignorieren. Schließlich konnte ich es nicht riskieren, mich noch einmal in die Nähe von Kindern zu begeben, solange dieser Skandal um Super Mom und Jamie Flugal, den blöden Arsch, nicht abgeebbt war. Außerdem sagte ich mir, dass mir ein orangefarbener Gefängnisoverall bestimmt nicht stehen würde.

Aber irgendwo schwebte ein Kind in Gefahr.

Als das hohe, stakkatohafte Vibrieren in meinem Nacken und unter meiner Schädeldecke so heftig wurde, als hätte ich Violinen im Kopf, fuhr ich rechts ran, griff in die Papiertüte und zog das Super-Mom-Kostüm heraus. Es war inzwischen ein wenig verknittert; schmutzanziehende Staubtücher sind nämlich mördermäßig schwer zu bügeln. Sobald ich umgezogen war, stand ich plötzlich frei von Angst und voller Tatendrang auf dem Gehsteig. Denn in meinem Kostüm fühlte ich mich unsichtbar. Irgendwie kam es mir vor, als umhüllte mich der Stoff wie eine Mumie und als verberge die Maske nicht nur meine Augen, sondern auch meine Seele. Solange ich sicher im Inneren von Super Mom verborgen blieb, konnte mir niemand etwas anhaben.

Die Nacht war kalt und klar, die Sterne hingen tief, wie immer, wenn es Winter wird. Ich blieb ganz still stehen, lauschte nur dem Wind und den vibrierenden Saiten im Inneren meines

Kopfes. Bald darauf ging ein Kribbeln und Zittern durch meinen ganzen Körper, meine rechte Hand zeigte deutlich nach Westen. Ich folgte ihr, ohne zu zögern, über zwei leere Parkplätze und durch eine dunkle Gasse geradewegs zu einem hell erleuchteten Haus, aus dem laute Musik drang. Ein orangefarbener Kombi parkte davor.

In mir war eine solche Anspannung, dass ich befürchtete, meine Brust würde in zwei Teile bersten. Ich musste mich ganz auf die Schwerkraft konzentrieren und mich immer wieder an sie erinnern, um nicht die Bodenhaftung zu verlieren. Denn dann könnte ich nicht mehr tun, was ich tun musste.

Ich pirschte mich zum Beat zweier Bassgitarren an das Haus heran. Gerade wollte ich an der Tür klingeln, als ich Stimmen im Garten hörte. Rauch drang in meine Nase, es roch nach verbranntem Laub. Ich schlich ums Haus herum und drückte mich flach an die Seitenmauer.

Eine Gruppe von Teenagern stand um ein Feuer herum. Eigentlich sahen sie sogar ganz ordentlich aus. Sie rösteten Marshmallows und redeten alle durcheinander. Harmlose Gespräche überlagerten einander, sodass ich nicht erkennen konnte, wer mit wem sprach. Aber diese Teenager wussten es durchaus; sie sahen zufrieden und glücklich aus. Das Licht des Feuers tanzte in ihren Augen, und ihre Gesichter waren ganz rosig von der Hitze.

Hier lauerte keine Gefahr. Unmöglich. Und dennoch war sie da. Ich spürte sie.

Plötzlich schaute einer der Teenager vom Feuer hoch. Lange aschblonde Haare, Sommersprossen auf der Nase, ein vorsichtiges Lächeln im Gesicht.

»Kelly!«, rief ich aus, bevor ich es verhindern konnte.

Die Gespräche verstummten. Kelly blickte um sich, um herauszufinden, wer sie gerufen haben konnte.

»Seht mal! Da ist Super Mom!«, schrie jemand. Im nächsten Augenblick war ich umringt.

»Hey! Stimmt es, dass Sie Kinder schlagen?«

»Nein«, erwiderte ich. Kellys Kopf schnellte hoch, und sie sah mir in die Augen – direkt durch die Löcher meiner Maske hindurch. »Nein«, wiederholte ich, senkte meine Stimme diesmal jedoch um eine Oktave.

»Ich hab aber gehört, Sie hätten Jamie auf dem Arm rumgetrampelt und ihn gebrochen.«

»Dann hast du was Falsches gehört.«

»Sie wissen ja, dass Sie von der Polizei gesucht werden?«

Ich zuckte die Achseln.

»Und der Elternbeirat der Schule hat eine Belohnung für Ihre Ergreifung ausgesetzt, glaube ich.«

»Typisch!«, antwortete ich angeekelt. »Also, Kinder! Das ist ja alles sehr nett hier, aber wenn's euch nichts ausmacht, würde ich gern mit den Eltern sprechen, die für das alles die Verantwortung tragen. Es ist doch jemand da, oder?«

Schuldbewusste Blicke, Hände, die in Hosentaschen verschwanden. Ein paar von den Kindern wichen vor mir zurück.

»Okay«, meinte ich seufzend. »Wann lernt ihr das endlich mal? Also: Die Party ist beendet. Aber bevor ihr nach Hause geht – es ist übrigens gleich Sperrstunde: Würde mir bitte noch jemand den Besitzer des orangefarbenen Kombis zeigen, der vor dem Haus steht?«

Niemand antwortete mir.

»In Ordnung. Gut. Ich finde ihn auch allein.« Ich fuhr herum und ging auf die Verandatür zu.

Plötzlich stellte sich mir ein junger Mann in den Weg. Ein großer, wohlerzogener junger Mann mit hellblonden – fast weißen – Haaren und einem Blick, der so arrogant war, dass mich fröstelte.

»Was haben Sie denn jetzt vor?«, fragte Harry Osborne.

»Ich bin auf der Suche nach jemandem, der für diese Veranstaltung hier verantwortlich ist.«

»Das bin ich.«

»Ach, ist das so?«

»Ja. Also, wo ist das Problem? Wir feiern hier eine kleine Party, das ist alles.« Er zwinkerte in die sich um uns scharende Menge. Das ein oder andere nervöse Kichern war zu hören, aber der Großteil der Versammelten beobachtete uns schweigend. Und ich hatte den Eindruck, dass keiner diesen Harry wirklich mochte. Niemand stellte sich an seine Seite. Oder leistete ihm Schützenhilfe.

»Und die Dealer, denen der orangefarbene Kombi gehört? Sind die auch eingeladen?« Mein Magen fühlte sich an, als würde er von zwei kalten Händen umgedreht.

»Könnte man so sagen. Man könnte sogar sagen, sie sind unsere Ehrengäste.«

»Gut. Ich tue das nur äußerst ungern, junger Mann, aber ich muss dich bitten, mir den Weg freizumachen.«

»Dazu müssen Sie mich schon zwingen.«

»Wie bitte?« Ich sah ihn an. Sicher, er war mehr als einen Kopf größer als ich, aber nun: Ich war eine Superheldin! Oder hatte er davon noch nichts gehört?

»Ich sagte, dazu müssen Sie mich schon zwingen. So wie Sie den kleinen Jungen geschlagen haben. Wieso nehmen Sie es nicht mal mit einem auf, der eher Ihrer Größe entspricht?«

»Harry« – Kelly packte seinen Arm –, »was hast du vor? Bist du wahnsinnig? Und was für Dealer? Mir hast du gesagt –«

»Und du hast mir geglaubt, stimmt's? Also halt die Klappe.« Er versetzte ihr einen Schubs, und sie stolperte ein kleines Stück nach hinten. Ich hätte sie rasend gern aufgefangen, aber das ging jetzt nicht. Sie wusste ja nicht, dass ich es war; das wäre viel zu gefährlich gewesen.

»Der Apfel fällt nicht weit vom Stamm«, knurrte ich. »Na, schön. Ich tue das nur äußerst ungern, aber du lässt mir keine andere Wahl.« Ich schleuderte mein Fluid gegen einen über seinem Kopf hängenden Blumentopf. Er fiel herab, verfehlte ihn nur knapp und zerschellte auf dem Boden.

Harry lachte mich aus. »Brauchst wohl 'ne Brille, was, Omi? Hast wohl kein Zielwasser getrunken.« Dann zog er langsam und gemächlich ein Handy aus der Hosentasche und drückte auf eine der Tasten. »Mom? Ja. Sie ist hier.«

In dem Moment wurde mir klar, dass ich reingelegt worden war.

Sirenen heulten auf; rote und blaue Lichter blitzten von der anderen Seite des Hauses auf. Innerhalb von einer Sekunde brach das Chaos los:

»Die Bullen!«

»Ach, du Scheiße!«

»Wer hat die denn gerufen?«

»Entspann dich, die haben's nur auf die da abgesehen.«

»Ja, aber sie werden auch den ganzen andern Kram hier finden. Meine Eltern bringen mich um!«

»Los! Lauft!«

Irgendjemand warf eine Tüte mit Marshmallows um, Kids kamen aus dem Haus gestürzt, während andere gleichzeitig hineinzulaufen versuchten. Und ich stand unterdessen wie angewurzelt da und starrte Harry entsetzt an.

Er lachte erneut. Dann packte er Kelly, die sich umdrehen wollte, um zu fliehen.

»Hey, Babe, wo willst du denn so eilig hin? Diese Party hier mache ich für dich, schon vergessen? Jetzt beginnt der unterhaltsame Teil des Abends. Willst du nicht noch bleiben und dir das Feuerwerk ansehen? Willst du nicht zusehen, wie die Polizei diesen Superfreak da fängt?«

»Nein!« Kelly versuchte sich loszumachen, aber er verstärkte seinen Griff. Ich sah, dass seine Finger sich in ihre Handgelenke gruben wie Brenneisen. Meine rasende Wut erlöste mich aus meiner Starre. Ich zielte, streckte meine Hand aus und –

»Super Mom, kommen Sie aus dem Gebäude!«, rief Polizeipräsident Borden durch ein Megaphon. »Kommen Sie mit erhobenen Händen heraus. Nein, Augenblick – kommen Sie mit den Händen in ihren Taschen heraus. Gegen Sie liegt ein Haftbefehl vor!«

»Alarmstufe Rot! Ich wiederhole: Alarmstufe Rot! Wir haben Super Mom im Visier!«, ertönte Patty Osbornes Stimme kreischend über all dem Getöse. Die Musik plärrte immer noch, die Sirenen heulten, und überall rannten Teenager herum.

Genau in dem Moment, als ich meine Hand sinken ließ, rammte Kelly Harry ihr Knie in den Schritt. Er krümmte sich vor Schmerz zusammen, während sie um das Haus rannte – nicht in die Richtung, aus der das Megaphon drang, sondern in die entgegengesetzte. Ich wusste also, dass sie nun in Sicherheit war.

Seltsamerweise konnte ich mich kaum bewegen. Plötzlich war ich nicht mehr unsichtbar in meinem Kostüm, und ich war mir nur allzu bewusst, dass auf meiner Brust ein gigantisches »S« wie »Schießen Sie auf mich!« prangte. Mein Herz raste so schnell, dass ich dachte, es bereite sich auf einen Start in den Weltraum vor. Meine Füße waren mit so vielen gegensätzlichen Alternativen konfrontiert – weglaufen und ein Versteck suchen, Harry zu Hilfe eilen, Harry einen Tritt versetzen –, dass es zu einem Kurzschluss kam und ich sie gar nicht von der Stelle bewegen konnte.

Schließlich erschien einer dieser Teenager – ich weiß nicht, wer es war, aber ich werde ihn nie vergessen. Er stieg seelenruhig über den laut jammernden Harry und kam zu mir hin. Er hatte große Augen, einen Bürstenhaarschnitt und den Mund voller Kartoffelchips.

»Laufen Sie, Super Mom! Sie müssen losrennen! Sehen Sie zu, dass Sie hier wegkommen!«

»Ach, ja richtig!« Ich schüttelte mich, umarmte ihn kurz (schenkte ihm aber keinen Kräcker; ich war in Eile) und lief los. Ich stolperte über irgendwelches Brennholz, rannte aber weiter.

Hinter mir erklangen Stimmen, die mich dringend aufforderten, stehen zu bleiben, aufzugeben, abzulassen, anzuhalten; alles im Namen des Elternbeirats.

»Jetzt schießen Sie doch!« Das war Lex' Stimme.

»Sind Sie wahnsinnig?«, rief Polizeipräsident Borden entsetzt. »Bei all den Kindern, die hier rumrennen?«

»Ist mir egal!«, schrie Lex.

»Wir könnten es doch mit den Hunden versuchen«, rief jemand. Und kurz darauf hörte ich Pfiffe, Gebell und trappelnde Pfoten.

»Ach, du Schande!« Ich erhöhte mein Tempo und wandte mich um, um Fluid in meine Fußstapfen zu spritzen, damit die Hunde meine Spur verloren. Ich lief im Zickzack, in Häuser hinein und wieder heraus, sprang über Sandkästen, strauchelte über Rasensprenger. Nur einmal hielt ich an, um aus einem Hemd, das auf einer Wäscheleine hing, mal eben kurz einen Fleck zu entfernen. Die Pfoten trappelten weiter hinter mir her, aber das Gebell klang plötzlich verwirrt. Lex und Borden schickten die Hunde aufgeregt mal hierhin, mal dorthin – »Was ist denn bloß mit diesen blöden Kötern los?« –, und schließlich hörte ich einen dumpfen Knall und jämmerliches Aufheulen; einer der Hunde war wohl gegen einen Baum gerannt.

Ich lief und lief, bis ich zu meinem Minivan kam, den ich ein paar Ecken weiter abgestellt hatte. Ich warf mich hinein, riss mir das Kostüm vom Leib und stopfte es in die Papiertüte. Dann zog ich meine normalen Kleider an und wollte gerade auf den Fahrersitz klettern, als ich eine vertraute Gestalt die Straße hinunterrennen sah.

»Kelly!« Ich hielt mir die Seite und versuchte, wieder ruhiger zu atmen und mir nicht anmerken zu lassen, dass ich soeben vor einer Meute bissiger Hunde davongerannt war.

»Mom?« Sie blieb unter einer Laterne stehen, beugte sich vor und spähte in meine Richtung. »Mom? Was machst du denn hier?«

»Ich« – japs, keuch – »kam gerade hier vorbei« – hust, schnauf –, »um mal nach dem Rechten zu sehen ...«

»Um bei mir nach dem Rechten zu sehen? Um mir nachzuspionieren?«

»Nein. Na ja, schon. Ach, was! Aber, entschuldige mal, mein Fräulein, ich glaube kaum, dass es dir ansteht, mich zu kritisieren. Was zum Teufel machst du hier um diese Uhrzeit? Warum bist du nicht zu Hause?«

»Ich – ich – es gab da so 'ne Party ...«

»Eine Party? Ich hab dir gar nicht erlaubt, zu irgendwelchen Partys zu gehen!«

»Ach, stimmt ja. Ich vergaß. Du hast mir ja verboten, am sozialen Leben teilzunehmen.« Ihr Zähneknirschen war noch einen halben Block weiter zu hören.

»Steig ein. Sofort! Wir reden später weiter.« Irgendwo heulten wieder Sirenen, aber das Gebell war verstummt.

»Nein, lass uns jetzt sofort drüber reden. Ich hab für heute Abend genug von allen!«

»Wie meinst du das?«

»Ich hab's satt, mich von allen belügen zu lassen!«

»Schatz, du meinst –«

»Harry! Ja! Zufrieden? Bist du jetzt glücklich? Ja? Bist du das? Weil du Recht hattest, was Harry angeht?« Sie schluchzte.

»Nein! Natürlich macht mich das nicht glücklich. Vor allem, wo diese Party doch eigentlich für dich war ...«

»Was?« Sie fuhr sich mit dem Ärmel über die Augen. »Woher weißt du denn das?«

»Ich ... na ja ... ich hab's einfach so geraten.«

»Nein, hast du nicht! Du hast meine Telefongespräche über den zweiten Apparat belauscht, stimmt's?«

»Na ja, nicht direkt ...«

»Und meine E-Mails gelesen, wenn ich in der Schule war?«

»Nein, das würde ich nie tun ...«

»Doch, das tust du! Warum gibst du es nicht einfach zu?« Sie kam auf mich zugerannt und boxte in die Luft. »Warum gibst du nicht einfach zu, dass du mir hinterherspionierst? Warum vertraust du mir nicht mehr?«

»Weil ich dich gesehen habe!« Ich konnte mich nicht mehr bremsen. »Ich hab dich gesehen! Beim Herbstball! Ich hab dich gesehen, mit Harry und diesen Typen in dem orangefarbenen Kombi! Du wolltest dir gerade Marihuana kaufen, Kelly. Ich hab's gesehen!«

Sie rührte sich nicht von der Stelle. Dann beugte sie sich vor, als müsste sie sich übergeben. Ich hörte ihre Stimme, die furchtbar streng und wütend klang – anklagend.

»Nein, das stimmt nicht. Ich wollte es nicht. Ich bin nur mit Harry dahingegangen, und ich wollte gerade wieder gehen, als plötzlich diese merkwürdige Gestalt auftauchte. Dann kamen die Eltern alle angerannt – und ich bin losgelaufen. Harry weiß, dass ich kein Marihuana rauche. Er hat auch erzählt, er würde damit aufhören. Für mich. Aber ich habe nichts Verbotenes getan. Das würde ich niemals tun. Ich dachte, so gut würdest du mich inzwischen kennen.« Sie brach in Tränen aus.

»Das dachte ich auch.«

»Ich hab mich kein Stück verändert«, flüsterte sie, und ich sah die Tränen auf ihren Wangen. Sie reflektierten das Mondlicht, sodass es aussah, als rollten Sterne über ihr Gesicht. »Aber du hast dich verändert. Früher hast du mir geglaubt.«

»Es tut mir Leid, Kelly – ich ... Es ist einiges passiert in letzter Zeit. Ich hab viele unschöne Dinge erlebt, und es tut mir Leid ...«

»Ich will zu Dad.«

»Wie bitte?«

»Ich will zu Dad. Er vertraut mir. Er liebt mich. Bitte, bring mich zu ihm. Ich möchte bei ihm bleiben.«

»Wie meinst du das?« Ich fühlte mich, als würde ich einen Klumpen Eis verschlucken. »Bei ihm bleiben?«

»Ich will bei ihm wohnen. Ab sofort. Ich will nicht mehr bei dir wohnen, Mom. Kapiert?«

Ihre Worte waren Giftpfeile, die direkt auf mein Herz zielten, und sie erreichten ihr Ziel mit unerbittlicher, tödlicher Präzision.

»Ja«, flüsterte ich. »Ich hab's kapiert.«

Sie stieg ins Auto ein und wartete darauf, dass ich mich hinters Steuer setzte. Wir fuhren nach Hause. Ich blieb im Auto sitzen, während sie nach oben ging, um ihre Tasche zu packen. Dann brachte ich sie zu dem großen Haus auf der anderen Seite der Stadt. Es war eine lange Fahrt. Aber zwischen uns fiel kein weiteres Wort mehr.

Ich hielt in Dans Auffahrt. Dann wandte ich mich meiner Tochter zu.

»Warte mal kurz, Kelly. Bevor du reingehst – dein Vater –, du sollst wissen, dass er –«

Sie sah mich an. Ihr Gesicht war noch so jung und wirkte schon so hart. Sie dachte, sie wüsste über alles Bescheid. Sie dachte, sie wüsste alles über mich und über ihren Vater. Sie lebte seit Jahren mit ihrer eigenen Version der Geschichte. Und mir wurde klar, dass sie die Wahrheit erfahren musste. Auch wenn sie ihr das Herz brechen würde. Selbst wenn ich sie der größten Enttäuschung ihres Lebens aussetzte, indem ich sie aus dem Auto steigen, diesen langen Gehweg mit den schönen Pflastersteinen und den eingelassenen Strahlern hochlaufen und unangemeldet an diese große Holztür klopfen ließ – an die Tür ihres Vaters. Ich konnte – ich durfte – sie nicht länger davor schützen.

»Ach, vergiss es«, sagte ich und lächelte sie an – meine hübsche Tochter. Nichts, was sie sagte, konnte mich jemals dazu veranlassen, sie nicht mehr zu lieben, egal, wie sehr sie es auch darauf anlegte. »Geh. Ich hab dich lieb.«

Sie blinzelte mich an und kaute an ihren Fingernägeln.

»Okay.« Sie stieg aus und nahm ihre Taschen vom Rücksitz.

Dann ging sie den Weg zum Haus hinauf, und ich fuhr weg, noch bevor sie an der Tür klingeln konnte. Ich wollte nicht sehen, mit welcher Miene Doktor Dan sie in Empfang nehmen würde, wenn er sie dort stehen sah.

Auf dem Heimweg hörte ich Radio. Da Super Mom sich ihrer Verhaftung entzogen hatte, war inzwischen eine Suchmeldung ergangen. Zuletzt war sie auf der Flucht von einer Teenager-Party gesehen worden. Der Elternbeirat der Schule hatte eine Belohnung für jede Information ausgesetzt, die zur Verhaftung dieser Perversen mit der Schürze führte. Wer zu ihrer Ergreifung beitrug, sollte eintausend Dollar bekommen und durfte einen Tag lang das Amt eines Grundschulleiters bekleiden.

Ich fuhr zu Carrie.

»Können wir die Autos tauschen? Nur zur Sicherheit?«

Sie nickte, holte ihr Auto aus der Garage und setzte meinen zerbeulten Minivan hinein.

»Danke.« Ich seufzte. »Ich bin in eine Falle gelaufen.«

»Was?«

»Diese Party. Sie war eine Falle. Lex und Patty – die beiden müssen das geplant haben. Die Polizei war sofort zur Stelle. Dieser verschlagene Osborne-Bengel hat viel zu cool reagiert. Und sie haben Kinder als Köder benutzt – auch Kelly. Ist das zu fassen?«

»O mein Gott!«

»Und ich soll diejenige sein, die für Kinder eine Gefahr darstellt?«

»Sei vorsichtig, Birdie, ja? Versprichst du mir das?«

»Ja, ich versprech's. Aber diese Sache ist noch nicht ausgestanden. Danke für das Auto. – Oh, warte mal kurz.« Ich ging noch einmal zu meinem Wagen, um mein Kostüm zu holen.

Aber es war nicht da.

Ich guckte unter allen Sitzen nach, durchsuchte das Handschuhfach, den Kofferraum, alles. Aber meine zerknitterte Tüte blieb verschwunden. Und dann kam mir die Erleuchtung: Kelly hatte ihr Gepäck vom Rücksitz genommen, als ich sie bei Dan ablieferte – und dort hatte auch meine Tüte gelegen.

»Diese Nacht kann gar nicht mehr schlimmer werden.« Ich schlug die Tür zu und setzte mich auf den Fußboden von Carries Garage. Ich war so müde, und mir war so schlecht. Erst jetzt wurde mir bewusst, dass ich seit ungefähr zwei Tagen nichts gegessen hatte. Ich wollte einfach nur noch an Ort und Stelle einschlafen und mich von Carrie bemuttern lassen. Sie sollte eine Decke über mich legen, mich mit Suppe füttern und mir eine Gutenachtgeschichte vorlesen.

»Was ist?« Carrie kam angerannt und zupfte an ihrem Pony.

»Kelly hat mein Kostüm. Bei Doktor Dan.«

»Was?«

»Jawohl.«

»O Birdie!«

»Allerdings.« Ich schloss die Augen und lehnte mich an den Wagen. Die Abgase stachen mir in die Nase.

»Und jetzt?«

»Keine Ahnung. Ich bin's leid, mir andauernd zu überlegen, wie es weitergehen soll. Ich möchte, dass mir das jemand abnimmt.«

»Fahr nach Hause. Du musst dich schlafen legen. Zerbrich dir über all das erst morgen den Kopf.«

»Ich kann nicht. Ich muss zu Doktor Dan zurückfahren und meine Tüte holen. Hoffentlich bevor er einen Blick hineinwirft.«

Chrissie steckte ihren Kopf zur Tür herein.

»Mom? Tante Birdie? Da ist jemand für dich am Telefon.«

»Für mich?« Sie nickte.

Ich rappelte mich auf und ging auf Beinen, die sich wie Sandsäcke anfühlten, zum Telefon.

»Hallo?«

»Birdie?«

»Dan?« Plötzlich war ich hellwach, und mir kribbelte die Haut am ganzen Körper.

»Ich hab dich zu Hause angerufen; Martin meinte, du wärst nicht da. Ich glaube, ich hab was hier, das dir gehört?«

»Ja«, erwiderte ich und leckte mir über die Lippen. Meine Stimme klang, als käme sie aus dem Inneren eines tiefen Tunnels. »Hast du.«

»Würdest du bitte sofort herkommen?«

»Ja.«

Ich legte auf.

»Er hat es gefunden«, sagte ich zu Carrie, die noch immer an ihrem Pony zupfte.

»Was willst du jetzt tun?«

»Hinfahren und es abholen.«

»Und dann?«

»Ich hab nicht die leiseste Ahnung.« Ich nahm ihre Schlüssel und fuhr los. Wenigstens war ich jetzt vor dieser Bande von Beiratsmitgliedern sicher, die unterwegs waren, um Jagd auf Super Mom zu machen. Aber vor Doktor Dans Zorn war ich nicht sicher. Für den ich mich wappnete, während ich meine Sandsackbeine über seinen Designer-Gehweg schleppte und seine vergoldete Klingel betätigte.

»Nun«, sagte er, und aus jeder Falte in seinem Gesicht sprach deutlicher Unwille, »nun.«

»Nun?« Ich stand auf der Veranda; er bat mich nicht hinein.

»Wir müssen darüber reden.«

»Okay.«

»Du lädst das hier also einfach so vor meiner Haustür ab, ja?«

»Nein, Dan, ich hab nicht – Kelly? Schätzchen?«

Plötzlich schubste Kelly ihren Vater beiseite. Ihr Gesicht war tränenüberströmt und ihre Nase rot.

»Bring mich nach Hause, Mom, ja? Bring mich einfach nur nach Hause.«

»Dan?« Ich sah ihn an. »Meintest du etwa Kelly? Meintest du Kelly mit diesem, diesem ›Etwas‹, das mir gehört? Und das ich einfach so vor deiner Haustür abgeladen habe?«

»Na ja, Birdie, das ist nicht das Wochenende, an dem ich sie habe. Du kennst meinen Terminkalender. Es überrascht mich, dass ihr beide –«

»War es das, was du meintest? War es das, von dem du wolltest, das ich ›es‹ bei dir abholen komme? Mein Gott, bist du armselig, Dan. Einfach nur armselig. Sie ist deine Tochter! Sie ist kein Ding! Du verdienst es gar nicht, sie zu haben, weißt du das? Du verdienst sie alle beide nicht!« Ich ertrug seinen Anblick keine Sekunde länger, diese selbstgefällige, überlegene Miene, die mich früher einmal in Entzücken versetzt hatte. Wie war das möglich? Wie konnte ich diesen Mann jemals geliebt, wie konnte ich ihn gewollt und mich von diesem Mann betrogen gefühlt haben? Er war gar kein Mann. Er war lediglich ein Samenspender. Mehr nicht. Und nicht mal das hatte er besonders gut gemacht –

»Du – du … Schlappschwanz!«, schrie ich ihn an, und ich hätte schwören können, dass ich Dixie aus dem Wohnzimmer kichern hörte. Damit drehte ich mich um und lief meiner Tochter hinterher, die weinend auf dem Beifahrersitz saß und so heftig schluchzte, dass ich fürchtete, es würde sie entzweireißen.

»Nicht doch, meine Kleine«, sagte ich und ließ den Motor an. »Nicht weinen. Er ist es nicht wert.«

»O Mami«, schluchzte meine Tochter, und ich fuhr sie so schnell es ging nach Hause, um sie halten zu können, sie in meinen Armen zu wiegen und ihr wieder das Gefühl zu geben, dass sie geliebt wurde.

»Du wusstest, dass er mich nicht will, oder? Warum hast du es mir nicht gesagt?«

Ich strich ihr über ihr seidiges Haar. Sie lag in meinen Armen, und wir beide hatten uns auf meinem Bett ausgestreckt.

»Manchmal muss man andere ihre eigenen Fehler machen lassen. Und das war heute Abend der Fall. Was hättest du denn gemacht, wenn ich dir gesagt hätte, dass du da nicht hinkannst?«

»Ich hätte getobt und dir gesagt, dass ich dich hasse.«

»Genau. Und das hab ich dich lange genug tun lassen, Kelly. Heute Abend musste ich riskieren, dass du verletzt wirst, damit du es selbst herausfindest. Es ist ja auch gar nicht so, dass er dich nicht will, Kelly. Das darfst du nicht vergessen. Aber er … nun ja, er hat keine Lust, das jeden Tag zu machen, er will nicht jeden Tag Vater sein. Er führt jetzt ein anderes Leben, und er hat seinen Terminkalender. Aber er liebt dich.«

»Das bezweifle ich«, gab sie trocken und skeptisch zurück. »Mami?«

Ich lächelte sie an und küsste sie oben auf den Kopf. Dieses Wort hatte ich schon so lange nicht mehr gehört.

»Was denn?«

»Warum hast du ihn geheiratet?«

»Weil er mich darum gebeten hat.«

»Nein, im Ernst!«

»Das ist gar nicht weit von der Wahrheit entfernt.« Ich seufzte. »Oh, ich hab ihn geliebt, wirklich. Und er mich auch, auf seine Art. Außerdem wollte ich heiraten und Kinder kriegen – so uncool das auch klingt. Es ist das, was ich wollte.«

»Aber …« Sie drückte sich an mich und versuchte, es sich in meinen Armen gemütlich zu machen. Als wir uns das letzte Mal so aneinander gekuschelt hatten, war sie noch nicht größer gewesen als ich. »Warum habt ihr euch denn dann scheiden lassen? Wenn ihr euch geliebt habt?«

»Ach, Schatz, darüber haben wir doch schon mal gesprochen. Manchmal passiert es eben, dass zwei Menschen sich plötzlich nicht mehr lieben. Das heißt aber nicht, dass sie ihre Kinder nicht lieben, es heißt einfach nur, dass sie sich verändern –«

»Hör auf mit dem Stuss, Mom.«

»Kelly!«

»Also wirklich, Mom. Das weiß ich doch alles, aber das sagt mir überhaupt nichts. Warum? Was hast du getan? Was hat er getan?«

»Kelly.« Ich wollte es ihr erzählen – und ob ich das wollte! Kein Zeitpunkt wäre je geeigneter gewesen als dieser. Aber wir hatten eine Vereinbarung getroffen, Doktor Dan und ich. Und ich hatte durchaus die Absicht, ihn darauf festzunageln. »Wir waren beide Idioten, okay? Ich hab so getan, als wäre alles in Ordnung, obwohl es nicht so war, und er ... na ja, das wird er dir erzählen. Ganz bald. Aber es ist einfach passiert, und es ist lange her. Daher wird es Zeit, dass wir das hinter uns lassen. Du und ich. Vor allem ich.«

»Männer sind solche Arschlöcher!« Sie seufzte.

»Kelly!«

»Tut mir Leid«, murmelte sie schläfrig und gähnte. Aber dann setzte sie sich auf und entwand sich meinen Armen. »O Mom! Ich hab heute Abend was gefunden. Ich glaube, es gehört dir.« Sie griff seitlich neben das Bett und brachte eine Tüte zum Vorschein. Eine zerknitterte braune Papiertüte. »Du bist das, stimmt's? Du bist Super Mom.« Und sie klang gar nicht erstaunt.

»Äh.« Ich lief rot an. »Äh, ja. Stimmt.«

»Wow! Weißt du, ich dachte mir schon so was – da waren so Kleinigkeiten, wie heute auf der Party: Als Super Mom was gesagt hat, klang ihre Stimme wie deine. Aber dann passierten so verrückte Sachen, und Harry –«

»Harry hat euch – euch alle – in eine sehr gefährliche Situation gebracht«, sagte ich, obwohl ich ihr wirklich nicht noch mehr wehtun wollte. Aber ich musste sichergehen, dass sie verstand, wie bösartig er war. »Nur um mich zu kriegen. So eine Art von Mensch ist er.«

»Ich weiß.« Sie wandte sich ab und kämpfte mit den Tränen. »Aber … du. Wie lange bist du schon Super Mom?«

»Schon seit dem Tag, als ihr beiden mich im Badezimmer gefunden habt. Seit dem Tag meines *Schrecklichen Swiffer-Schocks.*«

»Wow! Du hast dich also heimlich rausgeschlichen? Und Verbrecher gejagt? Und hast du echt diesen blöden Arsch vermöbelt?«

»Nein, hab ich nicht, und ich fasse es auch nicht, dass die Leute so ein Theater darum machen –«

»Warum hast du es mir nicht erzählt?«

»Ich weiß es nicht.« In diesem Moment, als ich so dasaß und mit meiner Tochter redete, anstatt mich mit ihr zu streiten, wusste ich es auch wirklich nicht. »Ich dachte, es wäre leichter für dich, wenn du es nicht weißt.«

»Weiß Martin es denn?«

Ich holte tief Luft. Dann nickte ich.

Sie schaute weg.

»Hast du mir nicht vertraut?«

»Ach, Kelly! Natürlich habe ich … Na ja. Nein. Ich hab dir nicht vertraut, weil ich Angst hatte, du erzählst es deinem Vater. Und wenn er dahintergekommen wäre …«

»Oh«, sagte sie leise und rückte von mir ab, als ich den Arm nach ihr ausstreckte. »Und Martin hätte es ihm nicht erzählt. Verstehe.«

»Aber ich wollte es dir doch erzählen, wirklich! Es gab in der letzten Zeit so vieles, das ich dir sagen wollte …«

»Mom? Kel?«

Wir drehten uns beide um. Martin stand in der Tür.

»Alles in Ordnung?« Er ließ den Kopf hängen, und die Haare fielen ihm ins Gesicht.

»Ja, Spatz, alles in Ordnung. Kelly hat nur einen ziemlich turbulenten Abend hinter sich. Und ich auch.«

»Okay. Ich bin in meinem Zimmer, wenn ihr mich braucht. Ich hab die Glühbirne auf der Veranda ausgewechselt, Mom. Sie war kaputt.«

»Tatsächlich?« Ich wandte den Kopf von ihm ab, damit er mein Lächeln nicht sah. »Danke, mein Großer.«

»Schon okay«, wiederholte er. Zum ersten Mal seit dem Tag mit dem blöden Arsch sah er mir wieder in die Augen.

»Martin?«

»Hm?«

»Ich muss mich wegen neulich bei dir entschuldigen. Wie's aussieht, hab ich meinen Kindern in der letzten Zeit nicht genug vertraut, und es tut mir wirklich Leid. Vergibst du mir?«

Martin zuckte mit seinen hängenden Schultern, und seine Hände verschwanden in den ausgefransten Ärmeln seiner Jacke. Aber in seinen Augen sah ich irgendetwas Weiches schimmern – wie Schnee, der zu schmelzen beginnt. Ich klopfte grinsend neben mir aufs Bett, und auf einmal grinste er auch. Er flog auf mich zu, sprang aufs Bett und brachte uns zum Hüpfen, als säßen wir auf einem Trampolin – *Die erstaunlichen Lees, Zirkuskünstler der ganz besonderen Art.* Ich nahm meine Kinder bei den Händen, und wir hüpften und hüpften. Nur wir drei, so wie es immer gewesen war, so wie es immer sein würde – es sei denn …

Nun. Es sei denn.

Ich schlug mit einem sanften Aufprall wieder auf der Erde auf.

»Ich muss euch noch was erzählen. In diesem Haus hat es in letzter Zeit zu viele Geheimnisse gegeben. Und ich finde, ihr solltet wissen, dass ich mit jemandem ausgegangen bin.«

»Wirklich?« Kelly drehte sich um und starrte mich aus weit aufgerissenen grauen Augen an. »Du hattest ein Date? Du?«

Martin zupfte still am Saum seiner Jeans herum.

»Ja.« Plötzlich musste ich grinsen und versteckte meinen Kopf unter einem Kissen.

»Mom!«, kreischte Kelly und riss das Kissen weg. »Wer? Wer ist es? Ist er süß?«

Martin stöhnte.

Ich streckte die Arme aus und zog ihn zu mir hin. »Ja, ich schätze schon, dass er süß ist. Also gut« – ich holte tief Luft –, »ihr kennt doch Greg Sayers, der in Martins Klasse geht? Und seinen Vater? Den Mann, der den Comic-Club leitet?«

»Mr. Sayers?«, quiekste Martin.

Ich nickte. Kelly riss ihre Augen sogar noch weiter auf.

»O mein Gott, Mom. Der ist ja absolut oberscharf! Und der mag dich?«

»Überrascht dich das etwa? Ja, er mag mich. Oder zumindest mochte er mich. Er … na ja, im Augenblick ist er sauer auf mich, und einer der Gründe dafür ist, dass ich Angst hatte, es euch zu erzählen.«

»Wieso denn Angst?« Kelly zog mir etwas aus den Haaren – ein winziges Blatt.

»Ich hatte Angst, dass ihr es mir übel nehmt. Dass ihr enttäuscht sein würdet.«

»Aber wieso denn? Ich meine, Mom, bitte! Es wird ja langsam mal Zeit. Du bist – wie alt, vierzig?«

»Einundvierzig.«

»Wow. Also, mal im Ernst. Du wirst auch nicht jünger. Wenn du noch jemanden finden willst, musst du dich ganz schön ranhalten.«

»Danke, Kelly. Martin?« Ich wandte mich meinem Sohn zu.

»Hmmm?«

»Und was hältst du von dieser Geschichte?«

»Ist irgendwie komisch«, sagte er. Kelly hatte schon den Mund auf, um ihn zurechtzuweisen, aber ich hielt sie zurück.

»Ist schon in Ordnung, wenn dir das irgendwie komisch vorkommt. Mir geht es ja genauso. Darum habe ich es ja auch geheim halten wollte. Aber das war ein Fehler. Es war falsch, es euch nicht zu erzählen, es war Mr. Sayers gegenüber falsch – Carl gegenüber. Das hat ihn verletzt.«

»Ist er echt sauer auf dich?«, fragte Martin.

Ich nickte.

»Er ist ein netter Mann, Mom. Ich meine, im Comic-Club. Wenn alle einfach nur dasitzen und rumalbern. Er sagt nie was. Ich wette, er bleibt nicht ewig sauer auf dich.«

Ich lächelte, küsste ihn auf die Stirn und wünschte mir, Kinder würden die Welt regieren.

»Ich finde, du solltest dich bei ihm entschuldigen«, meinte Kelly und nickte emphatisch dazu.

»Und ihr wärt nicht sauer auf mich? Wenn ich – wenn wir – zusammen wären?«

»Nein! Echt nicht. Ich hab eh nie geglaubt, dass ihr, du und Daddy, jemals wieder zusammenkommt. So sehr ich es auch wollte, ich hab nie daran geglaubt. Und ich weiß nicht ... es ist schon ein bisschen merkwürdig, dass du nur auf Martin und mich fixiert bist. Im Ernst, Mom, ich glaub nicht, dass das gesund ist.«

»Stimmt, das ist nicht gesund. Du brauchst dein eigenes Leben, Mom.« Martin tätschelte meine Hand.

»Ihr beiden klingt genau wie Tante Carrie!«

»Tja, dann hat sie eben Recht. Ich meine« – Kelly und Martin wechselten einen Blick –, »wir gehen bald weg, aufs College, und wir machen uns Sorgen, was dann aus dir wird.«

»Wirklich? Ihr macht euch Sorgen um mich?« Ich war gerührt. Hin und weg, um genau zu sein. Ich hätte es mir nie träumen lassen, dass meine Kinder sich Sorgen um mich machten. Ich machte mir so oft so unglaublich viele Sorgen um sie. Ich gab und gab, und sie wollten auch mal etwas geben. Aber ich ließ ihnen zu selten Raum dafür.

So ist das, wenn die eigenen Kinder groß werden. Sie machen sich Sorgen um einen. Sie wissen, selbst dann, wenn man selbst es nicht weiß, dass man jemanden an seiner Seite braucht, um glücklich zu sein.

»Also. Was meint ihr denn, was ich jetzt tun soll?«, fragte ich meine Kinder – meine fast erwachsene Tochter, die nicht fassen konnte, dass ich mir einen superscharfen Typen angeln konnte, und meinen klugen Sohn, der der Meinung war, ich bräuchte mein eigenes Leben.

»Na ja, kommt drauf an. Liebst du ihn?« Kelly schaute mich durchdringend an. Martin hielt die Luft an. Und ich wusste, ich würde ihnen nicht wehtun. Nicht, wenn ich ihnen die Wahrheit sagte.

»Ja«, sagte ich und war überrascht, wie leicht es mir über die Lippen kam. Aber dennoch – es war die Wahrheit. Nach all den Lügen kam sie schließlich zutage – die Wahrheit. Wenn man alles auf das Wesentliche reduzierte – oder auf das Licht des Mondes, das gefiltert durch die Zweige einer Kiefer fiel. Denn egal wie stark ich war, egal wie unabhängig, die Wahrheit war, dass ich mich in seinen Armen sicher gefühlt hatte. Und es gab keinen Grund, sich dafür zu schämen – dafür, dass ich mich selbst und meine Liebe mit einem wunderbaren Mann teilen wollte, der mich in seinem Leben haben wollte. Das setzte mich keineswegs herab. Diesmal nicht. Diesmal war ich auch allein stark. Diesmal konnte es mich nur noch stärker machen.

»Ja«, flüsterte ich meinen Kindern zu. »Ich liebe ihn. O ja!«

»Dann sag es ihm.« Kelly schüttelte den Kopf über meine Dummheit.

»Und das ist schon alles? Es ihm einfach nur sagen?«

»Du meine Güte, Mom!« Martin kratzte sich an der Nase. »Kann ich jetzt ins Bett gehen? Ich bin ziemlich kaputt.«

»Ich auch.« Kelly gähnte.

»Ja, klar. Sicher.« Ich hob den Kopf, um ihren Kuss und seine Umarmung zu empfangen – ihren sanftmütigen Segen für den Rest meines Lebens, meines Lebens mit ihnen und ohne sie.

»Nacht.«

»Nacht, Süße. Nacht, Martin!«

»Nacht!« Ich sah ihnen nach, als sie hinausgingen. Sie waren beide größer, als ich sie in Erinnerung hatte. Wenn ich sie vor meinem inneren Auge sah, waren sie immer kleiner als ich. Und wenn ich dann einen Schritt zurücktrat und sie mal genau betrachtete, so wie ein Fremder sie betrachten würde, dann war ich jedes Mal total verblüfft, wie groß sie waren. Und wie hager. Auf der Schwelle zum Erwachsenwerden. In ihren Gesichtern sah ich bereits eher die Erwachsenen, die sie einmal werden würden, als die Babys, die sie mal gewesen waren. Und stets aufs Neue war ich davon gerührt.

Wir legten uns also schlafen, meine Familie und ich. Wir drei, jeder in seinem eigenen Zimmer. Und trotz der bescheidenen Ausmaße unseres Hauses wusste ich, nun endlich, dass hier auch noch Platz für mehr Leute war. Ich brauchte nur zu fragen.

22

Schabernack, Gruselspaß und Leckereien!
Kommt und feiert Halloween im New Cosmos Patriot Park. Im Lichte der Ereignisse der letzten Zeit hat der Elternbeirat der Schule entschieden, unseren kleinen Gespenstern und Kobolden einen sicheren Platz zum Feiern anzubieten!

Kommt also rechtzeitig, bleibt lange und bringt einen großen Beutesack mit, in dem noch reichlich Platz für Patriot Pops ist!

»Das soll ja wohl ein Scherz sein!«, sagte ich.

»Was?« Kelly beugte sich über meine Schulter und schaute auf den Flyer, den Martin von der Schule mit nach Hause gebracht hatte.

»Guck doch mal! Das ist so überdeutlich – genauso gut könnten sie Schilder in Neonschrift aufstellen, auf denen ›Willkommen, Super Mom! Komm und wohne deinem Untergang bei!‹ steht. Sie wissen genau, dass ich dieser Veranstaltung nicht fernbleiben kann. Kinder, Süßkram, potenziell gefährliche Zäune – das ist ein Albtraum für Super Mom!«

»Es ist also eine Falle?«

»Ja, und was für eine!« Ich warf den Flyer in den Müll. Dann setzten wir uns an den Küchentisch.

»Also, was hast du jetzt vor?«, fragte Kelly, die neben mir saß.

»Ich hab keine andere Wahl. Ich muss da hin. Aber das ist es dann auch. Eine weitere Chance wird sich mir nicht bieten, denn ich werde bestimmt noch gefangen genommen. Schließlich ist auf meinen Kopf eine Belohnung ausgesetzt. Ich muss also auf alles gefasst sein. Ich muss es schaffen, Lex seiner gerechten Strafe zuzuführen.« Ich griff nach einem Stapel Papier – den ausgedruckten Seiten mit dem Inhalt der Datei, die ich aus Lex' Büro geklaut hatte. Seitenweise Marketingvorschläge, Beschreibungen der Wunderwirkung von Oralsulin … und Zahlen. Unverständlich, fremd. Kontonummern, Tabellenkalkulationen, Aktienkürzel.

»Auweia«, stöhnte ich, goss mir einen Riesenpott Kaffee ein und durchforstete die Krimskrams-Schublade nach einem Taschenrechner. Das Einzige, was ich zutage fördern konnte, war ein Mickey-Maus-Rechner aus Plastik, der mal als Beilage in einer Schachtel Frühstücksflocken gelegen hatte. Er konnte zwei Rechenarten: Addieren und Subtrahieren.

»Lass mich mal«, sagte meine Tochter, das Mathegenie. »Lass mich mal sehen, ob ich daraus schlau werde.« Sie griff in ihren Rucksack und zog einen Taschenrechner von der Größe eines kleinen Computers heraus. Ich brach in Tränen aus und erhöhte auf der Stelle ihr Taschengeld.

Mein Partner nahm es unterdessen auf sich, meine technische Ausrüstung ein wenig zu überholen.

»Du brauchst echt mal einen neuen fahrbaren Untersatz. Einen mit Turbo und Heckflossen und aerodynamischem Design«, meinte Martin, während er sich an einem meiner guten Küchenhandtücher seine öligen Hände abwischte. »Aber ich nehme nicht an, dass Dad in nächster Zeit vorhat, den Unterhalt für uns Kinder zu erhöhen?«

Ich schüttelte den Kopf.

»Dachte ich mir. Okay. Lass mich sehen, was ich tun kann. Und gib mir mal deine High Heels. Ich hab da eine Idee.«

Ich trat einen Schritt zurück und sah zu, wie meine Kinder – meine Partner – zum ersten Mal seit Jahren zusammenarbeiteten. Alles im Namen von Super Mom.

(Das bin ich!)

Carrie analysierte mich inzwischen, wann immer sie eine Gelegenheit dazu erhaschte.

»Gut, dann erklär mir das nochmal. Du hast schon als Kind nie geträumt?«

»Nein«, antwortete ich seufzend. Ich bekam allmählich Krämpfe in den Beinen.

»Aber du hast doch unerfüllte Wünsche?«

Ich schnaubte. »Such dir irgendwas aus.«

»Zu fliegen«, erwiderte sie.

»Oh, fliegen!« Ich schloss die Augen und stellte mir vor, wie ich – Super Mom – über die Dächer hinwegsegelte, während mein Cape sich hinter mir bauschte. Das Lustige daran war, dass ich mich zur Zeit leicht genug fühlte, um es auch tatsächlich zu können. Zu fliegen wie ein Vogel. Ist schon irgendwie komisch, wie sehr es einen erleichtert, wenn man die Wahrheit sagt, wenn man Verstimmungen und Angst und Lügen und Schuldgefühle aus dem Weg räumt. Es kann sogar so erleichternd sein, dass man permanent auf- und abhüpft und nach den Sternen greift.

Nur eine Sache war noch übrig – und lag wie ein Stein auf meiner Seele. Es war einer von der großen Sorte, und er schien mit jedem Tag schwerer zu werden. Das war das Einzige, was mich noch am Boden festhielt, mir Kieselsteine in die Schuhe und Staub in den Mund brachte.

»Nun sag's ihm doch einfach!«, drängte Kelly. Und Carrie. Und Martin.

Nun sag's ihm doch einfach. Es waren ja bloß Worte. Aber in Wirklichkeit auch nicht. Ich würde ihm meine Seele, mein Herz, meine Hoffnungen und Ängste, meine verletzlichsten Seiten darbieten. Und Carls Hände, seine starken, fähigen Hände – ob sie wohl offen sein würden, bereit, diese Geschenke entgegenzunehmen?

Eins musste ich noch tun, bevor ich das herausfinden würde. Weil ich jemanden brauchte, der mich auffing, sollte ich ins Straucheln geraten und hinfallen, während ich mein Herz darbrachte. Und falls Carl das nicht konnte – Super Mom konnte es.

Sie war so gut wie bereit.

»Okay, ich glaube, ich hab's«, sagte Kelly eines Tages nach der Schule. Sie setzte sich an den Küchentisch, zog einen penibel zweimal gefalteten Ausdruck aus ihrem Rucksack und strich ihn vor mir glatt. »Ta-ta!«

»Mmh?« Ich schaute auf das Blatt. Ich drehte es nach rechts. Und dann ganz auf den Kopf. Ich hätte nicht sagen können, wie herum man es lesen sollte. Es standen lauter Zahlen und Wörter wie »Unternehmenseinkünfte« und »verdeckter Gewinn« und noch mehr Zahlen darauf, einige davon waren schwarz, andere rot. »Was ist das?«

»Das, was du brauchst. Du musst doch dein böses Imperium zu Fall bringen, Mom!«

»Kannst du mir das übersetzen?«

»Mein Gott, Mom! Man sollte meinen, du wärst selbst mit einer Überweisung überfordert.« Meine Tochter seufzte und warf ihre Haare zurück.

»Manchmal schon.«

»In Ordnung. Siehst du diese Zahlen? Und diese Zahlen hier? Siehst du das? New Cosmos Industries hat letztes Jahr keinen Profit gemacht. Und in den ersten drei Quartalen dieses Jahres auch nicht. Es sieht tatsächlich so aus, als ob Lex nie einen Cent von seinem eigenen Geld in dieses Ding gesteckt hätte.«

»Von wegen Selfmade-Millionär!«, schnaubte ich. »Aber was soll's? Wen stört es, wenn sie keinen Profit machen?«

»In Ordnung«, begann sie erneut und sprach ganz langsam. »Ich werd's dir buchstabieren. Du kennst doch das Gelände von New Cosmos – es ist sehr schön. Und den Vergnügungspark. Da ist doch jede Menge Geld reingeflossen, oder nicht?«

Ich nickte.

»Aber das ist noch nicht alles. Lex und Patty haben eine eigene Loge im Fußballstadion. Ein Luxuspenthouse in Gotham City. Eine Eigentumswohnung auf den Bermudas. Wie bezahlen sie denn das alles?«

»Ist er in Wirklichkeit Batman?«

»Mom! Sieh mal – ich bin beim Handelsregister gewesen …« Sie zog ein weiteres Blatt Papier hervor – sogar mehrere. Verträge über die Loge, das Penthouse, die Eigentumswohnung. »Alle unterschrieben von Edward D. Cobblepot.«

»Unserem mysteriösen Geldgeber.«

»Richtig! New Cosmos wirft überhaupt keinen Gewinn ab. Wie können sie also im Geschäft bleiben und die halbe Stadt beschäftigen?«

»Weil der Pharmakonzern Moulton für alles zahlt!«

»Genau. Für Moulton ist es wichtig, dass New Cosmos erhalten bleibt, also zahlen sie ihnen Geld. Und hier, sieh mal: Lex hält ganz schön große Anteile an Moulton und ist wahrscheinlich der Kopf hinter dieser ganzen Sache. Das heißt, er frisiert die Bücher, damit Moulton mehr Gewinn macht, und er denkt sich all diese Marketing-Ideen aus, wozu auch das Unterschieben der unterschwelligen Botschaften gehört. Du hast gesagt, Cobblepot wäre in Japan? Dann sieh dir das mal an!« Sie reichte mir einen Zeitungsartikel.

Yamamoto Industries, der Erfinder des beliebten Videospiels »American Justice«, wurde an den amerikanischen Financier Edward D. Cobblepot verkauft. Dieser Deal wurde offenbar im letzten Winter nach einer Empfehlung durch Lex Osborne, Begründer von New Cosmos Industries, ausgehandelt. Bekannt gegeben wurde er allerdings erst, nachdem »American Justice« seine ersten Testverkäufe im Mittleren Westen bestanden hatte. Wegen seiner enormen Beliebtheit plant Cobblepot, es in diesem Frühjahr in den gesamten Vereinigten Staaten zu vermarkten.

»Und das ist alles?« Ich betrachtete diese Tabellen und Zahlen und Linien. »Sie haben nur ihre Bücher frisiert? Und keine UN-Verträge verletzt? Nicht gegen ungefähr tausend Gesetze verstoßen? Es geht hier nur um – Bilanzen?«

»Es geht um einen Interessenkonflikt und darum, dass finanzielle Beteiligungen verheimlicht werden, und vielleicht auch um Geldwäsche. Und wenn du da die unterschwelligen Botschaften noch mit einbeziehst, hast du etwas ganz schön –«

»Böses?« Ich sah sie hoffnungsvoll an.

»Böses!« Sie lächelte, sammelte ihre Schulbücher zusammen und lief nach oben.

»Bilanzen«, wiederholte ich und sortierte das Papierchaos.

Das Telefon klingelte.

»Hallo?«

»Birdie?« Es war Patty Osborne. Ich schob die Blätter unter den Toaster, für den Fall, dass sie durchs Telefon sehen konnte.

»Hallo, Patty. Was gibt's denn?«

»Es geht um das Halloween-Fest. Ich hab Sie zum Süßkram-Verteilen eingeteilt. Ich brauche Sie also genau um halb sieben dort, und Sie müssen um jeden Preis pünktlich sein –«

»Ach, das tut mir Leid, Patty, aber ich kann nicht.« Ich wickelte das Telefonkabel um meinen Finger und grinste.

»Sie – Sie … wie bitte?«

»Ich sagte, ich kann nicht.«

Es entstand eine lange Pause. Offenbar hatte es ihr die Sprache verschlagen.

»Patty? Alles in Ordnung?«

»Ja, schon … aber was meinen Sie mit: Sie können nicht?«

»Ich kann morgen nicht helfen. Ich hab was anderes vor.«

»Was denn? Was könnte denn wichtiger sein, als Ihre Pflichten als Mitglied des Elternbeirats dieser Schule?«

»Na ja, um ehrlich zu sein, muss ich mein Haus noch ein wenig auf Vordermann bringen.« Ich kicherte. »Ich hab hier noch ein kleines Chaos zu beseitigen – ach, vielmehr ein riesengigantisches, selbst angerichtetes Chaos.«

»Aber man muss doch an die Kinder denken, Birdie …«

»Oh, das tue ich, Patty. Glauben Sie mir, das tue ich.«

»Aber … aber …«

Ich ließ sie weiter vor sich hinstottern und legte einfach auf.

23

Halloween. Ein Abend, an dem traditionell *Trick or Treat* gespielt wird – entweder du schenkst mir was Süßes, oder es gibt Saures und ich treibe Schabernack mit dir. Ich konnte nicht wissen, ob mit mir an diesem Abend auch jemand seine Spielchen spielen würde; ich hoffte nur, die schwarzen Kater und die nachgemachten Grabsteine, an denen ich auf meinem Weg zum New Cosmos Patriot Park vorbeikam, waren kein Omen.

Ich fuhr mit meinem neu lackierten Minivan auf den Parkplatz. Dort rückte ich meine Maske zurecht und überprüfte meine neuen, verbesserten High Heels. (Sie waren mit den luftgefederten Sohlen von Martins liebsten Basketballschuhen ausstaffiert. So konnte ich garantiert mindestens zwei Stunden am Stück Haltung bewahren). Als ich meinen Lippenstift nachzog, wand Martin sich in seinem Lincolnator-Kostüm auf dem Beifahrersitz.

»Muss das wirklich sein?«

»Ja«, gab ich zurück. »Doris Day hatte immer perfekt geschminkte Lippen, selbst mitten in der größten Krise.«

»Mom?«

»Ja?«

»Wird dir auch nichts zustoßen?« Er schaute aus dem Fenster, seine Stimme klang ganz heiser.

»Sieh mich mal an.«

»Nein.«

»Sieh mich an.«

Er wandte mir den Kopf zu. Auf seinen düster geschminkten Wangen verliefen zwei Tränenspuren.

»Mir passiert nichts. Lex kann mir nichts anhaben. Und die Polizei ist eigentlich auf meiner Seite. Mach dir also keine Sorgen.« Ich zog ihn an mich. Seine knochigen Schultern bohrten sich in meine Rippen, aber das machte nichts. Bald würde er größer sein als ich, breitschultrig und viel zu selbstbeherrscht, um zu weinen. Aber jetzt im Augenblick war es für ihn wichtig zu wissen, dass seine Mutter auch am nächsten Morgen wieder für ihn da war.

Ich versicherte ihm erneut, dass mir gar nichts zustoßen konnte, aber ich war nicht sicher, ob er mir glaubte. Und ob ich mir selbst glaubte, wusste ich auch nicht so genau.

»Ich hab dich lieb, Mom.«

»O mein Schatz!« Gerührt vergrub ich mein Gesicht an seinem Hals.

»Du beschmierst mich aber jetzt nicht mit Lippenstift, oder?«, hörte ich seine erstickte Stimme an meiner Schulter.

»Oh! Nein, nein …« Widerwillig löste ich mich von ihm. »Natürlich nicht!« Vorsichtshalber wischte ich mit dem Saum meines Kostüms über seinen Hals. »Okay«, sagte ich mit einem unsicheren Lächeln. »Ich glaube, es wird Zeit.«

»Zeig's ihnen, Super Mom!« Wir vollführten unseren rituellen Handschlag, nahmen unsere Beutesäcke und stiegen aus dem Wagen …

Wo uns eine kleine Schar von Super Moms begrüßte. Lauter Super Moms unterschiedlicher Größe und Gestalt und offenbar auch beiderlei Geschlechts. Argwöhnisch beäugte ich eine groß gewachsene Super Mom mit breiten Schultern.

»Trick or treat!«, donnerte »die« Große mit dröhnender Bass-Stimme. Ich trat einen Schritt näher an »sie« heran, und »sie« geriet auf »ihren« High Heels Größe 43 ins Wanken.

»Halt dich grade, Howard!«, kommandierte eine winzige Super Mom mit Brille. »Das ist nur eine Frage des Gleichgewichts. Und rück mal deine Perücke zurecht!«

Howard gehorchte. Aber trotzdem saß die Perücke wie ein

krankes Äffchen auf seinem kahlen Schädel, da sie zu weit hochgerutscht war.

»Was zum Teufel – ?« Ich ging einen Schritt näher an die winzige Super Mom heran. »Carrie? Was zum – ?«

»Überraschung!« Eine große, schlanke Super Mom mit glänzenden blonden Haaren trat vor.

»Kelly? Was habt ihr denn vor?«

»Wir dachten uns, du könntest heute Abend bestimmt ein bisschen Unterstützung gebrauchen. Also haben wir beschlossen, uns genauso zu verkleiden wie du, um von dir abzulenken! Jetzt wollen wir doch mal sehen, ob es ihnen gelingt, dich in einen Hinterhalt zu locken!«

»Außerdem macht es Spaß!«, quietschte Chrissie und strich über ihre Schürze. »Ich hab mich schon seit Jahren nicht mehr an Halloween verkleidet!«

»Spaß? Auf diesen Absätzen rumzulaufen ist mörderisch«, grummelte Howard, der sich an das Auto klammerte wie ein Ertrinkender.

»Ich – ich weiß gar nicht, was ich sagen soll«, stammelte ich mit Tränen in den Augen.

Die Brille der winzigen Super Mom funkelte im Parkplatz-Licht.

»Äh, Carrie?«, flüsterte ich. »Super Mom trägt keine Brille.«

»Die hier schon!«, gab Carrie schnippisch zurück. »Es sei denn, du möchtest, dass ich blind herumirre und von einem Autoskooter überfahren werde.«

»Ich weiß nicht«, begann ich und kniff mich in die rechte Handfläche, um nicht loszuheulen. »Das kann ich nicht von euch verlangen. Es ist nicht ungefährlich, und Super Mom würde niemals jemanden einem Risiko aussetzen …«

»Jetzt lass mal gut sein, Super Mom!«, meinte Kelly grinsend. »Die Entscheidung ist längst gefallen. Wir lassen dich nicht allein gehen.«

»Genau! Super Mom ist das Geilste überhaupt!« Howard reckte seine Faust in die Luft.

»Na dann, vielen Dank. Mehr kann ich nicht sagen. Ich danke euch von ganzem Herzen. Dass ihr alle das für mich tut …« Und dann brach ich doch in Tränen aus. Ich wandte mich ab und schnäuzte mir mit dem Cape die Nase.

»Mom.« Martin schmiegte sich an mich. »Reiß dich zusammen! Superman weint nie!«

»Ich weiß, ich weiß«, meinte ich schniefend. »Aber sie sind alle soo nett zu mir!«

»Nett.« Er schüttelte angewidert den Kopf.

»Okay, okay.« Ich drehte mich um und setzte eine Miene auf, von der ich hoffte, dass sie heldenhaftes Selbstvertrauen ausdrückte. »Noch ein paar Regeln, bevor wir da reingehen. Erstens: Ich möchte auf keinen Fall, dass irgendwer den Helden spielt. Benehmt euch ganz normal und amüsiert euch. Die sind ausschließlich an mir interessiert; ihr seid lediglich Köder. Und falls irgendwas passiert, macht euch keine Sorgen – ich bin im Handumdrehen bei euch. Zweitens: Habt ihr alle daran gedacht, antibakterielle Feuchttücher mitzubringen? Hier wimmelt es nur so von Bazillen. Drittens: Esst nicht so viele Bonbons, sonst bekommt ihr Bauchweh. Falls doch jemand Bauchweh bekommt, sagt mir Bescheid. Ich hab Magentropfen dabei.«

Chrissie hob ihre Hand. »Kann ich – sagen wir mal – jemanden festnehmen?«

»Nein, Super Mom ist nicht berechtigt, Menschen zu verhaften. Und, äh« – ich sah Howard an –, »seid doch bitte diskret, wenn ihr zur Toilette geht.« Er wurde rot. »Okay, dann wollen wir mal. Geht einfach rein. Verteilt euch, amüsiert euch und vergesst nicht, heute Abend eure Zahnseide zu benutzen!« Während meine tapfere Schar von Super Moms dem Eingang zustrebte, wandte ich mich zu Martin um. »Hast du die CD?«

Er nickte.

»Ist das auch ganz sicher okay für dich? Bist du sicher, dass du es hinkriegst?«

»Mom!« Er schaute aufgebracht unter seinem Zylinder hervor. »Keine Sorge. Ich hab alles unter Kontrolle.«

»Aber ich weiß immer noch nicht, wie du es überhaupt schaffen willst, an die Sound-Anlage ranzukommen.«

»Mom. Vertrau mir. Okay?«

Ich hielt den Atem an und schaute über das Automeer hinweg in die Abenddämmerung. Der Tag ging zu Ende; der Himmel hatte sich rötlich einfärbt und sah ganz friedlich aus. Mein Sohn stand vor mir und sollte einen richtigen Männerjob übernehmen.

Und zum ersten Mal glaubte ich, dass er es konnte.

»In Ordnung, ich vertraue dir. Schließlich bist du ja mein Partner.«

»Eben.« Martin klopfte mir auf den Rücken und schlenderte mit seinem Beutesack wie John Wayne Richtung Eingang. Ich blieb noch einen Moment stehen, um mich zu sammeln – um meine Tränen wegzuwischen, meine Nerven zu beruhigen und mich auf das zu konzentrieren, was wichtig war. Auf den Anblick meiner Familie und meiner Freunde – der Leute, die an mich glaubten. Plötzlich konnte ich gar nicht mehr erwarten, dass es losging. Ich rannte nach vorn an die Spitze der Truppe, um sie in den Park hineinzuführen – so wurde es tatsächlich eine »Operation Rattenfänger«. Kurz vor dem Eingang erspähte ich einen untersetzten Mann mit Fischlippen. Er lauerte hinter einem Mini Cooper, der ihn nicht mal ganz verdeckte.

Jimmy Nelson trat schnaufend zu uns.

»Wow, das ist ja ein Ding! So viele Super Moms auf einmal!«

»Haben Sie da auch einen Film drin?«, erkundigte ich mich mit einem Blick auf seine Kamera.

Er nickte.

»Und Batterien im Aufnahmegerät?«

»Da können Sie Gift drauf nehmen!«

»Versuchen Sie, immer in meiner Nähe zu bleiben – nur nicht zu auffällig.«

»Viel Glück, Super Mom!«

»Danke. Und sehen Sie zu, dass Sie Ihren Kindern auch ein bisschen was Süßes mitnehmen.« Ich drückte seinen Arm. »Okay. Los geht's. Amüsiert euch!« Wir enterten den New Cosmos Patriot Park – um gleich darauf mit offenen Mündern stehen zu bleiben. Offenbar war »Super Mom« in diesem Jahr der absolute Renner unter den Halloween-Kostümen.

Die Menge vor uns war von einer ganzen Armee von Super Moms durchsetzt. Es gab dicke und dünne Exemplare – und sogar ganz kleine, die in den High Heels ihrer Mütter durch die Gegend staksten. Was das Kostüm anging, hatten sich die Leute allerdings einige Freiheiten herausgenommen. Ein paar liefen sogar bauchfrei herum – was Super Mom normalerweise gar nicht gern sah. In diesem Moment hatte es ihr allerdings die Sprache verschlagen, sodass jeder Kommentar unterblieb. Auch Piercings wurden zur Schau getragen, an den merkwürdigsten Stellen. Und von einigen dieser Super Moms wollte ich lieber nicht wissen, was sie in den Taschen ihrer Schürzen mit sich herumtrugen. Aber trotzdem: In meinen Augen waren sie alle ganz großartig und mutig. Jede Einzelne von ihnen. Selbst die Grufti-Super-Mom, die ihr Kostüm schwarz gefärbt hatte.

»Da wird Lex Osborne aber Augen machen«, meinte Howard grinsend.

»Sie bewundern dich, Mom«, sagte Kelly und drückte meine Schulter. »Sie wollen so sein wie du!« Damit tauchte sie zusammen mit Chrissie in das Meer aus Swiffer-Grün ein, das sich fächerförmig auf die hellen Karusselllichter, das Jahrmarktgedudel und die Stände zu bewegte, auf deren Tischen orangeschwarze, extra für Halloween hergestellte Süßigkeiten aufgetürmt waren. Capes flatterten im Wind.

»Sei vorsichtig«, flüsterte Carrie mir ins Ohr. In der Brille, die sie über ihrer Super-Mom-Maske trug, spiegelten sich die bunten Lichter des Riesenrads.

»Mach dir keine Sorgen.« Ich strich ihr über den Kopf; sie schüttelte meine Hand nicht ab. »Du bist eine echte Freundin.«

»O Birdie …« Ihre Stimme begann zu zittern.

»Nicht doch. Alles wird gut.«

Sie nickte und verschwand ebenfalls in der Menge. Howard folgte ihr. Er winkte mir nochmal kurz zu und knickte dabei prompt um.

Ich begann ziellos umherzustreifen. Ganz langsam wand ich mich in die Trauben von Eltern mit ihren entzückenden kleinen Monstern, Kobolden und Miniatur-Superhelden hinein und wieder heraus. Ich spürte Blicke auf mir, misstrauische Blicke. Einige Eltern zogen ihre Kinder beiseite, wenn ich mich näherte. Ich schaute nie jemanden direkt an, lächelte kein einziges Mal, winkte nicht. Um mich herum waren andere Super Moms, die dasselbe taten wie ich.

Super Mom, Super Mom, Super Mom … drang es über die Musik und über das aufgeregte Stimmengewirr hinweg von überall an mein Ohr. Alle führten meinen Namen im Mund, wieder und wieder. Es war wie ein Trommelschlag oder ein Sprechchor. In meinen Ohren pochte es. Ich fühlte mich bedrängt – und dazu angetrieben, das zu beenden, was ich begonnen hatte.

Musik. Gelächter. Super Mom. »Krieg ich was Süßes?« »Krieg ich Popcorn?« Super Mom.

»Super Mom! Super Mom!« Endlich hörte ich es, über alles andere hinweg – ein Heulen, ein Schluchzen. Ich blieb stehen, schloss die Augen und lauschte, lauschte – dem Wind, der Musik, meinem Herzen. Dem Zittern in meinen Ohren, der Anspannung in meiner Brust, dem Vibrieren meiner Hand, die sich aus eigenem Antrieb hob und deutlich in eine Richtung zeigte.

Ich schlug die Augen auf und sah, wie Kelly von einem korpulenten Mann eine Treppe hochgezerrt wurde. Woher wusste ich, dass es von all den vielen Ködern, die infrage kamen, ausgerechnet Kelly war?

Woher hatte ich gewusst, dass sie mein Baby war, als sie sie fünfzehn Jahre zuvor in meine Arme gelegt hatten?

Ich wusste es einfach.

»Kelly!«, rief ich, obwohl sie mich gar nicht hören konnte. »Ich komme!« Ich schob mich durch die Menge und lief eine hölzerne Treppe hinauf, um meiner Tochter nachzujagen. Ich hatte meine Beine gar nicht mehr unter Kontrolle. Sie trieben mich diese Stufen hinauf wie Propeller, schneller, als ich mich jemals zuvor bewegt hatte.

»Kelly! Ich komme!«

»Super Mom!«, hörte ich ihre Stimme irgendwo über meinem Kopf. Die Treppe schien gar kein Ende zu nehmen. Die gesamte Konstruktion klapperte und krachte wie bei einem Erdbeben. Ich verrenkte mir den Hals und sah, dass ich ein Labyrinth von Holzstufen erklomm. Kreuzweise angeordnete Balken stützten hölzerne Bahnen, die anstiegen und plötzlich abfielen. Ich befand mich im Unterbau der Achterbahn.

»Super Mom!« Diesmal schrie jemand von unten. Jimmy Nelson kam keuchend und schnaufend hinter mir her. Sein Gesicht hatte eine beunruhigende Grünfärbung angenommen.

»Laufen Sie weiter!«, schrie ich zurück. »Ich kann Ihnen nicht helfen!« Ich drehte mich wieder nach vorn; Kelly und ihr Kidnapper waren am Ende der Treppe angelangt und kletterten auf eine Plattform. Ich rannte weiter.

Als ich die Plattform ebenfalls erreicht hatte, zog ich mich hoch und schaute mich um. Sie lag ganz schön weit oben – ungefähr auf der Hälfte der Achterbahnstrecke – und es blies ein starker Wind. Unten funkelten die Lichter des Vergnügungsparks. Es handelte sich um eine dieser kleinen Plattformen für das Bedienungspersonal am Rand der Schienen. Darauf stand eine Kabine aus Glas mit technischen Gerätschaften, die der Überwachung der Strecke dienten. Aber es schien niemand drin zu sein.

»Super Mom!« Kelly wurde von einem bulligen Sicherheitsbeamten festgehalten; sie drehte und wand sich in seinem Griff. Ich erkannte, dass es Lex' Kumpel vom Tag der Park-Eröffnung war, als ich das kleine Mädchen von der Brücke gerettet hatte.

»Lassen Sie sie laufen!« Ich ging auf die beiden zu.

»Sie haben es wohl mal wieder auf unschuldige Kinder abgesehen, was?« Eine ölige Stimme ließ mich wie angewurzelt stehen bleiben. »Sie haben sich für ganz schön clever gehalten, nicht wahr, Super Mom?« Lex Osborne öffnete die Tür der Kabine und humpelte heraus. Die Krücken brauchte er inzwischen nicht mehr.

»Lassen Sie das Mädchen gehen, Lex!«

»Ich beschütze sie vor den gierigen Klauen von Super Mom. Ich werde ihr nichts tun. *Sie* sind diejenige, die ich haben will. Diese armen unschuldigen Teenager, die Sie überredet haben, sich genauso anzuziehen wie Sie, interessieren mich nicht. Haben Sie geglaubt, Sie könnten mich reinlegen? Mich? Ausgerechnet mich?«

»Nein, Lex.« Ich lächelte, ganz mütterlich, ganz süßlich. »Ganz und gar nicht. Dazu habe ich viel zu viel Respekt vor Ihnen.« Aus dem Augenwinkel sah ich, dass Jimmy den Treppenabsatz nun fast erreicht hatte und an seinem Aufnahmegerät herumfummelte. »Schließlich waren Sie ja der Kopf der Operation Rattenfänger. Habe ich Recht?«

»Natürlich. Glauben Sie etwa, Cobblepot hätte sich das allein ausdenken können?« Lex humpelte auf mich zu. Seine weißen Haare flatterten in dem starken Wind so wild hin und her, dass es aussah, als lebten sie.

»Aber er hat das Geld beigesteuert«, stellte ich fest.

»Ja, Geld hat er, aber nichts im Kopf. Er ist dumm, aber nützlich.«

»Aber wozu das alles, Lex? Wozu die unterschwelligen Botschaften? Warum verdienen Sie Ihr Geld nicht einfach mit Oralsulin, als Investor?«

»Typisch Frau.« Er schüttelte den Kopf. »Ihr denkt einfach immer zu klein.«

»Typisch Mann«, parierte ich. »Ihr habt immer Angst, den Kürzeren zu ziehen.«

Er starrte mich wütend an. In der Ferne sah ich Achterbahnwagen einen Hügel hinabschießen. Lex hinkte in die Kabine und zog an ein paar Hebeln. Währenddessen wich ich unauffällig ein Stück zurück, damit ich näher bei Jimmy stand. Er hatte sich so hingesetzt, dass man ihn nicht sehen konnte. Meine Augen hielt ich jedoch die ganze Zeit auf Kelly und ihren Entführer gerichtet. Sie wirkte ängstlich, aber gefasst und beobachtete jede meiner Bewegungen genau. Wenn ich jetzt die Nerven verlor, würde sie es auch tun, das spürte ich. Aber sie zwang sich zu einem Lächeln. Ich lächelte zurück – wesentlich tapferer, als ich mich fühlte. Dann wandte ich mich mit einem Zischen an Jimmy, der neben der Plattform kauerte.

»Haben Sie das aufgenommen?«, fragte ich.

»Ja«, erwiderte er keuchend.

»Okay. Bleiben Sie bei mir, egal, was passiert.«

»Aber –«

Ich stellte mich wieder gerade hin. Einige leere Achterbahnwagen kamen langsam neben der Plattform zum Stehen.

»Steigen Sie ein!«, brüllte Lex. Der Gorilla verfrachtete Kelly in einen der Wagen; ich schaute sie an, und sie legte den Sicherheitsgurt an.

»Wie bitte?«, wandte ich mich dann an Lex.

»Steigen Sie schon ein! Los jetzt!« Er trat aus der Kabine. In dem Moment sah ich die Pistole.

»In Ordnung.« Ich registrierte erstaunt, dass meine Stimme ganz klar und ruhig klang. »Alles, was Sie wollen, Lex.« Ich stellte mich zwischen ihn und Kelly. »Aber nicht schießen!« Er nahm meinen Arm und schubste mich in den vorderen Wagen, dann setzte er sich auf den Sitz neben mir. Als wir zu rollen begannen, sah ich, dass es Jimmy gelungen war, sich in den allerletzten Wagen zu werfen. »Und wohin geht die Fahrt?«

»Das werden Sie schon sehen.« Lex grinste schadenfroh, während wir eine Steigung hinauffuhren. Offenkundig bereitete ihm diese Fahrt Vergnügen. Ich wünschte, das hätte ich auch sagen können. Doch da Lex mir die Pistole in die Rippen stieß und sein Finger den Abzug streichelte, war ich ziemlich im Nachteil.

Ich schluckte. So groß, dass ich darüber das Anschnallen vergessen hätte, war meine Angst aber auch wieder nicht.

»Wieso tun Sie das? Können Sie das Mädchen nicht einfach laufen lassen?«, rief ich Lex über das Rumpeln des Wagens hinweg zu, der die hölzernen Schienen erklomm.

»Keine Sorge. Ich habe nicht vor, irgendwen zu töten. Das könnte meinem Ansehen schaden. Es sei denn, ich brächte einen Perversen zur Strecke, der gerade dabei ist, dieses arme, unschuldige Kind aus dem Park wegzulocken.«

»Wer würde denn so etwas tun?«

»Sie! Sie würden so etwas tun.«

»Ohhh ...«

Wir hatten den höchsten Punkt der Steigung erreicht. Und mit einem Mal begann Lex aus vollem Hals zu kreischen – ganz schrill, wie ein kleines Mädchen.

»Ahhhhhhh!« Wir schrien und kreischten beide; ich konnte nicht an mich halten. Das Ganze erinnerte mich an diese wilde Fahrt mit Kevin Stanton: Ich war in einer Situation gefangen, die sich meiner Kontrolle entzog, und wurde in rasendem Tempo an ein mir unbekanntes Ziel verfrachtet, während mir zur Seite ein gefährlicher Mann saß. Ich hielt meinen Blick auf Lex gerichtet, während wir uns drehten und in Sturzfahrten gingen. Der Wind peitschte mir ins Gesicht und trieb mir die Tränen in die Augen.

Sein riesiger weißer Schädel war eine groteske Maske pervertierter Fröhlichkeit.

Wir erklommen die letzte Steigung und wurden in unsere Sitze gedrückt, sodass ich nicht erkennen konnte, was vor uns lag. Schließlich sausten wir über den höchsten Punkt hinweg und schrien aus vollem Hals, während wir direkt in die Hölle hinabschossen.

Aber der Wagen wurde wieder langsamer; wir waren also doch nicht in der Hölle. Wir rollten am Ende der Strecke aus und waren sofort von lauter unschuldigen Leuten umgeben, die in der Schlange warteten. Lex' Handlanger zerrte Kelly aus dem Wagen. Ich konnte jede einzelne kupferfarbene Sommersprosse zählen, die sich gegen ihr blasses Gesicht abhob. Dann zog Lex mich heraus und legte seinen Arm um mich, als wären wir die besten Freunde – wenn man die kalte, harte Pistole außer Acht ließ, die er mir unter dem Cape in den Rücken drückte. Jimmy lag noch immer ausgestreckt auf dem Boden des letzten Wagens. Seine Gesichtsfarbe wechselte nun von Grün zu einer neonfarbenen Gelbschattierung.

»Und jetzt halten Sie ganz einfach den Mund! Wenn Sie kein Wort sagen, werde ich das Mädchen laufen lassen. Machen Sie jetzt bloß keine Szene!«, knurrte Lex mir ins Ohr, während er mich durch die Menge schob. »Ich möchte nicht, dass Sie sich hier peinlich aufführen.«

»Was sagten Sie gerade?« Ich blieb stehen.

Lex winkte lächelnd in die gaffende Menge. »Keine Sorge, Leute, keine Sorge! Ich hab alles unter Kontrolle! Ich hab Super Mom dabei erwischt, wie sie dieses unschuldige Mädchen aus dem Park zu locken versuchte. Endlich kann ich diese perverse Person der Justiz übergeben!« Er senkte seine Stimme zu einem leisen Zischen: »Ich hab doch gesagt, Sie sollen sich hier nicht peinlich aufführen.«

»Peinlich?« In meinem Kopf schrillten die Alarmglocken; ich sah rote Flecken vor den Augen. »Ich? Peinlich?« Meine Nasenflügel bebten. Ich scharrte auf dem Boden wie ein Bulle. Die glühend heiße Flamme fünfzehnjähriger Erniedrigung explodierte und verwandelte sich in eine Wut, die sich um den kalten Stahl, der sich in mein Fleisch bohrte, nicht scherte. »Ich kann nicht zulassen, dass mich jemand peinlich nennt. Nie wieder! Sie möchten eine Blamage? Ja, wollen Sie das? In Ordnung, Lex, wie wäre es denn damit – ?« Ich wirbelte herum und hob meine rechte Hand …

Aber bevor ich einen Finger rühren konnte, brach die Musik, die aus den Lautsprechern gequollen war, krachend ab. Eine vertraute Stimme murmelte: »Eins, zwei, drei. Sie hören Radio Super Mom!« Gleich darauf ertönte die Stimme eines anderen Jungen: »Es ist an, du dumme Nuss!« Dann unterbrach eine andere Stimme – eine, die warm, männlich und leicht wissenschaftlich klang: »Das reicht, Jungs.«

Carl. Und Greg, das junge Sound-Genie. Das Martin zur Seite stand. Vertrau mir, hatte er gesagt. Gott, war ich froh, dass ich es getan hatte!

Und so bekam die Menge im Park eine kleine Vorführung von Lex Osbornes unterschwelligen Werbemaßnahmen. Lex stand wie angewurzelt da. Sein Gesicht war genauso weiß wie seine Haare, während er den Stimmen lauschte, die aufgeregt aus den Lautsprechern drangen:

»Iss Patriot Pops! Patriot Pops sind jetzt genau das Richtige. Mmmmm! Lecker. Süß. Genau das, worauf du stehst. Iss Patriot Pops!«

»Wie haben Sie – ?« Lex brachte es kaum heraus.

»Ich konnte sie hören, Lex. Ich hab die Stimmen in dem Videospiel gehört. Und ich hab gehört, wie Sie mit Cobblepot auf Ihrem Handy über die Operation Rattenfänger gesprochen haben. Ich weiß alles über Oralsulin – ganz zu schweigen von diversen finanziellen Unregelmäßigkeiten bei New Cosmos. Ich. Super Mom.«

»Miststück!« Seine Stimme klang kalt und sehr feindselig. Er trat einen Schritt zurück und richtete die Pistole auf meinen Kopf. »Verdammtes Miststück!«

Kelly schrie auf; die Leute hasteten die Treppen hinunter und versteckten sich hinter Mülleimern. Der Teenager hinter der Kontrollschranke der Achterbahn fiel einfach in Ohnmacht.

»Das ist aber ein hässliches Wort, Lex.« Ich kniff die Augen zusammen. »Ich glaube, ich werde Ihren Mund mit Seife auswaschen müssen!« Eine Sekunde später beförderte ich seine Pistole durch einen Schnellschuss mit meinem Fluid in den nächsten Mülleimer.

»Lars! Cuddles!«, schrie Lex. Ein weiterer Gorilla erschien auf der Bildfläche. Der, der Kelly festgehalten hatte, schubste sie jetzt beiseite. »Holt sie euch!«

»Hallo, Jungs!« Ich trat einen Schritt zurück, als der Größere von den beiden, ein riesiger blonder Wikinger – Lars, nehme ich an – auf mich zukam. Er blieb kurz stehen, um sich Sabber von seinem Kinn zu wischen. Dann stürzte er sich auf mich.

»Uff!« Ich schlug mit dem Kinn auf der hölzernen Plattform auf und biss mir auf die Zunge. Mir traten Tränen in die Augen, aber dennoch gelang es mir, ihm mit meinen verbesserten Super-Mom-Spike-Heels einen Tritt in seine schwedischen Eier zu verpassen.

»Verdammte Schlampe!« Lars wälzte sich schreiend am Boden.

»Ziehen Sie beim nächsten Mal einen Unterleibsschutz an, okay, Lars? Sie sollten wirklich wissen, dass man eine Dame nicht schlägt. Was haben Sie bloß für eine Erziehung genossen?«

Ich hörte ein leises Kichern. Ich drehte mich um – und stand Cuddles gegenüber, der mich angrinste und dabei lauter schief stehende verfaulte, schwarze Zähne offenbarte.

»Benutzen Sie etwa keine Zahnseide?« Ich schüttelte den Kopf und warf ihm ein Päckchen Zahnseide zu. »Was für ein Jammer!

Zweimal jährlich zur Kontrolle gehen, mein Lieber. Denken Sie daran: Pflege deine Zähne richtig, dann kriegst du keine falschen!«

Cuddles starrte einfach nur verdutzt auf die Zahnseide und zog sie so weit heraus, bis er eine schöne lange Schlaufe hatte. Die er mir dann um den Hals zu legen versuchte.

»Verdammte Zahnseide!«, fluchte ich würgend.

Ich zappelte, rang nach Luft, wand mich. Die Zahnseide schnitt mir in den Hals und drückte mir die Luft ab. Und dabei lachte Cuddles mir ins Gesicht, bis ich nicht mehr wusste, was mich eher umbringen würde – die Zahnseide oder sein scheußlicher Mundgeruch. Ich befürchtete schon, das Bewusstsein zu verlieren, als es mir doch noch gelang, ihm meinen Stiletto-Absatz ins Knie zu rammen. Dann wirbelte ich herum und schleuderte ihm mein gutes altes Fluid direkt in die Augen.

»Ahhh! Ahhh! Das brennt! Das brennt!« Er fiel zu Boden und hielt sich die Hände vor die Augen.

»Nicht reiben! Davon wird's nur noch schlimmer«, riet ich ihm. Neben Cuddles lag Lars und hielt sich weiter stöhnend seinen Schritt.

»Gut.« Ich rieb mir die Hände. »Jetzt sind nur noch Sie und ich da, Lex. Geben Sie den Widerstand auf?«

»Widerstand? Wogegen?« Er sah erstaunlich zufrieden aus, wenn man bedachte, dass sich seine beiden Gehilfen zu meinen Füßen vor Schmerzen wanden.

»Gegen Ihre Verhaftung.«

»Mich nimmt keiner fest! Sie dagegen …«

Plötzlich kamen Polizeipräsident Borden und ein paar Sergeants die Stufen empor gerannt. Ihre Waffen waren auf mich gerichtet.

»In Ordnung, Super Mom. Kooperieren Sie einfach mit uns, dann wird Ihnen nichts passieren.«

»Wie meinen Sie das?«

»Wir haben einen Haftbefehl gegen Sie. Wegen Misshandlung des kleinen Jamie Flugal.«

»Der blöde Arsch«, murmelte ich. »Hören Sie, ich hab dem Jungen nichts getan. Jedenfalls haben wir hier einen wesentlich dickeren Fisch an der Angel, Mr. Borden. Hören Sie denn diese Stimmen nicht?« Ich zeigte auf einen der Lautsprecher, aus dem noch immer die aufgeregt flüsternden Stimmen drangen und für Patriot Pops schwärmten. »Das sind unterschwellige Botschaften, die in den Soundtrack von ›American Justice‹ eingearbeitet wurden!« Borden sah mich verständnislos an und schaute dann zwischen Lex und mir hin und her. »Muss ich es Ihnen buchstabieren? Dieser Mann ist für die Erkrankung von Hunderten von Kindern verantwortlich!«

Lex strich sich übers Haar und wandte sich mit seinem geübten, schmierigen Lächeln an die Polizei.

»Wem glauben Sie denn nun, Borden? Dieser verblendeten Perversen, die kleine Kinder attackiert? Oder mir? Einem Selfmade-Millionär, dem Arbeitgeber von Hunderten anständigen, aufrechten Bürgern dieser Stadt?«

»Nein, glauben Sie mir. Sie müssen mir glauben!« Ich drehte mich den Polizisten zu, die ihre Waffen sinken ließen und Borden ansahen.

»Tut mir Leid, Super Mom.« Borden schüttelte traurig den Kopf. »Ich tue das wirklich äußerst ungern, aber wir müssen die Kinder beschützen.«

»Aber das versuche ich ja gerade!« Ich machte einen Schritt auf ihn zu. Er sah mich flehend an, dann richtete er langsam seine Waffe auf mich.

»Tut mir Leid, Super Mom. Wirklich.«

»Okay.« Ich nahm seufzend die Hände hoch. Einer der Polizisten kam, drohend die Handschellen schwingend, auf mich zu. »Verstehe. Ich hätte das hier wirklich gern vermieden, aber –« Und damit schlug ich ihnen allen mit einem kräftigen Strahl die

Waffen aus der Hand – eins, zwei, drei. Danach ging ich auf sie zu und hielt sie mit meinem Gnadenlosblick in Schach. »So! Sie sollten sich was schämen! Alle drei! Es ist wirklich eine Schande, dass Sie mir nicht glauben! Ich bin schrecklich enttäuscht von Ihnen. Und zur Strafe stellen Sie sich jetzt in die Ecke da drüben und denken über das nach, was Sie gerade getan haben. Denken Sie einfach mal drüber nach. Glauben Sie mir, das hier tut mir mehr weh als Ihnen. Und jetzt gehen Sie! Auf!« In meiner Brust setzte ein Vibrieren ein, und aus meiner Kehle erhob sich ein laut gebrülltes: »SUPERBANN!«

Die Polizisten liefen auseinander wie die Mäuse und stellten sich mit der Nase zur Wand auf. Einer von ihnen fing an zu schniefen.

»Jetzt fehlt nur noch Ihr Geständnis.« Ich stolzierte zu Lex hin, der vor Wut schäumte. »Es gibt jemanden, der schon ganz scharf darauf ist, Ihre Geschichte auf Band aufzunehmen. Jimmy! Kommen Sie her!«

Jimmy Nelson erhob sich aus der Achterbahn. Sein Gesicht zeigte beinahe schon wieder seinen üblichen käsigen Farbton. Die Fischlippen zu einem breiten Grinsen auseinander gezogen ließ er seinen Blick über das Schlachtfeld gleiten – über Lars und Cuddles, die sich auf dem Boden wanden, über die drei Polizisten an der Wand, und über Lex, der zitternd und sprachlos vor mir stand.

»Wow! Sagenhaft, Super Mom! Was für ein Teufelsweib!«

»Sind Sie auch sicher, dass das Mikrophon an ist?«

Er nickte.

Ich wandte mich an Lex: »Gestehen Sie freiwillig? Oder muss ich Ihren Mund mit Seife auswaschen?« Ich griff in meine Schürze und zog meine neue antibakterielle Super-Mom-Geständnis-Seife heraus.

»Ich gestehe gar nichts!«, brachte Lex schließlich lauthals hervor.

»Na, dann.« Ich stürzte auf ihn zu, um ihn an seinem weißen Schopf zu packen und ihm das Seifenstück in den Mund zu schieben. Aber er stieß erneut einen spitzen Schrei aus, der genauso schrill klang wie zuvor in der Achterbahn, und sprang quer über die Schienen auf die andere Seite des Wagens. Ich setzte ebenfalls über die Schienen und rannte hinter ihm her um den Wagen herum. Wir liefen immer weiter im Kreis, wie Kinder, die ein Spiel spielen …

Dann verstummten plötzlich die Stimmen aus den Lautsprechern, und Musik setzte ein. Zirkusmusik, Kindermusik – ich erkannte die Melodie auf Anhieb. Es war das Lied, das ich früher meinen Babys vorgesungen hatte.

Hoch durch die Luft fliegt der junge Artist …

»Nein!«, schrie ich und erstarrte, da dieses Lied mir plötzlich eine schreckliche Situation in Erinnerung rief. Das war schon einmal passiert – irgendetwas Schlimmes war geschehen …

Ich spürte, wie ich von Note zu Note schwächer wurde. Meine Hand zitterte, und alles um mich herum sah grau und verschwommen aus. Lex schaute mich verdutzt an – auch er sah jetzt für mich ganz grau und farblos aus.

Ich sank, von der Vergangenheit – meinen Erinnerungen – zu Boden gedrückt, auf die Knie. Martin im Alter von drei Jahren, wie er in seinem kleinen Kinderbettchen liegt und weint, weil »die Sonne ausgegangen ist«. Kelly im Alter von sechs Jahren, wie sie auf dem gesamten Schulweg entschlossen meine Hand hält, obwohl ihre mit Erdnussbutter verklebt ist. Martin und Kelly, die am Weihnachtsmorgen schlafend unter dem Baum liegen – kostbare Geschenke im doppelten Sinne.

Martin und Kelly: jung, zart und niedlich, wie sie mit Zahnlücken und strubbeligen Haaren lispeln: Mami, Mami, ich hab dich lieb. Ich brauche dich. Wo bist du? Komm und hol mich, Mami, Mami, Mami …

Ich fiel auf die Schienen der Achterbahn und schaute zu

Lex hoch, zu Jimmy, zu der sich versammelnden Menge, deren Gesichter verschwommen blieben. Ich spürte, wie die Nacht sich mit all ihren verrückten bunten Lichtern um mich drehte. Es war genau wie am ersten Tag – an dem Tag, als ich meinen *Schrecklichen Swiffer-Schock* erlitten hatte und vor der Toilette in Ohnmacht gefallen war. Ich musste an die Gänseblümchen auf der Tapete denken, die herumgetanzt waren und dieses Lied gesungen hatten. Und sogar dieselben Gerüche drangen mir in die Nase: Orange, Bleichmittel, Ammoniak und Swiffer. Ich musste irgendwo undicht sein. Überall – aus all meinen Poren sickerte Fluid und etwas von meiner Kraft.

Ich wollte aufstehen, doch etwas, das ich nicht sehen, wohl aber fühlen konnte, hielt mich am Boden fest: überwältigende Traurigkeit darüber, dass meine Kinder nie wieder so klein und weich und perfekt sein würden. Ich hob meine rechte Hand und versuchte, damit auf Lex zu zielen, aber sie fiel weich und biegsam wie eine Nudel wieder herab. Nur ein schwacher Strahl Fluid tropfte mir von den Fingerspitzen.

»Aha!«, hörte ich Lex sagen, doch es klang gedehnt und verzerrt, als wäre ich unter Wasser. »Na also, Super Mom! Wie ich sehe, haben Sie doch eine Schwachstelle. Endlich!«

»Es hat dieselbe Wirkung wie Kryptonit«, hörte ich Jimmy mit Tränen in den Augen murmeln.

Ich drehte den Kopf. Jetzt konnte ich in der Menge einzelne Gesichter ausmachen. Vor allem zwei – das von Kelly und das von Martin. Kelly sah inzwischen so hübsch aus mit ihrem seidigen Haar und ihren grauen Augen. Sie hatte so einen ruhigen Blick, und sie war so klug und vorsichtig. Martin sah ebenfalls gut aus, und ein wenig linkisch. Seine Haare fielen ihm ständig ins Gesicht, sodass man seine Augen kaum sehen konnte. Aber seine unsichere Miene war trotzdem zu erkennen, ebenso wie die Fragen, die er ständig mit sich herumtrug: Gehöre ich hierher? Bin ich erwünscht? Was wird von mir erwartet?

Meine Kinder. Meine wunderbaren Kinder …

So leicht wie ein Duft, schaut, wie tollkühn er ist …

Lex wandte sich in Zeitlupe zu mir um. Seine Lippen bewegten sich, aber ich konnte nicht hören, was er sagte. Unter meinem Kopf ruckelte die hölzerne Schiene. Doch ich hörte, wie Jimmy »Neiiiin!« brüllte, als er von Lex aus dem Weg geschoben wurde.

Und dann erkannte ich auch die anderen Gesichter in der Menge: Chrissie, Susie Faber, Brian Ferguson. All diese Kinder – sie alle – waren für immer krank, wegen Lex.

»Denk an die Kinder …«, flüsterte ich, rollte mich auf die andere Seite und stemmte mich mit den Armen hoch – die so sehr zitterten, dass ich wieder zusammenbrach. Das Ruckeln, das Vibrieren unter meinem Kopf wurde immer stärker … Es kamen Leute auf mich zugerannt, aber als ich aufschaute, sah ich, dass sie zu spät kommen würden. Der nächste Achterbahnwagen raste vollgepackt mit Kindern direkt auf mich zu. Er wurde langsamer, als er die Plattform erreichte, aber es reichte nicht; er konnte nicht anhalten. Ich rollte mich im letzten Moment von den Schienen – gerade noch rechtzeitig, um zu erkennen, dass das Gefährt auf den leeren Wagen, der immer noch dastand, aufprallen würde.

»Super Mom! Sie Miststück!«, schrie Lex und stapfte dunkelrot vor Wut umher. »Sie sind erledigt! Erledigt sind Sie! Niemand kann mir was anhaben! Niemand rührt einen Lex Osborne an! Diese Stadt gehört mir – hören Sie? Zum Teufel mit den Kindern! Den ach so kostbaren Kindern!«

Etwas Heißes brannte in meinen Adern, schoss meine Wirbelsäule hinauf, die sich so weich anfühlte wie Wackelpudding, und erfüllte meine Ohren mit einem solchen gerechten Zorn, dass ich die blecherne Melodie aus den Lautsprechern nicht mehr hören konnte. Ich riss meinen Blick von der Vergangenheit los und heftete ihn fest auf die Zukunft. Kelly und Martin waren wundervolle Teenager. Sie waren wundervolle Babys gewesen. Und sie würden wundervolle Erwachsene werden.

Ich hatte jetzt zu viel anderes zu tun, als mich Erinnerungen voller Traurigkeit und Verlustängsten zu überlassen. Ich musste Verbrecher bekämpfen und Kinder vor ihnen beschützen.

Ich war Super Mom.

»NEIN!« Mein Super-Mom-Sinn vibrierte, erfüllte meine Brust und presste diesen lauten Schrei aus meiner Kehle. Ich sprang auf und zielte mit beiden Händen auf den herannahenden Achterbahnwagen. Ich spürte ein Strömen und Kitzeln, als das Fluid aus meinen Händen floss und sich zu einem riesigen Strahl vereinte. Er war stark genug, um den Wagen voller unschuldiger Kinder wenige Zentimeter vor dem Zusammenprall mit den abgestellten Wagen zum Stehen zu bringen. Danach drehte ich mich stärker, mächtiger denn je zu Lex um.

»Das hier ist für Chrissie«, sagte ich und packte ihn am Ohr. »Und das für Susie.« Ich steckte das Steifenstück in seinen Mund. »Und für Brian.« Ich bewegte die Seife hin und her. »Sarah, Kevin, Scott!« Ich riss die Seife heraus. Lex spuckte und würgte. Ich zerrte ihn über die Plattform zu Jimmy hin. »Denken Sie auch ans Fotografieren?«, fragte ich ihn. Er sah mich verblüfft an. Jetzt zog ich Lex in die Ecke, in der Polizeipräsident Borden stand.

»Also. Erzählen Sie es ihm. Alles.«

»Ich – ich – wir – wir …« Und dann gestand er. Er zischte wütend, fletschte die Zähne und schrie, aber er erzählte alles. Über die unterschwelligen Botschaften, die Patriot Pops, das Oralsulin, die Provisionen des Pharmakonzerns Moulton. Als er fertig war, brach er auf dem Boden zusammen. Da lag er nun – eine schäumendes, zuckendes Häufchen Bösartigkeit aus eigener Herstellung.

Polizeipräsident Borden blieb mit abgewandtem Gesicht in der Ecke stehen.

»Sie dürfen sich jetzt wieder umdrehen«, sagte ich sanft zu ihm. Er ließ den Kopf hängen.

»Ach, Super Mom, es tut mir so Leid …« Dann nahm er seine Handschellen und legte sie um Lex' schlanke Handgelenke.

»Mo – Super Mom!« Kelly kam, gefolgt von Carrie, Howard, Chrissie und all meinen Super-Mom-Doubles zu mir hingerannt. Ich drehte mich um und stellte mich breitbeinig, die Hände in die Hüfte gestemmt, vor sie hin. In diesem Moment sah ich, wie Martin sich zusammen mit einem schlecht gelaunt aussehenden Greg und einem sehr ernsten Carl aus der Menge löste. Unsere Blicke trafen sich, und ich machte einen Schritt auf ihn zu. Aber dann spürte ich, wie jemand an meinem Rock zupfte. Ich schaute nach unten. Ein kleines rothaariges Mädchen mit einer großen Zahnlücke sah mich grinsend an.

»Thuper Mom! Thuper Mom!«, lispelte sie. »Du hath wath verloren!« Sie hielt mein Geschirrtuchcape hoch, das am Rand ganz zerrissen war; ich betastete meine Schultern und zog eine Wäscheklammer ab, die an einem wehenden Stück Stoff hing.

»Danke.« Ich beugte mich runter, um es ihr abzunehmen.

»Weith du wath?«

»Was denn?«

»Wenn ich mal groth bin, will ich genautho thein wie du!«

»Tatsächlich?« Sie nickte. »Ich finde, dann solltest du das hier behalten.« Ich heftete ihr das Cape an, und sie sah mich mit großen Augen ernst an.

»Brauchth du eth denn nicht?«, flüsterte sie.

»Ich glaube, ich weiß, wo ich ein Neues bekommen kann«, erwiderte ich lächelnd und schaute zu Carl hin.

Aber er war verschwunden.

»Eine Rede! Eine Rede!« Howard kickte seine High Heels von den Füßen und warf seine Perücke in die Luft.

»Eine Rede! Eine Rede!«, wiederholten Carrie, Chrissie, Martin und Kelly wie ein Echo.

»Ich … äh … nun ja, danke.« Ich schaute in den Himmel empor, denn nur in etwas so Riesengroßem konnte ich die Worte finden, die ich brauchte – die Worte, die vielleicht ausdrückten, was ich in diesem Moment empfand. Aber die Sterne funkelten wissend; diese Worte existierten nicht. Also musste ich mich mit dem üblichen Superhelden-Blabla begnügen. »Ich, äh, gelobe den Bürgern von Astro Park, dass ich weiterhin alle Kinder beschützen und alle Parkbänke sauber halten werde. Und dass alle Menschen, die Böses gegen Kinder im Schilde führen« – ich trat gegen den am Boden liegenden Lex –, »hinter Gitter kommen. Jetzt amüsiert euch, Kinder! Und wenn ihr nach Hause kommt, putzt eure Zähne, räumt eure Zimmer auf und tut, was eure Mutter sagt!« Ich salutierte keck. Danach verband ich rasch einige Kratzer und gab ein paar Autogramme.

»Schauen Sie her!«, rief Jimmy und hielt seine Kamera hoch. Ich drehte mich um, stellte meinen Stiletto-Absatz auf Lex' Bauch und strich mir übers Haar. »Sagen Sie – sagen Sie –«

»Superputzaktion in Gang vier!«, rief Martin.

Ich grinste.

Blitz!

24

Zum Glück gelang es Super Mom, den Moulton-Konzern dazu zu bringen, die Kinder von Astro Park lebenslang kostenlos mit Oralsulin zu versorgen. Denn so konnten die Bürger der Stadt ihr wenigstens halbwegs verzeihen, dass sie die Hälfte der Einwohner in die Arbeitslosigkeit stürzte. Nach Lex' Verhaftung schloss New Cosmos für immer seine Tore. Patty und Harry verkauften das Haus der Familie und zogen in einen anderen Bundesstaat. Wodurch der Posten der Elternbeiratsvorsitzenden vakant wurde, den Carrie mit der größten Freude übernahm.

Cobblepot dagegen setzte sich in die Berge Japans ab. Es ging das Gerücht, er sei in ein buddhistisches Kloster eingetreten. Die arme Lolly blieb so mit einem Leben voller Tiefkühlkost und Umzugskisten, die für immer unausgepackt bleiben würden, allein.

Super Mom freute sich vor allem darüber, dass alle Anklagen gegen sie fallen gelassen wurden. Wie sich herausstellte, war Jamie Flugal, der blöde Arsch, ebenfalls zuckerkrank. Und in ihrer Begeisterung über das kostenlose Oralsulin kamen seine Eltern zu dem Schluss, dass ihr Sohn möglicherweise doch nicht ganz die Wahrheit gesagt hatte. Was wiederum dazu führte, dass plötzlich auch alle anderen ihre Ansichten über den Hergang der Ereignisse auf dem Schulgelände an jenem Nachmittag noch einmal überdachten.

Und als Martin eines Tages zu spät und mit zerrissenem Jackenkragen von der Schule nach Hause kam, beherzigte ich den Rat meiner Tochter und verlor kein Wort darüber.

Doch als er am nächsten Tag in derselben Verfassung ankam, allerdings breit grinsend und ziemlich beschwingt ausschreitend, konnte ich nicht mehr schweigen.

»Und?«, fragte ich.

»Und?« Er strich sich die Haare aus dem Gesicht und gab so den Blick auf ein ordentliches Veilchen frei.

»Martin!«

»Keine Sorge!«, beruhigte er mich weiterhin grinsend. »Jamie Flugal sieht noch schlimmer aus.«

»Na dann«, erwiderte ich und grinste ebenfalls. Denn auch ein krankes Kind konnte ein blöder Arsch sein.

25

WELTEXKLUSIV! SUPER MOM BRINGT EIN BÖSES IMPERIUM ZU FALL! Von Korrespondent Jimmy Nelson.

»Igitt! Was für ein scheußliches Foto! Da strecke ich den Bauch aber ziemlich raus … und sieh nur: Ich glaube, ich bekomme ein Doppelkinn!«

»Ach, Mom«, seufzte Kelly. »Du klingst schon genauso wie Oma.«

»Wasch dir deinen Mund aus, junge Dame!«

»Nur unter Anwendung von Gewalt.«

»Ich könnte dich ganz leicht zwingen, wie du weißt.«

»Ja.« Sie lächelte. »Ich weiß.«

Sie erhob sich, um ihr Glas wegzustellen. Dabei fiel eine weitere Zeitung – die *Astro Daily World*, auf Seite drei aufgeschlagen – zu Boden. Kelly lief rot an, als ich sie aufhob und die zwei Zentimeter große Kleinanzeige las.

An die Eltern und Kinder von Mrs. Flynns Klasse aus dem Jahr 1998, von Doktor Dan Lee, Dermatologe. Ich entschuldige mich für das Trauma, das ich euch/Ihnen eventuell dadurch zugefügt habe, dass ich meiner Frau damals versehentlich die falsche Videokassette zum Berufsorientierungstag mitgegeben habe. Es war nicht ihr Fehler, dass der Klasse ein kleiner Ausschnitt aus einem Erwachsenenvideo vorgespielt wurde, in dem ich und meine gegenwärtige Frau zu sehen waren und das sehr geschmackvoll gemacht war. Ich entschuldige mich auch bei meiner Exfrau für den Kummer, den ihr dies bereitet haben mag. Außerdem möchte ich betonen, dass sie an der Verwechslung keinerlei Schuld trägt.

»Na also«, seufzte ich. Dann betrachtete ich Kelly, die an einem Fingernagel kaute. »Alles in Ordnung, Schatz?«

Sie nickte. »Ja, er hat mit mir darüber geredet. Aber warum hast du ihn die ganze Zeit gedeckt?«

»Weil ich bescheuert war«, sagte ich schlicht. »Okay? Wir sind beide schuld an dem, was passiert ist – nicht nur einer von uns, wir beide. Ich hab zu lange gebraucht, um das zu kapieren.«

»Dad, Harry … Männer!« Kelly schnalzte mit der Zunge. »Ich heirate nie.«

»Sag das nicht, Schatz. So was darfst du niemals sagen. Es gibt auch gute Männer auf der Welt …« Dann schaute ich auf meine Hände und seufzte abermals.

»Mom. Sag's ihm doch einfach. Du weißt doch, dass du es willst.«

Ich lächelte und strich ihr die Haare hinters Ohr. Und wehrte mich ausnahmsweise mal nicht dagegen, dass sie das Mittagessen kochte.

»Ich hab deinen Absatz repariert!«, verkündete Martin. Er kam in die Küche gerannt. In der einen Hand hielt er meinen Schuh und in der anderen eine Tube Superkleber. »Das sollte jetzt halten.«

»Die luftgefederten Sohlen waren genial«, lobte ich ihn. Er grinste.

In dem Moment hämmerte jemand gegen die Tür. Kelly schaute aus dem Küchenfenster.

»Was war denn das? Ich hab draußen irgendwas Rotes vorbeiflitzen sehen …«

Martin und ich sahen uns an – und rasten zur Tür.

»Er ist da! Endlich!« Ich hob den goldgeränderten Umschlag mit dem Siegel der Gerechtigkeitsliga vom Boden auf.

»Was ist das?« Kelly spähte über meine Schulter.

»Lass mich lesen, lass mich!«, drängelte Martin auf- und abspringend.

Ich lächelte und fuhr ihm mit der Hand über seinen Wuschelkopf. »Okay, Partner.« Er las vor:

»Herzlichen Glückwunsch, wir freuen uns, Ihnen mitteilen zu können, dass Sie alle Anforderungen an eine Mitgliedschaft in der »Justice League of America« erfüllt haben. Indem Sie das böse Imperium der New Cosmos Industries zu Fall gebracht und den gefährlichen Plan, die Kinder von Astro Park krank zu machen, enthüllt haben, haben Sie unter Beweis gestellt, dass Sie wirklich eine echte Superheldin sind.«

»Mom! Du hast es geschafft!«

»Ja, ich hab's tatsächlich geschafft, was?« Ich setzte mich hin und schloss die Augen. Ich war es gewohnt, stolz auf die Kinder zu sein. Aber doch nicht auf mich selbst! Es fühlte sich ganz seltsam an, und ich hatte ein schlechtes Gewissen, so als wäre Stolz eine Delikatesse, die man nur in kleinen Portionen zu sich nehmen darf. Und wie jede andere gute Mutter war ich es gewohnt, meine eigene Portion für meine Kinder zu opfern.

Aber ausnahmsweise gestattete ich mir mal meine ganze Dosis. Und sie erfüllte mich, nährte mich, verlieh meiner Haut einen gesunden Glanz.

»Sie und Ihre Familie sind eingeladen, an einer speziellen Präsentation im Club DC teilzunehmen, wo Sie die Gelegenheit haben werden, eine Woche in unserer wunderschönen Ferienanlage in der Karibik zu erwerben, zu einem speziellen, einmaligen Sonderpreis.«

»Ist das eine Werbung für Ferienwohnungen?«, fragte Kelly verächtlich.

»Aber nein, Liebes, nein! Ich bin jetzt eine offizielle Superheldin. Und Mitlied der Gerechtigkeitsliga. Stimmt's, Martin?«

Er nickte. »Oh – wartet erst, bis ihr den nächsten Absatz gehört habt!«

»Wir haben außerdem entschieden, wer Ihre Mentorin sein wird. Nach reiflicher Überlegung sind wir zu dem Schluss gekommen, Ihnen eine unserer beliebtesten Superheldinnen an die Seite zu stellen, die keiner weiteren Vorstellung bedarf. Es ist uns ein Vergnügen, Ihnen mitteilen zu können, dass im nächsten Jahr niemand anders Ihre Mentorin sein wird als ... Wonder Woman.«

»Wonder Woman?! *Wonder Woman!*« Martin ließ sich fallen und machte vor Begeisterung einen Purzelbaum. Kelly und ich starrten ihn nur erstaunt an. »Wonder Woman! Meine Mutter wird eine Freundin von Wonder Woman! Meinst du, sie kommt mal zum Essen bei uns vorbei? Und wie sieht es mit Geburtstagen aus? Vielleicht gewöhnt sie sich ja an, ab und zu vorbeizukommen, einfach so, vielleicht um ein Schwätzchen über die Arbeit zu halten? Vielleicht fährt sie mit uns in die Ferien, was meinst du? Vielleicht wird sie –«

»Mein Gott, Martin! Krieg dich mal wieder ein!« Kelly rümpfte ihre sommersprossige Nase und schritt königlich über ihren vor Aufregung zitternden Bruder hinweg.

»Nun.« Ich nahm seine Hand und zog ihn hoch. »Was auch immer passiert: Ich bin sicher, sie ist sehr nett. Wonder Woman. Wow!« Ich kicherte.

»Ich kann es gar nicht erwarten, sie kennen zu lernen.«

»Mom, wir müssen los!«, rief Kelly von unten hoch.

»Jetzt schon?«

»Ja, jetzt sofort! Wir haben noch ganz schön viel vor!«

»In Ordnung.« Ich fuhr ein letztes Mal mit dem Bürstchen durch meine Augenwimpern und betrachtete mich seufzend im Spiegel.

Jeden Morgen schaute ich in den Spiegel und erwartete, eine Superheldin zu sehen. Aber ich sah keine. Ich sah einfach nur mich, blasses Gesicht, große braune Augen, braune Haare, braunes Kleid. Birdie – eine kleine Zaunkönigin. Eine kleine braune Zaunkönigin. Keine Superheldin. Einfach eine Frau.

Aber manchmal, wenn ich nach nächtlicher Verbrecherjagd zurück nach Hause kam, war ich trotzdem überrascht, wer mir aus dem Spiegel entgegenblickte, wenn ich vorbeiging. Eine Person mit funkelnden Augen und entschlossener Miene, deren Wangen vor Begeisterung über ihre Erfolge gerötet waren. Eine Amazone, die sich jeder Herausforderung stellte, Ordnung ins Chaos brachte und sich heldenhaft für die einsetzte, die sie einfach ignorierten oder ihre Opfer als selbstverständlich ansahen …

Mit anderen Worten: eine Mutter. Eine Supermutter.

»Mom!«, brüllte Kelly. »Wir müssen los!«

»Schon gut. Schon gut.« Ich warf meinem Spiegelbild ein hoffnungsvolles Lächeln zu. Dann ging ich nach unten.

»Bist du bereit?« Kelly bürstete über meinen Kragen und zog meine Halskette zurecht.

»Nein.« Ich streichelte ihre Wange. Ihre Sorge rührte mich.

»Echt krass«, meinte Martin.

»Du *musst* es tun, Mom.«

»Muss ich?«

Meine kluge Tochter nickte.

»Na gut«, krächzte ich aufgeregt. »Sehe ich einigermaßen okay aus?«

»Ja, Mom, das tust du. Absolut.«

»Wird das jetzt so 'ne total gefühlsduselige Veranstaltung?« Martin warf sich seine Army-Jacke über.

»Ich hoffe ja«, erwiderte ich lächelnd. Was für ein tapferer Kerl er doch war. Warum hatte ich das nicht schon früher gemerkt?

»Dann auf zum Mom-Mobil!« Er warf mir die Schlüssel zu, dann gingen wir gemeinsam raus zu meinem zerbeulten Minivan und brausten davon. Oder fuhren vielmehr zu der Adresse …

Eines gewissen Wissenschaftlers.

»Okay.« Ich holte tief Luft, als ich vor dem Haus anhielt. »Okay.« Aber ich rührte mich nicht von der Stelle.

»Mom, du willst doch wohl nicht kneifen, oder?«

»Nein, nein. Nein, auf keinen Fall.« Aber ich klammerte mich so ängstlich ans Lenkrad, dass ich mit der linken Hand versehentlich ein wenig Fluid verspritzte. »Huch!« Ich hatte mich noch immer nicht daran gewöhnt, beidhändig zu sein.

»Komm schon, Mom.« Kelly hebelte meine Finger einzeln vom Lenkrad. Dann schob sie mich sanft aus der Tür. »Hier.« Sie steckte mir die Zeitung zu und schubste mich den Gehweg hoch. »Wir verstecken uns da hinten!« Damit gesellte sie sich zu Martin, der hinter einem großen immergrünen Busch Stellung bezogen hatte.

Ich klingelte. Und machte mich sofort daran, wieder aufzubrechen.

»Seht ihr? Er ist gar nicht zu Hause und –«

»Birdie?«

Ich erstarrte und drehte mich langsam wieder um. In der Tür

stand Carl. Er trug dieses olle – wunderbare – bedruckte Sweatshirt, das er damals bei unserem ersten Besuch im Park angehabt hatte. Er schaute mich an und zwinkerte mit den Augen, dann lächelte er.

»Man kriegt nicht jeden Tag Besuch von einer echten lebenden Superheldin. Oder sollte ich sagen – einer Super Mom?«

»Beides.« Ich errötete und schaute zu Boden. Ich musste mich an den ganzen Rummel, den das Berühmtsein mit sich brachte, und an das Dasein als Heldin erst noch gewöhnen. Das war keine Position, in die man schnell hineinwuchs – vor allem dann nicht, wenn man nur einssechzig groß und daran gewöhnt war, als niedlich bezeichnet zu werden.

»Ich wusste, du würdest es schaffen. Ich hab immer an dich geglaubt.« Seine Stimme klang ganz warm und freundlich – das ließ mich hoffen. Es gab mir den Mut, ihm noch einmal in die Augen zu sehen – diesen ersten Schritt auf dem Drahtseil zu wagen, diesen ersten Schritt zurück zu uns.

»Ich – ich. Hier!« Ich hielt ihm die neueste Ausgabe des *National Enquirer* hin. »Lies das mal.«

»›SANFTMÜTIGE KASSIERERIN VERLIEBT. Von Jimmy Nelson‹.« Carl blickte auf. Über seinen Augen erschien diese entzückende Falte, und rechts und links von seinem Mund zeigten sich seine tiefen Grübchen. Ich nickte, unfähig, meinen Blick von seinem Gesicht abzuwenden.

»Birdie Lee aus Astro Park, Kansas, möchte allen Menschen, die sie je kennen gelernt hat« – er fing an zu grinsen –, »mitteilen, dass sie sich in Carl Sayers verliebt hat, einen Wissenschaftler und rundum guten Kerl. ›Es gibt keinen Grund, es länger zu verheimlichen‹, so die kleine Kassiererin. ›Ich liebe diesen Mann, und ich kann nur hoffen, dass er mich auch liebt. Und wenn er es nicht tut, werde ich so lange jede Nacht vor seiner Tür schlafen, bis er endlich begreift, dass wir füreinander bestimmt sind.‹

Stalkerin oder liebeskranke Heldin? Wird diese sanftmütige Supermarkt-Angestellte und Mutter zweier Kinder sich in eine besessene Stalkerin mit zweifelhaften Absichten verwandeln? Wir berichten exklusiv für Sie!«

»Nun ja«, meinte ich erneut errötend. »So ist er halt, der *National Enquirer.*«

»Ja, so ist er.« Carl faltete die Zeitung zusammen und räusperte sich. »Birdie?«

»Ja?« Jetzt traute ich mich nicht, ihm in die Augen zu sehen – all mein Mut verließ mich, sickerte einfach unten durch meine Fußsohlen und ließ mich, starr vor Angst, an seiner Türschwelle zurück.

»Birdie.« Ich spürte, wie eine Hand mein Kinn anhob – mich anhob – mich am Arm berührte, mich umfasste, mich –

Nach Hause brachte.

»O Birdie«, murmelte Carl, als er mich hoch in seine Arme nahm, sein Gesicht in meine Haare schmiegte, an meine Wange, meinen Hals. »O Carl«, murmelte ich zurück, und dann trafen sich unsere Lippen, und wir tranken voneinander. Ich hielt seinen Nacken umklammert, als hinge mein Leben davon ab, während wir wieder in unsere eigene magische Welt eintauchten – sie war direkt dort, auf seiner Türschwelle. Und in seinem Wohnzimmer. In meinem Wohnzimmer. Auf der Straße vor seinem Haus. Auf dem Parkplatz des Marvel-Marktes. Einfach allüberall. Solange wir zwei zusammen waren, würden wir unseren eigenen Mondschein erschaffen und ihn überall hin mitnehmen, wo wir auch waren, und er würde uns beide stärker machen. Das wusste ich jetzt.

»Vergibst du mir?« Ich rieb mein Gesicht an seinem Shirt und sog seinen Duft ein – heute roch er ein bisschen mehr nach Vanille als nach Kaminfeuer.

»Natürlich. Es gibt außerdem gar nichts, was ich dir vergeben müsste.«

»Dad?« Wir wandten uns gemeinsam zu Greg um.

»Mom?« Uns weiterhin umschlungen haltend drehten wir uns zurück zu Kelly und Martin.

Kelly klatschte in die Hände, ihre Augen strahlten. »Oh, ihr beiden seid so süß!«

Martin und Greg verdrehten die Augen und schauten sich finster an.

»Mom! Es ist so weit!« Martin zupfte an meiner Bluse.

»Oh!« Ich nahm meinen Geliebten an der Hand und führte ihn in den Vorgarten.

»Seht mal!«, rief Greg und zeigte noch oben.

»Oben am Himmel!«, schrie Martin.

»Das ist ein Vogel«, meinte Kelly. »Nein, ein Flugzeug! Nein, ein –«

»Ist nicht wahr!« Carl sah mich mit weit aufgerissenen Augen an, er war aufgeregt wie ein kleiner Junge. »Das kann nicht sein. Das gibt's doch gar nicht!«

»O doch!« Ich hakte mich bei ihm unter und schaute in den Himmel hinauf …

Wo mit Hilfe weißer Wolkenstreifen die Worte BIRDIE LIEBT CARL geschrieben wurden. Schneller, als eine Kugel fliegen konnte.

»Wie hast du – wie –?«

»Das ist ein Privileg. Eins, das ausschließlich Mitglieder der ›Justice League of America‹ genießen.« Und mit einem kleinen selbstgefälligen Lächeln fügte ich hinzu: »Den kann man auch für Geburtstagspartys buchen.«

Plötzlich flog ein rotgelbblauer Farbstreifen über uns hinweg – die Hand keck zum Gruß erhoben.

»Danke, Superman!«, rief ich.

»Kein Thema, Super Mom!« Seine Wort hallten noch nach, während er, hohe Gebäude mit einem Satz überspringend, davoneilte.

Auf der Straße hielten Autos. Die Leute stiegen aus, sahen in den Himmel hinauf und bestaunten unsere Botschaft, unsere Proklamation – unsere Liebe.

»Na, wenn das so ist!«, rief eine laute Stimme.

»Dann wollen wir Carl und Birdie mal ein Ständchen bringen!«, johlte jemand anders.

»Super Mom ein Ständchen bringen«, flüsterte Carl mir ins Ohr.

Kurz darauf fuhren alle möglichen Autos laut hupend ihren Beifall bekundend an uns vorüber. Carl und ich standen einfach nur da, hielten uns an der Hand und grinsten wie blöde. Kelly tanzte begeistert um uns herum und klatschte in die Hände, während Martin und Greg möglichst weit voneinander entfernt auf der Veranda standen und sich düster ansahen.

Endlich wusste ich, was träumen ist. Denn es war doch ein Traum, oder? War ein Traum nicht einfach etwas, wonach man sich sehnte, selbst wenn man es gar nicht wusste? Selbst wenn jemand anders einen darauf stoßen musste? Ob man dabei nun schlief oder nicht, spielte keine Rolle. Die besten Träume, dachte ich bei mir, während Superman durch den wolkenlosen Himmel davonflog und Carls Arm mich locker, aber beständig umfasst hielt, die besten Träume waren die, die man mit offenen Augen träumte.

Auf diese Weise konnte man sehen, wie einfach es war, sie in Erfüllung gehen zu lassen.

Dank

Wie jeder Superheld kann ich nicht alles allein machen; ich habe meine eigene, private Gerechtigkeitsliga, die mir geholfen hat, meine Superkräfte voll auszuschöpfen:

Ganz herzlichen Dank an Laura Langlie, die mir mit ihrem Respekt vor Autoren, ihrer Leidenschaft für das Schreiben und ihrem Glauben an mich durch die schwierigen Phasen hindurchgeholfen hat; an Laurie Chittenden dafür, dass sie die Möglichkeit gesehen und sie in Realität verwandelt hat; und an Erika Kahn für all ihre Geduld und Hilfe. Außerdem möchte ich meinem Bruder Mike Miller danken, der ein wandelndes Lexikon in Sachen Superhelden ist; meinem Bruder und meiner Schwägerin Mark und Stephanie Miller für ihre Begeisterung und ihre Unterstützung; meiner Mutter Pat Miller dafür, dass sie mich an Bücher herangeführt hat, und meinem Vater Norman Miller dafür, dass er mir den Wert harter Arbeit nahe gebracht hat. Ich habe das Glück, viele Autoren zu kennen, deren Unterstützung für mich von unschätzbarem Wert war. Aber mein besonderer Dank gilt David Kedson für seine Freundschaft und seine über jedes Pflichtgefühl hinausgehende Hilfe, und vor allem auch Nicole Hayes – meiner besten Kritik-Partnerin. Sie ist die beste Freundin, die eine Autorin sich wünschen kann. Ein spezielles »Okay, Frau Schlaumeier, du hattest Recht« geht an Lori Bales. Sie wusste, dass ich eine Autorin bin, bevor ich es wusste.

Und nicht zuletzt danke ich Dennis Hauser, Alec Hauser und Benjamin Hauser: Wozu brauche ich einen Butler, wenn ich euch Jungs um mich habe?

Bunzel & Gaw
Alice@Hollywood
Roman
Band 16754

»New York?«
Ich sah in Gesichter, als hätte ich vorgeschlagen, in Miniröcken nach Teheran zu fliegen.
»Hatten wir nicht exotisch gesagt?«, sagte Ruth.
»Exotisch im Sinne von heiß, Strand, große schwarze Männer oder kleine gelbe Männer?«, setzte Nina hinzu.
Hatten wir gesagt. Hatten.

Alice ist über 30, Single und urlaubsreif. Kurzerhand überredet sie ihre Freundinnen zu einer Tour nach New York. Weil sie Steve wiedersehen will, den süßen Austauschstudenten, der sie beim Betriebsausflug mit seinem Baseball ausgeknockt hat. Doch Steve ist verschwunden – und da auch in der Stadt, die niemals schläft, nachts nicht wirklich viel los ist, machen sich die Freundinnen auf den Weg nach Westen …

»Krachende Ladies on the road«

Fischer Taschenbuch Verlag

fi 16754 / 1

Kate Saunders

Liebe im Spiel

Roman

Aus dem Englischen von Karin König

Band 16757

Die Hasty-Schwestern sind jung, hübsch – und pleite. Sie müssen den vom Verfall bedrohten Familiensitz Melismate retten. Klar, denken sich Rufa, Selena, Nancy und Lydia: sie stürzen sich einfach auf den Heiratsmarkt. Liebe ist sowieso ein überbewertetes Gefühl! Ein Reigen von skurrilen Landedelleuten und höchst ungeeigneten Heiratskandidaten in London sorgt für köstliche Verwirrung. Und dann ist auf einmal – Liebe im Spiel.

»Ein glorioses Buch!«

Marian Keyes

Fischer Taschenbuch Verlag

fi 16757 / 1